古典文學研究輯刊

十九編

曾永義 主編

第 **11** 冊

晚清四大小說研究（上）

黃美珍 著

國家圖書館出版品預行編目資料

晚清四大小說研究（上）／黃美珍 著 — 初版 — 新北市：花
木蘭文化事業有限公司，2019〔民 108〕
目 2+248 面；19×26 公分
（古典文學研究輯刊 十九編；第 11 冊）
ISBN 978-986-485-646-6（精裝）
1. 清代小說 2. 文學評論
820.8   108000769

ISBN-978-986-485-646-6

9 789864 856466

古典文學研究輯刊
十九編　第十一冊   ISBN：978-986-485-646-6

晚清四大小說研究（上）

作　　者　黃美珍
主　　編　曾永義
總 編 輯　杜潔祥
副總編輯　楊嘉樂
編　　輯　許郁翎、王筑　美術編輯　陳逸婷
出　　版　花木蘭文化事業有限公司
發 行 人　高小娟
聯絡地址　235 新北市中和區中安街七二號十三樓
　　　　　電話：02-2923-1455／傳眞：02-2923-1452
網　　址　http://www.huamulan.tw 信箱 hml 810518@gmail.com
印　　刷　普羅文化出版廣告事業
初　　版　2019 年 3 月
全書字數　392487 字
定　　價　十九編 33 冊（精裝）新台幣 64,000 元

晚清四大小說研究（上）

黃美珍　著

作者簡介

黃美珍，台南人，高雄師範學院學士，成功大學中文所碩士，中山大學中文所博士。曾任雲林北港高中教師，台南護專助理教授。碩士論文《張載讀書論研究》，單篇論文：〈「六經責我開生面」——論王夫之「道器之辨」於明清之際所標示之承轉意義〉（《南大學報》）、〈從創作意識論唐傳奇愛情小說之藝術特徵〉（《實踐大學學報》）。

提　　要

　　本論文以晚清四大小說為研究對象，就其著述意識、時代背景、結構敘事、人物讀者以及文學思想等面向做一探究。

　　晚清作者著述意識極為強烈，本文探究其形成之中外根源，並說明四位作者各具特色之不同表現。晚清外患頻繁、政治污亂、新舊文化雜糅，本文探究時代具體情況，對作家、作品之影響，以及在小說內容之呈現。

　　由於域外小說之輸入，以及報章雜誌之媒體傳播，使小說在形式結構上產生變化，本文細察此一改變，並重新審視四大小說之個別整體結構及敘事藝術之評價。讀者是四大小說極重要之一環，新聞傳播之興盛使讀者與作家、作品之互動產生改變，本文探究此一改變，說明讀者對作家、作品之影響。

　　四大小說之著述意識強烈，以故作品在文學性上亦表現較強之思想性。在文藝表現上以直諷、暴露、譴責為多；在文學思想上則對新舊文化、社會亂象有理性之針砭。本文不止於四大小說之時代環境、形式敘事，又兼及作者意識及內容思想，以全面性之研究，冀以提供對晚清四大小說具體而整體之認識。

目次

第壹章　緒　論

一、研究範圍與概況

　　晚清四大小說包括李伯元《官場現形記》、吳趼人《二十年目睹之怪現狀》、劉鶚《老殘遊記》以及曾樸《孽海花》。四書乃中國小說晚清一期之代表，魯迅名之爲譴責小說，並就其形式內容特色總而言之：「雖命意在於匡世，似與諷刺小說同倫，而辭氣浮露，筆無藏鋒，甚且過甚其辭，以合時人嗜好。」此評一出，幾成定論。其後胡適、阿英雖對小說反映社會之功能表示肯定，然於結構敘事修辭之論，則略同於魯迅。

　　時代背景之於晚清小說，確有其重要性。如果沿中國歷史的縱切面做一掃瞄，則晚清無疑是最激烈動盪之一章。外患最爲嚴重，八國聯軍幾至亡國；內政上慈禧干政，顢頇守舊；文化上西潮東湧，固有傳統卻陳腐僵化，節節敗退。學者承前述小說反映時代之說，致力晚清小說時代背景之研究；或言其戰事，或究其政治社會之變遷。

　　至於形式方面，陳平原在敘事轉變上，取得了突破性的研究成果；西方學者則有 Milena 對結構修辭上，不同以往之論點。而王德威則在以往之研究基礎上對晚清之現代性再加審視，參以西方之理論，提供不同視角之見解。

　　相較於形式研究之持續進展，內容研究則較乏人問津。學者多將焦點集中於劉鶚之《老殘遊記》以及曾樸之《孽海花》，對二書之文字藝術亦較爲肯定；其餘二部，基本上仍維持魯迅原評。

　　整體而言，對於晚清譴責一類小說，雖大多認爲承《儒林外史》而遠遜於《儒林外史》；然亦有持晚清譴責小說乃爲《儒林外史》進一步發展之不同

觀點，未成定論。以上爲此一論域之研究概況。以下就文獻再逐一探討：

關於時代歷史背景之相關研究，因其重要性，學界著作頗豐：

李守孔《中國近代史》歸納鴉片戰爭失敗原因，言簡意賅。陳豐祥、林麗月《中國近代史》特別指出甲午戰敗，對中國的影響，列強至此清楚中國實力，侵略變本加厲。包遵彭、李定一、吳相湘《中國近代史論叢》第一輯第十冊俄帝之侵略，詳言侵略伊犁始末；第一輯第六冊第一次中日戰爭，書中述及慈禧太后移海軍費修頤和園，爲甲午戰敗之一大原因；唐德剛《晚清七十年——壹中國社會文化轉型綜論》認爲康有爲主張君主立憲；孫中山主張建立民國，二人一緩進，一激進，改革態度則一致，而「由於清廷的顢頇昏瞶，助成了激進派的成功。」對晚清外交官員，較持肯定態度。至於滿清之敗，則歸咎於帝國統治機器老舊將廢，大臣竭思盡力，亦難以回天。與此相反，郭廷以《近代中國的變局》則認爲林則徐、曾國藩、李鴻章、恭親王、郭嵩燾、康有爲等，對於西方文化各有認識，各有方案，但偏而不全，甚至舍本逐末。尤其指出早期雍正禁教令，對滿清發展的嚴重影響。季平子《從鴉片戰爭到甲午戰爭》則指出中法之戰時，曾紀澤、薛福成看出法國其實無力兼顧遠東戰場，總理衙門和李鴻章卻一無所知，因此判斷錯誤，急於求和。

陳豈之、陳振江、江沛編《晚清民國史》認爲甲午之戰，三洋〔註1〕各成派系，易被各個擊破。對同文館培養人才、翻譯西方科技法律文史書籍，則表肯定。錢鋼，《海葬——甲午戰爭100年》生動記述海戰，詳論中國弧形迎戰，日艦前後夾擊，中國海軍窘迫蜷縮，形勢殊爲不利，以致戰敗。

吳相湘《晚清宮廷與人物》以陝西考官丁惟禔一案說明當時太監賣官鬻爵以及士大夫勾結太監以求官爵之情況。鄭曦原編《帝國的回憶》——紐約時報晚清觀察記，保存晚清美國報紙對中國時事之報導觀點；其中對鴉片戰爭，提出不同觀點：英格蘭國庫雖有豐盈進項，卻喪失對大清國出口工業品可能獲得之收益；並因鴉片煙癮消耗中國之勞動力、財力，導致中國之貧窮，使期望與中國建立正當貿易的工業國家亦無端蒙受損失。〔註2〕薛化元，《中國近代史》述及英國國會反對黨議員抨擊對保護違法的鴉片買賣之戰爭是可

〔註1〕 丁日昌建議分別在天津、吳淞、南澳設立北、東、南三洋提督，總理衙門後將東洋（或中洋）的名稱改爲南洋，將原來的南洋改稱粵洋；參見該書頁61。
〔註2〕 參見《帝國的回憶》——紐約時報晚清觀察記，鄭曦原編，北京：新華書店，2001年05月一版，頁25。

恥行為〔註3〕。對臺灣乙未抗日則言之甚詳，包括台灣官紳引用《公法會通》一書內容，主張臺灣割地一事，必須諮詢臺灣紳民的意見，以求自主抗日等。

坂野正高《近代中國政治外交史》以日學者觀點，認為清朝是征服王朝，對外政策以維持自己的權力地位為首要，在為滿州王朝的利害打算。並指出晚清外交史料中，〈大清歷朝實錄〉（簡稱〈清實錄〉）輔佐皇帝的軍機處起草之上諭，按照日期順序排列，分機密訓令（稱寄信上諭或廷寄）和公布於中外之佈告（明發上諭）兩種。〈籌辦夷務始末〉是對外的聖旨和上奏文等，按日期順序由軍機處編纂。〈清季外交史料〉實質上是〈籌辦夷務始末〉之續編，曾任軍機處書記官的王彥威於公餘編纂。三者有助了解一八三六至一九一一的中國外交動向。

段昌國、林滿紅、吳振漢、蔡相煇編著《現代化與近代中國的變遷》特別著重外來力量對中國內部的影響，造成新的社會階層如新式軍官、買辦等。張研、牛貫杰《晚清中國統治格局研究》認為由宋元明清數百年到清中後期，所形成之里社保甲坊廂系列，自「攤丁入畝」以後，由於實行只按土地納稅的單一徵稅標準，人丁編審不再受到國家重視，里社制因里甲編組無從維持而逐漸廢弛。

陳儀深《近代中國政治思潮——從鴉片戰爭到中共建國》言魏源《海國圖志》、馮桂芬《校邠廬抗議》之重要，並認為晚清之自強運動，西洋留學生未嘗參加，運動之中堅之人不通西洋語文，能力所限，故運動無其成效。劉健清，《中國近現代政治思想史》言中體西用之思想，馮桂芬《校邠廬抗議》以中體西用為洋務派思想綱領，王韜、薛福成、鄭觀應等亦呼應之，張之洞《勸學篇》以中體西用則新舊兼學，舊學指以孔孟為中心內容的舊文化，主要是指綱常名教、封建道德。所謂新學即西學，包括西藝與西政。結合小說與時代政治背景者有賴芳伶《清末小說與社會政治變遷（1895～1911）》認為清譴責官場之小說特點，重點在罵大官、實官與滿官，不時點出滿官比漢官更昏庸；最重要的結論是：官場裡面沒有好人。而晚清小說在強調社教功能的認識下，配合新聞專業的發達、文學潮流的衝擊、西方思想的引入等多項因素，充分將小說根植於現實社會。一方面傳達民間的心聲；一方面傳播新思潮，而匯成一股新的、強大的輿論力量，充分呈顯其過渡變遷之特質。陳玉申，《晚清報業史》引梁啓超言「故交換智識，實惟人生第一要件，而報館

〔註3〕參見薛化元，《中國近代史》，臺北：三民書局，2003年06月三版，頁6。

天職,則取萬國之新思想,以貢於其同胞也。」〔註4〕認為報紙有嚮導國民之天職。賴惠敏,《天潢貴胄——清皇族的階層結構與經濟生活》探討清代皇族生活,以史料與小說內容相應,對晚清落魄王公之種種不堪,究析因果。薛文郎《清初三帝消滅漢人民族思想之策略》指出清初諸帝以「不分夷狄華夏」麻醉被滿人征服的漢民族,消滅其民族意識,清廷除了另則嚴禁漢人和蒙人、回人、藏人通婚及雜居之外,還為了滿人的特殊利益而劃了很多禁區。其私心造成民族間不平等,也阻礙少數民族之漢化。〔註5〕

林俊宏《晚清革命思潮與民間文學傳播之研究》認為甲午戰爭後,士人開始投入實業建設及近代企業經營以新式教育作手段,謀求富強之道。以書刊、報紙等媒介來宣傳理念,成了新民的軸心, 不同的文化訊息,在報刊上激烈辯論。知識份子亦善用媒體傳播,對時代發言。1903 年 8 月 7 日的《國民日報》也聲稱:「一紙之出,可以收全國之觀聽,一議之發,可以挽全國之傾勢。」足見當文學結合報刊傳播之後,除了擴大群眾基礎外,也在一定程度上拓展群眾的認知空間,間接轉俗成風,而形成嶄新的價值系統。〔註6〕孫燕京,《晚清社會風尚研究》詳述西方文化對晚清社會之影響,如日常娛樂方式也發生改變。傳統集中在農閒季節和白天,到了晚清,休閒方式豐富,娛樂場所興盛,通商大埠出現更多茶樓、酒肆、書場、戲園,外國的馬戲、戲劇、音樂會、舞廳、臺球(小彈子房)、保齡球(大彈子房)、健身房等,亦相繼出現。中國官員貪瀆者依然如故;面臨時代變局的時候,亦分成新與舊兩在思想文化上差距相當大;而教會、教會學校以及傳教士辦報則帶來不小影響,形成新興士紳階層。嚴昌洪,《中國近代社會風俗史》歸納近代風俗演變之特點為:

第一、從傳統到現代的過渡特徵,舊俗與新風併存雜糅。

第二、中西合璧的兼容性,公曆與夏曆併行使用。

第三、習俗變革的不平衡性,不同人物、地域差異大。〔註7〕

〔註4〕陳玉申,《晚清報業史》,濟南:山東畫報出版社,2003 年 01 月一版,頁 135。

〔註5〕薛文郎,《清初三帝消滅漢人民族思想之策略》,台北:文史哲出版社,1991 年 08 月一版,頁 71~72。

〔註6〕林俊宏,《晚清革命思潮與民間文學傳播之研究》,台北:台灣學生書局,2006 年 12 月一版,頁 258。

〔註7〕嚴昌洪,《中國近代社會風俗史》,台北,南天書局 1998 年 01 月一版,頁 348~349。

對近代社會風俗之新變則持利於思想解放、豐富中國文化、促進經濟的繁榮等肯定觀點。

至於小說本身之相關研究，魯迅《中國小說史略》認為小說特徵在揭發伏藏，顯其弊惡，而於時政嚴加糾彈，或更擴充並及風俗。雖命意在於匡世，似與諷刺小說同倫，而辭氣浮露，筆無藏鋒，甚且過甚其辭，以合時人嗜好，則其度量技術之相去亦遠矣。阿英《晚清小說史》指出其特點：第一，充分反映當時政治社會情況，刻劃出社會每一個角度。第二，作家有意識的以小說作為武器，對政府和一切社會惡現象抨擊。第三，利用小說形式，從事新思想新學識貫輸，作啟蒙運動。第四，是雜誌《新小說》、《繡像小說》所刊載作品，幾無不與社會有關。林瑞明《晚清譴責小說的歷史意義》則認為小說之價值意義有四：第一，影響八股文和科舉制度的廢除，掃除了文學發展的一大障礙；第二，白話文的使用，使得文學得以更進一步發展；第三，介紹新思想，使得文學思潮有了更寬廣的視野，第四，革新的精神，使得文學作家擺脫過去的消極性，從此積極的介入社會。吳淳邦《晚清諷刺小說的諷刺藝術》引海耶特（Gilbert Highet）〔註8〕及柯蠟克（A. Melville Clark）理論探析小說的諷刺技巧，認為婉曲並非諷刺小說的不二法門，其語氣應有婉曲與直斥兩種。

晚清中西交會、新舊雜糅，涉及中西異同如饒芃子等《中西小說比較》認為第一人稱限知敘事，比第三人稱限知敘事限制的角度和範圍更加明確。第三人稱限知敘事，容易回復到非限制的觀點或第一人稱的觀點。黃永林，《中西通俗小說比較研究》指出作家書面文言小說與白話通俗小說受不同藝術傳統的影響，在敘事時間模式的運用上有不同選擇。歸納出公案小說發展過程變化的軌跡，並有中國古代公案小說斷案，不重視實地調查研究和嚴密的邏輯推理，更少運用物理、化學、醫學等自然科學的知識來輔助破案，而是憑感情上的直覺、大堂的供詞，有時還信鬼弄神，往往使讀者感到玄秘而不可信等等之觀察，而偵探小說斷案的方式和方法則完全是建立在科學的基礎上的，使廣大的讀者在閱讀的過程中，潛移默化地受到科學的教育〔註9〕。以《老殘遊記》為政治公案小說，敢於抨擊黑暗，針砭時弊的精神，具有重要的現

〔註8〕The Anatomy of Critictsm，普林斯頓大學出版社，1973年三版。
〔註9〕黃永林，《中西通俗小說比較研究》，臺北：文津出版社，1995年10月一版，頁117。

實主義意義。張健、謝綉華《中西小說理論要義》列述東西理論如毛宗崗提出人物塑造的方法之「用襯」法，金聖嘆的「橫雲斷山法」以及莫洛亞之內心獨白等，並加闡釋。程華平《中國小說戲曲理論的近代轉型》認爲近代小說理論批評家的觀念還是傳統的「文以載道」觀的延續和膨脹發展，〔註10〕並指出以一種救世主的姿態自居的，缺乏眞正的平民意識是其致命缺陷。

袁進《中國小說的近代變革》認爲清末小說家比古代小說家更注重小說的結構，把小說結構看成是「布局」、「筆法」，嘗試作出新探索。然模仿多，創造少。李伯元的《官場現形記》、《文明小史》借用了《儒林外史》的小說結構。吳趼人的《二十年目睹之怪現狀》對《儒林外史》小說結構作了改進，曾樸的《孽海花》又作了進一步的改進，無論是長篇小說還是短篇小說都出現了形式上的變化。

金健人《小說結構美學》敘述中西小說發展，結構之變化，並舉諸多實例說明。如西班牙佚名氏的《柯美思河的小拉撒路》啓開了流浪漢小說的河閘。流到菲爾丁、斯摩萊特發展爲情節小說；孟德斯鳩的《波斯人信札》打開了小說與哲學的通道，出現伏爾泰的《老實人》等哲理小說；小說先有敘述再有描寫，然後是議論和抒情。他亦比較中西之差異：與歐洲強調與現實世界的聯繫，中國古典小說較多地卻是從增強作品意蘊的角度來利用外部時間。《紅樓夢》開篇敘「石頭記」來歷，第一件就是敘其「無朝代年紀可考」。對於視點之轉移則有其心得，包括主要視點與輔助視點之配合、結尾之視點還原等。

馬振方《小說藝術論稿》分藝術誇張爲四個層次，並提出其藝術批評觀點：與表意兩類小說各有所長，互異互補，作家根據自己的條件和興趣而有所側重，論者卻不可單憑個人好惡定其高下。兩者藝術品格不同，批評的藝術標準也不能一樣，否則就會以此之長，較彼之短，以偏概全，對某一品類妄加褒貶。劉世劍《小說概說》言中國古代小說之描寫演進大勢，在文言則唐傳奇爲一巨變，至《聊齋》而集其大成。白話短編小說，則至「三言」而達於極致。白話長篇小說，《三國》、《水滸》、《西遊》爲一階段；到《金瓶梅》變得更委曲細膩，《儒林外史》、《紅樓夢》則達於化境；至晚清小說，則在心理、景物等方面的描寫，在不同的書中有不同的突破與發展。如《孽海花》

〔註10〕程華平，《中國小說戲曲理論的近代轉型》，上海：華東大學出版社，2001年10月一版，頁18。

之心理描寫，《老殘遊記》之景物描寫與音樂描寫等等〔註11〕。黃清泉、蔣松源、譚邦和《明清小說的藝術世界》認為譴責小說家並不缺乏文學的「技術」，而作品整體構思未臻精美或某些局部缺乏錘煉，報刊連載之需，參與社會改革的急迫是為主因。

方正耀《晚清小說研究》則指出晚清處於亡國即在旦夕的時期，小說家改變補正史之不足的觀念，認為救亡圖存必使愛國思想普及於最大多數國民而後可，以小說為救亡圖存的武器，用政治的眼光來尋找創作素材，收集並描寫當時社會新近發生的事實。讀者能夠通過閱讀小說而了解到當前社會所發生的事件，及其與國計民生的休戚關係。對小說婦女問題之記述，亦認為有其生活依據；而晚清小說吸取了古代小說心理描寫技巧，又借鑒了西方小說的藝術技巧，兼收並蓄，形成了不同於前輩的特點。

歐陽健《晚清小說史》對四大小說之成就較持肯定態度，尤其結合作家生平與作品言其特色，清楚而具體。劉良明等，《近代小說理論批評流派研究》由小說本身之評點、自敘等資料，分析其理論主張。認為劉鶚為《老殘遊記》感時傷世，道出了劉鶚創作《老殘遊記》的動機，歷來都引起研究者的重視，胡適與阿英據以闡明作者的思想見解，夏志清以此將作者擬於杜甫，可見其價值之重要。康來新《晚清小說理論研究》運用晚清七十餘年間，有關小說評點、序跋、筆記、專論、叢話與譯介等資料探析晚清小說理論。認為白居易「文章合為時而著，歌詩合為事而作」，可詮釋晚清小說發展之主要導向。知識份子宣揚小說的教化功能，梁啓超「小說為文學之最上乘也」，王國維、黃摩西、徐念慈以美學態度予以肯定，使得小說的提昇具有真實之意義。而評點之學注重作品章法形構，被認為與西方形構主義的「新批評」類似；形構批評集中於作品中的字質研究，具體使用歸納法，視文學作品為一完整的有機體，對作品內成分不孤立考慮。李瑞騰《晚清文學思想論》分述章炳麟、王國維、劉師培之文學思想，以之為古文學之總結；而新文學論及小說界革新與白話文運動，言其意義。

陳平原《中國小說敘事模式的轉變》指出晚清小說在敘事有所轉變，然敘事發展仍未成功乃因作者矛盾心態〔註12〕，並且忙於講故事發議論、忽略

〔註11〕參見劉世劍，《小說概說》，高雄：麗文出版社，頁235。
〔註12〕陳平原，《中國小說敘事模式的轉變》，臺北：久大文化有限公司，1990年05月一版，頁73。

對小說藝術性的追求。王德威《被壓抑的現代性──晚清小說新論》更指出晚清小說病在其對社會現實的膚淺認知，從而影響到了它的藝術成績。由其謔仿之寫作方式，形成醜怪美學，在敘事上比照西方的浮泛模仿並未能造成眞正革命性的改變。Milena,〈晚清小說中的情節結構類型〉收於林明德編《晚清小說研究》，對晚清小說組織鬆懈之評，提出 Semanov 將《二十年目睹之怪現狀》結構章法比喻成「一條鎖鏈，鐵絲（即中心人物）交織纏錯，以增強其力量」之說，並透過「聯綴」（stringing）的類型原則以及語意分析（semantic analysis），說明晚清小說中的三個情節結構型式。她依照捷克結構主義學家 Jan Mukarosvsky 的說法，Slovskij 對於情節結構的「形式」（formal）概念，認爲應再配合其「語意」組織，予以考慮補充，從聯綴式情節的事件，判斷它們在意義上是否具有共通性，而決定其結構，於是有不同之收穫。

　　楊聯芬《晚清至五四：中國文學現代性的發生》從晚清新小說家對小說的預設目標加以考察，認爲辭氣浮露、摭拾話柄的缺陷，是作家追求的非藝術化之結果。特別推崇曾樸《孽海花》在結構上的成就，在章回體制之內，實驗了超越章回的時空轉換、立體敘述。〔註13〕

二、研究方向與預期成果

　　以往之研究，不論是直接論其戰爭、政治變遷或由其時代新舊過渡探究敘事之改變，都與晚清之時代背景相關；時代背景確有其重要性。晚清適居古典與現代之交會，本就具備客觀條件之豐富性，可以提供諸多研究資材；因此，時代背景自有其重要性。

　　不過，在此一尚甚爲稀疏之論域網，明顯欠缺主體意識之研究。在晚清，小說有一項極重要之發展，即是梁啓超之「小說界革命」。梁氏之主張中，將小說之價值以及小說家之地位推上高峰。小說之著作有其特殊目的，小說家之寫作，亦有其特殊使命，此一重要之著作元素，必然對作品產生重要之影響，並由此形成晚清小說之特色。相對於時代背景之爲外在客觀，作家主體意識則爲主觀之內在；若想全面而深入地認識晚清四大小說，此項元素至爲關鍵，不宜或缺。

　　因此，本文的研究路徑，乃在原先著重外在客觀之研究論域，另由晚清

〔註13〕楊聯芬，《晚清至五四：中國文學現代性的發生》，北京大學出版社，2003 年 11 月一版，頁 269。

四大小說之著述意識出發，由內而外，裡應外合，雙管兼下，進而一步步開
疆闢土，擴張領域，深入探究。換言之，本文之研究主軸為作家之著述意識，
確立此一著述意識，穿越原有論域網，縱橫交織出更為嚴密全面之研究網絡。

　　晚清四大小說之著述意識，梁氏自道乃取法西洋，論者卻又有梁氏誤解
西方以致過份誇大小說功能之論，宜加以釐清。

　　其次，時代背景為研究晚清四大小說至為重要之一環，前此或言戰爭或
論政治社會，各有所重；本文一則將文化因素納入，使時代背景具備全面性；
二則加強小說與時代背景之連繫，對小說內容再做勘察，並以此重新審視晚
清之時代背景。

　　由著述意識與時代背景兩大光束交會所形成之視角，當更為明亮有力；
以此縱觀橫覽晚清四大小說，期有更為清晰而全面之認識。作品形式研究上，
除對敘事修辭之再審視，並擴及至結構。至於作品之內容思想，則因著述意
識之納入，而可以一併做更深入之審視。

　　再者，梁氏小說革命之主張中，有一重要元素乃是讀者。由著述意識言，
讀者是作者設定之對象；就時代背景言，晚清進步之傳播媒體又使讀者、作
者之互動極為頻繁，這亦一定程度地對小說產生影響，是一條值得期待的研
究新徑。

　　最後，具有強烈著述意識之晚清四大小說，必然具備相當程度之文學思
想。此一思想性與其文學性關連如何？這又是另外一條值得一探究之新論徑。

　　總而言之，由著述意識出發，與時代背景雙管齊發之研究方向，是在以
求其全面再求其深入的研究策略上，所做的新嘗試；其目標，正在努力挖掘
耙梳以顯現晚清四人小說更清楚而正確之全貌，期使此一研究論域更為周密。

三、本文架構

　　本文由著述意識出發，並以之為主軸，與時代背景十字交叉、內外呼應，
因而形成本文論述之基本架構。茲介紹如下：

　　本文首章為緒論。介紹研究範圍與概況，研究方向與期許，更點出本文
之基本架構。

　　第貳章為晚清四大小說之著述意識。一由其歷時發展，二由其共時特色，
三則聚焦於四大小說而分論之。

　　第參章為時代背景。兵分三路，一則由晚清外患、晚清政治與晚清文化，

構現晚清之背景，二則觀察此三者對著述意識之激化，三則檢視小說與時代背景之關連。

第肆章為四大小說之敘事結構。乃在較全面之視角下，重新審視小說之形式結構；包括其舊有之章回形式，轉變之新痕跡，以及整體結構等。

第伍章亦為敘事結構，基本上是前章之補充。由敘事之人稱、全知、限知至於小說中之時空推移，最後及於小說之修辭。

第陸章則為四大小說之讀者與人物。就敘事言，人物可視為其中之一部份；就著述意識言，讀者是作者設定之目標。而晚清四大小說之讀者與人物，其關係又十分密切，因此，沿論述脈絡排定於結構敘事二章之後，續做討論。

第柒章為四大小說之文學與思想。作為啟蒙教育之所資的晚清四大小說，其思想性，與敘事修辭之文學性密切相關。而由著述意識為主軸，一脈而下之論述，亦以此為終點，以收首尾呼應之效。

第捌章則根據以上數章之論述，做成總體之結論。

第貳章 「中有所承、取法乎外」——
晚清四大小說之著述意識

　　文學是作者情感思想的表現，作者的著述意識，包括動機、心理、目的，對於作品在不論是內容、形式之特徵或整體風格的呈現上，都有極大的影響。新批評有專論作品而將作者置之不論者，認為可以更自由開闊發掘作品的種種內涵，進行更多討論。實則，專就作品的分析研究與兼顧作者的綜合探究，並不一定就成乖違；不同視角，取材差異，方法迥殊，或彌補彼此之不足，或有相得益彰之效，正能豐富學術論域，深化研究層次。

　　就中國傳統小說言，其作者之於作品，關係極其密切。換言之，探究作者此一因素對於作品的影響，有其不可忽略之必要性。而就中國傳統小說而言，作者之於小說所造成最大之影響，形成最大之特徵，就在於作者之著述意識。為何而作？決定作品的諸多特徵。來自作者意識中為何而作的呼聲，轉成作品隱約可辨的回響，在中國傳統小說著述的歷史之河，形成一縷綿細幽微卻柔韌不絕的旋律。中國傳統小說的著述源遠流長，不同時代，不同文學進程，出現各具面目，情思文采殊異的作家，就作者著述意識而言，各有不同因由，亦同有相似基調；至於晚清之際，最廣為人知者，當推在政治上被視為洪水猛獸的康梁黨成員——梁啟超的小說界革命。本章聚焦於晚清，就其時整體小說著述意識作一探究外，更回溯其遠源、近流，由此縱橫交會以見晚清小說著述意識之立體面貌，並且進一步論述四大小說之著述意識。

第一節 「中有所承」：著述意識之傳統承遞

　　小說寫作若就著述意識論，可以遠及上古之時。從周代「采詩問謗」起，風謠傳說之作即粗備規模，如果探究其創作因由，則是記述民情，誦諫於朝，達於天聽。這種佐君治國，參贊化育的神聖使命感，由此一路蜿蜒而進，歷漢魏唐宋而不衰。

一、上古採集風謠傳說以聞於天子

　　風謠傳說的採集，自周代起即有專門負責之人員。《禮記・王制》及《春秋公羊傳》均見記載：

> 天子五年一巡守，……，命大師陳詩，以觀民風。〔註1〕

> 男年六十、女年五十無子者，官衣食之，使之民間求詩，鄉移於邑，
> 邑移於國，國以聞於天子。〔註2〕

選擇適宜擔任採集之對象，並有一定之傳遞進程，可見其施行之固定性；而後世作品所呈現之採集數量與採集範圍，又可想見其規模。此時與采詩同時進行的正是街頭巷尾、市井市集的民間傳說。

> 吾聞古之言：王者德政既成，又聽於民，於是乎使工瞽誦諫於朝，
> 在列者獻詩，使勿兜，風聽臚言於市，辨袄祥於謠，考百事於朝，
> 問謗譽於路，有邪而正之，盡戒之術也。」〔註3〕

「風聽臚言於市」是採集街頭巷尾的傳說，「問謗譽於路」則是詢問民間關於生活日常的議論感受，以明施政得失。漢代儒者對此情形有較詳細的解釋：

> 古者聖王之制：史在前書過，工誦箴諫，瞽訟詩諫，公卿比諫，士
> 傳言諫過，庶人謗於道，商旅議於市，然後君得聞其過失也。〔註4〕

士是受過教育的知識份子，雖然地位未及公卿，但憑著為庶人商旅等農商百

〔註1〕《禮記・王制》見（清）阮元《十三經注疏》第四冊，頁 2871～2872。清嘉慶二十年宋刊本，（清）阮元用文選樓藏本校勘，宏業書局據國防研究院圖書館藏書影印。

〔註2〕《春秋公羊傳》宣公十五年何休注。見（清）阮元《十三經注疏》，頁 4962。宏業書局印行。

〔註3〕《國語・晉語（六）》，韋昭注：「風，采也；臚，傳也。」台北：九思出版有限公司，1978 年 11 月一版，頁 410。

〔註4〕（漢）賈山《至言》見蔣凡編，《古代十大散文流派》第一卷之《秦論辯文》，頁 19～20。長沙：湖南文藝出版社，1997 年 07 月一版。

姓傳言的工作，等同於扮演爲民喉舌的職份，間接參與政事，以收匡正之效。這職份較之公卿或正史之官確有差別。班固，《漢書·藝文志》：

> 小說家者流，蓋出於稗官，街談巷語，道聽途說者之所造也。孔子曰：「雖小道必有可觀焉；致遠恐泥，是以君子弗爲也。」然亦弗滅也。閭里小知者之所及，亦使綴而不忘；如或一言可采，此亦芻蕘狂夫之議也。

其下注云：

> 如淳曰：「…細米爲稗；街談巷說其細碎之言也。王者欲知閭巷風俗，故立稗官，使稱說之。」〔註5〕

除了細小瑣碎之義，對於稗官的解釋，學者另從與正史的區別點明其取義所在：

> 稗官非細米之義；野史小說異於正史，猶野生之稗，別於禾，故謂之稗官。〔註6〕

稗官傳說之別於正史，就在於來自於民間，亦即封建下層的直接反映，不同於史官因應朝廷官修而有所篩選，故可及於正史之所不能及而補其所不足，其間或有怪力亂雜而有失雅正者，故別名爲稗，以言其卑小。然而對於知識份子而言，採集傳言乃是參贊政治，自我實現的一種肯定；班固所引「必有可觀」的評價，見於孔門四科中以文學著稱的子夏：

> 子夏曰：雖小道，必有可觀者焉，致遠恐泥，是以君子不爲也。〔註7〕

孔門對於閭里傳說中非屬雅正的那一部份向來並不肯定：

> 子不語怪、力、亂、神。〔註8〕

> 子曰：素隱行怪，後世有述焉，吾弗爲之矣。〔註9〕

此外，儒家中荀子與道家之莊子，亦從小大之別而有貶抑之意：

> 故智者論道而已矣，小家珍說之所願皆衰矣。〔註10〕

〔註5〕 以上二則引文見班固，《漢書·藝文志》，頁 0873。（唐）顏師古注，（清）王先謙補注，台北：新文豐出版公司，1975 年 03 月一版。

〔註6〕 （清）段玉裁注，徐灝箋，《說文解字注箋》，廣文書局，頁 2333。

〔註7〕 《論語·子張》見（清）阮元《十三經注疏》，頁 5499。宏業書局印行。

〔註8〕 《論語·述而》見（清）阮元《十三經注疏》，頁 5391。宏業書局印行。

〔註9〕 《禮記·中庸第三十一》見（清）阮元《十三經注疏》，頁 3527。宏業書局印行。

〔註10〕 《荀子·正名》見李滌生，《荀子集釋》，頁 530。台北：台灣學生書局，1981 年 10 月二版。

飾小説以干縣令，其於大達亦遠矣。〔註11〕

荀子認爲論禮義以使身修國治之道，遠較小説爲正爲大；莊子則指出小説瑣屑之言與逍遙大達之長遠差距。然而就「雖小道，必有可觀」言，正是做爲人民喉舌、正史分工，以補正史之不足的諷諫之功，使其雖小而不可缺，即使瑣碎亦有可觀。雖則持正史、大道觀點的史家、思想家對於細小瑣碎之言的野史小説，有此對照下的高低不同評價，然而蒐羅閭里風俗，記述街議巷說，傳聞於上，以明得失，確是知識份子服務社會，有助治道的另一種選擇。而當其述作之際，胸襟所懷，是身爲傳言諫過之士的共同意識，分責所在，則是君子受命於朝，肩負匡濟之任的使命之感。周代之後，雖未專門設職以採集風謠傳說，然而小説著述以參治道的寫作意識卻承遞而下，對象則由天子君王擴大到一般觀讀之人，而其參贊治道、可觀可取之優點亦由治國而及於修齊之功：

　　小説家合叢殘小語，近取譬論，以作短書，治身理家，有可觀之辭。
〔註12〕

此後，魏晉志人志怪是小説著述的一新里程碑，其沿前代而續有發展者，則在於承肯定「可觀」之觀點而衍生的眞實之強調與勸懲之功。

二、魏晉志怪強調眞實明神道不誣

　　迨及魏晉，對於小説著述意義之肯定可以曹植爲代表：

　　夫街談巷説，必有可採，擊轅之歌，有應風雅，匹夫之思，未易輕
　　棄也。〔註13〕

曹植正是基於上古風謠傳說之採集，因此，將小説著述之重要性與國風並列。至於魏晉小説之著述意識，承於傳說採集而有進展者，則是勸懲之功與眞實的強調。關於眞實性的強調，學者指出它「實錄」的著述特徵：

　　魏晉南北朝的志怪小説和志人小説，並不是文學意義的小説，它們
　　只是文學意義的小説的胚胎形態，它們是屬於子部或史部的一類文

〔註11〕《莊子‧雜篇‧外物》見黃錦鋐注譯《莊子讀本》，頁370。台北：三民書局，
　　　　1974年01月一版。
〔註12〕見（梁）蕭統，《昭明文選》卷三十一李善注引漢，桓譚，《新論》。台北：藝
　　　　文印書館，1991年12月十二版。
〔註13〕曹植，〈與楊德祖書〉見（梁）蕭統，《昭明文選》卷四十二，頁605。

體。〔註14〕

> 小說與史乘之不同，主要在虛構。魏晉南北朝志怪小說含有宗教目
> 的，其寫作原則卻是實錄，正因爲它們堅持實錄原則，它們才被目
> 錄學家劃歸在史部或子部。〔註15〕

不論志人志怪，其特徵在「志」，「志」即記錄，此記錄是眞實記錄。學者清
楚指出其「實錄」原則，雖另以其時小說寫作尚未成熟的「胚胎說」作爲解
釋，但究柢追根，眞實性的意義，眞實性的強調，才是癥結所在。郭璞注《山
海經》序：

> 世之覽《山海經》者，皆以其閎誕迂誇，多奇怪俶儻之言，莫不疑
> 焉。〔註16〕

魏晉志怪正是上承《山海經》而有所發展，對於《山海經》記述內容爲眞屬
實的強調，即是對小說著述眞實的強調。葛洪甚至在《神仙傳·自序》中強
調所記神仙事跡皆屬眞實：

> 予著《內篇》，論神仙之事，凡二十卷。弟子滕升問曰：「先生云仙
> 化可得，不死可學，古之得仙者，豈有其人乎？」予答曰：「秦大夫
> 阮倉所記，有數百人，劉向所撰又七十餘人。然神仙幽隱，與世異
> 流，世之所聞者，猶千不得一者也……」今予復鈔集古之仙者見於
> 仙經、服食方及百家之書、先師之說、耆儒所論，以爲十卷，以傳
> 知眞識遠之士。

換言之，葛洪不但強調成仙是眞，而且成仙者眾，唯知眞識遠之士才能知而
信之。對此眞實的強調，魯迅就晉時情況作一設想說明：

> 中國本信巫，秦漢以來，神仙之說盛行，漢末又大暢巫風，而鬼道
> 愈熾；會小乘佛教亦入中土，漸見流傳。凡此，皆張皇鬼神，稱道
> 靈異，故自晉迄隋，特多鬼神志怪之書。其書有出於文人者，有出
> 於教徒者。文人之作，雖非如釋道二家，意在自神其教，然亦非有
> 意爲小說，蓋當時以爲幽冥雖殊途，而人鬼乃皆實有，故其敘述異

〔註14〕石昌渝，《小說源流論》，頁7。北京：三聯書店，1994年一版。

〔註15〕石昌渝，《小說源流論》，頁153。

〔註16〕郭璞強調《山海經》記述內容的眞實性，他除了以穆王有關西王母與穆王的
故事與《左傳》所載相符外，又引漢代劉歆〈上山海經表〉提及劉向東方朔
能辨識書中所載異人（貳負之人）、怪鳥（畢方之鳥）以爲證明。

事，與記載人間常事，自視固無誠妄之別矣。〔註17〕

志怪小說記述爲眞屬實的強調，除魯迅所言人們在當時環境思想氛圍下自然以神鬼爲眞實外，其實更是出於對於小說記述是否屬實之質疑的回應。葛洪弟子滕升對於神仙事跡記述眞實與否的質疑，葛洪對此質疑的鄭重回應，正顯示小說記述之眞實性之於小說價值的重要性。而此種眞實性的強調，則來自於記述街頭巷尾傳說，以補正史不足的稗史意義，稗官小說之重要性，正來自於街頭巷尾傳說的眞實記述，也就是民俗民情的實際反映；故志怪小說記述時眞實的標準，隱隱然內含上古徵實於民的採集記述標準，而非僅就其事理荒誕或合理與否的判別標準。

郭璞的述作意識在他編著《西京雜記》時，有更清楚的表示：

今抄出二卷，名曰《西京雜記》，以裨《漢書》之闕。〔註18〕

編述《西京雜記》意在補正史之不足，其爲正史所不取而正可補正史之不足者，正在其雖雜而有聞見根據之實；換言之，聞見記述之實，才能補正史之不足，眞實性連繫著補足正史、裨益治道的崇高意義，這才是著述作者著意之處。

至於干寶《搜神記》允推爲東晉之代表作，全書四百五十條，所記雖皆神怪靈異，其中實深寓勸懲之功。

《搜神記》雖然渲染鬼道，頗多恐怖驚慄之作，但通過一些因果報應的篇什，他宣揚了懲惡揚善的觀點，有一定的勸戒警世的作用。裏面的鬼神觀點，不再僅具迷信獵奇成分，反而倒起了積極的作用。尤其是其中的一些篇章，雖爲志怪，實際是直面現實、揭露弊端，反抗惡吏、藐視鬼神之作。〔註19〕

干寶本身即是一名史官，他是東晉元帝時人，以著作郎領修國史，著有《晉紀》。修史之餘，又撰述《搜神記》，《晉書·干寶傳》〔註20〕：「撰集古今神

〔註17〕 魯迅，《中國小說史略·六朝之鬼神志怪書》，頁 39。濟南：齊魯書社，1997年 11 月一版。

〔註18〕 葛洪，《西京雜記·跋》。葛洪稱劉歆曾著《漢書》一百卷，班固所著《漢書》相關者悉取之，僅此二萬餘言未取，葛洪編成《西京雜記》；《隋書·經籍志》後將此書歸入史部舊事篇。至於劉歆《漢書》之作，除葛洪之言，未見其他佐證。

〔註19〕 李盾，《中國古代小說演進史》，台北：文津出版社，1999 年 10 月初版，頁 29。

〔註20〕 《二十五史晉書螢雪注二》錢塘、吳士鑑、馬程、劉承幹同注，台北：新文豐出版公司，1975 年 06 月一版，頁 1394～1395。

祇靈異人物變化」以「明神道之不誣」使讀者「遊心寓目」，而其「采訪近世之事」之材料來源則可視爲當代的稗官野史。

干寶一手包辦了正史與傳言的寫作，其撰述原則亦是集錄聞見傳說之實以達成「明神道之不誣」的勸懲之意。《搜神記》序中所提及的「遊心寓目」，則可視爲達成「明神道之不誣」的勸懲之意的策略，目的在吸引讀者的注意力，以竟潛移默化、勸善懲惡、治身理家、良善風俗之功；而此勸懲之功亦由諷諫以裨益治道發展而來，可視爲裨益治道之一端。眞實性、史書意識、勸懲之功在晉代有一緊密而有趣的特殊關連。

三、唐代傳奇有意爲之以勸懲

中國小說，作者的著述意識，到唐代出現了「有意爲之」的新里程碑。

> 小說亦如詩，至唐代而一變，雖尚不離於搜奇記逸，然敍述宛轉，文辭華豔，與六朝之粗陳梗概者較，演進之跡甚明，而尤顯者乃在是時則始有意爲小說。〔註21〕

> 由於許多一流文士的「作意爲小說」使唐人傳奇成爲我國最早以自覺態度和意識去創作的小說，因此，文學史家們都肯定唐人傳奇在我國文學史上的地位。〔註22〕

干寶《搜神記》使讀者「遊心寓目」的寫作策略，在唐代傳奇有了更淋漓盡致的發揮，這自然與唐人「投獻」、「溫卷」之風有關：

> 唐之舉人，先借當世顯人以姓名達之主司，然後以所業投獻。逾數日又投，謂之溫卷。如〈幽怪錄〉、〈傳奇〉等皆是也。蓋此等文備眾體，可以見史才、詩筆、議論。〔註23〕

傳奇雖是非奇不傳，看似創作多於述作，想像重於實錄，但是與史傳的關係依然緊密，唐代史學家劉知幾曾指出小說與正史參行的特性：

> 偏記小說自成一家，而能與正史參行。〔註24〕

強調「實錄」者，固然有與正史參行的諷諫勸懲意義，非奇不傳的傳奇作品

〔註21〕 魯迅，《中國小說史略‧唐之傳奇文》，頁 75，九龍：太平洋圖書公司 1973 年 02 月二版。

〔註22〕 陳昌明，〈唐人傳奇裡的愛情癥結〉，《文心》第六期，1978 年 06 月，頁 27。

〔註23〕 趙彥衛，《雲麓漫鈔》卷八，頁 135。見《唐宋史料筆記叢刊》，北京：中華書局，1996 年 08 月一版。

〔註24〕 （唐）劉知幾，《史通卷十‧雜述》。

則儘管采實成份降低〔註25〕，但其與正史參行的意義不減，究其所以，則知這當是來自作者史才史筆的著述意識：

> 傳奇小説誕生在唐代，但「傳奇小説」的名稱在唐代是沒有的，這是一個相當晚近的概念。對於這類文體，唐代人沒有一個統一的稱呼。單篇的作品，唐代人多以「傳」或「記」稱之，如〈任氏傳〉、〈柳氏傳〉、〈霍小玉傳〉、〈東城老父傳〉、〈長恨歌傳〉，〈古鏡記〉、〈枕中記〉、〈離魂記〉、〈三夢記〉、〈秦夢記〉等等，這種稱呼的來由，大抵是作者受史傳觀念的驅使，認爲他們是用史家筆法寫出來的散文敘事作品。〔註26〕

更清楚地說，唐代小説作者雖於傳奇中馳騁文筆，作意好奇，但是目的則在表現史才；浪漫恣肆的想像背後，是嚴肅的作史的寫作態度，因此，小説主題慣常以「傳」、「記」名篇。內容記述，則仿正史列傳介紹人物姓名、籍貫家世等等，但是，小説創作之目的，往往不在單純的記述事跡，眞正的立意所在是寓勸懲於其中的諷諫意義：

> 傳奇小説的傳類作品……，作者關注的是故事的生動奇特，以及故事所包藏的某種勸誡或諷刺意義。〔註27〕

傳奇所傳達的勸戒諷刺等寫作目的十分清楚明白，而它雖有「史」的意識，卻有不同於史的形式內容，其關鍵正在「與史參行」的傳言之士的創作意識所致之故。明初陶宗儀對此的整體觀察有最簡明的說明：

> 稗官廢而傳奇作，傳奇作而戲曲繼。〔註28〕

由此說明，我們看到始自稗官一脈演進的清楚軌跡。到宋代，雜劇登場，魯迅曾指出宋代話本與雜劇「說話」之關連：

> 然據現存宋人通俗小説觀之，則與唐末之主勸懲者稍殊，而實出於

〔註25〕雖然想像成份提高了，但雜記實錄的傳統仍在。如蘇鶚《杜陽雜編》，記唐室故事而多誇遠方珍異；參廖子、高彥休《唐闕史》間有實錄；康駢《劇談錄》漸多世務；段成式《酉陽雜俎》有〈寺塔記〉以志迦藍，以其涉廣，遂多珍異；溫庭筠《義山雜纂》「皆集俚俗，常談鄙事，以類相從，雖止於瑣綴，而頗亦穿世務之幽隱，蓋不特聊資笑噱而已」。參見魯迅，《中國小説史略・唐之傳奇文》，頁97～100。

〔註26〕石昌渝，《小説源流論》，頁143。

〔註27〕石昌渝，《小説源流論》，頁153。

〔註28〕（明）陶宗儀，《南村輟耕錄・雜劇曲名》，頁332。北京：中華書局，1959年02月一版。

雜劇中之「說話」。說話者，謂口說古今驚聽之事……〔註29〕

繼傳奇而起的戲曲，孕育著話本小說，在著述意識的基調上，吹奏的是諧於里耳的通俗音符。

四、話本章回小說諧於里耳以廓清世風

話本即說話人說書所根據之底本，話本小說則是文人根據說話話本作成記錄加以改編潤飾而成。宋元話本小說中有講史者如《三國志平話》、《武王伐紂平話》、《大宋宣和遺事》等，後發展成《三國演義》、《封神演義》、《水滸傳》。說經話本則有《大唐三藏取經詩話》，為後人創作《西遊記》提供材料。

> 至於故事短小的小說話本，更取材於當時市民生活和人民群眾喜聞
> 樂見的民間傳說，深受群眾歡迎。這些小說話本有的取材於城市青
> 年男女愛情婚姻，如《碾玉觀音》、《志誠張主管》等，有的敘述獄
> 訟事件，如《五十貫戲言成巧禍》，為公案小說開了先河，也有敘述
> 妖異靈怪故事的，其中有的還有超現實的鬼魂情節，把現實與魔幻
> 結合起來，與當代在拉丁美洲出現的「魔幻現實主義」小說有相近
> 之處。〔註30〕

說經講史類的白話小說，當然不失開悟解惑，良善風俗，或者鑑於前事以明得失的勸懲功能。至於短篇小說更清楚地表現了「諧於里耳」，迎合世俗男女的通俗特質，至明代馮夢龍則舉起小說教化的大纛：

> 大抵唐人選言，入于文心；宋人通俗，諧於里耳。天下之文心少而
> 里耳多，則小說之資於選言者少而資於通俗者多。……怯者勇，淫
> 者貞，薄者敦，頑鈍者汗下。雖曉誦《孝經》、《論語》，其感人未必
> 如是之捷且深也。噫！不通俗而能之乎？〔註31〕

小說的感人教化正與其通俗白話相為表裏，通俗白話的生動敘述、親切描繪，正可收小說勸善懲惡的最大功效。〔註32〕金聖歎在其評點《水滸》中亦云「誰

〔註29〕魯迅，《中國小說史略・宋之話本》，頁114。

〔註30〕王克儉，《小說創作隱性邏輯》，頁5。北京：北京大學出版社，1994年04月一版。

〔註31〕綠天館主題，馮夢龍，《古今小說・敘》，頁1～2，臺北：里仁書局，1991年05月一版。

〔註32〕清初話本小說漸漸雅化，至乾隆年間杜綱《娛目醒心編》說教意味濃厚，話本小說也漸趨衰落。

謂稗史無勸懲乎？」〔註33〕正是對此一寫作意識的觀察體認。而經過文人潤色改寫的話本小說，雖仍大多取材於當時市民生活或民間傳說，或者就近取傳奇小說、筆記小說以改寫〔註34〕，只是文人改寫痕跡明顯表現在裁汰太過濃厚的口頭說話片段，以及為達成廓清世風，勸善懲惡所改作的內容上的增添改變，〔註35〕其中不免有違實錄傳統，對此，馮夢龍亦有一番精采辨析：

> 野史盡真乎？曰：不必也。盡贋乎？曰：不必也。然則，去其贋而存其真乎？曰不必也。……人不必有其事，事不必麗其人。其真者可以補金匱石室之遺，而贋者亦必有一番激揚勸誘，悲歌感慨之意。事真而理不贋，即事贋而理亦真，不害於風化，不謬於聖賢，不戾於詩書經史，若此者其可廢乎？〔註36〕

對於撰述小說，馮夢龍在實錄的傳統上納入了突顯文人色彩的虛構想像，而他持之有故，可以言之成理者，正是小說補正史之遺以及勸懲之功的傳統寫作意識。

> 史統散而小說興。始乎周季，盛於唐，而浸淫於宋。韓非、列禦寇諸人，小說之祖也。《吳越春秋》等書，雖出炎漢，然秦火之後，著述猶稀。迨開元以降，而文人之筆橫矣。若通俗演義，不知何昉？按南宋供奉局，有說話人，如今說書之流，其文必通俗，其作者莫可考。〔註37〕

> 孔子云：「詩可以興。」吾於稗官亦云矣。〔註38〕

對於史傳與小說的關連，小說作者參史的著述意識與小說的發展，馮夢龍自有一清晰之把握；而金聖歎所論一則為對小說感染勸懲之功的呼應，一則可以視為由上古採集傳統，至於明代的又一小小增展。

〔註33〕《水滸傳》第十六回總評，見《水滸傳》會評本（上），頁306。北京：北京大學出版社，1987年09月二版。

〔註34〕如〈蔣興哥重會珍珠衫〉根據宋懋澄《九籥別集》卷二〈珠衫〉；〈杜十娘怒沉百寶箱〉亦見同書卷五〈負情儂傳〉。

〔註35〕如《喻世明言》中〈眾名姬春風弔柳七〉將原本在《六十家小說》中之〈柳耆卿詩酒玩江樓記〉中迫害妓女的柳永，改寫成為義救妓女，使免受劉二員外迫害而能與所愛終成眷屬的情義縣令。

〔註36〕馮夢龍，《警世通言·序》，見《中國話本大系·警世通言》，頁663。上海：江蘇古籍出版社，1991年09月一版。

〔註37〕綠天館主題，馮夢龍，《古今小說·敘》，頁1。

〔註38〕《水滸傳》第二回總評，見《水滸傳》會評本（上），頁81。

五、清代忠於實事之史家曲筆

　　清代小說著作如林，其中吳敬梓《儒林外史》與曹雪芹《紅樓夢》可謂兩大傑作。《儒林外史》以史名篇，寫科舉功名社會中種種情狀，既是實錄，亦寓勸懲，自不待言；至於曹雪芹《紅樓夢》寫自身親歷，描述「半世親睹親聞的這幾個女子」；「一把辛酸淚」正道出真實人生的坎坷體驗。在寫作藝術上，曹雪芹有其創新之自我期許，也有強調真實下，對虛構想像的精到見解：

> 歷來野史，皆蹈一轍，莫如我這不藉此套者，反倒新奇別致。〔註39〕

> 至若離合悲歡，興衰際遇，則又追蹤躡跡，不敢稍加穿鑿，徒為供
> 人耳目而反失其真傳者。

曹雪芹對浮濫之作的「皆蹈一轍」「共出一套」〔註40〕，以至於自相矛盾、不近情理的現象不能苟同，因此，自許新奇，又復強調真實；事為真事，但是在傳述之際，必須「將真事隱去」，用「假語村言敷衍出一段故事」，其中的增添改換自然仍本於真事，合於情理，以免於穿鑿失真之病。對此，戚蓼生有「史家曲筆」之觀察：

> 第觀其蘊於心而抒於手也，注彼而寫此，目送而手揮，似謗而正，
> 似則而淫，如《春秋》之有微詞，史家之多曲筆……他如摹繪玉釵
> 金屋，刻畫薌澤羅襦，靡靡焉幾令讀者心蕩神怡矣，而欲求一字一
> 句之粗鄙猥褻，不可得也。蓋聲止一聲，手止一手，而淫佚貞靜，
> 悲戚歡愉，不當雙管之齊下也。噫！異矣。其殆稗官野史中之盲左、
> 腐遷乎？〔註41〕

寫物之精真出色，寫事之別寓深意，隱微動人，不論是作者「親睹親聞」的寫作或是他人「稗官野史中之盲左、腐遷」的評價，都是清代小說承沿著述意識之傳統的明證。清代紀昀，把小說歸納為三類，一、敘述雜事，二、記錄異聞，三、綴輯瑣語；其根本的原則亦是必須忠於實事〔註42〕。

〔註39〕《紅樓夢》第一回，頁4。台北：華正書局，1985年03月一版。

〔註40〕《紅樓夢》第一回：「至若佳人才子等書，則又千部共出一套……且鬟婢開口
　　　　即者也之乎，非文即理。故逐一看去，悉皆自相矛盾，大不近情理之語。」
　　　　同上注，頁4。

〔註41〕戚蓼生，〈石頭記序〉見《國初鈔本原本紅樓夢》，頁306。台北，台灣學生書
　　　　局，1976年07月一版，頁1～2。

〔註42〕《四庫全書總目》卷一四三，子部，小說家類存目一。

就上古至於清代，野史小說的著述意識貫徹著一個補正史之闕以達諷諫勸懲以及強調實錄的傳統。在歷代小說的流變中，這樣的旋律以稍異的面目，不斷重覆出現，在各朝小說的舞臺上，它是炫目光華中的隱微清音，卻是眾人不言可喻的根深柢固認識。晚清小說，是中國小說舞臺上最激昂的高音，取法乎外常是它在著述意識上的自我標榜，在激越喧嚷中，可能更需要豎耳凝神傾聽。

第二節　「取法乎外」：著述意識之晚清高音

中國小說創作到了晚清，若以數量論，真可謂洪水滔滔；而其時小說作家之著述意識，則極為強烈；其中聲如鐘鼓的梁啟超影響最為廣大。本節將羅列梁氏及同期文人有關於著述意識之議論作一探討。

一、前奏：蠡勺居士之〈昕夕閒談小序〉〔註43〕

蠡勺居士所作〈昕夕閒談小序〉，原載於《瀛寰瑣記》：

> 今西國名士，撰成此書，務使富者不得沽名，善者不必釣譽，真君子神彩如生，偽君子神情畢露，此則所謂鑄鼎像物者也，此則所謂照渚然犀者也。因逐節翻譯之，成為華字小說，書名《昕夕閒談》，陸續附刊，其所以廣中土之見聞，所以記歐洲之風俗者，猶其淺焉者也。諸君子之閱是書者，尚勿等諸尋常之平話、無益之小說也可。

作序者點明所以推介此書原因之一，在於其「記歐洲之風俗」，可以「廣中土之見聞」，然而這不過是粗淺的意義，雖是粗淺之義，但也指出小說採集閭里風俗的傳統價值。而在此傳統基調上，稍有不同者，則是接納他國外域的風土文化成為採集對象，擴大了原有範圍。晚清諸家論小說常以借鑑西國為標榜，其中翻譯小說允為最佳利器。

> 綜上年所印行者計之，則著作者十不得一二，翻譯者十常居八九。
> 是必今之社會，向以塞聰敝明，不知中國外所有之人種，所有之風俗，所有之飲食男女，所有之儀節交際，曾以犬羊鄙之，或以神聖

〔註43〕蠡勺居士之〈昕夕閒談小序〉，（清）同治十一年，1872 年。見梁啟超等著，《晚清文學叢鈔小說戲曲研究卷》，頁 196。臺北：新文豐出版公司，1989 年 04 月一版。

奉之者，今得於譯籍中，若親見其美貌，若親居於莊嶽也。且得與
今社會成一比例，不覺大快。〔註44〕

就翻譯小說的著述言，譯者或推介者常在敘中闡明譯述用心或對小說傳播效
果的期許。大量的翻譯小說存在著豐富的論述見解，交織成小說著述意識之
論域網。

至於譯行小說的更深期望，蠡勺居士希望讀者用心體察，不要等閒視之
者，則是小說的啓迪之義：

小說之起，由來久矣。……推原其意，本以取快人之耳目而已，本
以存昔日之遺文瑣事，以附於稗官野史，使避世者亦可考見世事而
已。予則謂小說，當以怡神悅魄爲主，使人之碌碌此世者，咸棄其
焦思繁慮，而暫遷其心於恬適之境者也。又令人之聞義俠之風，則
激其慷慨之氣；聞憂愁之事，則動其悽宛之情；聞惡則深惡，聞善
則深善，斯則又古人啓發良心，懲創逸志之微旨，且又爲明於庶務、
察於人倫之大助也。〔註45〕

「附於稗官野史」、「考見世事」隱然言及小說採集以觀世風之初始功能；而
「當以怡神悅魄爲主」又合於「遊心寓目」之策略。至於「啓發良心」、「懲
創逸志」、「明於庶務」、「察於人倫」等對於民智的啓迪則亦是勸懲之著述傳
統。

且夫聖經賢傳，諸子百家之書，國史古鑑之記載，其爲訓於後世，
固深切著明矣，而中材則聞之而輒思臥，或並不欲聞。無他，其文
筆簡當，無繁縟之觀也；其詞意嚴重，無談諧之趣也。若夫小說，
則粧點雕飾，遂成奇觀；嘻笑怒罵，無非至文，使人注目視之，傾
耳聽之，而不覺其津津甚有味，孳孳然而不厭也，則其感人也必易，
而其入人也必深矣。誰謂小說爲小道哉？〔註46〕

晚清承接小說傳統而特別突出於傳統理論者，是對「小說小道」、「雖小道亦
有可觀」的不同論點。前述對於小說感化收效之易之速者，不乏其人，此處

〔註44〕覺我，〈餘之小說觀〉，見梁啓超等著，《晚清文學叢鈔小說戲曲研究卷》，頁
43。光緒三十四年1908原載《小說林》九期。
〔註45〕蠡勺居士之〈昕夕閒談小序〉，見梁啓超等著，《晚清文學叢鈔小說戲曲研究
卷》，頁195。臺北：新文豐出版公司，1989年04月一版。
〔註46〕蠡勺居士之〈昕夕閒談小序〉，見梁啓超等著，《晚清文學叢鈔小說戲曲研究
卷》，頁195。

則直言小説爲功大於國史、諸子之書，其功既大於國史諸子，焉可謂之小道？
本文做爲晚清小説著述議論的先聲，確有其擲地有聲、不同凡響之見地。

二、嚆矢：嚴復、夏曾佑之〈國聞報・本館附印說部緣起〉〔註47〕

梁啓超曾在其所號召各家發表小説理論之《小説叢話》〔註48〕中提及：「天
津〈國聞報〉初出時有一雄文，曰〈本館附印說部緣起〉，殆萬餘言，實成於
幾道與別士二人之手，余當時狂愛之。」〔註49〕讓梁氏「狂愛」的這篇萬餘
言長文，梁氏指出應是出自別士與嚴幾道，也就是夏曾佑〔註50〕與嚴復〔註51〕
共同的創作。夏曾佑與梁啓超在此文發表前〔註52〕即已相識，此文早於梁啓
超光緒二十四年（1898 年）在東京發表〈譯印政治小説序〉以及光緒二十八
年（1902 年）於日本橫濱創辦《新小説》之發刊辭〈論小説與群治之關係〉。

〈國聞報・本館附印說部緣起〉一文，自光緒二十三年十月十六日至十
一月十八日連載於天津〈國聞報〉，長達萬餘言：

> 書之紀人事者，謂之史；書之紀人事而不必果有此事者，謂之「稗
> 史」。此二者，並紀事之書，而難言之理則隱寓焉。

作者並列正史稗史，點明二者同寓隱微之理。接著，又以小説傳佈之遠之深
之久之大，將小説由與正史並列之階更昇一層：

> 其具五不易傳之故者，國史是矣，今所稱之《二十四史》俱是也；
> 其具有五易傳之故者，稗官小説是矣，所謂《三國演義》、《水滸傳》、
> 《長生殿》、《西廂》、《四夢》之類是也。曹、劉、諸葛，傳於羅貫
> 中之《演義》，而不傳於陳壽之志；宋、吳、楊、武，傳於施耐庵之
> 《水滸傳》，而不傳於《宋史》；玄宗、楊妃，傳於洪昉思之《長生
> 殿傳奇》，而不傳於新舊兩《唐書》；推之張生、雙文、夢梅、麗娘，
> 或則依託姓名，或則附會事實，鑿空而出，稱心而言，更能曲合乎

〔註47〕嚴復、夏曾佑之〈國聞報・本館附印說部緣起〉，光緒二十三年，1897 年。見
《晚清文學叢鈔小説戲曲研究卷》，頁 1。
〔註48〕《小説叢話》當時發表於《新小説》雜誌。
〔註49〕見《晚清文學叢鈔小説戲曲研究卷》，頁 310。
〔註50〕夏曾佑，字穗生，一字穗卿，或作遂卿，號碎佛，筆名別士。光緒十六年進
士。
〔註51〕光緒二十三年（1897 年）夏曾佑與嚴復等在天津創辦〈國聞報〉。
〔註52〕應是 1892 年。

> 人心者也。夫說部之興，其入人之深，行世之遠，幾幾出於經史之
> 上，而天下之人心風俗，遂不免爲說部之所持。

小說以「入人之深」、「行世之遠」的重要性，「幾幾出於經史之上」，可謂前述蟲勺居士「其感人也必易，而其入人也必深矣。誰謂小說爲小道哉？」小說爲功大於國史、諸子之書的呼應回響，小說並一躍而居掌握天下之人心風俗的關鍵地位。教化風俗，開化民智是傳統著述意識的期待，而此一期待在外域取得了成功的明證。

> 且聞歐、美、東瀛，其開化之時，往往得小說之助，是以不憚辛勤，
> 廣爲採輯，附紙分送，或譯諸大瀛之外，或扶其孤本之微。文章事
> 實，萬有不同，不能預擬，而本原之地，宗旨所存，則在乎使民開
> 化。自以爲亦愚公之一畚，精衛之一石也。抑又聞之，有人身所作
> 之史，有人心所構之史，而今日人心之營構，即爲他日人身之所作，
> 則小說者又爲正史之根矣。若因其虛而薄之，則古之號爲經史者，
> 豈盡實哉？豈盡實哉？〔註53〕

舉歐、美、東瀛得小說之助而開化成功的事例，表明刊印小說隨報發行的目的正在仿而效之，期待也能開化民智，以竟改良政治之功。當然也有學者指出歐、美、東瀛等國開化之成，並非全恃小說之力，此處仍有討論空間；但值得注意的是，由於取法乎外，於是東洋、西洋等外國小說的譯著發行就由此而興；另方面在此對照之下，傳統小說被認爲較不合於開化之功的類型，如文言小說、兒女私情一類，就成爲被揚棄或改革的對象。

夏志清認爲「嚴梁二氏的唯一特色乃在他們主要關心的是小說對整個國家的復興與衰亡之影響；……對中國之關注是晚清思想的特色，因此嚴梁二氏將小說視爲復國的工具，並不是奇怪的事。」〔註54〕實則，對國事之關注非只晚清一代特有，由於內憂外患頻仍，晚清文人的政治焦慮較諸其他朝代，自然更爲強烈，但以小說教懲開化的著述意識卻非晚清獨有，在一脈沿承而下的著述意識下，晚清一代因取法乎外而有汰而新之、「小說革命」等發展性且強而有力之主張，但以小說爲工具，以小說載道寓理以助政治教化，則是

〔註53〕嚴復、夏曾佑之〈國聞報・本館附印說部緣起〉，光緒二十三年，1897 年。見《晚清文學叢鈔小說戲曲研究卷》，頁 1。

〔註54〕夏志清著，張漢良譯〈中國小說的提倡者：嚴復與梁啓超〉幼獅月刊，第 42 卷第 4 期。

自古有之。「歐美東瀛，其開化之時往往得小説之助」，因此，不論是對當代救亡圖存之急以開化民智爲先的要求，或立足傳統著述意識，對於勸懲之功的期待，歐美東瀛的成功經驗，爲小説的重要性提供了有力説明，梁啓超讀而狂愛之，正是來自小説革新而至政治革新此一路徑確認的欣喜，以及教化功成、國勢強盛有望的期待。

三、梁啓超——喚起晚清小説著述意識的響亮號角

前述嚴復、夏曾佑二人撰寫的〈國聞報‧本館附印説部緣起〉早於梁啓超光緒二十四年之〈譯印政治小説序〉以及光緒二十八年之〈論小説與群治之關係〉，不過梁啓超光緒二十三年 1897 發表於〈時務報〉的〈變法通議〉之一的〈論幼學〉一文則早在〈本館坿印説部緣起〉之先：

> 古人文字與語言合，今人文字與語言離，其利病既屢言之矣。今人出話，皆用今語，而下筆必效古言，故婦孺農氓，靡不以讀書爲難事，而《水滸》、《三國》、《紅樓》之類，讀者反多於六經。……自後世學子，務文采而棄實學，莫肯辱身降志，弄此楮墨，而小有才之人，因而遊戲恣肆以出之。誨盜誨淫，不出二者，故天下之風氣，奐爛於此間而莫或知，非細故也。今宜專用俚語，廣著群書，上之可以借闡聖教，下之可以縱述史事，近之可以激發國恥，遠之可以旁及彝情；乃至宦途醜態，試場惡趣，鴉片頑癖，纏足虐刑，皆可窮極異形，振厲末俗，其爲補益豈有量邪。〔註55〕

梁啓超從形式和內容上對小説提出檢討。形式上以今日通行語言，取代古言文言；內容上否定誨淫誨盜之作，正面肯定描述宦途醜態、試場惡趣、鴉片頑癖、纏足虐刑等社會現實與政治弊害以圖振厲末俗。其「借闡聖教」、「縱述史事」乃是傳統著述意識的發顯，而「《水滸》、《三國》、《紅樓》之類，讀者反多於六經」則是清代對小説重要性的特殊強調。較諸嚴、夏之文，除篇幅相去甚遠外，借鑑域外則是嚴、夏之文佔先；不過，從文言到白話，進而明白列舉宦途試場種種述寫內容，可以看出小説勸懲功能在晚清時期的強化。

稍後在光緒二十三年 1897 十月十一日發表於〈時務報〉第四十四冊之〈蒙學報演義報合敘〉一文，梁啓超進一步提出小説教化與興學求才以求變法之間的關連：

〔註55〕梁啓超，《飲冰室文集類編》，臺北：華正，頁 50～51。

今言變法，必自求才始，言求才必自興學始。然今之士大夫，號稱
知學者，則八股八韻大卷白摺之才十之八九也，本根已壞，結習已
久，從而教之，蓋稍難矣。年既二三十，而於古今之故，中外之變，
尚寡所識，妻子仕宦衣食，日日擾其胸，其安能教，其安能學，故
吾恒言他日教天下者，其在今日十五歲以下之童乎？西國教科之書
最盛，而出以遊戲小說者尤夥，故日本之變法，賴俚歌與小說之力，
蓋以悅童子以導愚氓，未有善於是者也。他國且然，況我支那之民
不識字者十人而六，其僅識字而未能文法者，又四人而三乎！故教
小學教愚民，實為今日救中國第一義。〔註56〕

由於對西國「教科之書最盛，而出以遊戲小說者尤夥」以及「日本之變法，
賴俚歌與小說之力」的觀察，梁啟超接納「游目寓心」的小說「行銷」策略，
並提出以小說「教小學教愚民」以救中國的洪亮號召。

　　光緒二十四年（1898年）他在東京發表〈譯印政治小說序〉〔註57〕引述
康有為的話而發揮其精義，就小說之議論言，一則肯定「寓諷諫於詼諧，發
忠愛於馨豔」的游目寓心策略，另外則就此一策略所產生的深化效果，極言
小說之價值：

政治小說之體，自泰西人始也。凡人之情，莫不憚莊嚴而喜諧謔，
故聽古樂，則惟恐臥，聽鄭衛之音，則靡靡而忘倦焉。此實有生之
大例，雖聖人無可如何也。善為教者，則因人之情而利導之，故或
出之以滑稽，或託之於寓言。孟子有好貨好色之喻，屈平有美人芳
草之辭，寓諷諫於詼諧，發忠愛於馨豔，其移人之深，視莊言危論，
往往有過，殆未可以勸百諷一而輕薄之也。

小說生動趣味符合一般人閱讀之需求，較諸其他類別更易於普及，以下並引
康有為語以明小說之特殊價值與功用：

善夫南海先生之言也，曰：僅識字之人，有不讀經，無有不讀小說
者。故六經不能教，當以小說教之；正史不能入，當以小說入之；
語錄不能諭，當以小說諭之；律例不能治，當以小說治之。天下通
人少而愚人多，深於文學之人少而粗識之無之人多。……今中國識
字人寡深通文學之人尤寡，然則小說學之在中國，殆可增「七略」

〔註56〕《戊戌變法文獻彙編》，臺北：鼎文，62年9月，冊四，頁539～540。
〔註57〕見《晚清文學叢鈔小說戲曲研究卷》，頁13～14。

－27－

而爲八，蔚四部而爲五者矣。

在此，梁啓超借康氏所言作淋漓盡致之發揮，重申晚清以來對小說的重視，尤其是對小說教化功能的肯定，六經、正史、語錄甚至律例所不能教、不能入、不能論、不能治者，然小說能之。以此之故，小說可蔚爲一部，獨立爲一略，與其他文類頡頏並列；若就教化功能由晚清著述意識以言之，其價值更在經史律例之上。

> 在昔歐洲變革之始，其魁儒碩學，仁人志士，往往以其身之所經歷，及胸中所懷，政治之議論，一寄之於小說，於是彼中綴學之子，黌塾之暇，手之口之，下而兵丁而市儈而農氓而工匠而車夫馬卒而婦女而童孺，靡不手之口之，往往每一書出，而全國之議論，爲之一變。彼美英德法奧義日本各國政界之日進，則政治小說爲功最高焉。
>
> 英名士某君曰：「小說爲國民之魂」，豈不然哉？豈不然哉？〔註58〕

就小說教化勸懲功能言，學子、兵丁、市儈、農氓、工匠、車夫、馬卒、婦女以及童孺都深受小說月累日積、潛移默化之影響；而小說又正是志士仁人發揮著述實見實聞、所思所感以參贊治道，端正世風的有效路徑，最後，更藉英人之言，喊出「小說爲國民之魂」的感嘆，這真可謂將著述意識發揮到了極致。

由於對勸懲教化之功的重視，梁啓超對小說的形式與內容有所分析，亦再三致意：

> 中土小說，雖列之於九流，然自虞初以來，佳製蓋鮮。述英雄則規劃《水滸》，道男女則步武《紅樓》，綜其大較，不出誨盜誨淫兩端，陳陳相因，塗塗遞附，故大方之家，每不屑道焉。雖然，人情厭莊喜諧之大例，既已如彼矣，彼夫綴學之子，黌塾之暇，其手《紅樓》而口《水滸》，終不可禁，且從而禁之，孰若從而導之？〔註59〕

對於梁啓超小說「誨盜誨淫」之說，學者或有微詞或有討論〔註60〕，基本上，

〔註58〕見《晚清文學叢鈔小說戲曲研究卷》，頁14。

〔註59〕見《晚清文學叢鈔小說戲曲研究卷》，頁13。

〔註60〕參見周家嵐，〈從接受史角度看晚清知識份子對《水滸傳》的三種詮釋策略〉《中華學苑》56期 2003年02月，頁85～112：《水滸傳》在晚清的被接受，一直與時代脈動緊密結合，……若我們將晚清知識份子對於《水滸傳》的討論看做是一種文化反思的話，這三種不同的詮釋策略或可視爲一代知識份子在面對文化歧路時的不同對應之道。

立足於教化勸懲之著述意識的梁啓超，對於有助教化或有害人心的小說內容之分判，當然有其堅持、有其用心之處，若以此指責梁氏落伍或爲其辯解，其實皆不見立足於晚清救亡圖存的斯人斯志。梁啓超吹起的響亮號角，先有夏、曾之嚆矢先之，往前又有蠡勺居士之前奏爲其先聲，這是晚清志士仁人在一脈而下的著述意識中，胸中迴盪旋律的清楚發聲；在光緒二十八年（1902年）十月十五日於日本橫濱創辦文學刊物《新小說》，其發刊辭〈論小說與群治之關係〉〔註61〕被視爲中國近代小說之經典文獻者，對此分判有更強烈之強調與更清楚之說明：

> 小說之爲體，其易入人也既如彼，其爲用之易感人也又如此，故人類之普通性，嗜他文終不如其嗜小說，此殆心理學自然之作用，非人力之所得而易也。此天下萬國凡有血氣者莫不皆然，非直吾赤縣神之民也。

梁氏極言小說之價值，在於對人心亦即觀念思想耳濡目染的逐漸浸漬。因爲小說的影響力既廣且深，一旦其主題、思想不健康，則爲害亦鉅：

> 夫既已嗜之矣，且徧嗜之矣，則小說之在一群也，既已如空氣、如菽粟，欲避不得避，欲屏不得屏，而日日相與呼吸之餐嚼之矣，於此其空氣而苟含有穢質也，其菽粟而苟含有毒性也，則其人食息於此間者，必憔悴、必萎病、必慘死、必墮落，此不待著龜而決也。於此而不潔淨其空氣，不別擇其菽粟，則雖日餌以參苓，日施以刀圭，而此群人之老病苦死，終不可得救。知此義，則吾中國群治腐敗之總根原可以識矣。

小說主導人們思想，思想主宰言行，因此，小說之不善爲諸病之根源：

> 吾中國人狀元宰相之思想何自來乎？小說也。吾中國人才子佳人之思想何自來乎？小說也。吾中國人江湖盜賊之思想何自來乎？小說也。吾中國人妖巫狐兔之思想何自來乎？小說也。若是者，豈嘗有人焉，提其耳而誨之，傳諸缽而授之也？而下自屠酤販卒，嫗娃童稚，上至大人先生，高才碩學，凡此諸思想必居一於是，莫或使之，若或使之，蓋百數十種小說之力，直接間接以毒人，如此其甚也。

由於小說生動有趣、淋漓動人，影響所及上下階層、各行各業，無所不包，可以形成一股社會風尚，其中普遍而習性強韌的思想觀念，甚至未讀小說內

―――――――――

〔註61〕見《晚清文學叢鈔小說戲曲研究卷》，頁14～19。

容，亦間接受其影響：

> （即有不好讀小説者，而此等小説既已漸漬社會，成爲風氣，其未
> 出胎也，固已承此遺傳焉，其既入世也，又復受此感染焉，雖有賢
> 智，亦不能自拔，故謂之間接。）〔註62〕

由此以言，包括狀元宰相科舉功名在內的四類思想，明顯被歸爲有毒有害，
更由於小説嗜讀普遍且漸漬已深，因此對社會影響極大，梁氏以毒品喻之，
視之爲「中國群治腐敗之總根原」，並由思想而蔚爲風氣，對民生事務或國家
大計造成影響，其影響之大，不可小覷，梁啓超對此措辭極強烈：

> 今我國民惑堪輿、惑相命、惑卜筮、惑祈禳，因風水而阻止鐵路、
> 阻止開礦，爭墳墓而闔族械鬥、殺人如草，因迎神賽會而歲耗百萬
> 金錢、廢時生事、消耗國力者，曰：惟小説之故。今我國民慕科第
> 若羶，趨爵祿若鶩，奴顏卑膝，寡廉鮮恥，惟思以十年螢雪，暮夜
> 苞苴，易其歸驕妻妾武斷鄉曲一日之快，遂至名節大防，掃地以盡
> 者，曰：惟小説之故。今我國民輕棄信義，權謀詭詐，雲翻雨覆，
> 苛刻涼薄，馴至盡人皆機心，舉國皆荊棘者，曰：惟小説之故。今
> 我國民輕薄無行，沉溺聲色，綣戀牀笫，纏綿歌泣於春花秋月，銷
> 磨其少壯活潑之氣，青年子弟，自十五歲至三十歲，惟以多情、多
> 感、多愁、多病爲一大事業，兒女情多，風雲氣少，甚者爲傷風敗
> 俗之行，毒徧社會，曰：惟小説之故。今我國民綠林豪傑，徧地皆
> 是，日日有桃園之拜，處處爲梁山之盟，所謂「大碗酒、大塊肉、
> 分秤稱金銀、論套穿衣服」等思想，充塞於下等社會之腦中，遂成
> 爲哥老、大刀等會，卒至有如義和拳者起，淪陷京國，啓召外戎，曰：
> 惟小説之故。嗚呼！小説之陷溺人群乃至如是，乃至如是！〔註63〕

將民智未開以及社會種種弊病，包括阻撓築路開礦、競逐功名、官場之貪污
索賄、社會之機詐涼薄，乃至青年子弟「兒女情多，風雲氣少，甚者爲傷風
敗俗之行，毒徧社會」等之責任，全歸咎於小説，不免言之太過，小説固有
其「助燃」之功力，而未有「必然」之火力；然而就小説功能類別之分判言，
梁氏之說則是炬然清楚。小説有入人於愚昧罪惡蓋如其上所述，然亦可有「福

〔註62〕此梁氏文中自注。

〔註63〕梁啓超，〈論小説與群治之關係〉，見《晚清文學叢鈔小説戲曲研究卷》，頁18
～19。

億兆人」之小說，此種根據小說之社會功能所作之區分，正是源於作者勸懲之功的著述意識，梁啓超特別體認到小說功能之大，入人之深就在於小說支配人道之四力：

> 抑小說之支配人道也，復有四種力：一曰熏……二曰浸……三曰刺……四曰提。前三者之力，自外而灌之使入，提之力，自內而脫之使出……有此四力而用之於善，則可以福億兆人；有此四力而用之於惡，則可以毒萬千載，而此四力所最易寄者惟小說，可愛哉小說，可畏哉小說。〔註64〕

從小說入人之深，或「福億兆人」或「毒徧社會」的分判，梁啓超極言小說的重要性：

> 欲新一國之民，不可不先新一國之小說。故欲新道德，必新小說；欲新宗教，必新小說；欲新政治，必新小說；欲新風俗，必新小說；欲新學藝，必新小說；乃至欲新人心，欲新人格，必新小說。何以故？小說有不可思議之力支配人道故。〔註65〕

若進一步分析小說何以對人有小說有不可思議之影響力，則由其心理識想以言，乃在於人性對現實環境的不滿足，「常非能以現境界而自滿足者也」，而小說所營造的另一世界，所謂「身外之身，世界外之世界」，恰能提供此一需求，因此，因勢利導，「其力量無大於小說」〔註66〕。

因此，在小說著述的晚清時期，梁啓超大聲疾呼：「故今日欲改良群治，必自小說界革命始。欲新民必自小說始。」究其實，就其「導其根器使日趨於鈍，口趨於利者」到「新人心」「新風俗」以「福億兆人」而言，梁氏的「小說界革命」，仍是立足於著述意識傳統上所發出的激越高音。換言之，晚清小說以「新小說」自我標榜，然其著述意識之立足所在，仍是歷代之小說著述意識傳統。

梁啓超登高倡言的小說界革命，引來熱烈呼應，如林紓、楚卿〔註67〕、

〔註64〕梁啓超，〈論小說與群治之關係〉，見《晚清文學叢鈔小說戲曲研究卷》，頁16～17。

〔註65〕梁啓超，〈論小說與群治之關係〉，見《晚清文學叢鈔小說戲曲研究卷》，頁14。

〔註66〕梁啓超，〈論小說與群治之關係〉，見《晚清文學叢鈔小說戲曲研究卷》，頁15。

〔註67〕狄葆賢（1873～1921）字楚卿，號平子，別署平等閣主人，著有《平等閣筆記》、《平等閣詩話》、《清代畫史增編》。

陶佑曾〔註68〕等是；然亦不乏批評反省之異聲，在匯眾流而滔滔的晚清小說著述大河，呼應與異聲奔騰跳躍，一路澆灌出晚清小說著述奇花異卉的繁盛大景。

四、激昂合奏與異聲

對於響亮如號角的梁啓超，以小說之翻譯著述見稱於世的林紓，推許其為「新學導師」：

> 僕才薄文劣，雖時時以譯述醒我同胞，恆以語怪之書視之，用為談資而已。老友任公，英雄人也，為中國倡率新學之導師。天相任公，十年歸國，今將以《庸言報》覘我同胞。就余索書，而吾書亦適成，上之任公，用附大文之後。嗟乎！吾才不及任公，吾誠不及任公，慷慨許國不及任公，備嘗艱難不及任公，而任公獨有取於駑朽，或且憐其丹心不死之故，尚許為國民乎！〔註69〕

梁啓超以「慷慨許國」「倡率新學」成為同胞心目中之「英雄人」，林紓的嚮慕稱許可為大多數支持響應之代表。實則林紓本人「時時以譯述醒我同胞」、「尚許為國民」的心意表述，在在顯示他以小說成其勸懲之意的著述意識。小說之於林紓，是為功大矣的文類：

> 歐人啓蒙，類多撫拾其說，以益童慧。……余非紐華伸歐，蓋欲求寓言之專作，能使童蒙聞而笑樂，漸悟乎人心之變幻，物理之歧出，實未有如伊索氏者也……觀者幸勿以小說鄙之〔註70〕。

所借鑑於歐人者，啓發童蒙之外，尚有「醒世」之功：

> 方今新學大昌，舊人咸謂西俗寡倫理，然西哲不乏舊人，亦以今人之薄，不如古人之厚，故曰為倫理小說。用以醒世。〔註71〕

就晚清言，醒世包括「振作士氣」，目的在「愛國保種」：

> 若夫日本，亦同一黃種耳，美人以檢疫故，辱及其國之命婦，日人大忿，爭之，美廷又自立會與抗。勇哉日人也！若吾華有司，又烏

〔註68〕陶佑曾（1886～1927）字蘭蓀，號蓴林，筆名報癖、崇冷廬主等，著有《新舞台鴻雪記》、《恨史》、《小足捐》，譯有《紅髮會奇案》、《厭世之富翁》。

〔註69〕林紓，《古鬼遺金記·序》見《晚清文學叢鈔》，頁640。

〔註70〕林紓，《伊索寓言》二題之一敘，光緒二十八年（1902年），見《晚清文學叢鈔》，頁200。

〔註71〕林紓，《雙孝子噀血記·評語》，見《晚清文學叢鈔》，頁249。

知有自己國民無罪，爲人囚辱而瘐死耶？上下之情，判若楚越，國威
之削，又何待言？今當變政之始，而吾書適成，人人既躪棄故紙，勤
求新學，則吾書雖俚淺，亦足爲振作士氣，愛國保種之一助。〔註72〕

林紓譯述小說，卻不諳西文，因此譯述方法與他家稍有不同：

予不審西文，其勉強廁身於譯界者，恃二三君子爲余口述其詞，余
耳受而手追之。聲已筆止，日區四小時，得文字六千言。〔註73〕

林紓譯述之法，頗類「奪胎換骨」之法，其間多有添以自家心領神會的意譯
之筆〔註74〕，並非一字不差，率從原文。

綜觀林紓一生的文學業績，可以毫無疑問地斷言：他是資產階級革
命潮流中的先驅者，啓蒙者。當十九世紀末至二十世紀初，在從中
國古代文學走向現代文學的大轉折的歷史進程中，「林譯小說」以及
林紓爲它寫的大量序跋，曾經起過不可低估的作用。時至今日，他
仍然不曾被歷史所遺忘。瑞典學院院士、諾貝爾文學獎評委之一馬
悅然教授「對林琴南甚爲推崇，說他譯的狄更司小說，在某種意義
上甚至比原著還要好，能夠存其精神，去其冗雜。……已故英國漢
學大師亞瑟・韋歷也有同感。」〔註75〕

或許因爲如此特別的譯述方法及譯述成就，林紓於晚清小說著述之林，乃能
有一席之地，他自己曾述及此一境況及內心感受：

計自辛丑入都，至今十五年，所譯稿已逾百種。然非正大光明之行，
及彰善癉惡之言，餘未嘗著筆也。本非小說家，而海內知交咸目我
以此，余只能安之而已。此書無甚奇幻，亦不近於豔情。但藹然孝
悌之言，讀之另人感動。想於風俗，不爲無補，因草數言弁諸簡端。

〔註76〕

〔註72〕林紓，《黑奴籲天錄》二題之二跋，光緒二十七年 1901 年，見《晚清文學叢
　　　　鈔》，頁 198。

〔註73〕林紓，《孝女耐兒傳・序》，光緒三十年（1907 年）見《晚清文學叢鈔》，頁
　　　　251～252。

〔註74〕參見陸國飛，〈試論中國晚清翻譯小說中的意譯現象〉，《浙江社會科學》2007
　　　　年第 2 期，頁 172～178。

〔註75〕林薇，〈喜見古樹綻新葩──林紓的小說理論建樹〉見作者《清代小說論稿》，
　　　　北京：北京廣播學院出版社，2000 年 11 月一版，頁 267。其中引文則引自《文
　　　　匯報》1986 年 11 月 4 日之〈中國文學作品應有傳神譯本〉。

〔註76〕林紓，《鷹梯小豪傑・序》，見《晚清文學叢鈔》，頁 642。

林紓以翻譯小說而聞名,「本非小說家」,正是據此而論;「而海內知交咸目我以此」,然在時人心目中,視林紓為小說家,所根據者,正是其小說有補於風俗,資於勸懲,所作合於傳言勸戒的稗官功能。時人魏易也是當時幾位口述者中的一位,曾述及林紓譯述的情況:

> 然易聞法之汪勒諦,昌明正學,恆假小說以開民智。近得美儒斯土活氏所著《黑奴籲天錄》,反覆批披玩,不啻暮鼓晨鐘。以告閩縣林先生琴南,先生博學能文,許同任繙譯之事。易之私塾,與先生相距咫尺,於是日就先生討論,易口述,先生筆譯,酷暑不稍間斷,閱月而書竣。〔註77〕

由魏易亦有「假小說以開民智」的體認,可知晚清「寓懲戒」「開民智」之著述意識的熾盛,林紓等述譯者,憂國憂民,期待如梁氏所倡言,能以小說一新人心,以救種強國。

> 《黑奴籲天錄》者,美國女士斯土活所著,而閩縣林琴南紓、仁和魏充叔易兩先生所譯者也。前後四卷,分四十二章,計華文十四萬言。兩人且泣且譯,且譯且泣,蓋非僅悲黑人之苦況,實悲我四百兆黃人將為黑人續耳。〔註78〕

> 是書情跡奇詭,疑彼小說家之侈言,顧余之取而譯之,亦特重其武概,冀以救吾種人之衰憊,而自屬於勇敢者矣。〔註79〕

靈石生動地記述林紓譯述的情況,而發自強烈著述意識的譯述作品,在在可見林紓振作士氣、救種圖強之用心,林紓本人於此亦再三致意,而其友人則另有「史筆」之觀察:

> 余友林畏廬徵君,治《史記》、《漢書》廿五年,文長於敘悲,巧曲哀梗,人所莫言,言而莫盡者,徵君則皆言,而皆盡之矣。〔註80〕

林紓譯筆之佳,自晚清迄今,所共皆知,友人說他「長於敘悲,巧曲哀梗」,文能盡意,或有取諸《史》、《漢》,更重要者,宜是發自內心的著述意識,才

〔註77〕 魏易,《黑奴籲天錄‧序》,光緒二十七年 1901 年,見《晚清文學叢鈔》,頁279～280。
〔註78〕 靈石,〈讀《黑奴籲天錄》〉,見《晚清文學叢鈔》,頁280。
〔註79〕 林紓,《埃司蘭情俠傳‧序》,光緒二十九年,1908 年,收於《晚清文學叢鈔》,頁205。
〔註80〕 濤園居士,《埃司蘭情俠傳‧敘》,光緒三十年 1904 年。見《晚清文學叢鈔》,頁282。

能在「且泣且譯，且譯且泣」之餘，深刻地感動讀者，啓發人心。

　　林紓之外，平子從發憤著述言小說之寫作，就功能言，將小說與經傳並列，相當肯定小說「移易人心，改良社會」之價值：

> 小說與經傳有互相補救之功用。故東西之聖人，東西之才子，懷悲憫，抱冤憤，於是著爲經傳，發爲詩騷，或託之寓言，或寄之詞曲，其用心不同，其能移易人心，改良社會則一也。〔註81〕

若由小說對人心的影響力，對社會的功用而言，小說之價值意義，其實與讀之可以興、觀、群、怨之《詩經》無別。

> 今日欲改良社會，必先改良歌曲，改良歌曲，必先改良小説，誠不易之論。蓋小説（傳奇等皆在內）與歌曲相輔而行者也。……故孔子當日之刪《詩》，即是改良小説，即是改良歌曲，即是改良社會。然則以《詩》爲小説之祖可也，以孔子爲小説家之祖可也。〔註82〕

以社會功用言，小說與采詩因二者皆有資於治道，在上古時同樣具備來自於民間記述采集的眞實性，因此每能相提並論。別士〔註83〕在所作〈小說原理〉〔註84〕一文中亦指出小說自漢魏以來「隱喻託諷」，類於子史的特色；：

> 小說始見於《漢書藝文志》，書雖散佚，以魏晉間之小說例之，想亦收拾遺文，隱喻託諷，不指一人一事言之，皆子史之流也。〔註85〕

而中國思想因階層之不同而可大分爲二：一是學士大夫，一是婦女與粗人；小說之讀者群亦分此二派。不論就二者個別之需求或社會整體利益以言，在晚清，小說著述都宜以後者爲重。爲使小說勸懲之功能遍及各階層計，別士主張小說之改良，首當特別以婦女與粗人爲主要讀者群，專爲此二者而寫，最後要達到使婦女與勞力工作者「與作者之心，入而俱化」，以「撥亂世致太平」：

> 今值學界展寬，士夫正日不暇給之時，不必再以小說耗其目力，惟婦女與粗人，無書可讀，欲求輸入文化，除小說更無他途。其窮鄉僻壤之酬神演劇，北方之打鼓書，江南之唱文書，均與小說同科者。

〔註81〕平子，《小說叢話》，見《晚清文學叢鈔》，頁315。
〔註82〕平子，《小說叢話》，見《晚清文學叢鈔》，頁320～321。
〔註83〕別士即夏曾佑，筆名別士。
〔註84〕見梁啓超等著，《晚清文學叢鈔小說戲曲研究卷》，頁21～27。原載《繡像小說》第三期。
〔註85〕《晚清文學叢鈔》，頁26。

> 先使小說改良，而後此諸物一例均改，必使深閨之戲謔，勞侶之耶
> 喁，均與作者之心，入而俱化，而後有婦人以爲男子之後勁，有苦
> 力者以助士君子之實力，而不撥亂世致太平者，無是理也。〔註86〕

除小說之功能、小說之價值的鄭重強調外，著述意識的強烈發顯，再加上東
西洋各國之借鑑，使論者對小說家之地位與價值，也有所醒覺：

> 吾昔見東西各國之論文學家者，必以小說家居第一，吾駭焉。吾昔
> 見日人有著《世界百傑傳》者，以施耐庵與釋迦、孔子、華盛頓、
> 拿破崙並列，吾駭焉。吾昔見日本諸學校之文學科，有所謂水滸傳
> 講義西廂記講義者，吾駭焉。繼而思之，何駭之與有？小說者，實
> 文學之最上乘也。世界而無文學而已耳，國民而無文學思想則已耳，
> 苟其有之，則小說家之位置，顧可等閒視哉！〔註87〕

小說自古慣居文科之末，實則可以爲文學之最上乘；小說家更可與知名不朽
之哲人偉人並列。至此，將小說家之高度推至極致：

> 由此觀之，文學上小說之位置可以見矣。吾以爲今日中國之文界，
> 得百司馬子長、班孟堅，不如得一施耐庵、金聖嘆，得百李太白、
> 杜少陵，不如得一湯臨川、孔雲亭。〔註88〕

對小說家的推崇，對小說價值的重視，以及對小說功能的強調，都與梁啓超
小說界革命的主張相呼應、相唱和，陶祐曾亦在所寫〈論小說之勢力及其影
響〉〔註89〕一文開頭以小說「誠文學中之占最上乘者也」：

> 自小說之名詞出現，而膨脹東西劇烈之風潮，握攬古今利害之界線
> 者，唯此小說；影響世界普通之好尚，變遷民族運動之方針者，亦
> 唯此小說，小說！小說！誠文學中之占最上乘者也。〔註90〕

陶氏亦極言小說「開智覺迷」〔註91〕之功，其對小說之重要價值強調之激昂
澎湃，則類於梁啓超。他引西哲之言，以小說爲「學術進步之導火線」、「會
文明之發光線」、「個人衛生之新空氣」、「國家發達之大基礎」，指出其於國家

〔註86〕《晚清文學叢鈔》，頁27。
〔註87〕楚卿，〈論文學上小說之位置〉，光緒二十九年1903年，原載《新小說》第一
　　　　卷第七期，見《晚清文學叢鈔》，頁27～28。
〔註88〕《晚清文學叢鈔》，頁31。
〔註89〕見《晚清文學叢鈔》，頁39～41。
〔註90〕見《晚清文學叢鈔》，頁39。
〔註91〕見《晚清文學叢鈔》，頁40。

社會不可或缺之重要性，並說明其功能之發揮乃在其較諸莊言以示之的訓示
更能深中人心之語言特質。他疾呼：

> 盡彼小說之義務，振彼小說之精神。必使芸芸之人群，胥含有一種
> 黏液小說之大原質，乃得以膺小說界無形之幸福。於文學黑暗之時
> 代，放一線之光明。可愛哉孰如小說？可畏哉孰如小說？學術固賴
> 以進步，社會亦賴以文明，個人固賴以衛生，國家亦賴以發達。而
> 導火線也，發光線也，新空氣也，大基礎也，介紹允當，誠非西哲
> 之誣言，實環球萬古，莫得而移之定論也。

反覆殷殷致意，肯定小說之重要性乃萬古不變之論後，更直接推小說為國家
革新腐弊之前鋒：

> 吾今敢上一篳固完全之策，以貢獻於我特別同胞之前曰：欲革新支
> 那一切腐敗之現象，盍開小說界之幕乎？欲擴張政法，必先擴張小
> 說；欲提倡教育，必先提倡小說；欲振興實業，必先振興小說；欲
> 組織軍事，必先組織小說；欲改良風俗，必先改良小說。

應和與合奏之外，晚清的著述論述也存在著不同意見的異聲，如黃摩西〔註92〕
與徐念慈〔註93〕者是。光緒三十三年（1907）年，黃摩西在小說林的發刊辭
指出小說價值觀之過輕過重皆不宜：

> 昔之視小說也太輕，而今之視小說又太重也。昔之於小說也，博弈
> 視之，俳優視之，甚且鴆毒視之，妖孽視之，言不齒於縉紳，名不
> 列於四部，私衷酷好，而閱必背人。……今也反是，出一小說，必
> 自尸國民進化之功，評一小說，必大倡謠俗改良之恉。吠聲四應，
> 學步載途。〔註94〕

就「視小說太重」、「自尸國民進化之功」以及「吠聲四應，學步載途」而言，
顯然是對梁啟超等「欲新政治，必新小說；欲新風俗，必新小說」、「國家亦
賴以發達」等論點的駁斥與批評；然而，黃氏對小說的社會功能並非全盤否
認，「小說影響于社會，固矣，而社會風尚，實先有構成小說性質之力，二者
蓋互為因果也。〔註95〕」社會是建構小說之依據，依據社會風尚建構之小說

〔註92〕黃摩西，（1688～1943）原名振元字慕庵，一作慕韓，中年改名人，字摩西，
　　　　別署野蠻、夢庵等。
〔註93〕徐念慈，（1875～1908），字彥士，號覺我、東海覺我。
〔註94〕黃摩西，《小說林‧發刊辭》《晚清文學叢鈔》，頁159。
〔註95〕蠻〈小說小話〉，見陳平原、夏曉虹《二十世紀中國小說理論資料》（1897～

則又對社會有所影響，不單從小說社會功能單向強調，因此，學者認爲黃摩西之說較爲客觀，可說是梁啓超論點的補充。而黃摩西所言的社會影響，與梁、陶等人的「新空氣」、「新人心」、「新人格」亦有一定之距離：

> 然吾不聞小說之效力，果足改頑固腦機而靈之，袪腐敗空氣而新之否也？

黃摩西固然體認到小說對於社會的影響在於其遍佈之流行以及強大的吸引力：

> 薑髮學僮，蛾眉居士，上自建牙張翼之尊嚴，下迄雕面糊容之瑣賤，眠沫一卷，而不忍遽置者，小說也。小說之風行於社會者如是。

而其實際之影響，則是導社會於文明：

> 模仿文明形式，花圈雪服，賀自由之結婚；崇拜虛無黨員，炸彈快槍，驚暗殺之手段，小說之影響於社會者又如是。則雖謂吾國今日之文明爲小說之文明，可也；則雖謂吾國異日政界、學界、教育界、實業界之文明即今日小說界之文明，亦無不可。〔註96〕

由小說之描述，進而對文明之憧憬學習，形成了小說對社會的影響。這不同於暴醜揭惡的詈訐，而是趨向於文明之美的影響。因此，所謂小說之實質，則非「美」不存：

> 請一考小說之實質。小說者，文學之傾於美的方面之一種也。寶釵羅帶，非高蹈之口吻；碧雲黃花，豈後樂之襟期？微論小說，文學之有高格可循者，一屬於審美之情操，尚不暇求眞際而擇法語也。

〔註97〕

黃摩西借鑒於西方者，除了社會影響之實效外，尤爲重要者，是美學的概念。眾聲滔滔，咸以新小說之新自我標榜，到黃摩西則出現標榜小說之美的新高度。黃氏結合社會功能與美學以言小說，認爲寫小說雖不當極藻繪之功而使風教滅裂；但小說與法律經訓，哲學科學專書亦應有所區別。強調求善之外，美亦是小說不可或缺之重要特質：

> 且彼求誠止善者，未聞以玩華繡悅之不逮，而變誠與善之目的以遷

1916）之《小說林》第九期（1908年），北京：北京大學出版社，1989年03月一版，頁245。亦收於〈小說小話〉，《晚清文學叢鈔》，頁351。

〔註96〕以上二則引文，見《晚清文學叢鈔》，頁159。

〔註97〕黃摩西，《小說林・發刊辭》《晚清文學叢鈔》，頁160。

就之，則從事小說者，亦何必椎法飾勞，劝容示節，而唐捐本質乎？
嫱、施天下之美也，鴟夷一科舸，詎非明哲？青冢一坏，不失幽芬。
藉令沒其傾吳宮、照漢殿之豐容，而強與孟廡齊稱，娥台合傳，不
將疑其狂易乎？一小說也，而號於人曰，吾不屑屑爲美，一秉立誠
明善之宗旨，則不過一無價值之講義，不規則之格言而已，恐閱者
不免如聽古樂，即作者亦未能歌舞其筆墨也，名相推崇，而實取厭
薄。是吾國文明僅於小說界有所影響，而中道爲之安障也。〔註98〕

黃摩西認爲，小說無美則是講義、是哲學科學專書、是法律經訓原文，其難
以引人入勝，將如強轉西施、昭君動人之美，而硬代以節義之德，一味強調
教化，則「名相推崇，而實取厭薄」，爲教化而反不利教化，是「中道爲之安
障也」，因此，美是小說不可或缺之重要特質。

黃氏強調美的重要，其立場是美與小說之社會功能可以相輔相成，社會
功能得美而益彰，「非敢謂作小說者，但當極藻繪之功，盡纏綿之致，一任事
理之乖橢，風教之滅裂也」〔註99〕，《籲天》訴虐、《渡海》尋仇，固足收振
恥立懦之效；玉顳珠頷，補史氏之舊聞更是即物窮理之助；清楚說明自己社
會功能與美二者並重，而特別強調小說之美的立場。

徐念慈是另一位強調小說之美的論者。他與黃摩西同樣注意到小說在晚
清的風行盛況，也同樣對小說價值「今昔不同」提出質疑：

偉哉！近年譯籍東流，學術西化，其最歆動吾新舊社會，而無有文
野智愚，咸歡迎之者，非近年所行之新小說哉？夫我國之於小說，
嚮所視爲鴆毒，懸爲厲禁，不許青年子弟稍一涉獵者也。乃一反其
積習，而至於是，果有溝而通之，以圓其說者耶？抑小說之道，今
昔不同，前足以害人，後之實無愧益世耶？豈人心之嗜好，因時因
地而遷耶？抑於吾人之理性，Venunft 果有鼓舞與感覺之價值者耶？
是今日小學界所宜研究之一問題也。

較諸黃摩西直言「昔之視小說也太輕，而今之視小說又太重也」以及「吠聲
四應，學步載途」的批評，徐念慈的質疑溫和許多，而他取諸黑格爾（徐作
黑掰爾）、基爾希曼（徐作邱希孟）的美學思想，又使他的發聲言之有據：

……則所謂小說者，殆合理想美學、感情美學而居其最上乘者乎？

〔註98〕見《晚清文學叢鈔》，頁160。
〔註99〕《晚清文學叢鈔》，頁160。

試以美學最發達之德意志徵之。黑辮爾氏（Hegel，1770〜1831）於美學，持絕對觀念論者也，其言曰：藝術之圓滿者，其第一義為醇化於自然。簡言之，即滿足吾人之美的欲望，而使無遺憾也。〔註100〕

闡解黑格爾美學於小說，則為美的欲望之滿足；至若基爾希曼則言對實體形象所產生之快感；在中國古典小說中如曹操、吳用、孫悟空等，不乏其例：

邱希孟氏（Kirchmaun 1802〜1884），感情美學之代表者也，其言美的快感，謂對於實體之形象而起。試睹吳用之智《水滸》、鐵丐之眞《野叟曝言》、數奇若韋癡珠《花月痕》、弄權若曹阿瞞《三國志》、冤獄若風波亭《岳傳》、神通遊戲如孫行者《西遊記》、濟顛僧《濟公傳》、闡事燭理若福爾摩斯、馬丁休脫《偵探案》，足令人快樂，令人輕蔑，令人苦痛尊敬，種種感情，莫不對於小說而得之。

徐念慈「合理想美學、感情美學而居其最上乘者」的小說美學，清楚羅列了圓滿性（滿足而無遺憾）具象性、形象性、感情性、理想性等，是眞正借鑑西方美學理論的小說「新」論，展現了晚清小說美學的理論高度，因此，有學者認為他是梁氏論點的提昇〔註101〕。至於在小說的社會功能一項，雖對梁啓超等眾口同聲的無所不能有所修正，然而他二人對於小說社會功能的重視，並不遜於梁氏等人；換言之，徐、黃二人立足傳統而有取諸外，在新舊過渡之際，扮演檢討反省的重要角色，發揮修正提昇的功能，清楚顯示中外新舊的揉合痕跡。

然則，不論是同聲應和或是反省異聲，梁啓超的響亮號角對於晚清的小說著述，確乎發揮了強大的影響力。光緒二十八年（1902年）梁氏主辦的《新小說》創刊於日本東京，繼《新小說》之後的晚清十年間，約共有十多種小說雜誌刊行〔註102〕；其中，《繡像小說》、《月月小說》、《小說林》與《新小說》並稱為晚清四大小說雜誌〔註103〕。學者引《中國近代出版史料初編》之記述

〔註100〕光緒三十三年（1907年）東海覺我，《小說林·緣起》《晚清文學叢鈔》，頁157。
〔註101〕黃霖，《中國文學批評通史·近代卷》：「假如說梁啓超是晚清小說理論的奠基者的話，那麼，徐念慈在某種程度上可以說是代表了晚清小說理論的高度」見黃霖，《中國文學批評通史·近代卷》，上海：上海古籍出版社，1996年一版，頁595。
〔註102〕如：《繡像小說》、《月月小說》、《新新小說》、《小說林》、《新世界小說社報》《競立社小說月報》、《十日小說》、《小說月報》、《新小說叢》等是。
〔註103〕時萌，《晚清小說》：「這些小說雜誌中，以《新小說》、《繡像小說》、《月月小

指出《新小說》的影響力對清廷帶來的威脅：「從光緒二十九年（1903）清廷通令查禁「悖逆」的書刊，謂《新小說》等『駭人聽聞，喪心病狂，殊堪痛恨。亦任其肆汗流布，不獨壞我世道人心，且恐地球太平之局，亦將隱受其害』〔註104〕」而梁氏在光緒二十九年（1903 年）在自辦之雜誌《新小說》撰寫小說戲曲評述隨筆《小說叢話》，隨後並邀集平子等多位論者發表論見，形成一股風潮，造成晚清著述之盛，則是前所未有：

> 據《小說林》所刊東海覺我編〈丁未年（1907）小說界發行書目調查表〉一文，單單一年之內，著譯統計即有一百二十餘種；《涵芬樓類書分類目錄》至宣統三年（1911），文學一類，翻譯小說近四百種，創作約一百二十種。〔註105〕

> 近人楊家駱總計晚清刊行的小說晚清小說，單創作即有四百六十一種（462 扣掉雙指印爲翻譯，剩 461），翻譯作品共有六百零八部。
> 〔註106〕

其中，截至光緒三十三年（1907）《小說林》發行之時，不數年之間，李寶嘉《官場現形記》、劉鶚《老殘遊記》初編都已寫成，吳趼人《二十年目睹之怪現狀》亦已完成大半部，而《孽海花》則出版二編二十回〔註107〕。對於梁啓超對晚清四大小說作者時間上近距離的強烈影響，由吳趼人光緒三十二年發表於《月月小說》之序文〔註108〕的一段話，可窺見一斑：

> 吾執吾筆，將編爲小說，即就小說以言小說焉，可也，奈之何舉社會如是種種之醜態而先表暴之？吾蓋有所感焉。吾感乎飲冰子〈小說與群治之關係〉之說出，提倡改良小說，不數年而吾國新著新譯

說》、《小說林》四種質量最佳，影響最大，後人稱爲『清末四大小說雜誌』」
上海：上海古籍出版社，1989 年 06 月一版，頁 4。
〔註104〕林瑞明，《晚清譴責小說的歷史意義》，台北：國立台灣大學出版委員會，1980年 06 月一版，頁 56。
〔註105〕阿英，《晚清小說史》，頁 1。
〔註106〕楊家駱，《民國以來出版新書總目提要‧附錄》，臺北：中國辭典館，60 年 1月。
〔註107〕參見林瑞明，《晚清譴責小說的歷史意義》之第二章《晚清小說界革命》，頁54。
〔註108〕梁啓超之《清文學叢鈔晚》，頁 151，署作者「失名」；陳平原、夏曉虹，《二十世紀中國小說理論資料》則署作者爲吳沃堯。陳平原、夏曉虹，《二十世紀中國小說理論資料》（1897 年～1916 年）第一卷，北京：北京大學出版社，1989 年 03 月一版，頁 168。

之小説，幾於汗萬牛充萬棟，猶復日出不已而未有窮期也。〔註109〕
晚清四大小説家，在奇花異卉、景觀繁盛的晚清著述之林，開出眾所注目的
妍株佳朵，其著述意識正是「中有所承」復「取法乎外」，吾人唯由此以進，
才得窺其堂奧。

第三節　晚清四大小説之著述意識

晚清四大小説者，包括李伯元之《官場現形記》、吳趼人之《二十年目睹
怪現狀》、劉鶚《老殘遊記》以及曾樸之《孽海花》。做為晚清小説代表作的
四大小説，在作者著述意識上正是承於前古，又在時代中有所吸收，表現晚
清著述意識之特色。

一、犀筆光照、魑魅現形的李伯元〔註110〕

李伯元之《官場現形記》約作於西元一九〇三年〔註111〕，其時是他寫作
最盛之時，西元一九〇六年繁華報館出版全本六十回之《官場現形記》，在第
六十回借書中人物之口點出了作者著述用意：

> 又忽然記得我問那人：「你們在這裡做什麼？」那人道：「我們在這
> 裡校對一部書。」我問他是什麼書，那人說是：「上帝可憐中國貧弱
> 到這步田地，一心要想救救中國。然而中國四萬萬多人，一時那能
> 夠統通救得。因此便想到一個提綱挈領的法子說：中國一般的人民，
> 他們好像生來都是見官害怕的，只要官怎麼，百姓就怎麼，所謂上
> 行下效。為此拿定了主意，想把這些做官的，先陶鎔到一個程度，
> 好等他們出去，整躬率物，救國救民。又想：中國的官，大大小小，
> 何止幾千百個。至於他們的壞處，很像是一個先生教出來的。因此
> 就悟出一個新法子來：摹仿學堂裡先生教學生的法子，編幾本教科

〔註109〕陳平原、夏曉虹，《二十世紀中國小説理論資料》，頁169。
〔註110〕李伯元（1867～1906），名寶嘉，字伯元，別號南亭亭長，遊戲主人等；曾以
　　　　第一名入學，鄉試不第。至上海，曾辦《指南報》、《游戲報》、《世界繁華報》，
　　　　光緒二十九年，應商務印書館聘，主編《繡像小説》雜誌。
〔註111〕根據魏紹昌，《晚清四大小説家·官場現形記的寫作和刊行問題》由所見《繁
　　　　華報》刊登《官場現形記》年月，對魯迅《中國小説史略》所說的1901～1905
　　　　的成書時間有所修正。見魏書頁11。

書，教導他們。並且仿照世界各國普遍的教法：從初等小學堂、中
學堂、高等學堂。等到到了高等卒業之後，然後再放他們出去做官，
自然都是好官。二十年之後，天下還愁不太平嗎？」〔註112〕

救中國與新小說一新中國之主張正吻合，最終目標在有資治道，致天下之太
平；而所採取的方法則是中西合璧，以中國固有學堂教學之法參酌西方學制，
所要達成的是自古以來稗官勸懲之功的傳統意義，則「天下還愁不太平嗎？」
期望以致天下之太平。後來書在小說中被燒掉了一半，作者再借人物之口更
清楚地指明懲戒的用心：

但聽得一片人聲說：「火！火！火！」隨後又看見許多人，抱了些燒
殘不全的書出來。……圍在一張公案上面，查點燒殘的書籍。查了
半天，道是他們校對的那部書，只賸上半部。原來這部教科書前半
部是專門指摘他們做官的壞處，好叫他們讀了知過必改。後半部方
是教導他們做官的法子。如今把這後半部燒了，只賸得前半部。光
有這前半部，不像本教科書，倒像個《封神榜》《西遊記》；妖魔鬼
怪，一齊都有。〔註113〕

「指摘做官的壞處」「好叫他們讀了知過必改」清楚表明李伯元小說著述意識
的勸懲用心，因爲上行下效，所以正本清源，由在上官員入手，廓清吏治，
以之爲官治民，乃能救百姓出水火而登袵席，致國強民安之太平。因此書中
記錄奸吏種種不堪行止，要爲官者知所懲戒。李伯元先後辦過《指南報》、《游
戲報》、《世界繁華報》等報，光緒二十九年（1903），並應應商務印書館之聘，
主編《繡像小說》雜誌。在《繡像小說》第一期登載之〈本館刊印繡像小說
緣起〉〔註114〕一文，談到小說著述理念與西方東洋各國之密切關連：

歐美化民，多由小說；搏桑崛起，推波助瀾。其從事於此者，率皆
名公巨卿，魁儒碩彥。察天下之大勢，洞人類之頤理，潛推往古，
豫揣未來，然後抒一己之見，著而爲書，以醒齊民之耳目。或對人
群之積弊而下砭，或者爲國家之危險而立鑑。揆其立意，無非裨國
益民。

〔註112〕李伯元，《官場現形記》，台北：三民書局，2004年01月二版，頁963～964。
〔註113〕李伯元，《官場現形記》，頁964。
〔註114〕《繡像小說》第一期，見《晚清文學叢鈔》，頁144。陳平原書題作者爲商務
印書館主人，學者認爲當是出自李伯元手筆。

他指出歐美乃以小說化民，反觀中國小說卻於國於民百無一利。最後點明雜誌社成立之宗旨在取法「泰西之良規」、「東海之餘韻」，以開化民智：

> 本館有鑑於此，於是糾合同志，首輯此編。遠摭泰西之良規，近挹東海之餘韻，或手著，或譯本，隨時甄錄，月出兩期，藉思開化天下愚，遑計貽譏于大雅。嗚呼！庚子一役，近事堪稽，愛國君子，倘或引爲同調，暢此宗風，則請以此編爲之嚆矢。

在此，我們看到編者所自許的，是參酌「歐美化民」「著而爲書，以醒齊民之耳目」的小說著述意識，其言及中國小說，概之以「怪謬荒誕之言」、「汙穢淫邪之事」，則言下之意，頗不以中國之著述傳統爲然，並且將「對人群之積弊而下砭」、「爲國家之危險而立鑑」一歸於歐美小說著述所有，這是個有趣的現象。袁進在其《中國小說的近代變革》中，提到新小說的「新與舊」：

> 然而，「新小說」派對西方小說的學習與模仿，實際上始終伴隨著中國傳統的「文以載道」觀念，他們是在「文以載道」的基礎上認識西方小說的，所以不免帶著有色眼鏡。同時也造成他們自己「近代化」的不徹底，骨子裡還是舊傳統文學觀念在新形勢下的轉化。〔註115〕

學者並在書中由梁啓超逃亡日本之行，對所言政治小說的認識，是對西方小說的誤解「但他其實對西方小說存在很大誤解，並不了解西方小說的實情」〔註116〕；又從歐洲自文藝復興以來的文學主張，說明梁氏的認識與之扞格之處「歐洲自文藝復興以來的文學主張，恰恰是強調文學從基督教之『道』下解放出來……顯然，就實質而言，『新小說』派的文學觀念是與西方『文藝復興』以來的觀念相衝突的，這就決定了他們不可能從根本上接受西方的小說觀念」〔註117〕。研究學者其實清楚地感覺到新小說標榜的取諸外國著述意識，究其根本，較多是中國本然固有者，因此，說他們標榜「新」，骨子裡卻是舊的。然學者以「文以載道」言其小說著述，精確地說，其實當是有資治道，意寓勸懲的小說著述傳統。

李伯元在自述著述動機時，也在字裡行間不自覺地流露此一意識：

> 〈遊戲報〉之命名仿自泰西，豈眞好爲遊戲哉？蓋有不得已之深意

〔註115〕袁進，《中國小說的近代變革》第四章〈新與舊〉，北京：中國社會科學出版社，1992年06月一版，頁72。
〔註116〕袁進，《中國小說的近代變革》，頁69。
〔註117〕同上註，頁72。

> 存焉者也。慨乎當今之世，國日貧矣，民日疲矣，士風日下，而商
> 務日亟矣。有心士道者，方且汲汲顧景之不暇，尚何有恆舞酣歌，
> 樂爲故事，而不自覺乎？然使執塗人而告之曰：朝政如是，國事如
> 是，是猶聚瘖聾跛躄之流，強之爲經濟文章之務，人必笑其迂而譏
> 其背矣。故不得不假遊戲之說以隱喻勸懲，亦覺世之一道也。……
> 或託諸寓言，或涉諸諷詠，無非欲喚醒癡愚，破除煩惱，意取其淺，
> 言取其俚，使農工商賈、婦人豎子，皆得而觀之。庶天地間之千態
> 萬狀，眞一遊戲之局也。〔註118〕

「假遊戲之說以隱喻勸懲，亦覺世之一道也」正是傳統著述意識的原音重現，
而「意取其淺，言取其俚」又正是游目寓心之傳統著述策略，覺世的勸懲對
象普及「農工商賈、婦人豎子」，亦不違其「上行下效」由官及民的主張。認
眞說來，取諸於外者亦確實有之，那就是「遠摭泰西之良規，近挹東海之餘
韻，或手著，或譯本，隨時甄錄，月出兩期，藉思開化天下愚」，亦即取以爲
宣傳教化資材，以其文明，開中國蔽塞之愚。

　　吳趼人在所作〈小說家李伯元傳〉中，也談到李伯元在所著各種小說中
的著述用心：

> 憂夫婦孺之夢夢不知時事也，撰爲《庚子國變彈詞》；惡夫仕途之鬼
> 蜮百出也，撰爲《官場現形記》；慨乎社會之同流合污不知進化也，
> 撰爲《中國現在記》及《文明小史》、《活地獄》等書。〔註119〕

李伯元覺世的對象包括婦孺、仕途之人及於整個未及進化之社會，其中「惡
夫仕途之鬼蜮百出也」因此，撰爲《官場現形記》；在其著述意識中，我們又
一次看到「實錄」的傳統。李伯元前述言及的「爲國家之危險而立鑑」，其實
是中國採集著述的實錄精神，其友人在《官場現形記・敍》一文中，盛讚《官
場現形記》之著細膩生動「如頰上之添毫，纖悉畢露」，能窮形盡相「如地獄
之變相，醜態百出」，極受讀者喜愛「每出一紙，見者拍案叫絕」。並指出之
所以選定官場述寫，乃因官場長久以來無復廉恥之風，爲官者已無羞惡之心，
甚至「視天下卑污苟賤之事，爲分所應爲」。社會「公道久絕」，清廷則驕奢
招禍，「天地晦黑，覺羅不亡，殆如一線」；因此小說作者，筆伐口誅，大聲

〔註118〕阿英，《晚清小報錄・遊戲報》附〈論遊戲報之本意〉，收於《阿英全集（六）》，
　　　　頁 286～287。

〔註119〕吳沃堯，〈小說家李伯元傳〉刊於《小說世界》十三卷九期。收於小橫香室主
　　　　人編《清朝野史大觀》臺北：中華，46 年 11 月一版。第五輯，頁 49。

疾呼，旨在「伸大義於天下」：

> 而吾輩不畏強禦，不避斧鉞，筆伐口誅，大聲疾呼，卒伸大義於天
> 下，使若輩凜乎不敢犯清議，雖謂春秋之力至今存可也。而誰謂草
> 茅之士，不可以救天下哉？《官場現形記》一書者，新學家所謂若
> 輩之內容，而論世者所謂若輩之實據也。僕嘗出入卑鄙齷齪之場，
> 往來奔競夤緣之地，耳之所觸，目之所炫，五花八門，光怪萬狀。
> 覺世間變幻之態，無有過於中國官場者。

文中並十分傳神地形容《官場現形記》一書的「光照」特徵：

> 今日讀南亭之《官場現形記》，不覺喜曰：是不啻吾意中所出。……
> 嗟嗟！神禹鑄鼎，魑魅夜哭；溫嶠燃犀，魍魎避影。中國官場久為
> 全球各國不齒於人類，而若輩窮奇渾沌，跳舞拍張，方且謂行莫予
> 泥，令莫與違，一若睥睨自得也者。而不意有一救世佛焉為之放大
> 千之光，攝世界之影，使一般之嚅嚅而動，蠢蠢以爭者，咸畢現於
> 菩提鏡中，此若輩所意料不到者也。〔註120〕

言《官場現形記》之著述「纖悉畢露」「新學家所謂若輩之內容，而論世者所
謂若輩之實據也」在在點明它的實錄特徵，尤其以「放大千之光，攝世界之
影」，如照相般的形容最為傳神，「菩提鏡」則隱含著暴露惡行的非常手段，
其實是發自慈悲救世的著述動機。而不論是攝影或鏡照，光照現形的傳統自
「神禹鑄鼎，魑魅夜哭」〔註121〕「溫嶠燃犀，魍魎避影〔註122〕」已有之，吳
趼人所謂「惡夫仕途之鬼蜮百出也」，亦是敘中所言之「往來奔競夤緣之地」
「卑鄙齷齪之場」其間光怪陸離之種種，「如地獄之變相，醜態百出」，然而，
小說家逞其燃犀鑄鼎之力，卒成杜絕鬼怪之功，所謂「不畏強禦，不避斧鉞，
筆伐口誅，大聲疾呼，卒伸大義於天下，使若輩凜乎不敢犯清議」，敘文作者

〔註120〕作者署佚名，以上引文見《晚清文學叢鈔》，頁178～179。

〔註121〕《左傳》宣公三年：昔夏之方有德也，遠方圖物，貢金九牧，鑄鼎象物，百
　　　　物而為之備，使民知神姦，故民入川澤山林，不逢不若。注：象所圖物，鑄
　　　　之於鼎。

〔註122〕《晉書》卷六十七〈溫嶠列傳〉1795：朝議將留輔政，嶠以導先帝所任，固
　　　　辭還藩。復以京邑荒殘，資用不給，嶠借資蓄，具器用，而後旋于武昌。至
　　　　牛渚磯，水深不可測，世云其下多怪物，嶠遂燬犀角而照之。須臾，見水族
　　　　覆火，奇形異狀，或乘馬車著赤衣者。嶠其夜夢人謂己曰：「與君幽明道別，
　　　　何意相照也？」意甚惡之。嶠先有齒疾，至是拔之，因中風，至鎮未旬而卒，
　　　　時年四十二。

稱許伯元之筆，是真能寫出人所眼見於官場，而口難以言狀者。李伯元在自
己其他的著作中也提及其小說內容上的紀實特性：

> 諸君的平日行事，一個個都被《文明小史》上搜羅了進去，做了六
> 十回的資料，比泰西的照相還要照得清楚些，比油畫還要畫得透露
> 些。諸君得此，也可以少慰抑塞磊落了。〔註123〕

> 是書取材於中西報紙者，十之五四；得諸朋輩傳述者，十之三四；
> 其為作書人思想所得，取資敷佐者，不過十之一二耳。小說體裁，
> 自應爾爾，閱者勿以杜撰目之。〔註124〕

李伯元很清楚地在《庚子國變彈詞‧例言》一文中表達了小說著述本應取材
真實傳述的著述理念，「小說體裁，自應爾爾」；然因是小說，自不免有想像
附會之處，「其為作書人思想所得，取資敷佐者，不過十之一二耳」在比例上
約佔一二成。其中報章雜誌的報導近五成，周遭的耳聞傳述約三四成，包括
作者自身經歷的所見所聞：「把我生平耳所聞，目所見，世路上怪怪奇奇之事，
一一說與他們知道」〔註125〕。

　　李伯元強調其實錄特性，以此與一般想像之作區分，故鄭重叮嚀：「閱者
勿以杜撰目之」，而由此叮嚀，讓我們清楚看見李伯元藉小說以勸懲的著述意
識，這是知識份子用以自許的激昂高調，因此不願模糊實錄、杜撰二者界線。
至於所謂實錄的真實，是一個可以再深入探討的議題，茂苑惜秋生（即歐陽
鉅源）〔註126〕在其《官場現形記‧敘》中，提及李伯元所描述的官場與實際
官場的距離：

> 官之位高矣，官之名大矣，……。其後選舉之法興，則登進之途雜，
> 士廢其讀，農廢其耕，工廢其技，商廢其業，皆注意於官之一字。
> 蓋官者，有士農工商之利而無士農工商之勞者也。……於是乎有脂
> 韋滑稽者，有夤緣奔競者，而官之流品已極紊亂。〔註127〕

〔註123〕李伯元，《文明小史》，第六十回。
〔註124〕李伯元，《庚子國變彈詞‧例言》。
〔註125〕李伯元，《中國現在記‧楔子》。
〔註126〕歐陽淦（1884～1908）字鉅源，別號蓬園，茂苑惜秋生，為文典贍富華，光
　　　　緒二十四年（1898）至上海，由投稿與李伯元相識，曾助李編輯《世界繁華
　　　　報》、《繡像小說》並為李續寫《官場現形記》、《活地獄》。
〔註127〕以下引文見茂苑惜秋生，《官場現形記‧原序》，台北：三民書局，2000年07
　　　　月二版，頁1～4。

造成「夤緣奔競」的主因是「捐納」之制：

> 限資之例，始於漢代，定以十算，乃得爲吏。開捐納之先路，導輸
> 助之濫觴，所謂衣食足而知榮辱者，直是欺人之談。歸罪孝成，無
> 逃天地。……治至於今，變本加厲，凶年饑饉，乾旱水溢，皆得援
> 助之例，邀獎勵之恩，而所謂官者，乃日出而未有窮期，不至於充
> 塞宇宙不止。朝廷頒汰淘之法，定澄敍之方，天子寄其耳目於督撫，
> 督撫寄其耳目於司道，上下蒙蔽，一如故舊。尤其甚者，假手宵小，
> 授意私人，因苞苴而通融，緣賄賂而解釋，而欲除弊而轉滋之弊也，
> 烏乎可？

由漢代開始的捐納制度，到清代變本加厲，各項名目，盡可捐納，因捐納而
得官職者或將「充塞宇宙」；雖有汰淘之法，但在苞苴賄賂通行的官場，捐官
之弊不但不得遏止，反愈益滋多。歐陽鉅源將自己眼見官場貪腐之實印證以
清代亦曾入官場，做過幾任縣令的名士袁枚之言，以資佐證：

> 且昔亦嘗見夫官矣，道迎之外無治績，供張之外無材能，忍飢渴，
> 冒寒暑，行香則天明而往，稟見則日昃而歸，卒不知其何所爲而來，
> 亦卒不知其何所爲而去。袁隨園之言曰：當其雜坐戲謔，欠伸假寐
> 之時，即鄉城老幼毀肢折體而待訴之時也。當其修垣轅、治具供之
> 時，即胥吏舞文，匿案而逞權之時也。怵目惕心，無過於此。而所
> 謂官者，方鳴其得意，視爲榮寵，其爲民作父母耶？抑爲督撫作奴
> 耶？試取問之，當亦啞然失笑矣。

讓有識之士「怵目惕心」之種種不堪行徑，包括早出晚歸汲汲於逢迎巴結，
或匿案逞權之胡作非爲，因此不免有「其爲民作父母耶？抑爲督撫作奴耶？」
的慨然一問，而「試取問之，當亦啞然失笑矣」的反應，亦印證前述「人心
已死，公道久絕，廉恥之亡於中國官場者」之論。

而貪腐官員，非但不足以爲民父母，尚且以其貪腐，伸出爪牙，欺壓百
姓：

> 不寧惟是。田野不闢，訟獄不理，則置諸不問；應酬或缺，孝敬或
> 少，則與之爲難。大府以此責下吏，下吏以此待大府。論語曰：「上
> 有好者，下必有甚焉者矣。」《易》曰：「上行下效，捷於影響。」
> 執是言也，官之所以爲官者，殆可想像得之。……若官者，輔天子
> 則不足，壓百姓則有餘。以其位之高，以其名之貴，以其權之大，

以其感之重，有諨其後者，刑罰出之；有誚其旁者，拘繫隨之。

該為無為，「田野不闢，訟獄不理，則置諸不問」，不當為卻恣意妄為，強索「孝敬」於百姓，硬逼「應酬」於鄉紳，因此說是「輔天子則不足，壓百姓則有餘」。尤有甚者，對於百姓的不平反彈，還採取「拘繫」「刑罰」的高壓手段，種種行徑，為有識者所不齒。然而明達之士，有見於此，雖不願為「寒蟬仗馬」，然一言又「固可以賈禍」，於是聽其所為，結果造成官員氣焰高張：

> 於是官之氣愈張，官之燄愈烈。羊狠狼貪之技，他人所不忍出者，而官出之；蠅營狗苟之行，他人所不屑為者，而官為之。下至聲色貨利，則嗜若性命；般樂飲酒，則視為故常。觀其外倨而錯矩，觀其內踰閑而蕩檢，種種荒謬，種種乖戾，雖罄紙墨不能書也。

官員既孜孜為利，則彼此之間為爭財奪利而「齟齬」、「齮齕」，亦無時或已；官僚為害之大，甚至過於盜賊：

> 天下可惡者莫若盜賊，然盜賊處暫而官處常。天下可恨者莫若仇讎，然仇讎在明而官在暗。……國衰而官強，國貧而官富，孝弟忠信之舊，敗於官之身；禮義廉恥之遺，壞於官之手。而官之所以為人詬病，為人輕褻者，蓋非一朝一夕之故，其所由來者漸矣。

明達之士若為「以言賈禍」之懼而噤若寒蟬〔註128〕，則貪腐官燄愈熾愈烈，蠅營狗苟、羊狠狼貪，荒謬乖戾，罄竹難書；而奪利搶權，如犬隻爭骨，可惡可恨，甚於盜賊。文中指出小說作者袖手不為的後果，則對照前所謂「不畏強禦，不避斧鉞，筆伐口誅，大聲疾呼」的作為，於是能有「卒伸大義於天下，使若輩凜乎不敢犯清議，雖謂春秋之力至今存可也」的成果，則著述意識之所由來，極昭然明白。

茂苑惜秋生言李伯元具備「東方之諧謔，與淳于之滑稽」的文筆特質，以及熟知官場「齷齪卑鄙之要」、「昏瞶糊塗之大旨」的社會經驗，對於勸言則掩耳，唾面則自乾，天變不畏、人言不恤的一班官僚，思量對治之道，於是寫出小說一帙，即《官場現形記》：

> 且夫訓教者，父兄之任也；規箴者，臣子之義也；獻進者，矇瞽之分也。我之於官，既無統屬，亦鮮關係，惟有以含蓄蘊釀，存其忠厚，以酣暢淋漓，闡其隱微，則庶幾近矣。窮年累月計，殫精竭神，

〔註128〕寒蟬，蟬之一種，《方言》謂之寒蜩。寒蟬至秋深天寒則不鳴，《後漢書‧杜密傳》有劉勝知善不薦，聞惡無言，隱情惜己，自同寒蟬之語。

成書一帙，名曰《官場現形記》。立體仿諸稗野，則無鉤章棘句之嫌，紀事出以方言，則無詰詘聱牙之苦。開卷一過，凡神禹所不能鑄之於鼎，溫嶠所不能燭之以犀者，無不畢備。曹孟德得陳琳檄而愈頭風〔註129〕，杜子美對《張良傳》而浮大白。讀是編者，知必有同情者矣。〔註130〕

因為買官鬻官形成的官場無恥文化，腐壞文化根基，有識之士，無權無職，憂心焦慮之餘，想出的對治之道則是針對其「窺窺焉以身後為憂」的心理，期能收燃犀鑄鼎，魑魅避影之效而過之，使仕途中百出之鬼蜮，畏光照形現而銷聲匿跡，以清吏治、救斯民，登之衽席之上。

對於四大小說之寫事記實，學者亦有「過甚其辭」〔註131〕之評，多有酣暢淋漓則有之，含蓄忠厚尚不足之感，於此，胡適〈官場現形記序〉有持平之論：

雖然有過份的描寫與溢惡的形容，雖然傳聞有不實不盡之處，然而就大體上論，我們不能不承認這部《官場現形記》裡大部份的材料，可以代表當日官場的實在情形。那些有名姓可考的，如華中堂之為榮祿、黑大叔之為李蓮英，都是歷史上的人物，不用說了。那無數無名的小官，從錢典史到黃二麻子、從那做賊的魯總爺，到那把女兒獻媚上司的冒得官，也都不能完全說是虛構的人物。故《官場現形記》可算是一部社會史料。〔註132〕

傳統著述意識所言之實，是真取諸耳聞傳言之實，至於傳聞或有誇張，或有添增，甚而在字句間流露憤怒、怨懟，或將人物醜化、扭曲，這是傳聞本然應有之特質，野史小說所不同於慎於裁汰篩選之正史者，在於此；而稗官野史之獨特價值亦正在於此。換言之，小說不但載述實事，也反映民情，百姓的心聲、群眾的情緒，都是珍貴資料。民之所好，長在我心，在

〔註129〕三國演義第22回：紹覽檄大喜，即命使將此檄遍行州郡，并于各處關津隘口張挂。檄文傳至許都，時曹操方患頭風，臥病在床。左右將此檄傳進，操見之，毛骨悚然，出了一身冷汗，不覺頭風頓愈，從床上一躍而起，顧謂曹洪曰：「此檄何人所作？」洪曰：「聞是陳琳之筆。」

〔註130〕茂苑惜秋生，〈官場現形記二敘〉，收於梁啟超，《晚清文學叢鈔》，頁 179～182。

〔註131〕魯迅，《中國小說史略·清末之譴責小說》，頁 298。

〔註132〕胡適，〈官場現形記序〉收於《胡適文存》第三冊，台北：遠東圖書公司，頁517。

上者能好民所好，惡民所惡，存好去惡，這才是符合著述意識之期待。李伯元對官場種種記述，其中盡有卑劣難以置信者，然而觸目惕心，不遠而復，斯志士之大願。

官場之外，世風漸變、流俗浸淫，上行下效，有以致之。吳趼人《二十年目睹之怪現狀》，寫官場、寫家庭亦寫社會，「怪現狀」一般人怪而不怪，吳趼人卻大驚小怪、不怪殊怪，是怪非怪？吳趼人二十年之慧眼洞察值得一探。

二、慧眼洞察、不怪殊怪的吳趼人 〔註133〕

與李伯元相知甚深的吳趼人，早於十九歲就開始在報章雜誌發表短文，他最為人知的《二十年目睹之怪現狀》發表於梁啓超所創辦的《新小說》雜誌上。研究學者由書中內容，窺見吳趼人此書之作，乃是因為感時憂國的精神以及他道義上的使命感：

> 《怪現狀》一書，沒有序言，書後也無跋，換言之，吳氏並沒有為他所以從事此書創作的動機，留下一個文字說明，可是，透過全書的口氣、內容和主題思想，我們依然能窺得一些蛛絲馬跡，歸納出一個結論來。縱上二節所言，我們得到的結論便是：《怪現狀》一書之所以形成，乃是基於吳氏感時憂國的精神（時代背景）以及他道義上的使命感（心理背景）的緣故。〔註134〕

《月月小說》第一期刊有吳沃堯的敘文，同意梁啓超〈小說與群治關係〉一文的意見，謂「借小說之趣味，之感情，為德育之一助。」並云：「吾感夫飲冰子「小說與群治之關係」之說出，提倡小說，不數年而吾國之新著新譯之小說，幾於汗萬牛充萬棟，猶復日出不已而未有窮期也。」是其體認到小說於群治的重要性，因此，慨然加入小著述之行列，孜孜不息、殫精竭慮，於是而有多種著作。

〔註133〕吳趼人（1866～1910 年），名沃堯，又名寶震，字小允號繭人後改為趼人，廣東南海人，少時佛山鎮，故別署我佛山人。十七歲父病，後卒於官；十九歲至上海，在江南軍械製造局，擔任抄寫之職，收入微薄，常為報刊撰寫短文。光緒 28 年（1902）梁啓超在日本創辦《新小說》雜誌，次年吳趼人之小說《二十年目睹之怪現狀》等即陸續於該雜誌刊登發表。曾任漢口美商《楚報》中文編輯，因反美華工禁約運動辭歸上海；後任上海《月月小說》雜誌主編。宣統二年（1910）因喘疾卒於上海，得年 45 歲。

〔註134〕陳幸蕙，《愛與失望——二十年目睹之怪現狀研究》，駱駝出版社，1996 年 09月一版，頁 47。

　　吳趼人著述頗豐，亦發表諸多有關於小說的理論與看法；就其小說觀言，以小說為正史之輔翼而功能卻過於正史的論點，很能代表晚清的特色：

> 惜哉！歷代史籍，無演義以為之輔翼也。吾於是發大誓願，編撰歷史小說。使今日讀小說者，明日讀正史，如見故人；昨日讀正史而不得入者，今日讀小說而如身親其境。小說附正史以馳乎？正史藉小說為先導乎？請俟後人定論之，而作者固不敢以雕蟲小技，妄自菲薄也。〔註135〕

關於小說之功能何以高出正史的原因，吳趼人亦有詳盡的分析，其中包括正史典冊「端緒複雜，文字深邃，卷帙浩繁、味同嚼蠟」等缺點，以及相對於此，小說「興味濃厚，易於引人入勝」之特性：

> 蓋小說家言，興味濃厚，易於引人入勝也。是故等是魏、蜀、吳故事，而陳壽《三國志》讀之者寡，至如《三國演義》則自士大夫迄於輿臺，蓋靡不手一篇者矣。〔註136〕

由於典冊文字深邃、味同嚼蠟等缺點，較難於吸引讀者注意；要使這些正史典冊的內容，普遍深入於群眾，達到小說、正史相輔相成之效果，只有用演義的體裁，引讀者入其勝，以此補教科之不及，使小說附正史以馳，正史藉小說為導。

　　吳趼人的著述意識是既熱切而嚴正的，然而他所選擇以達成勸懲目標的著述風格卻是「嬉笑怒罵」，這是勸懲方式中「譎諫」的一種：

> 憤世嫉俗之念，積而愈深，即砭愚訂頑之心，久而彌切，始學為嬉笑怒罵之文，竊自儕於譎諫之列。

為達成「砭愚訂頑」勸懲之功的策略是「學為嬉笑怒罵之文」的譎諫風格，這是小說興味濃厚特性的強化；吳趼人有感於小說不同於正史之特性而可以為正史之輔翼的特性，由此入手，發為述作，得到了不錯的效果：

> 猶幸文章知己，海內有人，一紙既出，則傳鈔傳誦者，雖經年累月，猶不以陳腐割愛……於是始學為章回小說。計自癸卯始業，以迄於今，垂七年矣……嗟乎！以二千五百餘日之精神歲月，置於此詹詹

〔註135〕吳趼人，《痛史‧敘言》（臺北：世界書局，63年5月，頁1～2。）〈歷史小說總序〉光緒32年（1906）原載《月月小說》第一年第一期，收於梁啟超，《晚清文學叢鈔》，頁182～183。

〔註136〕吳趼人〈歷史小說總序〉見《清文學叢鈔晚》，頁182。光緒三十二年1906年原載《月月小說》第一年第一期。

　　小言之中，自視亦大愚矣。竊幸出版以來，咸爲閱者所首肯，頗不
　　寂寞。

「一紙既出，則傳鈔傳誦」、「雖經年累月，猷不以陳腐割愛」點出小說受歡
迎的程度，而七年之中，吳趼人由著述意識而表現在實際著述上者，是心力
貫注並且認眞嚴謹的著述態度，因此可以爲所謂的詹詹小言，費「千五百餘
日之精神歲月」，其中尤可以《二十年目睹之怪現狀》爲代表：

　　然如是種種皆一時興到之作，初無容心於其間。惟《二十年目睹之
　　怪現狀》一書，部分百回，都凡五十萬言，借一人爲總機捩，寫社
　　會種種怪狀，皆二十年前所親見親聞者，慘淡經營，歷七年而猷未
　　盡殺青，蓋雖陸續付印，已達八十回，餘二十回稿雖脫而尚待討論
　　也。春日初長，雨窗偶暇，檢閱稿末，不結之結。〔註137〕

吳趼人取諸累積二十年之親見耳聞，撰成《二十年目睹之怪現狀》，其間歷經
七年，撰寫修訂，猶未盡滿意，「不結之結」可以道出他極其嚴謹的著述態度。
另者，我們也又一次看到熟悉的「親見親聞」之資料來源強調；對於眞實性，
吳趼人在所著小說序文中有一番辨析：

　　夫小說雖小道，究亦同爲文字，同供流傳者，其內容乃如是，縱不
　　懼重誣古人，豈亦不畏貽誤來者耶？等而上之者，如《東西漢》《東
　　西晉》等書，似較以上云云者略善矣，顧又失於簡略，殊乏意味，
　　而復不能免蹈虛附會之談。……余向以滑稽自喜，年來更從事小說，
　　蓋改良社會之心，無一息敢自已焉。

　　無已，則寓教育於閒談，使讀者於消閒遣興之中仍可獲益於消遣之
　　際，如是者其爲歷史小說乎？

吳趼人所謂「其內容乃如是」者，是指小中對歷史人物種種無稽、荒謬、神
怪等附會，除了「重誣古人」，吳趼人更關心的是「貽誤來者」；因爲他視著
述小說以改良社會爲知識份子之職志，蹈虛附會則不符所求。至於小說形式
技巧的要求，吳趼人也提出過於簡略、缺乏意味的批評，而他自己的策略則
是「滑稽」的爲文風格，以滑稽使讀者感覺趣味，以引讀者入勝。

　　在下一段因朋友來函有感而發的一文字中，更充分展示吳趼人對於小說
眞實性、與正史關聯的著述意識：

────────────

〔註137〕以上引文引自吳趼人，《近十年之怪現狀・自敘》宣統二年（1910），見《晚
　　　　清文學叢鈔》，頁185～187。

> 旋得吾益友蔣子紫儕來函，晶我曰：「撰歷史小説者當以發明正史事
> 實爲宗旨，以借古鑑今爲誘導，不可過涉虛誕，與正史相刺謬，尤
> 不可張冠李戴，以別朝之事實牽率羼入，貽誤閱者云云。末一語，
> 蓋蔣子以余所撰《痛史》而發也。余之撰痛史，因別有所感故爾爾，
> 即微蔣子勉言，餘且不復爲，今而後尤當服膺斯言矣。操筆之始，
> 因記之以自勵。」〔註138〕

對於自身曾在《痛史》摻雜史事以致失眞的錯誤，吳趼人深自反省；此處引
朋友語，談到小説之角色是以發明正史爲宗旨、借古鑑今以誘導的勸懲用心
以及不能「過涉虛誕，與正史相刺謬」的眞實強調，更完整地勾勒出傳統著
述意識的輪廓。而吳趼人對於其中眞實性強調的具體實踐，是在其小説中的
人物、事件都有其眞人眞事的來源依據：

> 我佛山人所著《二十年目睹之怪現狀》一書，誠近日社會小説中傑
> 作也。書中隱託人名，凡著者親屬知友，則非深悉其身世者莫辨。
> 他如當代名人，如張文襄、張彪、盛杏蓀及其繼室，轟仲芳及其夫
> 人（即曾文正之女）太夫人、曾惠敏、邵友濂、梁鼎芬、文廷式、
> 鐵良、衛汝貴、洪述祖等，苟細繹之，不難按圖而索也。〔註139〕

對於吳趼人自言二十年來之親見親聞者，與他同時並有過密切接觸的文人包
天笑有一段生動記述。包天笑在所著《釧影樓筆記》中談到自己曾問及：《二
十年目睹之怪現狀》「何從得這許多材料？」結果發現「瞧一本冊子，很像日
記一般，裡面鈔寫的，都是每次聽得友人們所談的故事。也有從筆記上鈔下
來的，也有從報紙上剪下來的，雜亂無章地成了一巨冊。」〔註140〕由此可見
《二十年目睹之怪現狀》之內容確實爲眞實之記述，更可見證吳趼人雖以滑
稽出之，但內心的創作態度是極其認眞嚴謹。包括文學史學的研究學者，對
於《二十年目睹之怪現狀》的實錄特性都印象深刻並同時給予肯定：

> 《官場現形記》及《二十年目睹之怪現狀》所述，殆皆實錄。〔註141〕

〔註138〕以上引自吳趼人，《兩晉演義・序》（光緒三十二年（1906），見《晚清文學叢
　　　　鈔》，頁183～185。光緒三十二年1906年原載《月月小説》第一年第一期。
〔註139〕〈怪現狀隱託人名〉見小橫香室主人，《清朝野史大觀・清代述異》，台北：
　　　　中華書局，1986年04月三版，頁49。
〔註140〕參見包天笑，《釧影樓回憶錄》，太原：山西古籍出版社，1999年09月一版，
　　　　頁458。
〔註141〕蕭一山，《清代通史》〈清代後期之社會與經濟〉第四冊，頁1607。

《怪現狀》……對於當時的政治、家庭、社會等等都有深刻的批評，合理的建議。我們不僅可當小說看，並可爲研究我國清末社會的絕好材料。〔註142〕

而在文學性方面，則常出現批評的聲音：

多一半作品都充滿辛辣的諷刺，所以無論人物與故事，都極端地誇張化與漫畫化。〔註143〕

除了辛辣、誇張，學者還認爲「匆遽、張皇、草率」〔註144〕也是它的毛病，並且爲其分析病因就在於「缺少一個冷靜的距離」〔註145〕。實則，從吳趼人之著述態度以言，「匆遽、張皇、草率」實難成立，他辛勤筆記，撰寫七年、反覆修訂猶未盡滿意，在在都可以見出他的嚴謹。至於文學性，這是一個可以再深入討論的議題，研究學者對於這項議題有一個有趣的觀察：

需要指出，晚清的「譴責小說」作家並非沒有描描繪人物性格的能力。「譴責小說」作家創作其他類型小說的不乏其人。李伯元創作了《官場現形記》、《文明小史》等譴責小說，卻又創作了狹邪小說《海天鴻雪記》；吳趼人創作了《二十年目睹之怪現狀》、《瞎編奇聞》等「譴責小說」，也創作了「寫情小說」《恨海》……倘若對比他們創作的兩類作品，我們會發現一個奇怪的現象：大致說來，他們的「狹邪小說」或「寫情小說」在描寫人物的功夫及藝術感染力上大都高於他們創作的「譴責小說」。〔註146〕

學者所指的「奇怪的現象」乃是由吳趼人、李伯元他類小說作品，發現作者在其中所展現的描繪功力，因此清楚指出他們並非沒有人物描繪的能力，其中包括李伯元「《海天鴻雪記》描繪人物的性格心理」的生動文筆，以及吳趼人在《恨海》中，對女性矛盾心理的細膩描寫。阿英對此亦有相同觀察〔註147〕：

李伯元是以擅長描繪著稱的，《官場現形記》也是「譴責小說」中比

〔註142〕鄭振鐸，《中國文學發達史》第三十章，中華書局，頁1095。

〔註143〕孟瑤，《中國小說史》第四冊，頁637。

〔註144〕同上注，頁674。

〔註145〕孟瑤，《中國小說史》第四冊，頁672。

〔註146〕自袁進，《中國小說的現代變革》，北京：中國社會科學出版社，1996年06月一版，頁56。

〔註147〕阿英，《晚清小說史・第十三章晚清小說之末流》：「最爲成功的，要算寫那處處想占人先的高湘蘭。在陰雨之夜，與知心客的全宵身世之談，是一段極微妙的心理描寫；與花寓搶車一節，更是在行動之中，表現出極強的性格來。」

> 較注重描繪的一部，他的《海天鴻雪記》描繪人物的性格心理則更爲
> 生動。阿英曾經肯定該書對女性的刻劃……其中用於刻劃人物的細節
> 描寫，便很少見諸他的《官場現形記》等「譴責小說」中。吳趼人的
> 《恨海》寫到棣華在逃難途中與未婚夫同處一室，同睡一炕的心理描
> 寫，十分細膩，突出了她矛盾的心理狀態和兩難的處境。而如此細膩
> 的心理描寫卻是他創作的一系列「譴責小說」所缺乏的。〔註148〕

學者都指出了細膩心理描繪，表現人物性格等文學技巧，可見作者並非不諳
此道；然而，所謂譴責系列又確實缺乏這樣的表現，學者指出了這樣一個奇
怪現象，但並未再進一步分析說明，找出原因。如果說是急切、草率所致，
由上述的辨析，我們知道作者經年累月的蒐集，又經反覆修訂，自然不能以
這樣的解釋結案；那麼，作者能爲而不爲，此處不爲他處卻爲之的合理解釋
是什麼？吾人很清楚明白地可以看見作者或出之以諧謔嘲諷，而實則嚴肅無
比的著述態度中，實錄記述與想像創作的明白區分。作者實有細膩深刻之筆
致，但絕不在述作時施用此力，因爲他必須如實記述傳聞，這如實包括傳聞
本有的怨懟情緒與誇張指摘，這是著述小說，所謂做爲正史輔助的稗官珍貴
的價值，自然是著述作者必有的堅持。

　　李伯元與吳趼人之外，寫官場而有不同視角者還有劉鶚與曾樸，劉鶚之
《老殘遊記》名爲遊記，記述風景名物有其獨到處，但以作者著述用心言，
其旨在以小說主人翁「老殘」行醫把脈，述記所見所聞，要在醫人醫國。觀
山看水，問民以知官，尤其是清官，述吏病在救國亡之危，而清官之弊尤苛
刻而難言，人難言而老殘言之，清官之病，人不能診而劉鶚診之，其用心所
在，即在關懷民瘼，救殘圖存。

三、脈診清患、救殘圖存的劉鶚 〔註149〕

　　劉鶚作《老殘遊記》的初心，原是爲以稿酬資助其友連夢青而寫的：

〔註148〕以上引文引自袁進，《中國小說的現代變革》，頁56～57。

〔註149〕劉鶚（1857～1909），原名孟鵬，夢鵬，字雲摶；後改名鶚，字鐵雲，號蝶雲，
　　　　別署抱殘守缺齋主人，筆名洪都百煉生。江蘇丹徒人，二十歲赴鄉試不第，
　　　　居家致力於家傳天算、樂律、方技、詞章諸學，尤深研父傳之《河防芻議》
　　　　等治河之書，又泛覽長兄孟熊收集之西洋、日本等新學書籍。光緒三十四年
　　　　爲袁世凱所誣陷，被清廷以盜賣太倉米及在浦口代洋人購地的漢奸罪名流放
　　　　新疆，次年七月，因腦溢血病卒於迪化，得年五十二。

> 劉鶚怎麼會寫起《老殘遊記》來的呢？就是受到庚子難友連夢青（憂
> 患餘生）寫小說《鄰女語》的啓發並爲了將稿酬資助連而動筆的。
> 〔註150〕

學者猜測劉鶚是受到其友連夢青寫《鄰女語》的啓發而作《老殘遊記》，現實
情況則是因爲朋友其時正被清廷追捕，由北京逃匿上海，生活因之極爲窘迫。
劉鶚想出手相助，但恐朋友耿介的個性，不接受金錢的資助，於是改送小說
稿以代替金錢，再由其友連夢青轉售出版商，劉鶚之子對此有更清楚之敘述：

> 然連以橫遭災禍，資裝盡失，實無力生活於上海。且性又孤介，不
> 願受人資助，時商務印書館刊行小說月誌，名《繡像小說》，連經人
> 介紹售稿與之，每千字酬五元。連乃開始其筆墨生涯，作一小說，
> 名《鄰女語》，大致描寫拳匪事。未幾，連太夫人至滬……連賣文所
> 入，仍不足維持其菽水所需。先君知其耿介，且亦知其售稿事，因
> 草一小說稿贈之。連感先君意，不得不受。亦售之於商務……〔註151〕

至於就作者的著作意識言，《老殘遊記》之作，實是出自作者對於國事的苦心
關懷：

> 舉世皆病，又舉世皆睡。眞正無下手處，搖串鈴先醒其睡。無論何
> 等病症，非先醒無治法。具菩薩婆心，得異人口訣，鈴而日串，則
> 盼望同志相助，心苦情切。〔註152〕

「搖串鈴先醒其睡」正是在覺眾人之迷，這是勸懲作用之一種，先醒其睡再
治其病，治社會家國之病首在治人心之病，人心之病治，則社會家國之病亦
自然而癒，這又是合於有資治道之著述傳統。

就劉鶚言，在傳統著述意識中，他有晚清小說家特有的憂國憂民情感，
尤其警覺國事日非，而吾人將老，其憂勞益滋益急，在小說《老殘遊記》前
之〈自敘〉，他以小說之作蓋作者之哭泣，以喻內心的強烈家國情感。

> 吾人生今之時，有身世之感情，有家國之感情，有社會之感情，有
> 種教之感情。其感情愈深者，其哭泣愈痛，此洪督百鍊生所以有《老
> 殘遊記》之作也。棋局已殘，吾人將老，欲不哭泣也得乎？吾知海

〔註150〕魏紹昌，《晚清四大小說家》，台北：台灣商務印書館，1993 年 07 月一版，
頁 169。

〔註151〕劉大紳，〈著作《老殘遊記》之源委〉，收於《老殘遊記・附錄》，頁 312。台
北：三民書局，2007 年 06 月二版。

〔註152〕第一回自評，頁 112。

內千方，人間萬豔，必有與吾同哭同悲者焉！〔註153〕

「其感情愈深者，其哭泣愈痛」，至於情深極痛之哭並非嚎啕大哭，作者在〈自敘〉中即明言，小兒女「失果則啼」，是無力之哭泣；而有力之哭泣，又分兩種：

以哭泣爲哭泣者，其力尚弱；不以哭泣爲哭泣者，其力甚勁，其行乃彌遠也。

「以哭泣爲哭泣者」如「湘妃之淚」和哭倒萬里長城的「杞婦之哭」者是；「不以哭泣爲哭泣者」則是作者之哭。杞婦湘妃之哭，其力不可謂不大，然較諸不哭之哭則「其力尚弱」，遠遠不如。「不以哭泣爲哭泣者」是化家國之感情之深痛，爲發憤之力量。在晚清著述小說家身上，尤其在劉鶚身上，因家國之痛而興的著述使命較諸以往更爲強烈，這也是爲什麼晚清之際小說救國的號角吹得特別響亮、特別激昂之故。發憤著述之傳統自史遷有之，然而史遷究天人之際，成一家之言，主觀點染頗強，與稗官傳統有所出入；就晚清小說救國之著述目的言，亦頗不相類。劉鶚化家國之悲痛爲著述之力量，對家國之病有所觀察針砭：

老殘道：「依我看來駕駛的人並未曾錯，只因兩個緣故，所以就把這船弄得狼狼不堪了。怎麼兩個緣故呢？一則是他們走『太平洋』的，只會會過太平日子，若遇風平浪靜的時候，他駕駛的情狀亦有操縱自如之妙，不意今日遇見這大的風浪，所以都毛了手腳。二則他們未曾預備方鍼。平常晴天的時候，照著老法子去走，又有日月星辰可看。所以南北東西尚還不大很錯。這就叫做『靠天吃飯』。哪知遇了這陰天，日月星辰都被雲氣遮了，所以他們就沒了依傍。心裡不是不想望好處去做，只是不知東南西北，所以越走越錯。〔註154〕

「心裡不是不想望好處去做，只是不知東南西北，所以越走越錯」，劉鶚對時事的分析，深入至心理層面，將沿襲舊法，平時尚可應付的「靠天吃飯」朝廷，面臨頓失天時、無所依傍的窘破情狀作一剖析，而以輕快小船追上大船後，「送他一個羅盤，他有了方向，便會走了。再將這有風浪與無風浪時駕駛不同之處告知船主，他們依了我們的話，豈不立刻就登彼岸了嗎？」這是溢出客觀傳述，來自自身聞見，在「有資治道」之上復加入自身聞望問切所開出的治國藥方。家國之情感、「不以哭泣爲哭泣者」正是劉鶚《老殘遊記》之

〔註153〕《老殘遊記・初集自敘》，頁2。台北：三民書局，2007年06月二版。
〔註154〕劉鶚，《老殘遊記・第一回》，台北：三民書局，2007年06月二版。

鮮明特色，是傳聞記述的著述意識的深入發展，因此，劉鶚的記述就有了合於傳統、呼應時代客觀的一面，卻同時有其旗幟鮮明，觀察獨到之一面。

> 野史者，補正史之缺也。名可託諸子虛，事須徵諸實在。此兩回所
> 寫北妓，一斑毫釐無爽，推而至於別項，亦可知矣。〔註155〕

劉鶚在自評中，清楚指出稗官小說的兩大特點，一是「補正史之缺」，二是「事須徵諸實在」，這正合於著述意識之傳統。就其書言，真實的生活描寫為其特點，而所寫人時地物，亦真實有據。H. E. Sha dick（謝迪克）提出其觀察：

> 更能使我感到趣味的第二部份，是書裡很多正當而光明的描寫自己
> 各種生活經驗的地方。這種坦白的自我描寫，就是在西洋作品中也
> 是比較的難得見到的。第二章裡，關於王小玉說書的描寫，據我的
> 觀察也是當時作者設身處地的真實感覺。〔註156〕

> 小布政司街，確有其處。為當年寓山東時居址街名。高陞店有無不
> 可知。黑妞、白妞確有其人，所寫捧角情形，亦為當時實況。高紹
> 殷、姚雲松、劉仁甫、王子謹均有其人，惟姓是而名非。高、姚當
> 時撫幕人物；劉則候補官；我家寓鸚鵡廟街時，對門而居者也；王
> 則同寅，治喉病亦確有其事，以先君本精於醫。莊宮保為張勤果公
> 曜宇漢仙。〔註157〕

至於劉鶚觀察獨到之一面，應以揭發清官之惡為最著：

> 贓官可恨，人人知之；清官尤可恨，人多不知。蓋贓官自知有病，
> 不敢公然為非；清官則自以為我不要錢，何所不可，剛愎自用，小
> 則殺人，大則誤國。吾人親眼所睹，不知凡幾矣。試觀徐桐、李秉
> 衡，其顯然者也。《二十四史》中指不勝屈。作者苦心，願天下清官
> 勿以不要錢便可使性妄為也。歷來小說皆揭贓官之惡，有揭清官之
> 惡者，自《老殘遊記》始〔註158〕。

作者「願天下清官勿以不要錢便可使性妄為」之著述苦心，呼應小說救國之晚清潮流。另外，他「歷來小說皆揭贓官之惡，有揭清官之惡者，自《老殘遊記》始」的特色，又標示著新一波的發展，這正是他的獨到之處：

〔註155〕《老殘遊記‧十三回自評》，頁140。
〔註156〕H. E. Sha dick（謝迪克）著，柳存仁譯〈西洋文人對於老殘遊記的印象〉，收於《老殘遊記‧附錄》，頁396。
〔註157〕劉大紳，〈《老殘遊記》之影射〉收於《老殘遊記‧附錄》，頁318～319。
〔註158〕《老殘遊記‧十六回自評》，頁170。

> 劉鶚在本書中表現了高明的政治見解。首先，他是第一個揭露所謂
> 清官的醜惡面目的人；歷來描寫政治的小說，如《官場現形記》、《二
> 十年目睹之怪現狀》等書，都止於揭露贓官之可惡，而《老殘遊記》
> 卻更深入一層的指認清官比贓官還要可惡──當然這裡所謂的清官
> 不是指真正爲政清明的官吏，而是別有所指。〔註159〕
>
> 毓賢、剛毅是拳匪之亂的罪魁禍首，人人皆知；但是他們在早期做
> 官時有廉臣能吏之稱，何以日後會誤國，則人多不知。劉鶚就是要
> 寫出他們早期的種種虐政，好讓後人知曉他們的誤國是其來有自
> 的。〔註160〕

劉鶚以親身聞見的觀察記述，能察人所不察、言人所不能言，在意義上較諸
揭發贓官更深入一層。尤其「清官比贓官還要可惡」，具體而言「小則殺人，
大則誤國」爲害更大更深，以庚子事變爲害尤烈，八國進佔北京，國之不亡，
幾於一線，知識份子於此，其痛彌深，其哭愈痛，然仍須忍痛救國，述病究
根，不哭之哭，筆致著實深刻。

> 出現在劉鶚筆下的山水風景，都是生動可愛，各具特色的，且看第十
> 二回李裡黃河結冰的一段描述…多麼樸素簡潔的文字，作者沒有用一
> 句陳俗的套語，完全是實地的描繪，黃河結冰的情形便已非常鮮活的
> 呈現在讀者的眼前了。當然，實地的描繪，須要深刻的觀察──

深刻的觀察，故有深刻之描寫，寫景則真實生動，各具特色，寫事則客觀陳
述，卻往往能使人不言而喻，學者特別指此爲「因象悟意」之法：

> 在《老殘遊記》中，作者除了善用「以具體表現抽象」的文學技巧
> 外，也善用「因象悟意」的手法。作者只將自己的所見所聞，客觀
> 的陳述出來，既不加以分析，也不加以解釋，而是將思考與結論留
> 給讀者，而讀者也往往可以由一斑而想見全貌。〔註161〕

實則記述見聞，使讀者遊目寓心，其中自然有作者的勸懲之意，如寫大明湖，
湖光水色間的歷下亭卻是「油漆已大半剝蝕」，而值此荷香柳風的美盛春景，
卻少見遊客──「老殘心裡想道：『如此佳景，爲何沒有什麼遊人？』」〔註162〕。

〔註159〕《老殘遊記・引言》，頁3。此三民書局本引言，未署作者。
〔註160〕《老殘遊記・引言》，頁6。
〔註161〕以上二則引文見《老殘遊記・引言》，台北：三民書局，頁1～16。
〔註162〕以上引文見《老殘遊記・第二回》，台北：三民書局，頁13、15。

此中深意，正可「將思考與結論留給讀者」，讀者若是用心，自然得窺全豹。

傳聞記述，包括他人見聞與己身見聞，就劉鶚《老殘遊記》言，自身的聞見多些，因爲自身的見聞多些，因此可能有獨有的觀察或更深刻的情感，或不同於人。其子劉大紳曾談及父親「言論自不同人」的特點：

> 復縱覽百家，學既恣放，言論自不同人。於時事觀察尤犀利，識見亦遠到，以是又有狂人之目。〔註163〕

劉大紳並在文章注解中列舉父親治河、海防之事爲例：

> 先君治河不主賈讓三策。惟外舅羅先生與之同見。甲午中日之役，先君及羅先生均憂日軍從金、復、海、蓋進兵，旅大將淪，海軍且覆。人盡嗤其言。……先君反覆辯解，路先生狂之，轉述爲笑。不虞事後果然。而狂名亦因以大著。〔註164〕

劉鶚治學既博又專，因此識見不凡，立論或不同於人，就《老殘遊記》一書所論，學者或有指他對滿清腐敗的批判太少者，亦有指其對革命之見迂陳太過者，然則推翻滿政、建立民國，革命之力；然革命過程之傷亡，民國初建之國事紛亂、軍閥割據等，害亦不淺；若代以君主立憲如英日者又如何？亦難評估。歷史難以重來，孰是孰非，仁智各見。最後，附帶一提者，是劉鶚《老殘遊記》與李伯元《文明小史》一段有趣而難解的公案。劉鶚《老殘遊記》最初是發表在李伯元主編的《繡像小說》半月刊，卻因爲編輯擅自將原稿第十一回刪除，因此停寫改刊於《天津日日新聞》報。但是，到了《繡像小說》第五十五期，刊登李伯元《文明小史》第五十九回，其中卻出現劉鶚被刪的第十一回中的一大段內容：

> 《文明小史》第五十九回……李伯元卻將劉鐵雲所寫痛詆「北拳南革」的一番玄理……連續一千五百多字，一古腦兒照原樣全抄。〔註165〕

學者並指出這段公案令人費解之處：

> 但其中有些問題還是令人費解的。第一，李伯元是《繡像小說》的主編，爲什麼把既已刪去的劉鐵雲的稿子又取來自用呢？第二劉鐵雲已經和《繡像小說》鬧翻，爲什麼不見他對此事提出抗議呢？這些問題，我無法回答，也不想追究。〔註166〕

〔註163〕劉大紳，〈《遊記》作者被禍始末〉收於《老殘遊記·附錄》，頁334～335。
〔註164〕同上，其注54。
〔註165〕魏紹昌，《晚清四大小說家·李伯元與劉鐵雲的一段文字案》，頁86。
〔註166〕同上註。

確實，劉鶚對此事未發表意見，吾人無從據以論斷；但是，若從著述意識著眼，或許可以提供一個看法。從稗官小說的觀點，小說內容材料，常採自街頭巷尾的傳說，作者負責就聽聞如實記述，不一定是自己獨有的構想或見解，換言之，痛詆「北拳南革」也可能是其時種種不同看法之其中一種，若是這樣，李伯元就有可能聽過甚至熟悉這種論述，因此加以採用。即使這種採用直接來自劉鶚小說，因為是記述材料罷了，無所謂剽竊，因此雙方可以不以為意，甚至讀者群也形成了共識，沒有人就此提出疑義或詰責。倒是習慣現代小說創作觀念的我們，著述意識已隨新小說的興盛，逐漸稀微，回過頭再看這段歷史，一時之間，或真有難以理解者。

四、孽海挽狂潮、島開自由花的曾樸 〔註167〕

晚清四大小說中就寫作藝術而言，《孽海花》是獲得較多肯定的一部，在寫作意識上，作者曾樸一方面承繼著述之傳統，另一方面，因接觸西方美學，漸漸顯現其現代性。就小說著述意識以言，曾樸亦極言勸懲教化之功，他在小說第十八回後半〈借花園開設譚瀛會〉中曾借書中人物之口肯定小說戲曲之價值：

> 現在我國民智不開，固然在上的人，教育無方，然也是我國文字太深，且與語言分途的緣故，那裡能給言文一致的國度比較呢！……。
> 還有一事，各國提倡文學，最重小說戲曲，因為百姓容易受他的感化。

力主「言文一致」是為白話易於傳播，利於收勸懲感化之功；至於曾樸據以改作的《孽海花》前五回作者金松岑也同樣肯定小說對於人心的影響，他熱烈地讚揚：「偉哉！小說有不可思議之力支配人道也。〔註168〕」。曾樸之於小說除了著述之外，更譯介多種小說，目的亦在啟發民智：

> 世家子弟的曾樸雖則是個舉人，但卻藐視八股經緯為「琱蟲技」，偏偏要熱中於素被正統文人斥為小道的「小說」，他創設小說林社印行了不少鼓吹革命的譯著小說，就是為實踐自己的主張。……所以，

〔註167〕曾樸，字孟樸，號籀齋，江蘇常熟人，清舉人，曾與其子虛白設書肆於上海，編真善美雜誌，父子均專心譯著，主要著作有《孽海花》、《魯男子》、《補後漢書藝文志》一卷、《補後漢書藝文志考証》十卷、《病夫日記》等。

〔註168〕金松岑，〈論寫情小說於新社會之關係〉光緒三十一年（1905）載《新小說》第二卷第五期，見《晚清文學叢鈔》，頁31～34。

> 曾樸反對將小說看作茶餘酒後的消遣物，而是把它看成爲時代的鏡
> 子〔註169〕。

在有救國之志的曾樸眼中，八股經緯是個人求取功名的敲門磚，其中只在展示應試者演繹論文的功力，其中多是僵化公式，因此，在舉子眼中極爲重要，孜孜矻矻努力鑽研的八股舉業，曾樸卻說它是雕蟲小技，其原因不外乎徒逞文墨而於世無所裨益。

至於曾樸所要貫徹的主張，在其所著《孽海花》第一回中〔註170〕，已有明白標示：

> 「現在我的朋友東亞病夫，囂然自號著小說王，專門編譯這種新鮮
> 小說，我祇要細細告訴了他，不怕他不一回一回的慢慢地編出來，
> 豈不省了我無數筆墨嗎？」當時就攜了寫出的稿子，一逕出門，望
> 著小說林發行所來，找著他的朋友東亞病夫，告訴他，叫他發布那
> 一段新奇歷史。愛自由者一面說，東亞病夫就一面寫，正是三十年
> 舊事，寫來都是血痕；四百兆同胞，願爾早登覺岸！

就小說內容而言，《孽海花》所記述的是三十年間的歷史舊事，而其著述用心正是「三十年舊事，寫來都是血痕；四百兆同胞，願爾早登覺岸」將這寫來斑斑血痕的三十年歷史舊事，以眞實史筆一一記述，並藉著此一野史小說的流布傳閱，期望以小說啓發民智，發揮小說支配人道的不可思議力量，使國家能脫離傾覆的危險，而國家能否免除傾覆的危險，其關鍵正在泅泳於深熱孽海之四百兆人民，能否幡然醒悟登於「覺岸」，而後萬眾一心，齊力救國。

對於「寫來都是血痕」的「三十年舊事」，曾樸是深感痛心的，他以「東亞病夫」爲筆名，正是針對國事的一種惕勵，曾有讀者對此一筆名表示不以爲然，然而曾樸的答覆正能表達他的沉痛：

> 曾樸的筆名是「東亞病夫」，一九二八年之際有位讀者彭思指出他這
> 個筆名未免「給現代青年以惡感」。但曾樸沉痛的答覆則是：「那麼
> 你要我歌頌現代的健康嗎？我摸著良心，覺得現在還是在趕速求醫
> 吃大黃芒硝的時候，寫不上痊安二個吉利字。」〔註171〕

〔註169〕時萌，《曾樸研究》，上海古籍出版社，1982 年 08 月一版，頁 84。
〔註170〕《孽海花》第一回乃「經過曾樸大力修改」參見葉經柱，〈孽海花考證〉，頁
　　　　 1。收於曾樸，《孽海花》，台北：三民書局，1998 年 01 月一版。
〔註171〕時萌，《曾樸研究》，頁 86。

「趕速求醫吃大黃芒硝」的清朝，正處於病入膏肓的危急存亡之秋，自中英鴉片戰爭、中日甲午之戰到庚子之亂的八國聯軍，「國之不亡者，幾於一線」此時的知識份子，尤其是手執著述史筆，肩挑國家興亡的小說家，其心情是既焦慮復沉痛，問疾治病唯恐不及，在筆名上亦清楚表明這樣的焦急和擔心。對曾樸頗為推崇的林紓，就十分清處地表明對曾樸在稗官著述傳統上的承繼與發揮的期許：

> 如有能舉社會中積弊著為小說，用告當事，或庶幾也。嗚呼！李元伯已矣，今日健者，惟孟樸及老殘二君，果能出其餘緒，效吳道子之寫地獄變相，社會之受益寧有窮耶！〔註172〕

林紓希望曾樸能「效吳道子之寫地獄變相」，換言之，亦是神禹鑄鼎，溫嶠燃犀，以使魑魅魍魎現形的著述傳統，將社會中造成膏肓之病的積弊一一指陳「用告當事」，使為政者聞過知過以補過救失，則社會去弊興利其益無窮。對於林紓的期許曾樸的《孽海花》可謂不負所望，對於書中所謂指陳實事的特性曾樸本人有一段甚為有趣的記述：

> 余作《孽海花》第一冊既竟，岳父沈梅孫見之，因內容俱係先輩及友人軼事，恐余開罪親友，乃藏之不允出版。但余因此乃余心血之結晶，不甘使之埋沒，乃乘隙偷出印行，時光緒三十二年也。《孽海花》初署東亞病夫著，無人知東亞病夫為誰氏。〔註173〕

因記述真實之見聞，其中尤有親友故舊之軼事，「恐開罪親友」曾樸岳父沈梅孫的擔心，真可謂為《孽海花》之「真實性」所下的一個十分貼切之註解。至於沈梅孫口中的親友，當然以洪鈞為代表，「我的確把數十年來所見所聞的零星掌故，集中了拉扯著穿在女主人公的一條線上，表現我的想像。〔註174〕」曾樸所謂的女主人公即是賽金花；《孽海花》一書正是以洪鈞與賽金花為為主幹，貫串三十年的史事。由於曾樸出身官宦之家，久在名士圈中，所見所聞，積累記述，自然能言人所不能言者；就曾樸自言「心血之結晶」而言，對於《孽海花》一書之著述，著力用心自不在話下，至於著力之處，曾樸本人也作了一番說解，他對林紓盛讚其書之鼓盪民氣和描寫名士狂態兩大優點，提

〔註172〕見楊家駱主編，《林琴南學行譜記四種·春覺齋著述記·賊史二卷 Oliver Twist》，台北：世界書局，1961年09月一版，頁12。

〔註173〕〈東亞病夫訪問記〉收於魏紹昌編《孽海花資料》中華1962，頁142。

〔註174〕曾樸，〈修改後要說的幾句話〉收於三民《孽海花·附錄》，頁456。

出修正與補充：

> 他（林紓）說到這書的内容，也祗提出鼓盪民氣和描寫名士狂態兩
> 點。這兩點，在這書裡固然曾注意到，然不過附帶的意義，並不是
> 他的主幹。這書主幹的意義，祗爲我看著這三十年，是我中國由舊
> 到新的一個大轉關，一方面文化的推移，一方面政治的變動，可驚
> 可喜的現象，都在這一時期内飛也似的進行。我就想把這些現象，
> 合攏了他的側影或遠景，和相連繫的一些細事，收攝在我筆頭的攝
> 影機上，叫他自然地一幕一幕的展現，印象上不啻目擊了大事的全
> 景一般。〔註175〕

曾樸自言《孽海花》一書的主幹的意義正在一幕一幕的展現中國三十年間「文
化的推移、政治的變動」之種種，其中政治包括皇家婚姻史，魚陽伯、余敏
買官，東西宮爭權等等。他以「筆頭的攝影機」自況自己的著述，正與李伯
元「做了六十回的資料，比泰西的照相還要照得清楚些」不謀而合。名士的
狂態或是「雅聚園、含英社、談瀛會、臥雲園、強學會、蘇報社」等，都是
當代人事的歷史軌跡「都是一時文化過程中的足印」；而寫社會積弊，實則就
是「庚子拳亂的根原」，曾樸於此著墨尤多，他就當日見聞歸結出當政者「買
官」「爭權」以私害公之種種行徑即爲病因，其中清室之覆亡與主政之德宗、
太后失和內鬥密切相關。評者論《孽海花》一書的價值，亦以記述軼聞之「歷
史小說」視之，推崇他「如禹鼎鑄奸，如溫犀照渚，尤爲淋漓盡致」：

> 近人所著小說，以東亞病夫《孽海花》爲最著。全書以名妓賽金花
> 爲主，而清季三十年之遺聞軼事，網羅無遺，誠清季唯一之歷史小
> 說也。是書描寫名士習氣，如禹鼎鑄奸，如溫犀照渚，尤爲淋漓盡
> 致。林琴南稱道此書嘆爲觀止，其傾倒可想矣。出板以來，重印六
> 七次，已在二萬部左右，在中國新小說中可謂消行最多者矣。但其
> 中隱託之人名，閱者多不甚了了：茲將其中人名概行標出，列表如
> 下：金雯，即洪文卿；《月月小說》龔和甫，即翁同龢……（筆者按：
> 共列四十人）〔註176〕

稗官小說之「真實性」與其「鑄奸」「照渚」之功能緊密相關，在晚清，更由

〔註175〕曾樸，〈修改後要說的幾句話〉收於三民《孽海花·附錄》，頁457～458。
〔註176〕《孽海花隱託人名》，見小橫香室主人，《清朝野史大觀·清代述異》，頁 48
　　　～49。

於國勢頹唐，稗官直接記述眼前人事，關係尤爲微妙。因爲所記是周邊人物
軼事，作者或避諱隱託不能直書名姓，然雖是避諱隱託，與作者同時之讀者
卻往往能「按圖索驥」將書中人物與時人作一系聯，小橫香室主人之《孽海
花隱託人名》共列四十位書中指涉的當代人物，至於三民版《孽海花》最初
所附之〈孽海花人名索引表〉，其中所列亦達九十人之多：

> 東亞病夫所著《孽海花》小說一書，於新小說中，當推爲巨擘。其
> 描寫名士習氣，及當時京師上流社會之情狀，最爲淋漓盡致。良以
> 作者於此中歷史，知之最審，故能言之有物如此。林琴南先生爲今
> 世小說家泰斗，於他書往往少所可否，獨於此《孽海花》則傾倒實
> 甚嘗語人曰：「我閱小說多，吾於《孽海花》嘆觀止矣」。其價值可
> 知。惟書中事實，多係實事，而人名則因當並世，故多隱託，此蓋
> 作者忠厚之心也。……茲爲列表如下：馮景亭馮桂芬字敬亭（筆者
> 按：共列 94 位）〔註177〕

由於閱歲逾久，境過情遷，物在人非，換言之，即書中人物泰半凋零，因此，
原有開罪親友的顧慮漸漸緩解，在小說與現實的人物對照上可以做得更加徹
底；就全書「無過甚之貶詞」而言，作者主要在呈現事實，映照時事人物，
並無太多針砭之詞，對「名士習氣」、「京師上流社會之情狀」由於作者就身
處其中，目見耳聞，自然「知之最審」，因此描寫起來，得心應手「最爲淋漓
盡致」。至於洪鈞與賽金花之軼事，在書中有若干情節，可能爲當事人所不樂
見者，包括賽金花與戲子、家僕等之苟且，其中尤以與德將瓦德西之傳聞記
述，最不爲賽金花所影射之眞實人物傅彩雲所諒解，對此，已有多位學者提
出看法〔註178〕，傳言的聳人聽聞固然增加了騷人墨客的興致，傅彩雲本人說
法的反覆更提供了人們茶餘飯後增添附會的資材。就記述而言，乃取諸傳說，
是眞有此一說，非憑空杜撰：

> 而據黃濬的《花隨人聖庵談撬》所云：「（〈後彩雲曲〉）所述儀鸞殿

〔註177〕《孽海花》〈孽海花人名索引表〉，見《晚清文學叢鈔》，頁 540～541。
〔註178〕〈關於賽瓦公案的眞相〉：「賽金花和瓦德西的一段公案，其實在當時已有夢
蕙草堂主人的《梅楞章京筆記》揭露眞相，接著范生的〈爲近代外患史上一
個被迫害的女人喊冤〉、冒鶴亭的《孽海花閒話》、包天笑的《釧影樓筆記》，
以及瑜壽（即張慧劍）的《賽金花故事編年》，都說並無其事，甚至指出賽金
花和瓦德西連面都沒有見過。不過他們幾位的這種說法，在大家對假象一味
樂於盲從的情況下，長期不被注意而忽略了，沒有引起應有的重視和研究。」
收於魏紹昌，《晚清四大小說家》，頁 221。

火，瓦、賽裸而同出云云，余嘗叩之樊翁，謂亦得之傳說。」〔註179〕

〈後彩雲曲〉爲清末名士樊樊山（增祥）所作，流播甚廣。曲中記述了儀鑾殿深夜大火，瓦、賽二人狼狽逃出的情狀，則瓦、賽二人交情不言而喻。從事實言，並非必然眞實，這僅是傳言，作者也證實是「得之傳說」，因此，做爲傳聞記載之稗官小說，並不汲汲於傳聞之嚴密查證，它的特點在收正史之所未收，記正史之所不能記，換言之，在廣在博，不在精確。雖是博雜，但有一個前提，即是非出於作者個人杜撰，必爲眞實流佈之傳言，作者可以根據傳言增添附會，但不宜憑空捏造。蔡元培對《孽海花》內容的看法，正可作爲說明：

> 《孽海花》出版之後，覺得最配我的胃口了，他不但影射的人物與軼事之多，爲從前小說所沒有，就是可疑的故事，可笑的迷信也都根據當時一種傳說，並非作者捏造的。加以書中的人物，半是我們所見過的，書中的事實，大半是我們習聞的，所以讀起來更有趣。
> 〔註180〕

因爲不是捏造，儘管或多或少有作者的增添附會，甚至誇張醜化，但是也必須有根有據，同時代或有熟悉其人其事者甚至可以一眼辨認，對於書中出現的其人其事其物，甚至可以有諸多考證，在《孽海花》一書之附錄中已出現包括人物、軼聞傳說，以及器物等之考索：

> 一、龔定盦收藏趙飛燕白玉印考證二、關於《孽海花》以前及以後傳彩雲歷史之證聞三、龔孝琪投降外人及主張火燒圓明園之證聞四、褚愛臨眞名及前身之考索五、倭艮峰上疏諫阻同文館之考證（說見本書三回馮景亭所舉引）六、畢嘉銘與孫汶聯絡，及哥老、三合、興中三會聯盟之考索（說見本書第五回敍述廣東青年會得陳千秋長電事）七、清流黨之考證（說見本書第六回敍述莊崙樵得意時之京朝狀況）八、錢冷西眞名之考實（說見第六回袁尚秋討錢冷西檄文）〔註181〕

〔註179〕〈關於賽瓦公案的眞相──從曾樸孽海花說到夏衍賽金花〉，收於魏紹昌，《晚清四大小說家》，頁217～239。所引黃濬所著山西太原古籍出版社1999年本書名爲《花隨人聖庵摭憶》。

〔註180〕蔡元培〈追悼曾孟樸先生〉原載《宇宙風》合訂本第二期，收於世界書局版《孽海花》卷首之五，頁1。

〔註181〕〈孽海花人物故事考證〉，原爲民國丙辰（1916）望雲山房刊《孽海花》第三冊（即原二十一回至二十四回）附錄。

> 九祝寶廷因納江山船伎自劾去官之考實（說見本書七回追敍學臣狎妓
> 棄微官一節）十、莊小燕出身之略史及百石齋……十五莊崙樵得妻佳
> 話，可證所聞錄之誤（說見十四回小燕在唐卿處所述）……十九、李
> 治民之概略，及薆雲、素雲、怡雲之考索（說見十九回）〔註182〕

學者對《孽海花》一書所蘊含的內容眞實性，已有詳盡分析〔註183〕，然而做
爲四部小說中藝術性較高的《孽海花》之作者，在「眞實性」此一概念的承
繼上，曾樸又有自己的發展：

> 曾樸所說的「眞」，看來是兼有寫實主義和浪漫主義雙重涵義的，
> 如以他的《孽海花》來印證，則可以揣測，曾樸所謂「眞」，當時
> 既寫他自己所眞正看到的事物，又寫他情願看到的事物……他主張
> 「眞、善、美」並重，從他對文學的內質、形式和目的的連鎖性詮
> 解之中，明顯地意味著曾樸已初步認識到應當重視文學的眞實性
> （眞）和傾向性（善），並且主張力求以美好的形式和技巧（美）
> 去體現它們〔註184〕。

簡單地說，曾樸在「眞」與「善」的承繼上，與稗官傳統之「眞實性」「勸懲」
有相合之處，但他在眞善之上又加上「美」的概念，又使他承於傳統而有別
於傳統，表現了傳統到現代的過渡軌跡：

> 自然主義者對於社會生活只作照相式的記錄，而不分美惡，不作政
> 治的、道德的和美學的評價。曾樸則力反其說，強調從事創作的目
> 的應是爲了「宣傳學說」，「解決問題」，「抒發感情」和「糾正謬誤」，
> 因而創作者描寫社會的「事實或情緒」應當有所「選擇」。曾樸指出，
> 創作者所「經驗的事實，都是些粗獷的原料，經過腦海的淘漉，揀
> 選，融化，就成了無上的想像」，……否定了那些盲目的機械的再現
> 生活圖景的自然主義傾向。這些見解也意謂著，文學作品反映的眞
> 實不是生活的原型，而必須是經過作者陶冶加工的藝術眞實。〔註185〕

「糾正謬誤」、「宣傳學說」、「解決問題」是晚清改良社會的響亮號角，到了

〔註182〕強作解人輯證，〈孽海花二十四回中人物故事考證續〉，民國丙辰（1916）望
　　　　雲山房刊《孽海花》第三冊（即原二十一回至二十四回）附錄。
〔註183〕如：陳萬雄，〈從近代思想史看孽海花的意義〉收於《文人小說與中國文化》
　　　　勁草文化事業公司，頁303。（新亞書院歷史學系刊二期）
〔註184〕時萌，《曾樸研究》，頁88。
〔註185〕時萌，《曾樸研究》，頁95。

曾樸，作者的介入增強了，其眞實因爲「美」的要求，變爲「陶冶加工的藝術眞實」，作者的加工包括「淘漉，揀選，融化」以及「想像」，這與傳統著述意識極力強調眞實性有所不同。就著述意識言，曾樸在「對於社會生活只作照相式的記錄」的基礎上再加入小說美學的概念，因此，當胡適將《孽海花》的結構與《儒林外史》相類比時，他馬上就組織安排的修辭美學概念予以反駁：

> 但他（引者按：指胡適）說我的結構和《儒林外史》等一樣，這句話，我卻不敢承認，只爲雖然同是聯綴多數短篇成長篇的方式，然組織法彼此截然不同。譬如穿珠，《儒林外史》等是直穿的，拿著一根線，穿一顆算一顆，一直穿到底，是一根珠練；我是蟠曲迴旋著穿的，時收時放，東西交錯，不離中心，是一朵珠花。譬如植物學裡的花序，《儒林外史》等是上升花序或下降花序，從頭開去，謝了一朵，再開一朵，開到末一朵爲止；我是傘形花序，從中心幹部一層一層的推展出各種形象來，互相連結，開成一朵球一般的大花。《儒林外史》等是談話式，談乙事不管甲事，就渡到丙事，又把乙事丟了，可以隨便進止；我是波瀾有起伏，前後有照應，有擒縱，有順逆，不過不是整個不可分的組織，卻不能說它沒有複雜的結構。〔註186〕

對小說結構的鋪排照應，是作者在作品呈現藝術上的用心努力，在反映眞實的著述意識上，曾樸更自覺地展現呈現作品藝術效果的企圖。過去著述傳統的「游目寓心」旨在達成「勸懲之功」，藝術效果附屬於作品功能，「美」附屬於「善」；到了曾樸，美與眞、善三者鼎足而立，他認爲「義理是求善，考據是求眞，詞章是求美。〔註187〕」以眞、善、美並列的文學標準，將小說由求眞求善的傳統推向現代，於是，小說家個人除了改良社會的功能價值外，還有展現文學技巧的藝術價值，在著述意識上，明顯呈現出傳統著述向現代創作的過渡。

　　本章由中國著述傳統之縱線，與晚清著述意識之橫線，交織出著述論域的明確版圖。對過去眾所紛紜的著述概念作一釐清，並由此清楚概念，檢視包括李伯元之《官場現形記》、吳趼人之《二十年目睹怪現狀》、劉鶚之《老

〔註186〕曾樸，《孽海花・修改後要說的幾句話》。
〔註187〕曾樸，〈編者的一點小意見〉，載《眞善美》創刊號。他同時認爲：「古典和浪漫主義近美，寫實主義近眞，近三十年來的人道主義和社會主義近善。」

殘遊記》以及曾樸之《孽海花》等晚清四大小說時，可以建構更條理分明，聯繫古今，而又各具特色、同中見異的四大小說之著述意識。

從遠古蜿蜒而下的著述傳統，包括上古採集風謠傳說以聞於天子、魏晉志怪強調眞實明神道不誣、唐代傳奇有意爲之以勸懲、話本章回小說諧於里耳以廓清世風以及清代忠於實事之史家曲筆，都奏鳴著「強調眞實」以及「勸懲之功」的主旋律，熟悉此一旋律後，從容進入晚清著述理論之林，耙梳以梁啓超之響亮號角爲首，包括蠡勺居士之前奏、嚴復、夏曾佑之嚆矢以及眾多的合聲異聲，可以在晚清的激昂聲調中，辨識出取法乎外口號中，清楚的傳統著述聲線。

晚清四大小說立足於傳統縱線之承繼，與晚清橫面之相互激盪的交會點。作者之著述意識一方面應梁氏之呼籲而起，就其所長而各有發揮；另方面則具備傳統之共同特色，強調求眞、勸懲之功能。著述意識至於晚清，受時代之衝擊而激越澎湃，催動作者慨然之志的是晚清時代背景之雨驟風狂。本文下一章，將就晚清四大小說之時代背景續做探究。

第參章 風狂雨驟的緊急催生──
晚清四大小說之時代背景

　　在晚清小說的研究領域中，時代背景是最早爲學者所注意，亦是注力最多之區塊。本文從著述意識入手，闡明自遠古而下的一貫旋律，在晚清時發出激昂高音，高音之所以現於晚清，之所以激昂，與晚清此一時代關係實爲密切。晚清此一時代，一方面是來自於西方歐美及東洋日本包括武力入侵、經濟掠奪、思想文化之刺激，各類挑戰紛至沓來，可謂千頭萬緒；另方面是中國內部的封建政治至此到達極點，政府官僚機制嚴重僵化，運作短路，弊害叢生，官僚機制賴以維繫之思想依據──傳統文化偏又千瘡百孔，晚清時代，內憂外患交相逼迫，在此內弊外害交織加乘中，以千瘡百孔之僵化體制承迎千頭萬緒之風雨襲擊，則張惶失措、錯誤百出，國家岌岌可危，存亡幾於一線。如此緊張危殆之局面，一則提供小說著述以豐富之資材，二則深化刺激小說作者以補正史、懲戒得失之著述意識。以下本文將就四大小說產生之時代背景爲主題進行探究，分從戰爭、政治、社會與文化等方面作一論述。

第一節　西天驚雷：晚清外患

　　晚清的時代序幕是在洋槍巨砲的西天驚雷中倉皇揭開的。晚清之前的中國處於閉關自守的停滯階段〔註1〕，一八四〇（道光二十年）中國因取締鴉片、

〔註1〕 學者指出康熙之後，中國之閉關，雍正朝之禁教令是一關鍵，中國自此漸自隔絕於西方文明之外，而此間百餘年，卻正是西方文明蓬勃興盛、迅速發展之時期；中國包括軍武科技、政治思想等皆遠遠落後於西方各國。至於雍正

銷毀鴉片而起的中英貿易衝突，最後升高爲兩國戰爭，戰端一開，暴露中國
國防外交內政等弱點；於是，英法日俄諸國循例侵逼，中外紛爭衝突，一波
未平一波將起，戰禍可謂綿延不絕。晚清中外戰爭極爲密集，包括一八三九
～一八四二年鴉片戰爭，一八五七～一八六○年第二次中英戰爭，一八八四
～一八八五中法戰爭，一八九四～一八九五年中日戰爭，一九○○年八國聯
軍等；列強挾其強大武力，悍然進逼，強索利益，清廷不論是戰是和，都狼
狽不堪。

　　俄國趁中國陷於戰局，藉機恫嚇侵奪，造成中國損失尤大。凡此種種，
小說家眼見耳聞，不能不有所感觸。紛至沓來的衝突、驚慌萬狀的君臣子民、
搖搖欲墜的大清帝國、環伺四方的列強，風雨飄搖的時代背景一方面爲小說
提供了實錄記述的珍貴素材，另方面也刺激作者的勸善懲惡、救亡圖存的著
述意識，晚清四大小說之著述由是加速催生。本節將取晚清具代表性之中外
戰爭衝突作一論述。

一、轟破百年閉關的鴉片戰爭

　　鴉片與戰爭正和晚清此一時代相終始。清代由盛轉衰之關鍵，鴉片可謂
重要指標，日本學者坂野正高研究指出「由於鴉片貿易逐漸擴大，因此以一
八六二年爲轉捩點，中國的外國貿易轉爲入超，銀兩開始從中國流出」〔註2〕。
對於鴉片貿易擴大的情形，中國方面在道光十八年（一八三八）對鴉片數量
及吸食人口曾有過統計：

　　　　從鴉片的銷路來看，道光年間鴉片已流行全國。……一旦煙癮已深，
　　　　鴉片遂成其第二生命，不惜拋棄一切所有，以過一時之癮。官員胥

皇帝之禁教，史家以爲與繼位之爭有關：「而最大的阻力與不幸，則爲雍正皇
帝的禁教令」、「康熙晚年，他的皇子爲子爭奪大位的繼承，各樹黨羽，耶穌
會士則站在皇八子允禩禵十四子允禵方面而與皇十四子允禎（即後來的雍正
皇帝）對抗」、「雍正皇帝……即位之後，一七二三年（雍正元年）正式頒布
禁教明詔……乾隆時代（一七三六～一七九五），取締尤嚴，一再查禁內地的
西洋人與私習天主教者，甚至有被處死刑的外國教士。嘉慶道光兩朝（一七
九六～一八五○），供奉內廷的西洋人愈少，最後連欽天監內也沒有他們的位
置了」。見郭廷以，《近代中國的變局》，臺北：聯經出版公司，1987 年 06 月
一版，頁 6。
〔註2〕坂野正高，《近代中國政治外交史》，台北：台灣商務印書館，2005 年 04 月一
　　　版，頁 97。

吏則視其爲致富之源，且勾結奸商，包庇轉運，甚者更自吸食。洋商之所以販賣鴉片來華，完成是取其厚利，而中國的官吏更是藉著禁鴉片之名，向外商索取賄賂。所以鴉片在中國的銷售數量，據道光十八年（一八三八）的統計，約有四萬零二百箱運送來華，而同時間內，估計全國吸食鴉片者約二百萬人，幾乎腐蝕了中國大部分的中上階級。〔註3〕

鴉片傾銷中國不但造成白銀外流，影響國家財政，更甚者國民健康、人民生活、國防武力都遭受損害，當時清廷官員對鴉片嚴禁弛禁，各有所主，有識之士則早已見出其危害之烈，林則徐、黃爵滋、龔自珍、魏源等是，其中以林則徐爲代表：

清廷自禁煙以來，其動機以財政困難爲主要原因，封疆大吏中惟林則徐能著眼於民生。道光初年，則徐曾和黃爵滋、龔自珍、魏源等，組織宣南詩社，以號召禁煙相鼓吹。及就任湖廣總督，捐廉配製大量斷癮藥丸，強迫吸食者服用禁絕，並在武昌大舉搜查，繳獲煙膏一萬二千餘兩，煙槍三千五百餘桿。認爲：「（鴉片）流毒天下，則爲害甚鉅，法當從嚴，若猶泄泄視之，是使數十年後，中原幾無可以禦敵之兵，且無可以充餉之銀。〔註4〕」

林則徐嚴格取締煙毒，查扣英船鴉片盡數銷毀，造成英商重大損失，英人不甘損失，又欲維護鴉片貿易之利益，雙方無法取得共識，多次交涉不成，終至演成中英第一次大戰──鴉片戰爭。

以當時大英帝國擁有先進海軍武力，中國百年閉關自守，勝負之數，自不待言。戰敗的清軍，爲遏止敵人進逼，被迫簽訂中外第一個不平等條約──中英南京條約〔註5〕。此約對中國爲害極大，對日後的中外關係，也具有連鎖性的相關影響。

對於清軍戰敗，史家檢討頗多，除武器優劣外，對於「人爲」疏失反省

〔註3〕 古鴻廷，《中國近代史》，台北：三民書局，1994年08月三版，頁18。

〔註4〕 李守孔，《中國近代史》，台北：三民書局，1995年08月十三版，頁7。

〔註5〕 南京條約主要內容包括：一、割讓香港；二、賠款兩千一百萬元；三、開放廣州、廈門、福州、寧波、上海五處爲通商口岸；四、廢止公行制度，英商可以自由貿易。參見陳豐祥、林麗月，《中國近代史》臺北：五南圖書出版公司，2002年06月一版。外力衝擊與晚清變局〉第一節　不平等條約與國勢的衰頹，頁46。

尤多，如「閉關自守」、「昧於外情」、「將領懦弱」甚至於奸民之「助攻引路」。

鴉片戰爭之失敗原因甚多，約略言之可分數端：

（一）國人昧於外情，數千年閉關自守之國家，不知世界大勢，驟遇劇變，措施乏術。

（二）武器不敵，中國所用之鳥槍抬礮，射程不遠，運轉不靈，無法與英國新式武器相抗衡。兵船頓位速度更爲懸殊。

（三）將領懦弱，兵非素練，如琦善之媚英乞和，奕山、奕經之輕敵虛驕。加以遊勇惰卒，遇敵即潰，是以雖多英人數倍之眾，而終無法挽回大局。

（四）奸民爲敵所用，貪英人小利，或爲其輸送械彈，或爲其助攻引路，或爲其探聽消息。〔註6〕

學者對於戰敗因素之歸納分析，就主客觀條件向內進行反省，固有其見地，然而究其實，鴉片本爲毒物，對人身心之嚴重腐蝕幾至不可救藥，英商傾銷毒物至中國已屬不道德〔註7〕，又從而以戰爭武力脅迫之，在其時可謂並無正當性，大英帝國之文明實待商榷。

戰爭一經啓動，後續連鎖反應如滾雪球鋪天蓋地而來，首先是內河航行權、領事裁判權及片面最惠國待遇等問題。中英南京條約之後，道光二十三年，耆英與樸鼎查於香港簽訂五口通商章程，條約全文共十五條；同年十月八日，耆英與樸鼎查又於虎門簽訂條約，稱爲中英虎門條約，此一條約爲中英南京條約之續約，條約全文共二十條。其中影響最大者即是「領事裁判權」、「內河航行權」、「片面最惠國待遇」：

> 根據五口通商章程第五項規定，給予英人領事裁判權，根據第六項規定，英國兵船可以停泊通商口岸，從而開創外國兵船有內河航行權的先例。根據虎門條約「設有新恩惠施於各國，將許英人一律均霑」的規定。就是所謂利益均霑，中國只要允諾任何國家一項利益，英國都可同樣享受。所有領事裁判權、協定關稅、租界、片面最惠國待遇，英人均一一取得，眞可謂不平等條約，耆英和協助他的黃

〔註6〕 李守孔，《中國近代史》，頁15。
〔註7〕 當時英國國內亦見反對聲音：「（英國）……國會中的反對黨議員則大力反對，抨擊以國旗保護違法的鴉片買賣行爲，強調因此而開戰是可恥的行爲。」薛元化，《中國近代代史》，臺北：三民，2003年02月三版，頁6。

恩彤並不了解這些條款損害國家主權極大。[註8]。
學者並指出「過去的中西關係，一切操之於中國，今後幾乎事事由人」[註9]，
以領事裁判權而言，所謂入境隨俗，到他人國家，遵守當地法律，可謂天經
地義，如今中國法律之審判，卻不能自主，甚且西人領事或由商人兼任，輕
判縱放可說是時有見之，因之埋下後來衝突之伏線。此外，依照內河航行權，
外國兵船得以航行中國境內河川，更使中國海防無異於門戶大開：

> 依國際慣例規定，一國的領海、內河為主權所在的統治區域，外國
> 軍艦不准隨意自由航行。中英五口通商章程中，允許英國兵船停泊
> 五口保護商業，約束水手，入港口時，兵船只須先通報海關，可以
> 不必繳納船鈔稅。望廈條約，者英允許美國軍艦駛入中國「口岸」。
> 辭意含混，實指五口通商口岸而言，但是後來英法聯軍之役時，法
> 船擅入大沽口，又引用上文要求駛入北河。列強兵船得以航行中國
> 內河，實是中英鴉片戰爭後，所帶來嚴重的後果之一。[註10]

五口通商之利，除英國外，美法等國亦援例同享、「一體均霑」[註11]，因之，
後來之法國兵船乃能直入內河，英法聯軍又稱第二次鴉片戰爭，史家以為其
目的在擴大鴉片戰爭所獲得的侵略權益，故稱。而其肇因則是英、法等國故
意歪曲望廈條約和黃埔條約中期滿後可在貿易條款上稍作變更之規定，要求
全面修改南京條約。[註12]

　　南京條約屆滿12年時值咸豐四年（1854年），英、法等提出修約要求未
獲中國同意，而英國由第一次鴉片戰爭中，窺見中國國防外交弱點，並歸納
出對中國「使用武力」為最有效方法；隨後，咸豐六年英國藉口亞羅號事件

〔註8〕 古鴻廷，《中國近代史》，頁36。
〔註9〕 同上注。領事裁判權規定在中國締約的國家與人民、財產，若與中國人或其
　　　　他國人發生糾紛，居於刑事或民事的被告地位，不受中國官吏的審理或中國
　　　　法律的裁判，依被告者國家的法律，由領事或法官受審；中國人若居於被告
　　　　地位，而外國人向領事報告，則由領事會同中國官府解決參見同書頁42。
〔註10〕 古鴻廷，《中國近代史》，頁44。
〔註11〕 中國對英開放五口，貿易放寬，其他各國亦不甘落後，接踵而至。道光24年
　　　　（1844），美、法兩國緊步英國後塵，迫使清廷訂立《中美望廈條約》與《中
　　　　法黃埔條約》享有與英國同樣的特權。此外，葡萄牙、比利時、瑞典、荷蘭、
　　　　西班牙等國也相繼要求訂約，清廷本著「一體均霑」的原則，均予比照辦理。
　　　　見陳豐祥、林麗月，《中國近代史》，頁47。
〔註12〕 參見陳豈之、陳振江、江沛編，《晚清民國史》，臺北：五南圖書公司，2002
　　　　年06月一版，頁43。

〔註 13〕，法國則以法國教士在廣西被殺，聯合對中國用兵，戰爭結果，清廷被迫簽訂天津條約〔註 14〕；隨即又因交換條約批准書問題，英法海軍擅入大沽，駛入北河，遭駐守之中國欽差大臣僧格林沁開砲轟擊，紛爭又起。後英、法以兩萬大軍進佔天津，侵入北京，焚圓明園〔註 15〕，清廷不得不簽訂損失更多之北京條約〔註 16〕。

史家對於戰爭始末、條約的訂立甚至戰敗原因的分析咸責言之甚詳。相較於史家的記錄與反省，晚清四大小說對於鴉片戰爭一役所存的勸懲之意，以補正史之失者，除人為疏失的責罪反省外，對於鴉片傾銷中國種種為害情況，述寫極多。

如上所述，鴉片戰爭是不義之戰，但鴉片戰爭的不幸後果是由中國獨自承擔。割九龍、開商埠、賠鉅款甚至喪失國家主權，對於眾多中國百姓而言，更殘酷者是鴉片的荼毒。鴉片戰後，道光皇帝雖曾重申鴉片之禁令，稍後之中美望廈條約亦規定鴉片為違禁品〔註 17〕，然而鴉片之販賣仍持續進行，不但成為進口之大宗，尚且不用入稅。其後，英國提出鴉片合法入稅之要求〔註 18〕，中國又值太平軍興起，「國課支絀，軍餉浩繁」，於是同意英人要求，在新訂之中英通商章程中，寫明「洋藥准其進口，議定每百斤的稅銀三十兩」，其中洋藥即指鴉片。中英通商章程之後，美、法兩國與中國新訂之通商章程

〔註 13〕 咸豐六年九月（1856 年 10 月）中國水師在一艘停泊在廣州的亞羅號船上逮捕海盜。這是一艘中國人的鴉片走私船，曾非法在香港領過登記證，且早已過期失效，中國水師上船逮捕海盜純屬內政，可是英國人卻說此船是英國船，中國水師上船是非法的，並誣稱中國水師侮辱了英國國旗陳豈之、陳振江、江沛編《晚清民國史》，頁 44。

〔註 14〕 條約規定傳教士自由內地傳教、增開九商埠、各國商船軍艦可在長江各口岸自由往來和活動、賠償英法軍費各二百萬兩英商損失二百萬兩。

〔註 15〕 咸豐 9 年因換約再起爭端，咸豐 10 年英法聯軍再度北上，攻佔天津、北京，焚燬圓明園，文宗北走熱河──簽訂北京條約（賠軍費各八百萬兩、割九龍尖沙咀給英國，開天津為商埠）參見陳豐祥、林麗月，《中國近代史》，頁 48。

〔註 16〕 陳豈之、陳振江、江沛編《晚清民國史》，頁 47：北京條約是天津條約的補充和擴大。

〔註 17〕 季平子，《從鴉片戰爭到甲午戰爭》，頁 415〈鴉片和苦力貿易的合法化〉：中美望廈條約有「合眾國民人……攜帶鴉片……至中國者，聽中國地方官自行辦理治罪」的規定（第三十三款）。

〔註 18〕 中國應「英使額爾金的要求，不再把望廈條約中關於禁美人攜鴉片的條文寫入新條約。」季平子，《從鴉片戰爭到甲午戰爭》，頁 415。

亦比照辦理，載入此款〔註 19〕。於是，鴉片不但挾其龐大利益，使中國白銀滔滔外洩，至此更取得合法地位，名正言順地腐蝕中國廣大百姓之身心，帶來莫大的痛苦。對於鴉片之害，小說家尤感痛心，形諸筆墨，感喟亦深。《二十年目睹怪現狀》六十九回中，作者即點出鴉片煙館深入至野店窮村的景況。〔註 20〕，小小村落短短街巷，鴉片館就得兩間，都城鬧市中，就更不待言。鴉片吸食人口之多，造成農業經濟的傷害，「種罌粟的利錢，自然是比種米麥的好」〔註 21〕，純樸的鄉民，利之所趨，廢禾田為罌粟，平時糧食尚須仰賴他省，一旦遭逢災變「萬一遇到了水旱為災，那個饑荒，那才有得鬧呢！」〔註 22〕就必然是餓莩盈野、民不聊生。

　　鴉片戰爭對中國的傷害，鴉片傾銷造成中國流毒之廣之深之痛，著述小說具體且真實地記述當時中國子民的深刻感受。在長久以來專就中國閉關以致戰爭失利，鴉片流布的檢討之後，史家漸對戰爭源頭之鴉片貿易提出質疑；實則，在晚清其時，即有對英國之鴉片及其戰爭極嚴正的譴責之聲：

> 英國鴉片販子力阻清廷禁煙，1863 年 4 月 26 日。這場可恥戰爭的結果正如某些人所期望的那樣，文明世界終於在遠東獲得了貿易上的極大便利，而大清帝國卻喪失了它控制毒品進入其國境的全部國家權力。〔註 23〕

> 鴉片貿易從南京條約簽署的那一刻起，就一直在增長著。罪惡的毒品正源源不斷地湧入這個國家的每一個港口、每一英尺海岸線，並且，還在向它幅員遼闊的內陸腹地蔓延。每年輸入大清國的鴉片高

〔註 19〕 季平子，《從鴉片戰爭到甲午戰爭》，頁 415。也是由於額爾金的要求，中美、中法在上海簽訂的通商章程都和中英通商章程同樣寫明「洋藥（指鴉片）准其進口，議定每百斤的稅銀三十兩」。英人不但在他自己和中國所訂條約中迫使中國承認鴉片貿易合法化，他們還使美、法兩國也在和中國所訂條約中承認鴉片貿易為合法貿易。

〔註 20〕 《二十年目睹怪現狀》，第六十九回，頁 382。

〔註 21〕 《二十年目睹怪現狀》，第八十一回，頁 453。據老人輩說的：道光以前，川米常常販道兩湖去賣；近來可是川裏人要吃湖南米了。我道：「這卻為何？」作之道：「田裡的罌粟，愈種愈多；米麥自然越重越少了。我常代他們打算，現在種罌粟的利錢，自然是比種米麥的好⋯。

〔註 22〕 同上注。

〔註 23〕 《帝國的回憶》──紐約時報晚清觀察記，鄭曦原編，北京：新華書店 2001 年 05 月一版，頁 24 述評。

達六萬多箱，卻仍舊不能滿足這個無限擴大的市場之需求。〔註24〕
當時美國紐約時報上的評述，稱英國之勝利是「可恥戰爭的結果」，並指出此
一戰爭結果，讓「罪惡的毒品」「源源不斷地湧入」中國，蔓延至遼闊內陸。
清廷由優勢出超貿易轉爲劣勢入超貿易，白銀就此加速源源流出：

> 曾幾何時，大清國還可以從自己的國土內發掘出大量金銀礦藏以供
> 使用，而現在，她那曾經是世界上最富有的礦藏幾乎消耗殆盡了，
> 對外貿易也一直保持著高額的逆差。〔註25〕

紐約時報尚有一特別觀點值得一提，此項觀點即是：看似獲得商業利益的英
國經濟，其實並不眞如表面看來這般有利，英國甚至可能損失了更有發展的
長遠利益，但她卻作了選擇錯誤的選擇：

> 英格蘭國庫確實得到了極其豐盈的進項，這也是她創造出那些悲慘
> 需求所獲得的巨大回報，但她卻喪失了所有如下可能的收益，即她
> 如果把對大清國的出口設定爲工業品時所可能獲得的收益。可怕的
> 鴉片煙癮不只是消耗這個民族的勞動力和財力，從而直接導致了這
> 個國家的貧窮，而更抑制了它對其他商品的進口，進而使所有期望
> 從事正當貿易的工業國家蒙受了損失。〔註26〕

由此而言，英國確乎是損中國而不利於己，並且更可能損及世界其他各國正
常之工商貿易利益。不論如何，鴉片危害中國之烈是不爭之事實；此外，俄
國更趁鴉片戰爭中國顧此失彼之際，乘機要脅中國，撈取龐大利益。而戰端
一起，戰禍接續不絕〔註27〕，更使中國財困人疲，民不聊生。凡此，皆始於
鴉片之戰，而鴉片之戰，乃是不義之戰。

二、甲午戰爭——中日海陸對決

甲午戰爭是晚清各大戰役中宛若史詩一般氣勢磅礴之一役。中日兩國海
戰對決，具有指標性之意義，而結果是——中國慘敗。

〔註24〕《帝國的回憶》——紐約時報晚清觀察記，鄭曦原編，北京：新華書店2001
年05月一版，頁24～25。
〔註25〕同上註，頁25。
〔註26〕同上註，頁25。
〔註27〕古鴻廷，《中國近代史》，頁40：訂定南京條約，但是這種衝突的根本問題，
依然存在，不曾解決。因爲當時的中國人，還是認爲中國爲世界文化的中
心……但在英國人眼中，則把所謂遠東古國的實力看穿，而且在此後的中英
關係發展上，堅信使用強硬政策是保護在華英人利益的唯一途徑。

　　甲午之戰所具重要歷史意義有四：

　　其一，它是中國變法圖強的一次成果大驗收，從一八四〇迄一八九四的數十年間，中國設機器製造局、同文館——尤其成立北洋海軍，歷時匪短，耗銀尤多，然成果如何？甲午一戰，是全面性檢驗所謂「船堅砲利」自強運動目標之達成績效。

　　其二，中國聘請洋人訓練海軍，海軍軍員中更有派遣至西洋學成歸國之留學生，中國並重資購入新式船艦等先進海軍裝備，當時，號稱世界海軍排名第八；而日本由明治維新以來，亦轉求西化，由昔之慕中至今之法西，與「師夷長技以制夷」之中國，海上對決，中日武備競賽，優劣成敗，甲午一役極具指標性意義。

　　其三，甲午一戰，關係著制海權之重要國防關鍵，鉅額賠款更影響中國爾後之財政經濟。

　　其四，割讓台灣，尤令國人群情激憤，而臺人之拼死抗日，尤其是晚清歷史極壯烈之一頁。

　　一八六四年時任江蘇巡撫的李鴻章致書恭親王奕訢：「鴻章以爲中國欲自強，則莫如學習外國利器；欲學習外國利器，則莫如覓製造之器」。爾後，成立馬尾船政學堂〔註28〕、舉行海防大籌議〔註29〕、第一批海軍留學生赴英〔註30〕、向英購買巡洋艦〔註31〕，至一八八五年海軍衙門成立，中國積極投入海軍建設，一八八七年三洋海軍〔註32〕初具規模〔註33〕，一八八八年，北洋艦隊〔註34〕成軍，中國海軍戰備居世界海軍第八位。

〔註28〕一八六七年，閩浙總督左宗棠創中國第一所海軍學校——馬尾船政學堂。
〔註29〕一八七四年日本侵略台灣，清廷乃有海防建設論證之海防大籌議。
〔註30〕一八七六年，中國派遣第一批海軍留學生至英國皇家海軍學院。
〔註31〕一八八一年中國向英國購買「超勇」、「揚威」兩巡洋艦。
〔註32〕丁日昌建議分別在天津、吳淞、南澳設立北、東、南三洋提督，總理衙門後將東洋（或中洋）的名稱改爲南洋，將原來的南洋改稱粵洋；參見陳崇之、陳振江、江沛編《晚清民國史》，頁61。
〔註33〕南洋海軍歸兩江總督兼南洋大臣節制，擁有艦船十八艘（大多是閩、滬兩局所造），防衛江浙海域，北洋海軍歸直隸62總督兼北洋大臣節制，擁有艦船14艘（大多從英德購進），防衛山東、直隸奉天海域，福建海軍歸閩浙總督節制，擁有艦船11艘（均爲福州船政局所造），防衛閩粵海域。表面看來，三支海軍蔚爲壯觀，擁有艦船總計43艘，總頓位22,124頓。同上注。
〔註34〕撥款四百萬兩作經費，計劃在10年內建成南洋、北洋和粵洋三支海軍。但因財力未充，重點先建設北洋海軍。同上注。

光緒十一年（一八八五），海軍衙門成立，中國在德所購定遠、鎮遠
兩大艦駛歸，各七千三百五十噸，馬力六千匹。李鴻章設武備學堂
於天津。

光緒十四年（一八八八），北洋艦隊成軍，中國所購致遠、靖遠、經
遠、來遠四艦自歐駛歸，居世界海軍第八位。〔註35〕

光緒初年中國船艦多向外國訂購，包括英德法等；並聘外國海軍軍官嚴督教
練，一時之間頗見新氣象：

光緒十四年（一八八八），北洋艦隊成立，以丁汝昌為海軍提督，英
海軍軍官琅威理以提督銜為總教習，所屬船艦二十五艘，多數造自
外國，居世界海軍第八位，歲費二百六七十萬，以威海衛為宿泊地，
旅順為修理所。琅威理督操慕嚴，一時海軍頗有新興氣象。〔註36〕

北洋艦隊由丁汝昌統領，並用巨款修建旅順、威海衛為軍港，造船塢、築炮
臺。李鴻章甚至聲言「就渤海門戶而論，已有深固不搖之勢」〔註37〕。

光緒二十年（一八九四年），甲午之戰的引燃點在朝鮮牙山，此後中日雙
方多次激戰，包括豐島海戰（六月）、成歡陸戰（六月）、平壤之戰（七月）、
黃海海戰（八月）、遼東旅順之戰（十月）以及山東威海衛之戰。

一八九四年六月（光緒二十年五月），李鴻章應朝鮮求助，派遣提督葉志
超、總兵聶士成統兵前往朝鮮牙山，代為平亂。日本，也立即出動海陸大軍〔註
38〕，但是亂事平定之後，日本卻拒不撤兵，當時在朝鮮之袁世凱洞悉日軍動
向，回天津稟報李鴻章，中國於是決定向牙山增兵。日軍獲得情報〔註39〕，
即出動海軍搜索，六月二十三日，中國包括懸掛英旗之高陞號與日艦吉野、
浪速、秋津洲遭遇於牙山港外之豐島，高陞號被日砲擊沉，中國兵員同沉者
九百五十人〔註40〕；濟遠號逃歸、廣乙號擱淺後焚燬、秋江號被擄。

〔註35〕 李守孔，《中國近代史》，頁65。
〔註36〕 李守孔，《中國近代史》，頁97。
〔註37〕 《洋務運動（三）》，光緒十七年五月初五日直隸總督李鴻章等奏，頁146。
〔註38〕 根據一八八五年中日《天津條約》第三款：日後朝鮮若有變亂，中日兩國出
　　　　兵前須先行文知照。亂平即撤軍，不許留駐。
〔註39〕 參見郭廷以《近代中國的變局》，頁169：「事先日本已得到消息」據錢鋼，《海
　　　　葬——甲午戰爭100年》，頁160：「住在天津軍械局官員劉芬家中的一個名叫
　　　　石川五一的日本人，獲得了援牙清軍的出發日期和航渡運載等情況，即買通
　　　　電報局的電報生，發報密告日軍。」
〔註40〕 參見李守孔，《中國近代史》，頁96。

　　日本陸軍趁勢向中國駐軍進逼，其時聶士成駐成歡，葉志超率一營駐公州，聶士成親自督軍與日鏖戰，死傷慘烈，轉而率領剩餘部眾欲至公州與葉志超會合，而葉志超早已棄守遁逃。尤有甚者，遁逃的葉志超猶謊報軍功，獲得李鴻章升官賞銀之大獎賞：

　　　　志超方以成歡之戰，殺敵過當，並沿途屢敗日兵，鋪張電鴻章入告。

　　　　又奏保員弁數百人，獲嘉獎，並賞軍士銀二萬兩，未幾志超且拜總統平壤諸軍之命。〔註41〕

　　　　志超諱敗爲勝，鋪張戰功入告。鴻章奏保爲中國承韓各軍總統，賞銀兩萬兩。〔註42〕

「時值溽暑，殘軍饑疲，沿途死亡相屬」〔註43〕，近一個月的跋涉，葉、聶殘部終至平壤與大軍會合，中日雙方，於七月初一宣戰。八月中日平壤之戰，中方大軍一萬二千餘，日軍約一萬四千餘，兵分四路，除由東南、西南及北面進攻平壤城外，並派遣第四路由西北大道截斷中方撤歸後路。中方將領馬玉崑戰於大同江東岸，汝貴渡江相援，隔江砲台並開砲轟擊，從清晨六時激戰至下午，日軍死屍堆積如山，仍鏖戰不讓，後以彈盡而退；而至爲重要的牡丹台，遭日軍強力攻佔，左寶貴知大勢將去仍登平壤城奮力督戰，中砲而亡；日軍以繩梯登城，葉志超於城上豎白旗，棄城北逃，遭日軍截擊，死「二千餘人，被擄數百」。〔註44〕平壤當日即淪陷，中方一路北撤，經過安州、定州，「均棄而不守，直奔五百里，退過鴨綠江」〔註45〕，於是朝鮮盡爲日軍佔領控制。

　　八月黃海海戰爆發，丁汝昌奉命率軍艦十二艘〔註46〕，保護商輪，並運載12營援兵至平壤。十八日午後零時五十分，起碇將歸航的十艘〔註47〕中國船艦遭遇鼓輪橫海而來的十二艘日艦，日本總指揮爲中將伊東祐亨。中方先

〔註41〕左舜生，《中國近代史四講》友聯出版社，1962年08月一版，頁43成歡陸戰。
〔註42〕李守孔，《中國近代史》，頁96。
〔註43〕同上注。
〔註44〕參見左舜生，《中國近代史四講》，頁44平壤之戰。
〔註45〕同上注，頁46。
〔註46〕包括：鎮遠（管帶林泰曾）、定遠（劉步蟾）兩巨艦，致遠（鄧世昌）、靖遠（葉祖圭）、經遠（林翼升）、來遠（邱寶仁）、濟遠（方柏謙）、超勇（黃炯臣）、揚威（林履中）、平遠（李和）八兵艦並廣甲、廣丙以及砲船兩艘，魚雷艇四艘。
〔註47〕時丁汝昌命平遠廣丙留鴨綠江港口。

行開砲，大多過遠失準未中，日艦欺近中艦方發砲，擊中比率高；日艦速度快、發砲快且多，中方優勢在鎮遠、定遠二艦艦固砲巨，雙方相互開砲，砲聲隆隆中，超勇艦首先被擊沉，致遠艦長鄧世昌因砲彈用盡，擬全速衝撞日艦速度最快之吉野艦不得，即刻爲敵軍魚雷擊沉；方柏謙指揮之致遠艦受創轉舵逃避，卻不慎撞及揚威艦，「揚威幾不能動，敵砲擊中其機艙」，迅速沉沒；來遠、經遠三艦爲日本快艇追擊，經遠指揮林翼升陣亡，船艦旋被擊沉。其餘，「廣甲夜半逃到大連灣外，不慎觸礁」，隔日即被擊毀。

> 在酣戰中而始終不退卻者，僅有定遠、鎮遠及一魚雷艇。丁汝昌雖
> 受重傷，仍惡戰苦鬥到底；鎮遠艦長林泰曾，在波濤洶湧，敵彈橫
> 飛中，也屹然站立橋艦，護衛著彈痕累累的定遠，毫無懼色。〔註48〕

中方損失慘重，致遠、經遠、揚威及其艦長鄧世昌、林翼升〔註49〕、林履中皆與船同殉，濟遠艦長方柏謙後被處決〔註50〕；而鎮遠、定遠「均中三百礮以上，徧船皆火〔註51〕」，然猶奮不顧身，力戰不已。〔註52〕日方則死傷數百，戰艦亦多艘重創。

海戰失利，中國在陸戰亦節節敗退，日軍以第一軍攻遼東，第二軍攻旅順大連，旅順守軍「除一總兵徐邦道外……幾乎無一敢戰」〔註53〕，其中最怯懦荒唐者當屬趙懷業與龔照璵：

> 在金州十分危急還沒有陷落以前，徐邦道向懷業請救兵，懷業早在
> 大連灣碼頭親督勇丁搬運行李，準備逃難，龔照璵在十月初十便已
> 逃往天津，被鴻章罵了一頓，然後才退回旅順，可是等到旅順陷落
> 的前三天，他還是一逃了事。〔註54〕

日軍進佔旅順後，大肆屠殺兩千多人，老弱婦孺亦不免，僅留三十六個中國人以掩埋被屠屍首。而攻遼之日本第一軍，步步進逼，中國守軍即節節敗退，歷時四個多月，九連、安東、鳳凰城、鞍山、牛莊、營口，先後淪陷，直至

〔註48〕 左舜生，《中國近代史四講》，頁47。
〔註49〕 或作林永升見李守孔《中國近代史》。
〔註50〕 史家多謂方臨陣畏敵走逃「獨濟遠艦長方柏謙不戰而逃」（李守孔），然當時
亦有以爲冤者。
〔註51〕 李守孔，《中國近代史》，頁98。
〔註52〕 左舜生，《中國近代史四講》，頁47：事後敵方記載，對丁頗表敬意，對林泰
曾更譽爲中國海軍第一名將。
〔註53〕 左舜生，《中國近代史四講》，頁50。
〔註54〕 同上註。

遼河西岸之田莊台。其中聶士成在初期與依克唐阿所部堅守摩天嶺，不但遏阻日軍攻勢，並收復連山關；其後則有張錫鑾收復寬甸、長甸，並將日軍擊退至九連。平壤之戰，中國原來倚重之淮軍潰敗，清廷不得已再緊急起用湘軍，然亦未見效用。〔註55〕

　　大戰至此，日方亟欲清廷求和以遂其需索，研判必須徹底鏟除中國戰力，因此，尚有鎮遠、定遠等軍艦停泊之威海衛乃成必要攻擊目標。日軍窺探得知威海衛南北砲臺火力強大，由海面攻佔困難；而陸路則由李秉衡防守，士兵不多，戰力薄弱。於是日軍第二軍先由陸路進攻，登龍鬚島、陷榮成，攻佔南砲台〔註56〕並以台上大砲轟擊港內中國軍艦，日艦則於此時由海上應合砲台內外夾殺，來遠、威遠、靖遠續被擊沉，甚至定遠亦中砲鑿沉，中方多位將領為此役自盡殉職，包括戴宗騫、林泰曾、張文宣、劉步蟾及丁汝昌。剩餘部眾由隊中英人草降書，並剩餘十一艘戰艦盡付日方。喧嚇一時、眾望所寄之北洋艦隊，至此一敗塗地。

　　有識之士對甲午戰敗有諸多檢討，歸納言之，有以下數點：

　　其一，三洋海軍擁有船艦總數雖高達四十三艘之多，然各成派系，互不統屬，不但不能發揮整體功能，還容易被敵人各個擊破。

　　其二，北洋艦隊自一八八八年成立至甲午之戰，裝備既未更新也不添購，甲午戰中，砲彈明顯不足，而一八九〇年英人琅威理去職，原本嚴格之操練更就此鬆弛。

　　其三，舊將領出身於行伍指揮攻防，補缺繼任者又乏實戰經驗，不如日方講求戰略與戰術，亦無完善後勤制度，復有態度驕奢，不甚積極，甚至畏敵棄守潛逃，勝負可知。

　　其四，李鴻章謂敵眾我寡，器械相懸，故爾致敗。

　　對於北洋戰備之未添購更新〔註57〕，經費移作他用，矛頭直指當權之慈

〔註55〕除「陳湜所統湘軍二十營代聶士成守摩天嶺還算能站穩以外（⋯⋯聶已奉調保衛京畿）其餘吳大澂、魏光燾、李光久⋯⋯毫無戰績⋯⋯甚且聞風先遁⋯⋯淮軍已成強弩之末⋯⋯湘軍並無再起之望。」以上參見左舜生，《中國近代史四講》，頁51。

〔註56〕戰前丁汝昌為防不虞曾派人拆卸南砲台零件，遭戴宗騫反對，只好又全數裝回；北砲台其後則被丁汝昌炸毀，而被丁汝昌載至劉公島的戴宗騫隨後於島上自殺。

〔註57〕錢鋼，《海葬——甲午戰爭100年》，頁143：一八九一年，翁同龢所主持的戶部，奏准停購外洋軍火兩年。

禧太后。

> 光緒十一年（1885年）成立海軍衙門，統一海軍指揮權，總管海軍
> 和海防事宜，任命醇親王奕譞爲海軍衙門總理大臣，奕劻和李鴻章
> 爲會辦。……奕譞爲了討好慈禧太后，竟把每年四百萬兩的海軍經
> 費大部份挪用，修繕頤和園。〔註58〕

> 光緒十四年（一八八八），北洋艦隊成立……歲費二百六十七萬……
> 同年以太后將歸政，停購兵艦，移經費作爲修建園苑之用〔註59〕。

移海軍經費以修建頤和園，是爲甲午戰敗主因之一已成定論，銀兩總數在二
千餘萬至三千餘萬之多：

> 世之談海軍掌故者每致憾於西后移海軍費修頤和園，爲甲午戰敗之
> 一大原因。王照於德宗遺事，羅存鼂於中日兵事本末，沈瑜慶於中
> 譯日本帝國海軍之危機序，池仲祐於海軍大事記中均有此說。至移
> 用海軍經費之數目，羅氏云三千餘萬，沈氏云二千餘萬，頗有出入。
>
> 〔註60〕

修建頤和園先是由歸政之議始，後則又爲光緒二十年慈禧六十壽辰之慶，繼
續趕工，而六十壽辰之奢侈耗費尤爲人詬病；慈禧挪用經費之外，當時即有
所謂之「清議」，對於向外國採購軍備持反對意見：

> 海軍爲新政之重心，光緒初年中國分別訂購英德法各國兵船，而清
> 議持反對之論，認爲「竭中華凋敝之賦，買狄夷窳下之船。」故自
> 光緒十四年（一八八八）北洋艦隊成立後，中國未再增購一船。……
> 甲午黃海海戰前，北洋艦隊出發時，每艦僅配彈十四枚，口徑多有
> 不符者。而鎮遠、定遠之十寸口徑礮爲北洋海軍最大者，非日艦所
> 能敵，其可用之開花巨彈僅三枚，定遠一，而鎮遠二，以此赴敵，
> 焉能不敗？〔註61〕

對於砲彈不足之議，亦有史家歸咎於人員索賄不得者〔註62〕，由此以見，武

〔註58〕陳豈之、陳振江、江沛編《晚清民國史》，頁61～62。

〔註59〕李守孔，《中國近代史》，頁97。

〔註60〕張蔭麟，〈甲午戰前中國之海軍〉。收於包尊彭李定一、吳相湘，《中國近代史
論叢》第一輯第六冊──第一次中日戰爭，臺北：正中書局，1977年11月四
版，頁211。

〔註61〕李守孔，《中國近代史》，頁69。

〔註62〕季平子，《從鴉片戰爭到甲午戰爭》叢刊·中日第三冊，頁689～690：就黃海

備亦由人事，人事確爲中國弱點，甲午戰敗，國人震驚之餘，交相指責，首當其衝者即是其時實際負責軍事外交之李鴻章，而李鴻章之最被詬病者正在所統淮軍之虛浮腐敗，葉志超不戰而走又謊報戰功受獎，最爲荒唐；趙懷業、龔照璵亦然，敵未至，人先走〔註63〕，李鴻章並非不知情，由他發給丁汝昌、戴宗騫等之電報中之斥責可見一斑：

> 十一月初一日酉刻寄威海丁提督、戴道、劉鎮、張鎮半載以來，淮將守台守營者，毫無布置，遇敵即敗，敗即逃走，實天下後世大恥辱事。汝等稍有天良，須爭一口氣，捨一條命，於死中求生，榮莫大焉。〔註64〕

然而轉身面對朝廷，承擔戰敗大責，猶不得不暫擱疾首之怒，極言「眾寡不敵」、「器械之相懸」爲其免罪：

> 倭人於近十年來一意治兵，專師西法，傾其國帑製造船械，愈出愈精；中國限於財力，拘於部議，未敢撒手舉辦，遂覺相形見絀。此次平壤各軍，倭以數倍之眾，佈滿前後，分道猛撲，遂致不支，固由眾寡不敵，亦由器械之相懸，並非戰陣之不力也。……二十四日他又上一摺，再次強調眾寡不敵，和葉志超等人督軍苦戰〔註65〕。

關於李鴻章所謂眾寡不敵，史家有提出數據予以駁斥者〔註66〕；至於器械之相懸，論者亦有反證：

> 衛汝貴所統帶的「盛軍」，是淮軍中最早引入洋槍洋操，被認爲思想最開化戰鬥力最強的部隊，此次赴朝，竟完全不是背著國產步槍（「村田式」）揣著飯團（「明治糕」）的日本陸軍的對手。〔註67〕

並一一指名「劉盛休、衛汝成、張光前、趙懷業、龔照璵」、「一個個唯李鴻

海戰而論，中國失敗的最主要原因是砲彈缺乏。…砲彈缺乏不是砲的質量問題，而是北洋經管軍需人員索賄不得而拒絕購買造成的。

〔註63〕趙懷業、龔照璵、葉志超之外，平壤潰敗之衛汝貴亦被指「遇敵則避走」，甚且在敗逃途中「沿途騷擾，燒殺奸淫聲名狼藉」。參見錢鋼，《海葬——甲午戰爭100年》，頁229。

〔註64〕叢刊·中日第三冊，頁706。李鴻章全集第三冊219頁。

〔註65〕季平子，《從鴉片戰爭到甲午戰爭》689叢刊·中日第三冊北洋大臣李鴻章奏軍事緊急情形摺。

〔註66〕季平子，《從鴉片戰爭到甲午戰爭》，頁689，攻方須有守方三倍的兵力，始有取勝可能。日軍以一萬四千人大敗華軍一萬二千人，不得謂寡不敵眾。

〔註67〕錢鋼，《海葬——甲午戰爭100年》，頁229。

章馬首是瞻的淮將皖官，聞風喪膽，不堪一擊，土崩瓦解」，尤以李鴻章的電報呵斥作為明證確論：

> 李鴻章在電報中呵斥他們「無用無能」，「毫無天良」、「材庸性貪」、
> 「不愛體面」、「太不作臉」，「壞我名聲，良心何在」。〔註68〕

甲午之敗，海軍經費遭西太后挪用，購買軍火復有清議掣肘阻撓，李鴻章固有滯礙難行之處，各方歸罪，或以為冤；但就用人一事，李鴻章確有可議之處，所謂「繼起者非其親戚，即其子弟」、「均未經戰陣之人」甚至「補伍皆以賄成」，以致「習氣已成」、「驕奢居人先，戰鬥居人後」〔註69〕，李鴻章於此種種，必有所聞，而一旦臨陣面對強大日敵，自不免窘狀畢露、紕漏百出，身為所部之首的李鴻章，自然難辭其咎。

甲午已敗，日軍以戰逼和，一方面徹底消滅北洋艦隊，一方面佔領遼東半島，策略果然奏效，光緒二十一年（一八九五）正月四日，中方首先派出代表張蔭桓等抵日本長琦欲與日方代表伊藤博文進行和談。此時日方對中國已知之甚詳，指定中方代表須是李鴻章或恭親王奕訢；二月李鴻章抵馬關與日方代表伊藤博文、陸奧宗光會於春帆樓；李鴻章提出停戰要求，日方竟提由日軍暫駐天津、大沽、山海關三處作為抵押之苛刻要求，李鴻章力爭未得，返回行館途中遭日本暴徒襲擊〔註70〕，中外震動，日本政府恐國際輿論指責，方才應允降低要求。

中日雙方簽訂馬關條約，馬關條約是繼南京條約之後最嚴重的不平等條約〔註71〕，除了新開通商口岸允許外人在口岸設立工廠與增闢內河航線擴大列強深入中國內陸之範圍外，最嚴重的是高達二億三千萬〔註72〕之鉅額賠款與割讓臺灣一事。幾年後，紐約時報評述清朝財政時，即明白指出「自從對日戰爭以來，清國已經成為外部資本借貸國」〔註73〕，而舉債以償還賠款，

〔註68〕以上所引同上註。

〔註69〕以上所引見季平子，《從鴉片戰爭到甲午戰爭》690 叢刊‧中日第三冊，頁365，十二月十九日奉天府丞李培元瀝陳大局實在情形請速籌切實辦法摺。

〔註70〕李守孔，《中國近代史》，頁102：鴻章自春帆樓歸行館，途中遭暴徒小山豐太郎襲擊，彈中左頰，血流不止，消息傳出，中外震動，日本政府尤為慌恐，是為促成停戰及日本減低要求之主要原因。

〔註71〕參見陳豐祥、林麗月，《中國近代史》臺北：五南圖書出版公司，2002年06月一版，頁51。

〔註72〕其中三千萬兩是給付日軍同意從遼東撤兵的軍費。

〔註73〕《帝國的回憶》──紐約時報晚清觀察記，鄭曦原編，頁67。述評〈清國的

更成為中國財政的沉重負擔。

> 中日甲午戰爭以前，中國對外賠款都是國內直接償付，自日本在馬
> 關條約中強索我國兩萬萬三千萬兩賠款，不僅是中國歷史上空前的
> 負擔，並且是中國舉外債而償賠款的開端！中國近代財政平衡的敗
> 壞，國家財政的一蹶不振，均自此始。〔註74〕

而日本不但知悉中國國力尚弱，趁勢可欺，並因從戰爭中攫取莫大利益，由
此食髓知味，侵略意圖益熾。小說中也指出「自從中、日一役之後，越發被
外人看穿了。」〔註75〕。

晚清四大小說中對中日甲午之戰關注最多、記述最詳盡者應數曾樸之《孽
海花》〔註76〕。小說對於中日甲午之戰確有詳盡之著墨，包括牙山之戰「威
毅伯檄調海軍赴朝鮮海面，為牙山接應」、豐島之戰「日本給我國已經開戰了。
載兵去的英國高陞輪船，已經擊沉了。牙山大營也打了敗仗了」、成歡、平壤
陸戰「牙山不守，成歡打敗」「陸軍方面，言、魯、馬、左四路人馬，在平壤
和日軍第一次正式開戰，被日軍殺得轍亂旗靡，衹有左伯圭在玄武門死守血
戰，中彈陣亡」、黃海海戰「海軍方面，丁雨汀領了定遠、鎮遠、致遠十一艦，
和日海軍十二艦在大東溝大戰，又被日軍打得落花流水，沉了五艦」以及遼
東旅順、山東威海衛之戰「自九連城挫敗後，日兵長驅直入，連破了鳳凰、
岫巖，直到海城，旅順、威海衛也相繼失守，」等〔註77〕。史事之外，小說
更記述當時輿論及民心的趨向，其中包括對李鴻章功過的論定、甲午戰敗的
咎責等等。

甲午戰敗，對於後世史家咎責最多的慈禧，小說隱約言其一二：

> 自九連城挫敗後，日兵長驅直入，連破了鳳凰、岫巖，直到海城，旅
> 順、威海衛也相繼失守，弄得陵寢震驚，畿輔搖動，天顏有喜的老佛
> 爺，也變了低眉入定的法相，衹得把六旬慶典，停止了點景。〔註78〕

至於喪權辱國的馬關條約，包括日方對談判人選的堅持以及條約訂定經過則

　　　財稅稽徵制度〉1897 年 2 月 25 日。

〔註74〕 李文治，〈清代屯田與漕運〉一文提及此為湯象龍「根據檔案」「再三指陳」
　　　者。收於包尊彭李定一、吳相湘，《中國近代史論叢》第二輯第三冊──財政
　　　經濟，臺北：正中書局，1977 年 11 月四版，頁 3。

〔註75〕 吳趼人，《二十年目睹怪現狀》，第八十四回，頁 475。

〔註76〕 阿英於《甲午中日戰爭文學集》曾盛讚曾樸《孽海花》中對此役之記述。

〔註77〕 以上記述見《孽海花》二十四回至二十六回。

〔註78〕 曾樸，《孽海花》，頁 304。

有詳盡描述：

> 威毅伯先提出停戰的要求。不料伊藤竟嚴酷的要挾，非將天津、大
> 沽、山海關三處准由日軍暫駐，作爲抵押，不允停戰。威毅伯屢次
> 力爭，竟不讓步。這日正二十八日四點鐘光景，在第三次會議散後，
> 威毅伯積著滿腔憤怒。〔註79〕

和約簽訂，中國損失極大，白銀二億兩，遼東徹兵費三千萬兩，龐大的賠款
迫使中國不得不開始對外舉債，外債本利相加，形成中國財政沉重負擔，百
姓之苛捐雜稅也隨之繁重。尤其引起最大反彈者爲台灣與其附近島嶼的割
讓，所謂「公車上書」正在此時：

> 一些宗室、大臣、御史和中小官吏也紛紛上書條陳拒和、抗日大計。
> 知識分子反對馬關條約的簽訂……公推康有爲起草上皇帝萬言書。
> 簽名的舉人有 1300 多人，並於四月八日（5 月 2 日）到都察院呈遞。
> 這就是著名的公車上書。〔註80〕

然而朝廷迫於形勢，又懼中日和議生變，仍如期割台〔註81〕，大臣如張之洞、
劉坤一態度積極，然而，「他們固然一方面表示關切，並期待列強的介入；另
一方面則害怕日本抗議他們援臺的態度，甚至有導致中日決裂的危險，而自
我節制。」〔註82〕

至於臺灣人民激烈反對割臺，爲保全臺灣進行各方面努力與抗爭包括引
用《公法會通》以求自主抗日，起草獨立宣言，建立與法國相類的民主共和
政體，並推舉唐景崧爲臺灣民主國總統等：

> 面對局勢不利的發展以丘逢甲爲首的台灣官紳，乃引用《公法會通》
> 一書的內容，主張臺灣割地一事，必須諮詢臺灣紳民的意見，以求
> 自主抗日。……而爲了取得法國可能的支持，臺灣官紳不僅起草獨

〔註79〕曾樸，《孽海花》，頁 337。
〔註80〕陳崱之、陳振江、江沛編，《晚清民國史》，頁 100～101。
〔註81〕陳崱之、陳振江、江沛編，《晚清民國史》，頁 101：清政府屈服於日本和美國
的壓力，不顧全國人民的堅決反對，決定如期割臺，遂於光緒二十一年四月
二十六日（1895 年 5 月 20 日）命令臺灣巡撫唐景崧率文武官員陸續內渡，撤
出臺灣，並派李經方爲「割臺大臣」，由美國顧問科士達陪同前往臺灣辦理交
割手續。李經方不敢在臺灣登陸，於五月十日（6 月 2 日）在基隆口外的日艦
上辦理了割臺手續，拱手把臺灣全省及所有附屬島嶼並澎湖列島及所有的兵
工廠、公物財產等全部交給日本。
〔註82〕薛化元，《中國近代史》，頁 49。

立宣言，也採納陳季同的意見，建立與法國相類的民主共和政體，並宣佈推舉唐景崧擔任亞洲第一個民主共和國──臺灣民主國──總統，五月一日獨立宣言的譯稿送交各國領事館，並於次日正式舉行典禮，建元永清。〔註83〕

　　此後，日軍以武力接收臺灣，台民群起抵抗，英勇激烈，其中較著者有北部吳湯興、姜紹祖、徐驤，台南劉永福〔註84〕以及屏東蕭光明、林崑崗等：

> 日軍由臺北南下之後，首先面對桃園、新竹、苗栗一帶義軍的抵抗。義軍的裝備、訓練與日本的正規軍自然難以相提並論，但是卻以高昂的鬥志，配合利用熟悉的地形，使日軍受挫。當時義軍的主要領袖，包括吳湯興、姜紹祖、徐驤等人。他們在現在的三峽、大溪、龍潭、中壢、平鎮等地，與日軍發生劇烈的戰鬥，新竹也發生數度攻防戰。〔註85〕

日軍不但武器較為精良，後援部隊亦陸續增至，雙方兵力益見懸殊，台灣處境益形艱難：

> 而日軍取得後援後，合計近十萬的兵力，所佔的優勢更為明顯，面對不利的情勢，劉永福只能坐困「內地諸公誤我，我誤臺民」之局。在糧餉兩缺的情況下，反攻彰化的義軍遭到挫敗，日軍順勢南下，在各路義軍潰敗的情形下，佔領了雲林、嘉義。此時，日軍也在布袋嘴、仿寮先後登陸，並分別在急水溪遭遇到林崑崗率領十八堡義軍的抵抗，以及在屏東以蕭光明為首的客家義軍發生戰鬥。但是，義軍的抵抗雖然慘烈，不過，面對日本近代化的優勢兵力，終告失敗。〔註86〕

臺灣本土義軍之乙未抗日長達五個月，為保衛鄉土，犧牲極為慘烈，雖終究不敵日軍新式武力，但後世史家對斯土斯民之奮勇無畏之堅強抵抗有極高評價：

> 各支義軍在 5 個月內共打了 100 多仗，抗擊日寇 3 個近代化師團和

〔註83〕薛化元，《中國近代史》，頁48。
〔註84〕查時傑，《中國近代史》台北：大中國圖書公司，2004 年 08 月三版，頁 240：……未遇抵抗而取下了臺北。……當其進軍南下，沿途就遭遇到大小不等的抵抗……南部以臺南為中心在抗法名將劉永福的領導下，不願投降，準備頑抗到底，……至終在日軍三路進逼臺南之下，劉永福堅持至最後時刻，以事已不可為，黯然離臺灣，回返大陸。
〔註85〕薛化元，《中國近代史》，頁 50。
〔註86〕薛化元，《中國近代史》，頁 51。

一支海軍艦隊，日軍死傷 3 萬多人，日軍主力近衛師團有一半被消滅，其頭目北白川能久中將和山根信成少將先後被擊斃。臺灣人民……著名的義軍首領徐驤戰死沙場……〔註87〕

對日本政府而言，雖然挾近代化的強大軍力，壓制了義軍的反抗，其間卻也被迫調兵增援，出乎其意料之外。〔註88〕

甚至當時的國際媒體對此亦有有報導：

〈日本強制奴化臺灣再損兵 250 人〉1907 年 6 月 17 日：東京 6 月 17 日訊：日本軍於 6 月 13 日使用武力，從臺灣民軍手中搶奪了又一個戰略要地。至此，日本軍征服臺灣的戰鬥進入了重要關頭，然而日本軍爲此也付出了慘痛的代價。〔註89〕

小說中對於中國割讓台灣語多譏刺：「台灣一省地方，朝廷尙且拿他送給日本；何況區區一座牯牛嶺，值得甚麼？」〔註90〕數語之間，壓藏了諸多的憤慨無奈；至於台人抗日，小說著墨甚多，徐驤和原住民聯手殲滅日軍的幾次勝仗，更有精采描述，並謂「太甲溪一戰」爲甲午戰史上「最光榮的一頁」〔註91〕。

中日甲午之戰眞可謂如史詩之大戰，林紓曾慨嘆殉難者奮戰至死而輿論則指責嚴苛〔註92〕，後世史家稍有平反者：

丁汝昌雖受重傷，仍惡戰苦鬥到抵；鎭遠艦長林泰曾，在波濤洶湧，敵彈橫飛中，也屹然站立橋艦，護衛著彈痕累累的定遠，毫無懼色。事後敵方記載，對丁頗表敬意，對林泰曾更譽爲中國海軍第一名將〔註93〕。

殉難之外，斯時爲戰敗自責而服毒自盡者尙有林泰曾、丁汝昌、張文宣、劉步蟾等人，當日紐約時報對此有所評論，仍值吾人省思：

〔註87〕陳豈之、陳振江、江沛編，《晚清民國史》，頁 101。

〔註88〕薛化元，《中國近代史》，頁 50。

〔註89〕《帝國的回憶》——紐約時報晚清觀察記，鄭曦原編，頁 259～260。

〔註90〕吳趼人，《二十年目睹之怪現狀》，頁 475。

〔註91〕曾樸，《孽海花》，頁 423。

〔註92〕《不如歸·序》，光緒三十四年 1908 年：「吾戚林少谷都督戰死海上，人人見之，同時殉難者，不可指數」「今得是書，則出日本名士之手筆。其言鎭定二艦，當敵如鐵山，松島旗船死者如積，大戰竟日，而吾二艦卒穫全，不燼於敵」

〔註93〕左舜生，《中國近代史四講》，頁 47。

〈三名清國海軍將領自殺殉國〉1895 年 2 月 19 日：三名清國海軍
將領，北洋艦隊司令丁汝昌先生，右翼總兵兼定遠艦管帶劉步蟾將
軍和張將軍（注：張文宣）……他們在展現一個清國人的愛國精神
方面做出了貢獻，他們向世人展示出：在四萬萬清國人中，至少有
三個人認爲世界上還有一些別的什麼東西要比自己的生命更寶貴。
這種表現難能可貴，也是清國人非常需要的。大清官員一貫的行爲
準則就是：爲了金錢可以出賣國家，同時保證自己不受傷害。如果
這些人碰巧是將軍的話，只要有可能，他們在開戰之前就早早地逃
之夭夭了。〔註94〕

斯人已遠，中國冀求簽訂和約以得一夕之安，然風雨交加仍將持續，除日人
「深知中國不堪一擊」，「侵略變本加厲」〔註95〕外，俄人尤其由鴉片戰爭到
甲午之戰，趁亂獲取極大利益：

馬關條約是繼南京條約之後最嚴重的不平等條約，不僅新的通商口
岸與內河航線的開闢，使列強勢力更深入內地；外人在口岸設立工
廠，使本國工商業難以競爭，經濟損害深鉅；爲償付鉅額賠款，清
廷向 52 列強借款──三國干涉還遼加深列強在華利益衝突……俄
──贏得清廷信任……光緒 22 年（1896）李鴻章參加沙皇加冕訂中
俄密約允許西伯利亞鐵路通過中國境內以達海參崴，並可在鐵路沿
線開礦設廠〔註96〕。

以下將就俄人對中國之侵奪續作論述。

三、俄國僞善恫嚇之兩面侵奪

俄國爲中國北方相鄰之大國，十八世紀中葉〔註97〕開始工業化，此後不
斷發展。直至一八六〇年代，在工業生產、西歐貿易、科技新知上都有相當
的成績〔註98〕；簡言之，接受西方新知、學習歐美經驗上，俄人起步甚早，
也有其成效。

〔註94〕《帝國的回憶》──紐約時報晚清觀察記，鄭曦原編，頁 248～249。
〔註95〕參見陳豐祥、林麗月，《中國近代史》，頁 52。
〔註96〕陳豐祥、林麗月，《中國近代史》，頁 51～52。
〔註97〕時爲彼得大帝統治時期。
〔註98〕參見段昌國、林滿紅、吳振漢、蔡相煇編著，《現代化與近代中國的變遷》，
　　　　頁 21。

對於南方土地廣袤的中國，俄人久有覬覦之意；其對中國之侵奪可分東北與西北兩方面。就東北部份言，康熙皇帝時，與俄國簽訂的尼布楚條約，讓中俄維持了一百六十餘年的和平：

> 康熙二十四年（一六八五年），我軍自瓊琿前進，經過兩日夜的攻擊，克服了失陷三十五年的雅薩克，俄守將投降。……雅薩克收復之後，並未留兵戍守，即還軍瓊琿，不久又爲增援的俄軍佔領。翌年，我軍二次進攻，久圍不下，適俄皇遣使至京乞和，康熙皇帝即無條件的應允。康熙二十八年（一六八九年）中俄全權會於尼布楚（Nerchinsk），我原擬將尼布楚一帶全部收回，以外蒙古事變，西北準葛爾東侵，爲速了俄事，以便應付，自行放棄。中俄遂訂立尼布楚條約〔註99〕。

因外蒙古事變及準葛爾東侵使得康熙不得不放棄尼布楚之地，根據此約中國東北領土縮水，然尚包括黑龍江以北及烏蘇里江以東之地。然俄人仍不滿足，對東北虎視眈眈；鴉片戰起，中國大敵當前，顧此不暇，遂予俄人以可乘之機，俄國乃借勘界之名，行侵奪之實。俄國以「木里斐岳幅（Muraviev）爲東部西伯利亞總督，負起侵略東北之任」〔註100〕於海蘭泡築營安礮；當時新任黑龍江將軍弈山爲滿清宗室，咸豐八年中國應俄國勘界之請，派弈山與俄使會於瓊琿城以議定疆界。俄使提出「中俄界改爲黑龍江及烏蘇里江」之要求，弈山以「有違舊約」〔註101〕加以拒絕，俄軍竟然「沿江發礮」助威，弈山驚恐之下與之簽訂損失鉅大的瓊琿條約。

瓊琿條約訂明黑龍江以北地區割讓予俄、烏蘇里江以東爲中俄共管，中國損失 60 多萬平方公里土地，爲中國近代史上失地最多的條約〔註102〕。之後俄國復「慫恿英法聯軍北犯」，並趁大沽天津被攻陷的戰危之際，要挾中國訂立天津條約，約中訂有查勘兩國未定邊界之議，俄國隨即據此遣使與中國交涉，「堅以烏蘇里江爲界」，欲藉機獲取烏蘇里江以東之地；中國雖「只允將黑龍江左岸借與俄人居住」〔註103〕，然咸豐十年（一八六〇年）英法聯軍再度北犯，北京失守，俄人表面中立，進而以調停有功索求報酬，中俄簽訂北

〔註99〕郭廷以，《近代中國的變局》，頁 411～412。

〔註100〕同上注，頁 412。

〔註101〕以上參見李守孔，《中國近代史》，頁 29。

〔註102〕參見陳豐祥、林麗月，《中國近代史》，頁 50。

〔註103〕郭廷以，《近代中國的變局》，頁 412。

京條約十五款，其中要點包括：中國將黑龍江以北、烏蘇里江以東劃讓給俄國，並開放庫倫、張家口、喀什噶爾爲通商口岸，許俄國駐紮領以及兩國定期會勘西部疆界等〔註104〕。原先不合國際訂約慣例、未經批准的璦琿條約，至此成爲手續完備的正式有效條約。東北從此失去完整，通過中俄北京條約，俄國從中國奪取了三大片領土：

　　一、黑龍江以北（江東六十四屯除外）；

　　二、烏蘇里江以東（庫頁島由日俄分佔）；

　　三、西北塔城地區西部和伊犁地區北部。〔註105〕

三大片領土面積相加，「比俄羅斯的歐洲領土還大」〔註106〕、「兩年半之間俄人不折一兵，輕易地將東北大半攫去，約等於三十五個台灣」。〔註107〕、「其總面積比今日之東北九省尚大，超過德法兩國面積之總和」「實開世界歷史上土地割讓之新記錄」〔註108〕，而俄人非但不折一兵、未費一彈，尚且「自始至終以中國友人自居」〔註109〕。

　　俄國僞善恫嚇兩面手法交互使用，侵奪手段狡猾高明，中國雖知其險詐，卻仍束手無策，只能眼睜睜看千里疆土，盡入俄人之手。

　　此舉不但「使中國喪失了全部日本海的海岸線」，又使「俄國的勢力從鄂霍次克海向南進入日本海」，使其領土「與朝鮮相接壤」〔註110〕，中國之束手無策，究其因則有主、客觀之因素：當時客觀形勢因素不利中國，主觀因素則爲國人史地知識之不足。當時中國「大敵當前，不願多樹敵國」〔註111〕，既「怕再開對俄兵端」，又「恐其挑唆英法，另生枝節」〔註112〕，在客觀形勢極不利於中國的情況下，不得不接受俄國之要求，將烏蘇里江以東，包括海參威在內之土地割讓了俄國；至於國人之史地知識不足，乃指勘界初始誤認

〔註104〕參見李守孔，《中國近代史》，頁33。

〔註105〕李平子，《從鴉片戰爭到甲午戰爭》第四章　第二次鴉片戰爭・第二次鴉片戰爭所定諸約，頁415。

〔註106〕李平子，《從鴉片戰爭到甲午戰爭》，頁415。

〔註107〕郭廷以，《近代中國的變局》，頁413。

〔註108〕李守孔，《中國近代史》，頁33。

〔註109〕李守孔，《中國近代史》，頁33。

〔註110〕以上見李平子，《從鴉片戰爭到甲午戰爭》，頁415。

〔註111〕李守孔，《中國近代史》，頁30。

〔註112〕二引文見郭廷以，《近代中國的變局》，頁412。

「烏蘇里江以東本係空曠地面，無人居住，其得失無大關係」〔註113〕，及至俄人「紛紛進步烏蘇里江流域，添蓋房屋，興築礮臺」始知庸臣之誤國，然悔之已晚。

東北的侵奪之外，俄國此後二十年間又藉勘定國界，侵奪中國西北；俄人先是趁新疆土回之亂進兵伊犁，並假借「暫代管理」之名，行佔領之實：

> 然猶恐得罪清政府，故於既取伊犁之後，即電其駐北京公使告清廷俄人不過暫代中國管理伊犁。俟清廷派烏里雅蘇台大臣榮全往接收，俄人則抗不交。同時明瞭中國無力收復，又故言俟中國回亂肅清後即行交還等。〔註114〕

光緒三年，左宗棠軍收復南疆；光緒四年，中國派吏部左侍郎崇厚到聖彼得堡和布策談判。為使談判順利達成，並且任崇厚為「全權大臣」，可以便宜行事。結果，崇厚卻有負朝廷重託，簽訂使中國損失極大的利伐第亞條約：

> 崇厚到俄後，他和俄國人談判經過的詳情，因為記載的缺乏，我們現在不能十分明瞭……會議中間他們便提出與崇厚訓令或交還伊犁毫不相干的事件，如：勘界、赦叛、償費、商務及添設俄領等，來作交還伊犁的交換條件，而崇厚則毫不爭執的一一允許了，結果就訂了利伐第亞條約十八條。……把最重要的霍爾果斯河西，及帖克斯河之地反割給俄國。〔註115〕

霍爾果斯河西，及帖克斯河之地一處不只極為肥沃，更重要的是非常險要而具有極大的軍事價值，割讓此地，「伊犁勢成孤立」〔註116〕，隨時可能失守，對中國極為不利。而據參加談判的中國「駐俄公使館頭等參贊」邵友濂說：「宮保（指崇厚）偶有不允之事，布大人（指布策）便相持不下」，「他們（俄方談判人員）要什麼，（崇厚）就答應什麼」〔註117〕。對於崇厚的愚闇無能，中國緊急去電明諭此約「萬不可許」：

> 總理衙門接崇厚「已允各點」奏報後，立即於光緒五年五月十九日

〔註113〕李守孔，《中國近代史》，頁30。

〔註114〕包尊彭李定一、吳相湘，《中國近代史論叢》第一輯第十冊——俄帝之侵略，臺北：正中書局，1977年11月四版，頁44。

〔註115〕吳其玉，〈清季收回伊犁交涉始末〉，收於包尊彭李定一、吳相湘，《中國近代史論叢》第一輯第十冊——俄帝之侵略，頁54。

〔註116〕同上注。

〔註117〕季平子，《從鴉片戰爭到甲午戰爭》，頁548。引鎮江博物館《文物·紹友濂使俄文稿和家書中的俄華史料》。

覆電「萬不可許」……左宗棠知後，亦於八月十一日覆奏力言不可
許。但崇厚又續允五百萬盧布，並於八月十七日在里瓦地亞劃押。
〔註118〕

中國隨即派遣曾紀澤接替崇厚進行會談，希望能挽回一二。

曾紀澤一八八○年七月三十日抵達俄京聖彼得堡，他根據國際公法，「條
約未經批准，不能算正式成立〔註119〕」，與俄國基爾斯外相開始交涉，俄國並
召回駐華公使彼卓夫協助基爾斯。

條約先以法文起草。一八八二年二月二十四日簽訂了彼得堡條約。
全文二十條，條文有俄文、中文和法文三種，以法文為正本。條約
要點為：一、俄國歸還伊犁。二、償金（兵費）增加為九百萬盧布。
三、大幅縮小領土的割讓範圍。四、減少貿易上的特權〔註120〕。

曾紀澤深知帖克斯河地區是從伊犁通往南疆的要道，如不收回，甚至南疆也
將岌岌可危。由於他具備外語能力，又熟諳國際公法，加之以膽識充足，因
此，獲得最後成功，超出清廷期望之外。

小說中對於俄人侵奪國土，一方面點出俄人狡詐的一面，另方面則著重
在士大夫史地知識之不足，以致誤國失地。《孽海花》中的金雯青乃晚清狀元
洪鈞。金雯青曾出使俄國，在俄翻印中俄交界圖，原以為是為朝廷立功而沾
沾自喜，卻不意是中了俄人的圈套，平白將八百里土地拱手讓人。小說第二
十回「一紙書送卻八百里」即詳述此事。

英俄在中國西北的入侵勢力有所衝突，浩罕的阿古柏受英國保護，進而
入侵天山北路：

浩罕的豪族阿古柏（Yakoob Beg，1802？～77），於一八六四年，入
侵喀什葛爾，迨至一八六六年在天山南路建設了一個大的國家。從
印度前來的英國勢力接近了她。在這前後，天山南北路的回教徒起
來叛亂，……一八六九年，阿古柏越過天山山脈，入侵天山北路。
據傳，這些動作係因英國的煽動而引起〔註121〕。

〔註118〕季平子，《從鴉片戰爭到甲午戰爭》，頁549。
〔註119〕古鴻廷，《中國近代史》，頁 134。曾紀澤於一八八○年七月三十日到達彼得
　　　　堡。
〔註120〕坂野正高，《近代中國政治外交史》中俄交涉──派遣曾紀澤與彼得堡條約，
　　　　頁270。
〔註121〕坂野正高，《近代中國政治外交史》阿古柏叛亂，頁266。

一八六六年奧格朗（Abul Oghlan）在伊犁建立政權，壓迫俄國的貿易勢力……一八七一年，俄國出兵佔領伊犁，奧格朗投降。……隔年俄國，一八七三年英國分別與阿古柏締結通商條約。〔註122〕

俄國出兵佔領伊犁，消滅奧格朗，勢力逐漸擴張，阿古柏分別與英、俄締約，小說言「俄人逐漸侵入，英人起了忌心」當指此時；而八股晉身的士大夫，史地之學甚為粗疏，唐卿自言「西北地理，我卻不大明白」，至於金雯青則不明究理，糊裡糊塗地翻印俄人刻意訛造的中俄交界圖。

至於俄人之狡猾多詐，小說中之畢葉足為代表，不但巧言欺瞞詐取為數可觀的金鎊，更偽裝誠懇親善，假意指點金雯青翻印偽圖以要譽立功，實則暗伏侵奪中國領土之陰謀，其陰險狡滑之面目，描寫生動，正是俄人蓄意侵奪卻偽善假言之最佳寫照；中國官員在此對比下，更顯愚闇無知。

除以上侵奪之外，中日甲午之戰，俄國參與干涉還遼，竟仍能贏得清廷之信任，進而獲得諸多重大的特權利益：

三國干涉還遼加深列強在華利益衝突……俄——贏得清廷信任……光緒22年（1896）李鴻章參加沙皇加冕訂中俄密約允許西伯利亞鐵路通過中國境內以達海參崴，並可在鐵路沿線開礦設廠。〔註123〕

俄國鐵路竟可直入中國國境，俄國出入中國將更加容易；而擁有鐵路沿線開礦權、設廠權等鉅大利益，更加使俄國食髓知味，可想而知，此後俄國的覬覦侵奪，非但不可能停止，還將愈加積極。

歷經鴉片戰爭、俄國侵奪、甲午之戰，中國一次次訂定和約換來種種權利的喪失，以及越來越多的賠款，中國希冀富強和平，財政負擔卻越加沉重，國家甚至有被瓜分之虞，以下將就庚子事變八國聯軍之外患續作論述。

四、列強刀俎——庚子事變之瓜分危機

庚子事變即是庚子年之義和團事件。義和拳原只是農民的自衛組織〔註124〕，其信徒宣稱用咒術使神靈附體，可以刀槍不入。初時活動於民間，一八九六年，山東義和拳之活動日漸頻繁，在山東巡撫李秉衡獎勵之下，甚至發

〔註122〕坂野正高，《近代中國政治外交史》，頁266。
〔註123〕陳豐祥、林麗月，《中國近代史》，頁52。
〔註124〕或謂其系統為白蓮教之八卦教一系，或謂僅為混儒、道、佛為一體之民間信仰。

生德國傳教士被殺事件。李秉衡因外國之抗議而被免職後，繼任之毓賢仍持支持態度，並積極將義和拳收編於團練。一八九九年，因法國之抗議，中國不得不調毓賢回京，並任袁世凱爲山東巡撫以鎮壓義和團。

　　爲逃避袁世凱之鎮壓，義和團流竄至直隸，端那王載漪、軍機大臣剛毅將之引進北京，稱之爲「義民」。義和團在直隸各地殺教民、毀教堂，破壞一切西方事物之行動，對此中國在所召開之廷臣會議上曾有爭論，有大臣以義和團爲「亂民」，多數人亦反對用義和團對抗外人，然慈禧太后卻以「今日中國積弱已極，可仗者爲人心」表態支持〔註 125〕。隔日之會議，載漪爲激怒慈禧，居然假造洋人照會：

> 載漪爲激怒慈禧，假造洋人照會四條：
> 一、指明一地，令中國皇帝居住。
> 二、勒令皇太后歸政。
> 三、代收各省錢糧。
> 四、代掌天下兵權。
> 慈禧宣讀假照會後，激怒異常，堅決主戰，載漪、溥良等激昂陳辭，
> 極力主戰。〔註 126〕

六月二十一日，中國正式對各國宣戰，董福祥（一八三九～一九〇八）率甘軍及義和團圍攻公使館；八月十四日，八國聯軍侵入北京，號稱刀槍不入之義和團卻無招架阻擋之力，慈禧知大勢已去：

> 當義和團無力阻止英美德俄日法奧意八國聯軍（事實上比利時等國
> 亦有出兵）進逼北京時，慈禧便已知道戰爭已經失敗，因此電召李
> 鴻章入京議和。但是聯軍統帥瓦德西，拒絕承認李鴻章和談代表的
> 身份，縱兵大掠，在聯軍控制區域人民的景況十分淒慘。〔註 127〕

慈禧太后挾持著光緒皇帝倉皇逃出北京，避難西安。北京貴爲一國之都，如今竟然成爲戰爭災區，人爲刀俎，我爲魚肉，列強擊潰拳民和京畿清軍後大肆搜括，中國面臨被瓜分的危險，幾有亡國之虞「戊戌、庚子之間，天地晦黑，覺羅不亡，殆如一線〔註 128〕」。所幸者，由於列強立場不一，因此，中國

〔註 125〕左舜生《中國近百年史資料初編》上海：中華書局，1926，頁 454～488。
〔註 126〕古鴻廷，《中國近代史》，頁 178。
〔註 127〕薛化元，《中國近代史》，頁 59。
〔註 128〕李伯元友人署佚名，〈官場現形記一敍〉見《晚清文學叢鈔》，頁 178～179。

終得免於亡國之禍；經由各國之協商，對中國提出不得更動一字的北京議定書，即國人所稱的辛丑條約。

光緒二十七年所訂的辛丑條約中，規定中國賠款四億五千萬兩，「4.5 億兩白銀的巨額賠款，本息相加，每年須支付賠款 2,000 萬多兩白銀〔註 129〕」。

此外，尚有所謂的地方賠款：

> 除此之外，還有賠償教堂、教士的「地方賠款」，僅在光緒二十七年至二十八年（1901～1902）的兩年之內，各地的地方賠款總計 2000 萬兩左右。其中計「京師銀二百萬兩，直隸二百餘萬，山西二百二十餘萬，山東八十萬，四川八十萬，江西七十萬，湖南三十六萬，浙江二十餘萬，湖北最少，猶二萬金」〔註 130〕

據劉大鵬，《退思齋日記》光緒 27 年 6 月 22 日所記，教會「索償多款，藉口毀教堂、殺教民，皆責罰於民間，每州縣或數萬或數十萬之多，且均限當時立辦，不容延緩」，地方官在其威嚇下「竟至計畝勒派，按戶嚴追〔註 131〕」，甚至有縣令率全城仕紳百姓，出城跪迎返城之傳教士者〔註 132〕；而 4.5 億兩白銀的賠款必須在期限內償清，據晚清紐約時報言，加上對日賠款等，國債逼近六億美元：

> 直到對日戰爭結束之前，大清國實際上還沒什麼國債。對日賠款以及由於 1900 年的義和團叛亂所導致的對列強賠償的再次賠償，連同幾項數額較少的貸款，這幾項加起來讓大清國背上了近 6 億美元的國債，這一筆國債必須在規定的期限內通過分期付款的方式付清。〔註 133〕

六億美元的國債造成中國沉重的負荷，庚子年後，中國稅捐極苛極重：

> 庚子年（1900）後，稅捐之多之苛，人民負擔之重，比甲午戰後成倍的增加。除原有的地丁、漕銀、鹽課、茶稅、糖稅、鴉片稅等成倍增加外，又增加了許多名目的苛捐雜稅，如賠款捐、隨糧捐、彩票捐、作賈捐、紙稅、果蛋稅、肉捐、米捐、牛捐、地雜錢糧捐等名目。〔註 134〕

〔註 129〕陳豈之、陳振江、江沛編，《晚清民國史》，頁 159。
〔註 130〕程宗裕編，《教案奏議匯編》卷七，上海書局光緒二十七年（1901）石印本。
〔註 131〕《義和團史料下冊》，第 797 頁。
〔註 132〕同上注，所迎爲山西太谷教堂之美國傳教士。
〔註 133〕《帝國的回憶》──紐約時報晚清觀察記，鄭曦原編，頁 79。
〔註 134〕陳豈之、陳振江、江沛編，《晚清民國史》，頁 159。

賠款捐、隨糧捐、彩票捐、作賈捐、紙稅、果蛋稅、肉捐、米捐、牛捐、地雜錢糧捐，這樣名目繁多、聞所未聞的苛捐雜稅都在庚子賠款後出現，而原有的漕銀、鹽課等稅也「成倍增加」，換言之，鉅額賠款全數轉嫁到無辜百姓身上，百姓面對此一沉重無比之負擔，又該如何因應？小說中可稍見一斑：

> 「賣貴了，人家喝不起；只得攙和些水在酒裡。那釐捐越是抽得利害，那水越是攙的利害」〔註135〕

名目繁多的苛捐雜稅，使得升斗小民幾無利潤，轉而在生意上動手腳，酒的品質也就越來越差了。至於對於庚子事變的記述，《老殘遊記》雖僅在第十一回略作評論，但學者指出，劉鶚在第十六回評點所指清官「小則殺人，大則誤國」，其實正在影射毓賢與剛毅：

> 劉鶚所以要揭發假清官的真面目，不只是同情被欺壓的善良百姓，更重要的是這類清官與國家的命運尚有重大關連。……劉鶚在本書中描寫的兩個清官，玉賢和剛弼，即影射當時的權臣毓賢和剛毅二人，書中的描述僅及二人早期的所作所為，而正因為有早期的愚昧酷虐，才導致後來的禍國殃民。

歷史上的毓賢和剛毅是拳匪之亂的罪魁禍首，他們曾是廉臣能吏，何以會誤國？學者根據史料指出小說的補述之意：

> 翻閱庚子拳亂前後的史料，可以得知使拳亂擴大的重要嗾使者就是他們；毓賢當時已身任山東巡撫的高官，他曾公開煽動拳民從事排外活動，並在山西巡撫任內，殺害無數中國基督教徒，又把省內所有外國傳教士及其家眷加以剖心棄屍，梟首城門，手段殘忍之極。剛毅當時已官至軍機大臣、大學士，他盛誇義和團有神術，忠勇可恃，力勸西太后打開城門，終於讓數以萬計的烏合之眾湧入京城。造成不可收拾的局面。…毓賢、剛毅是拳匪之亂的罪魁禍首，人人皆知；但是他們在早期做官時有廉臣能吏之稱，何以日後會誤國，則人多不知。〔註136〕

劉鶚在小說中寫二人早期種種虐政，「好讓後人知曉他們的誤國是其來有自的」。因此，小說言清官是「官愈大，害愈甚。守一府則一府傷；撫一省則一

〔註135〕《二十年目睹怪現狀》，頁383。
〔註136〕以上引文見《老殘遊記・引言》，頁5。

省殘；宰天下則天下死！」〔註137〕毓賢、剛毅自以為廉能，實則殘民害事，庚子事變二人難辭禍首之咎。而八國聯軍踐踏京畿、縱兵大掠，俄國更乘機佔領東三省，堅不撤兵，爾後之辛丑條約第八款中國並應允銷毀從大沽口至京師沿路的砲台，「至此已無獨立的國防可言，任由列強宰割〔註138〕」。

　　對於庚子事變八國縱掠，有識者固然有「殆如一線」、「至今尚足寒心」〔註139〕之怵惕感悟，可見對國人帶來不小震撼；然亦有所謂「境過情遷」之嘆：

> 和議既成，群情頓異，驕侈淫佚之習，復中於人心，敷衍塞責之風，
>
> 仍被於天下，幾幾乎時移世異，境過情遷矣！〔註140〕

小說針對這類官員寫出其自私麻木之心態「他們要瓜分，就讓他們瓜分，與兄弟毫不相干〔註141〕」。

　　對於庚子事變的記述檢討，李伯元著有《庚子國變彈詞》，學者雖謂作者「還存在著濃烈的君臣意識〔註142〕」，但也指出他保存當時史料〔註143〕、「滿眼無限興亡之感〔註144〕」的特質。囿於封建帝制太后威勢，有識者輕易因言獲罪，因此「在傳統的君權倫理中『溫和地』衝撞」〔註145〕故力陳貪腐無能、罔顧百姓，其官位愈大，罪責愈深。

〔註137〕《老殘遊記》，第六回，頁65。

〔註138〕段昌國、林滿紅、吳振漢、蔡相煇編著，《現代化與近代中國的變遷》，頁43。

〔註139〕林紓，《璣司刺虎記‧序》：光緒三十四年1908年：夫以天下受螫之人，其始恆螫人者，不長慮而卻顧，但憑一日之憤，取罪群雄，庚子之事，至今尚足寒心。余譯是書，初不關男女豔情，仇家報復。但謂教育不普，內治不精，兵力不足，糧械不積，萬萬勿開釁於外人也。《晚清文學叢鈔》，頁266。

〔註140〕李伯元，《李伯元全集‧庚子國變彈詞序》。

〔註141〕李伯元，《官場現形記》，頁861。

〔註142〕賴芳伶，《清末小說與社會政治變遷（1895～1911）》，台北：大安出版社，1994年09月一版，頁400。

〔註143〕賴芳伶，《清末小說與社會政治變遷（1895～1911）》，頁397：與其他同類小說相較，李伯元的《庚子國變彈詞》繁複的意涵，似乎更有討論的價值。關於他保存當時許多可歌可泣的史料這點是無庸置疑的。

〔註144〕賴芳伶，《清末小說與社會政治變遷（1895～1911）》，頁393：而李伯元儘管滿眼無限興亡之感，在彈詞裡只敢說：「（西太后）三次垂簾輔幼主，頻年宵旰費憂勤，那知事誤庸臣手，直把拳匪當作神」，認為慈禧不論「西狩」、「回鑾」都有「居民夾道迎送」，更企盼她「回神京一統天下」。

〔註145〕賴芳伶，《清末小說與社會政治變遷（1895～1911）》，頁400：無可否認，李伯元作品還存在著濃烈的君臣意識，儘管在傳統的君權倫理中「溫和地」衝撞，仍然難以區分國家和朝廷。《彈詞》第四十回寫道：聞道鑾輿返禁城，居民夾道盡歡迎。母后深宮仍訓政，外交內政要勞神。

　　至於劉鶚論北拳之亂，將之與南革並列，稱爲「此貳亂黨」，一方面雖亦指陳其凶險可怕：

> 這拳譬如人的拳頭，一拳打去，行就行，不行就罷了，沒甚要緊。
> 然一拳打得巧時，也會送了人的性命，倘若躲過去，也就沒事。將
> 來北拳的那一拳，也幾乎送了國家的性命，煞是可怕！然究竟只是
> 一拳，容易過的。〔註146〕

另方面則借黃龍子之口點出其意義影響：

> 北拳之亂，起於戊子，成於甲午，至庚子，子午一沖而爆發，其興
> 也渤然，其滅也忽然，北方之強也。其信從者上至宮闈，下至將相
> 而止。主義爲壓漢驅洋。……此貳亂黨，皆所以釀劫運，亦皆所以
> 開文明也。北拳之亂，所以漸漸逼出甲辰之變法；……魏眞人〈參
> 同契〉所說：「元年乃芽滋」，指甲辰而言。辰屬土，萬物生於土，
> 故甲辰以後爲文明芽滋之世，如木之拆甲，如筍之解籜。其實，滿
> 目所見者皆木甲竹籜也，而眞苞已隱藏其中矣。〔註147〕」

由此看來，庚子之破壞之幾至於亡國正如「木之拆甲」、「筍之解籜」，而其意義則在於催發「眞苞」以至於「文明芽滋之世」。劉鶚未明言文明芽滋所指爲何，但參諸後世學者所論，其芽滋眞苞當包括擁護變法、憎惡腐敗滿清、興起民族思想，甚至是革命運動等：

> 大致來說以義和團爲界，中國進入了新的時代。
>
> 第一，義和團阻止了中日甲午戰爭以來「分割中國」的趨勢。由之
> 　　　　列強對中國的壓力比較有彈性，進而傾向於一邊施加壓力，
> 　　　　一邊支持清朝政府。但俄國佔領東三省且不準備撤兵，意圖
> 　　　　無限期駐兵。
>
> 第二，中國以往的排外感情，一變而爲開始憎惡滿清王朝。
>
> 第三，在清廷內部再也沒有人反對變法。至少沒有人公然反對。問
> 　　　　題是變法的順序和時期。
>
> 第四，革命派的運動以日本爲根據地開始成氣候。不特此，整個中
> 　　　　國已進入一種「狂瀾驚濤」的時代，全國騷然，成爲很有流
> 　　　　動性的政治情況。

〔註146〕劉鶚，《老殘遊記》，第十一回，頁115。
〔註147〕劉鶚，《老殘遊記》，第十一回，頁112。

第五，一八九八年與戊戌變法抗衡到達最高峰的中華思想，幾乎崩
潰，近代的民族主義從中國內部沸騰起來〔註148〕。

就此而言，則庚子事變爲中國必然之變，而庚子之痛亦爲中國不得不然之痛。
劉鶚從此一角度肯定庚子事變意義，對中國之未來滿懷希望憧憬；然而，劉
鶚本人卻因爲救京畿災民之饑，向外人購買太倉粟，獲罪流放新疆，最終死
於迪化，成爲庚子事變另類犧牲者，令人不勝欷歔。

本節就晚清外患種種，帶給中國的震撼衝擊、所衍生的災禍傷害，以言
小說產生之時代背景。而時代外患既刺激作者勸善懲惡、救亡圖存的著述意
識，更提供小說記述的珍貴素材，造成小說著述之空前盛況。關於時代背景
除本節外患戰禍之外，以下再就官僚政治續作論述。

第二節　處處鷓鴣雨：晚清官僚政治

前述晚清外患之嚴重，爲歷來之最，而必須迎戰此一外交兵禍挑戰之官
僚機制，卻嚴重僵化、弊害叢生。中國封建帝制，到清代達於極致，然其體
制卻黑暗腐敗有叢生之弊端。晚清中國官場之腐敗黑暗，猶如黑色之暴雨，
綿綿不斷地降落在上下交征利的魑魅叢林。四大小說在晚清外患之時代反映
之外，對官場政治的記述描寫，著墨尤多。本節以下將就晚清官僚政體做一
探究。

一、官僚政治形成之八股取士

科舉取士是唐、宋以後官僚進用的主要方法。時至滿清，科舉已成定型，
八股爲制科，考生應考所作文章稱時文。在外人眼中，中國科考是一消磨青
春的怪獸：

一次又一次，清國的男人們千里迢迢進京趕考直到他們漸漸老去，
頭髮變得灰白和稀疏。人們想獲得顯赫功名的願望是如此強烈！聽
說有一個人，每次都來趕考，一直考到80歲。〔註149〕

〔註148〕坂野正高，《近代中國政治外交史》，頁393。

〔註149〕《帝國的回憶》——紐約時報晚清觀察記，鄭曦原編，頁92。可參見張桂蘭，
〈《萬國公報》對晚清科舉考試的批判〉，《巢湖學院學報》2005年第7卷第5
期，頁158～160。

小說《官場現形記》正有一個八十二歲的狀元梁灝〔註150〕。而朝廷以八股取士，以此獲得晉身之階的士人，原應竭智盡忠、謀國為民；然而晚清之際卻反見許多八股出身之士大夫，慣常以夷夏之辨或祖宗之法、聖人之道來阻礙國家的變法革新：

> 朝中學者有許多傾向改革的人，但多數士大夫仍以中國政教之美，
> 舉世無匹，歷史上只有用夏變夷，未有用夷變夏的，採用夷法，非
> 聖人之道，而變祖宗之法，是為不孝。這種保守的心理，以非聖不
> 孝為大罪的前提，根本就是一種心理障礙。〔註151〕

其中主張激烈者甚至倡言「寧可亡國，不可變法」〔註152〕；他們對於贊成改革、力圖變法的有識之士，動輒加以「罪人」、「敗類」之惡名：

> 今之自命清流自居正人者，動以不談洋務為高，見有講求西學者，
> 則斥之曰，名教罪人，士林敗類。〔註153〕

小說對於八股科舉集中火力加以批判，利之所趨，讀書人投入科舉，有年至八十猶不罷休者，甚至戰亂逃難仍是緊抱著「八股八韻」不放：「雖在亂離兵災燹，八股八韻，朝考卷白摺子的功夫是不肯丟掉」〔註154〕。

　　然而過於熱中功名的後果，卻造成讀書人為求中舉之目的，處心積慮用盡各種方法，而考場弊端也就由此而生，清史中即有御史上奏考場舞弊之事：

> 是年九月壬寅御史聯汲的奏摺指出是年順天鄉試舞弊情形說：「近來
> 順天鄉試弊端滋甚，富豪者目不識丁而出貲倩代，幾於成市，風聞
> 今科中式舉人周學熙等皆紈綺不能讀書，自錄科以至鄉場，無一非
> 倩人者，揭曉之日道路譁然。……外傳今科舞弊倖中者數十人，而
> 奴才所聞較確者惟此六人……」〔註155〕

富豪目不識丁竟買人代考以求中舉任官，查有確據者就有六人，這等「人才」如若任官治事，後果真不堪設想。關於科場舞弊，小說亦有記述：

〔註150〕李伯元，《官場現形記》，臺北：三民書局，2004 年 01 月二版，第六十回，頁 959。

〔註151〕古鴻廷，《中國近代史》，頁 163。

〔註152〕同上注，內閣大學士徐桐語。

〔註153〕見鄭觀應，《盛世危言》增訂新編（一），臺北：臺灣學生書局，1965 年 11月一版，頁 241。

〔註154〕曾樸，《孽海花》，頁 6。

〔註155〕吳相湘，《晚清宮廷與人物》，臺北：傳記文學出版社，19790 年 3 月二版，頁 46。

> 當時我無意中拿風槍打著了一隻鴿子。那鴿子從牆頭上掉了下來。
> 還在那裏滕撲。我連忙過去拿住，覺得那鴿子尾巴上有異。仔細一
> 看，果然縛著一張紙；把他解了下來，拆開一看，卻是一張刷印出
> 來，已經用了印的題目。〔註156〕

做為官僚體系形成起點的八股科舉，一開頭就標示了權勢利祿的誘因，讀書人在此科舉洪流隨波逐流、載浮載沉，只看得見自身的功名利祿，至於百姓家國早已拋諸腦後。殫精竭慮榮登金榜立身朝廷，卻往往迂腐守舊、妨害國家之革新進步；而為求晉身仕途甚至有科場舞弊之情形，未成棟樑已是蠹蟲，科場舞弊成為官場舞弊之先聲，八股官員成為遮蔽光明的重重烏雲、層層陰霾。

二、官僚政治形成之捐納授官

八股取士之外，官僚政治形成的另一途徑是捐納授官。捐納制度是指對朝廷捐獻錢銀以獲得官員任用資格。捐納並非清朝才有，但清代，尤其到了晚清，捐納大為盛行。學者研究指出清代捐納之興，是因應經常支出之外的突發狀況之所需，包括軍需、河工、營田、賑災等，原為「補絀」之方，然而後來卻衍為市井生財之道，視捐納為終南捷徑，捐一定之銀數，圖日後更大之貪污：

> 國家經費有常，所入之數，由雍正迄嘉、道，都不過四千萬兩，然
> 每遇軍需、河工、災歉，則告支絀，其抵償之法，唯仗捐納。道光
> 以下，所入日少，即已納亦不能補絀。康熙初開例時，規模不大，
> 條例簡明，士紳鑑於物議，納者極鮮。自雍乾以後，推而廣之，創
> 定銀數，限以年月，目為大捐。從此有資者趨之若鶩，天下之人，
> 皆以捐納一途為終南捷徑。乃咸、同籌餉例開，捐納更成市易，不
> 可收拾。〔註157〕

自康熙而雍、乾而咸、同，捐納可謂每下愈況；就捐納之心理言，在八股進士面前，捐納因非正途常遭輕視；而以將本求利之心理計，則捐納官員常「竭智盡力以謀自利」：

〔註156〕吳趼人，《二十年目睹怪現狀》，頁225。
〔註157〕許大齡，〈清代捐納制度〉收於沈雲龍主編，《近代中國史料叢刊》續編第四
　　　　十輯，臺北：文海1977年2月影印本，頁21～22。

則輸財之時，已預計取償之地，而入仕之後又每爲士論所輕，此其
心欲效忠於國者，蓋十無一二焉，其餘則竭智盡力以謀自利。〔註158〕

《清稗類鈔》記述晚清捐納情況：

> 咸同以降，捐例大開，納粟得官，遂相傳爲世業。其稍有貲財或力
> 能假貸者，祖孫父子兄弟莫不以捐官爲捷徑，藉得溫飽，或且致富。
> 光宣兩朝，若輩尤夥。即以江蘇候補道言之，多至三百餘員，終日
> 優游，無所事事，妄自尊大，有如夜郎〔註159〕。

成爲候補道如要得到官缺，尤其是有豐厚利益之官缺，仍須花錢購買：

> 雖然京城的官員們佯裝不知各省級政府或地方政府的財政狀況，但
> 實際上他們非常清楚，因爲幾乎所有在京城任職的官員都曾到省級
> 政府或地方政府做過官。實際情況是，每個省份和地區的財政狀況
> 人們大致是知道的。根據年景的不同和受貿易狀況的影響以及自然
> 災害等因素，這些省份和地方的財政狀況會變化很大，年景好時收
> 入多，年景差時收入少。絕大部份能給個人帶來豐厚利益的政府職
> 位都是人們通過購買的方式花錢買得的，很顯然，這些職位在財政
> 收入方面的潛力是人所共知的，而人們絕對不會去花錢購買那種「一
> 清二白」的職位。〔註160〕

實際上，不但各省財政狀況、經濟利益有清楚情報，小說中更詳記連花錢買
缺也隨之調整不同價格「銀子繳的愈快愈好，早繳早放缺；至於數目看你要
得個什麼缺，自然好缺多些，壞缺少些。」〔註161〕

　　《二十年目睹怪現狀》中寫一個二品頂戴道臺的捐官，「莫說別的，叫他
開個履歷，也開不出來」〔註162〕；素質低劣、不學無術。儘管捐官不學無術、
愛財貪利人盡皆知，瀆職貪贓亦所在多有，朝廷不能不有所耳聞；但溺於捐
納所得銀數，清廷仍無革弊之意，張之洞曾指出：

> 捐納有害吏治，有妨正途，人人能言之，戶部徒以每年能收三百萬，

〔註158〕《文芸閣（廷式）全集》第二冊，台北：文海出版社，頁29～30。
〔註159〕徐珂，《清稗類鈔》四譏諷類高等游民，臺北：臺灣商務印書館，1983年10
　　　　月，臺二版，頁162。
〔註160〕《帝國的回憶》——紐約時報晚清觀察記，鄭曦原編，頁77。
〔註161〕李伯元，《官場現形記》，頁376。
〔註162〕吳趼人，《二十年目睹怪現狀》，頁13。

遂至不肯停罷。〔註163〕

乾隆朝內廷大臣顧琮因上疏諫停捐納，還被清帝下諭斥責他居心可議，「惟思邀取功名，無關國家切要之務〔註164〕」。而由小説的記述更可以明白看出，朝廷非但沒有停止捐納的打算，並且還有勸捐之舉：

> 遇著急於籌款的時候，恐怕報捐的不踴躍，便變通辦理，先把空白
>
> 官照，填了號數，發了出來；由各捐局分領了去勸捐〔註165〕。

清廷無視捐納之制有害吏治、有妨正途，每年仍放任為數可觀的捐官湧入官場，如此官場，吏治如何，可想而知，小説的冷語譏諷，可謂無奈民怨的真實地反應。

三、官僚任免之否陟臧罰

如上所述，官僚體系的形成來自官僚簡拔機制，而晚清主要的官僚簡拔機制包括八股科舉以及捐納制度都潛伏著危機禍患；此時，升降任免的獎懲機制相對的就更加重要；官員獎懲機制可說是維繫官僚體制在正軌上運行的重要綱繩。然而，晚清官僚之獎懲機制，一言以蔽之，卻是「否陟臧罰」。為國建功、深具才能之士，未見獲用，而無德無能者卻昂然列官。

> 軍中員弁，有才力不勝者，有學問不及者，有毫無所知其所司之職
>
> 者，濫廁其間。或礙於情面，或善於逢迎。在軍中資格較深者，才
>
> 力較勝者，久任不得升。而投效之人，入軍便躐其上。〔註166〕

官員僚屬想獲得升遷任用憑的是逢迎，看的是情面；至於朝廷之任免機制則功能失調，有功不得獎賞、有才幹不得任用，小説《二十年目睹怪現狀》以壁上題詩鳴不平：

> 軍興的時候，那武職功名，本來太不值錢了；到了兵事過後，沒有
>
> 地方安插他們，流落下來，也是有的。那年我進京，在客店裏看見
>
> 一首題壁詩，署款是『解弁將軍。』那首詩很好的，可惜我都忘了。
>
> 只記得第二句是：『到頭贏得一聲驢』只這七個字那種抑鬱不平之

〔註163〕張之洞，〈遵旨籌議變法謹擬整頓中法十二條折〉收於《張之洞全集》卷五十三，河北人民出版社，1998年08月一版，頁1410。

〔註164〕《清高宗實錄》259/31a—b。

〔註165〕吳趼人，《二十年目睹怪現狀》，頁347。

〔註166〕錢鋼，《海葬——甲午戰爭100年》，頁147。

氣，也就可想了。〔註167〕

晚清八股官員固多見頑固守舊、矜傲自持、應變無方卻又位居要津之大員；然思想開明、用心謀國的有識之士仍不乏其人，如魏源、林則徐等。其中接受過西學，具備膽識與國際觀者則有郭嵩燾、曾紀澤等。魏源與林則徐同時，對於晚清中外局勢，史家認爲他有深入之觀察：

> 魏源認爲英國致富的原因在於發展商業，所謂「不務行教而專行賈，
> 且佐行賈以行兵，兵賈相資，逐雄島夷」，他認識到英國用軍事力量
> 作爲經商的後盾，這是比較深刻的看到鴉片戰爭發生的原因。〔註168〕

對鴉片戰爭發生的原因，魏源的觀察確乎深刻而正確；然而儘管見識過人，又滿腔熱誠竭思進獻制夷之策，卻未見朝廷實際重用。

鴉片戰爭中另一膽識過人者即是林則徐。林則徐廣州禁煙，積極有爲，後世多有佳評：

> 則徐在粵期間，積極籌備戰守，添築礮臺，購洋礮二百餘尊，派人
> 刺探外事，翻譯澳門、新加坡、印度報紙，累積資料編成四洲志、
> 國際公法、華事夷言錄要等書，比起當時盲目辦理外交琦善、奕山
> 等輩，誠不可同日而語。〔註169〕

築礮臺、購洋礮，顯示林則徐積極謀國的爲官態度；翻譯書報、刺探外事，又見得他有爲有方，具備膽識智慧的一面。相較於滿清諸多位高權重，卻顢頇無識、怯懦無能之輩，眞有如雲壤之別。時代的封閉固然造成局限，但若忠誠爲國，自會竭力克服，林則徐爲最佳範例。史家說他「知道自己對國際情況的隔膜並且極力學習」，《華事夷言錄》是把「外國講中國」的言論翻譯編輯而成；《四洲志》則收集了西洋歷史地理的材料；而請人編譯的《澳門月報》更提供不諳外情者極大助益：

> 其中所得夷情，實爲不少。制馭準備之方，多由此出。〔註170〕

凡此，俱見林則徐之勤政篤實與努力；然而盡忠國事的結果卻是成爲鴉片戰爭的代罪羔羊：

> 林則徐的禁絕鴉片措施畢竟妨礙英國利益，英國發動的戰爭又使清

〔註167〕吳趼人，《二十年目睹怪現狀》，頁348。

〔註168〕陳儀深，《近代中國政治思潮——從鴉片戰爭到中共建國》，台北：稻香出版社1997年02月一版，頁15。

〔註169〕李守孔，《中國近代史》，頁10。

〔註170〕魏源，《增廣海國圖志》（四），台北：珪庭出版社卷八十引，頁1097。

廷無力之招架，於是林則徐被指爲「激起夷釁」、「生出許多波瀾」，
成了代罪羔羊。〔註171〕

新思想代表人物的郭嵩燾則是優秀的外交人才。早期游歷上海即對西方
文化有所認識，並曾提出對外交涉之重要觀點：

> 較魏源時代稍晚的新思想代表人物有郭嵩燾，郭二十餘歲時亦在浙
> 江身歷鴉片戰役，痛心疾首之餘，他意識到憑血氣之勇，不足以解
> 決中國所處的困境，一八五六年，他遊歷上海，對西方文化有更進
> 一步的瞭解。三年後，郭在天津協守海防，主張「洋人以通商爲義，
> 當講求應付之方，不當稱兵」，惜不爲主帥僧格林沁所納，英法聯軍
> 戰役，中國再度蒙受慘重損失。

即使郭嵩燾的外交觀正確務實，但在不被上位者重視的情況下，未能發揮分
毫作用，國家仍一再蒙受慘重損失。

一八七六年，郭嵩燾被派任駐英大臣，體驗益深，見解更爲精闢：

> 他曾從倫敦致書李鴻章云：「西洋立國二十年，政教修明，具有本末。」
> 他對「自強運動」不修明內政，只講求擴充軍備，頗不以爲然，認
> 爲「治國之要應行者多端，而莫切圖於內治以立富強之基」。當然，
> 「自強運動」的主事者們，亦非不知刷新政治爲治本之途，惟反對
> 勢力龐大，只能用強兵來裝點革新門面，自無法採納郭的建言。

以內政修明爲治本，著實見出自強運動一逕講求擴充軍備的倒置之誤；然而
在上位者仍未能採用其建言，自強革新費時耗銀，投入無數人力，卻終究不
免失敗的命運。郭嵩燾後將所見所聞寫成《使西紀程》一書，藉此「介紹西
方列強國情和富國之道」：

> 著《使西紀程》一書，介紹西方列強國情和富國之道，然卻爲「清
> 議」所不容，甚至被指爲「有二心於英國」，是以歸國後雖滿腔抱負，
> 卻抑鬱以終。繼郭任駐英大臣的曾紀澤，見解與境遇也與郭相似，
> 可見新思想推展之不易。〔註172〕

曾紀澤爲晚清不可多得之外交人才，在俄京聖彼得堡，他根據國際公法爲中
國爭回失土，建功卓著：

〔註171〕陳儀深，《近代中國政治思潮——從鴉片戰爭到中共建國》，頁14。
〔註172〕以上三則引文見段昌國、林滿紅、吳振漢、蔡相煇編著，《現代化與近代中國
　　　　的變遷》，頁152～153。

是約中國雖仍有相當損失，然較崇厚原約已大有進步，曾紀澤為當
時最幹練有眼光之外交人才，能有此種成就，已屬難能可貴。可惜
紀澤回國後未被大用。〔註173〕

曾紀澤雖建功卓著，卻仍未受重用，其中關鍵正在於滿清政治升降任免制度
並非賞罰分明、獎懲公平；掌握升降任免的高層，多是食古不化，自私怠惰，
在此黑暗的政治生態中，賢者能者難獲重用，赤膽忠誠反遭謗議：

儘管一八七○年代後期，因遣使駐外而造就了一批如郭嵩燾、曾紀
澤等，深悉西洋國情和國際社會規則的開明人士。然這些駐外人員
長期脫離國內政治，返國服務後，毫無實力基礎，又常受到所謂「清
流」的誤會和苛責，難有發展長才的機會。〔註174〕

小說對此亦記述了時人的觀感批評：

本來為的是要人才，才教學生；教會了，就應該用他……就如從前
派到美國去的學生，回來了也不用，此刻有多少在外頭當洋行買辦，
當律師翻譯的；我化了錢，教出了人，卻叫外國人去用，這才是楚
材晉用呢！〔註175〕

朝廷花錢栽培人才，原是要自強抗夷，殊料因為任免機制失調，使得人才外
流「卻叫外國人去用」，談笑之間，一語道破官僚機制的荒謬可笑。史家指出
此一官僚機制常為所謂「清議」大臣所把持，而這股勢力上推至終極高點，
則是「操持最終決策大權的慈禧太后」：

保守勢力強大，例如當時「清議」領袖之一的倭仁，便強調：「立國
之道，尚禮義不尚權謀，根本之圖在人心不在技藝」，又云：「奉夷
人為師，所學未必能精，而讀書人已為所惑」。更何況彼時操持最終
決策大權的慈禧太后，是一熱衷權力卻昧於外情的識淺婦人，無怪
乎自強新政表面聲勢浩大，實質成就卻十分有限。〔註176〕

所謂的「清議」人士，輕者食古不化、頑固守舊，重者戀棧權位又顢頇無能。
他們依附在慈禧太后四周，互為聲氣；慈禧太后遲不還政於德宗，對於亟思
變法革新的光緒甚至屢欲廢立，史家言其「昧於外情」、「熱衷權力」並無不

〔註173〕李守孔，《中國近代史》，頁80～81。
〔註174〕段昌國、林滿紅、吳振漢、蔡相煇編著，《現代化與近代中國的變遷》，頁41。
〔註175〕吳趼人，《二十年目睹怪現狀》，頁149。
〔註176〕段昌國、林滿紅、吳振漢、蔡相煇編著，《現代化與近代中國的變遷》，頁154。

當，而以她至尊之勢位，合眾多或是自私爲利、或是顢頇守舊之大臣，正能隻手遮天，敗壞政綱。

　　小説藉由書中人物之口點出朝廷全無意認眞懲惡，其藉口是普天之下已無清官。其實並非沒有清官，眞正的原因是，慈禧太后不需用清官，整個任免機制並無清官容身之地；慈禧太后地位尊隆卻識見薄淺，挪用公帑以爲私用，本身就是受賄貪贓的代表。「佛爺早有話：通天底下一十八省，那來的清官？但御史不説，我也裝作糊塗罷了」〔註 177〕。如此上行下效，晚清官場幾乎無官不貪，因此，所謂查辦考核，不過是敷衍應付而已。

　　貪官污吏逍遙法外，與此相反，賢能忠義卻常因忠獲罪；如庚子之亂，爲禍甚大，有識者早有勸諫之言，卻因而招致殺身之禍：

> 榮祿表現出不合作的態度，但因他位高，爲太后所信任，不致有禍，官品低者，如袁昶、許景澄也反對宣戰，後因擅改諭旨，將「盡殺」外人，改爲「保護」外人，被斬。此外，立山、徐用儀、聯元也因反對而被斬。〔註 178〕

前述小説作者劉鶚，亦正是爲庚子之事獲罪：

> 義和團之亂大作，「扶清滅洋」口號喊得震天價響，清廷在病急亂投醫的狀況下，聽任亂民大事折騰，招致了八國聯軍蹂躪京畿的慘禍；劉鶚臨難不苟免，奮不顧身的購米北上放賑，並以大倉之米設置「平糶局」京都人士賴以不饑。

清廷放任義和團胡作非爲在先，又倉皇逃避，棄京畿百姓於不顧在後；劉鶚「臨難不苟免」奮不顧身購米放賑，京畿百姓免於餓死，劉鶚之功。然而濟民大功後來卻成了致罪所由：

> 其時，素來對劉鶚沒有好印象的世續及袁世凱，俱入軍機，大權在握，勢欲去之而甘心；欲加之罪，何患無辭，終於在三十四年夏天，以擅散太倉粟及浦口購地兩事，密電兩江總督端方將劉鶚逮捕，隨即遣戌新疆，第二年是宣統元年，七月八日卒於迪化。〔註 179〕

獎懲機制甚至成爲位高權重者整肅異己之工具，有識者枉遭誣告，申冤無門，竟至殞命，殊是可嘆。

〔註 177〕李伯元，《官場現形記》，第 18 回，頁 260。

〔註 178〕古鴻廷，《中國近代史》，頁 179。

〔註 179〕以上引文見戚宜君，〈劉鶚的坎坷命運與「老殘遊記」之不朽價值〉，《文藝月刊》一八七期，頁 74～85。

　　四大小說中的清官已然寥寥無幾，好官更屬鳳毛麟角，《二十年目睹怪現狀》中清廉正直、愛民勤政的蔡侶笙在「否陟臧罰」的獎懲機制中，卻蒙冤受屈。上行下效、無官不貪形成的是一個綿密的共犯結構，而「否陟臧罰」的獎懲機制，更助紂為虐，使為惡者肆無忌憚，為善者蒙冤受罪，成為罪惡機制下令黎民百姓最是不捨的祭品。而匿災不報、查報無災之瞞上行徑，又正是「否陟臧罰」機制衍生出的必然結果。從官僚體形成之貽患，加上獎懲不公之護航，實際官僚運作時，正如層層陰霾、重重黑幕，一霎時，暴雨傾瀉，綿綿降落在這上下交征利的魑魅叢林。

四、官僚運作之瞞上諛上

　　由於官僚任免獎懲不符公正原則，學者所指「善於逢迎」正是「諛上」，為官僚運作特色之一；尤以候補之員人數眾多，非行賄不易得缺：

> 清時人口大增，錄取更加困難，錄取後的分發更是不易，是故候補
> 者眾，若非善於鑽營，常常難以得缺，於是納賄權勢之家，拜結師
> 生同門，互通聲氣，吏治是以大壞。〔註180〕

難以得缺的情況到底有多嚴重，小說中有候缺補事不得其門而入者，最後落得「吃盡當光」，步上絕路：

> 有人同他屈指算，足足七年沒有差事了。你想如何不吃盡當光，窮
> 的不得了，前幾天忽然起了個短見，居然吊死了！〔註181〕

賄賂諛上之所費，在得缺之後必加倍索回，因此諛上行賄與瞞上受賄互為因果，著名實例是在太平天國之亂時，租界關稅因稅收官逃亡改暫由外國領事代收，結果有了驚人的發現：

> 當太平軍起義時，清軍已被驅除出境，稅收官吏隨著逃亡，但租界
> 上的商業照舊進行，無人徵收關稅，於是英法美三國領事會商辦法，
> 決定由各國商人將應繳關稅，交由各該國領事館代收。太平天國平
> 定後，各國領事將代收稅款交給清廷，但所交稅款數目，較滿清官
> 吏過去所收的超出甚多。〔註182〕

「清廷驚異之餘」決定「任用外人」負責關稅事務。其後，「設立關稅署」，

〔註180〕古鴻廷，《中國近代史》，頁3。
〔註181〕吳趼人，《二十年目睹怪現狀》，文化圖書公司，頁64。
〔註182〕古鴻廷，《中國近代史》，頁65。

並任用英人赫德（Robert Hart）爲總稅務司。〔註183〕由此可見，中國官員猶如內賊家盜，竟比外人不如；而由外人眼中更常常看到中國「行賄受賄」、「諛上瞞上」之普遍：

> 軍需工廠需龐大經費，而產品大抵不良，結果武器和船艦還是依賴輸入，於是國際性的武器掮客猖獗，中國的駐外官員常常發生收賄事件，購入的軍需品價格高得驚人。〔註184〕

> 述評〈清國官場腐敗危及人類道德〉1895 年 3 月 11 日轉自〈倫敦每日新聞〉：現代化的武器裝備、防禦工事以及鐵路的引進一夜之間給大清國的官員們帶來了大量的侵吞公款的機會。只要外國的公司引誘他們或者對他們進行賄賂的話，再怎麼老掉牙的槍枝或再怎麼陳舊的彈藥他們都會購買。他們同樣也大肆購買了許多原材料。然而，即使是他們在買東西的過程中，行賄受賄現象和貪污行爲也比比皆是。〔註185〕

海關稅收是以多報少，武器裝備的購置又是以少報多，種種不實瞞上的行徑，目的都在中飽私囊。只看得見私利，只關心自家的富貴榮華，這原是在捐納之時、村塾讀書之始，就已經設定的目標；進入官場後，種種荒腔走板作爲，自然無足爲怪。

五、官僚運作之欺下虐下

由於官僚體系收賄行賄之普遍，查緝貪污常是做做做樣子，雷聲大雨點小「廷寄查辦，還不是照例文章」〔註186〕、「中國官場辦事，一向大頭小委尾慣的〔註187〕」因此，在官僚體系下層的小官就成擔罪祭品，是被欺壓的第一層。

至於下層百姓原本承擔的賦本就不輕，包括地丁、漕銀、鹽課、茶稅、糖稅等等；後因戰爭議和賠款，或旱澇蟲害等，又增列賠款捐、隨糧捐、彩票捐、作賈捐、紙稅、果蛋稅、肉捐、米捐、牛捐、地雜錢糧捐〔註188〕等，隨上層之所需，還經常有諸多不時之稅、不樂之捐；小說《官場現形記》生

〔註183〕古鴻廷，《中國近代史》，頁 65。
〔註184〕坂野正高，《近代中國政治外交史》，頁 246〈洋務運動的挫折原因〉。
〔註185〕鄭曦原編，《帝國的回憶》——紐約時報晚清觀察記，頁 108～110。
〔註186〕李伯元，《官場現形記》，第二十八回，頁 418。
〔註187〕李伯元，《官場現形記》，第三十三回，頁 509。
〔註188〕陳崑之、陳振江、江沛編，《晚清民國史》，頁 159。

動地記述官員對小商舖的無理逼捐：

> 這上控的人姓孔，乃山東曲阜人氏。他父親一向在歸德府做買賣。因
> 爲歸德府奉了上頭的公事，要在本地開一個中學堂，款項無出，就向
> 生意人硬捐。這姓孔的父親，只開得一個小小布店，本錢不過一千多
> 弔，不料府大人定要派他每年捐三百弔。他一爿小鋪，如何捐得起！
> 府大人見他不肯，便說他有意抗捐，立刻將他鎖將起來。〔註189〕

編制內有俸給之員吏強收不樂之捐外尚多方索賄，至於一般無俸給的胥吏自
然更要藉機敲詐了：

> 胥吏又多無俸給，於是營私舞弊、勒索敲詐、無惡不作者到處可見。
> 相沿既久人民常以官吏的貪狠如狼虎，遇事則多不稟報，而在宗族
> 內解決。嘉慶二十四年（一八一九）疆臣陶澍曾上奏稱吏治八弊，
> 詳論官吏需索無窮與官官相護的情形。〔註190〕

> 大凡像我們做典史的，全靠著做生日，辦喜事，弄兩個錢。〔註191〕

《官場現形記》寫昏官貪官，類型眾多，內容亦淋漓盡致；其中亦包括以好
官自命卻殘害百姓之昏官。在晚清四大小說寫自命清廉，卻手段歹毒，殘害
百姓之惡官，當推劉鶚之《老殘遊記》，「有揭清官之惡者，自《老殘遊記》
始」。〔註192〕

酷吏虐政下，不但微罪重罰，活罪治死，甚至是極高壓的黑色恐怖，不
許批評、不許議論。

> 得失淪肌髓，因之急事功。冤埋城闕暗，血染頂珠紅。處處鵂鶹雨，
> 山山虎豹風。殺民如殺賊，太守是元戎！〔註193〕

此詩爲老殘在小說中所作，鵂鶹惡禽，虎豹食人，良民如魚如肉任官宰殺，
冤埋莫昭。

六、官僚運作之懼外媚外

在官場政治內虐欺下民極爲得心應手之官僚，轉身面對外人時，不但威

〔註189〕李伯元，《官場現形記》，頁329。
〔註190〕古鴻廷，《中國近代史》，頁3。
〔註191〕李伯元，《官場現形記》，頁20。
〔註192〕劉鶚，《老殘遊記》，第16回評，頁170。
〔註193〕劉鶚，《老殘遊記》，第六回，頁61。

風盡失，並且怯懦畏懼者有之，諂媚討好者有之。史家指出晚清外交之弱勢
與中國官場之關聯：

> （英駐京公使）威妥瑪在華甚久，熟悉中國官場情形，每有要求，
> 一語不合，動輒以絕交戰爭相恫嚇。〔註194〕

晚清外患始來之初，中國尚有「天朝」之優越感，故見排外仇外之舉。此後，
每經一戰，每締一約，中國步步後退，外人步步進逼。既已洞悉中國內情，
中國戰和失據，進退狼狽，自尊轉為自卑，尤以文員武將為最：

> 一八九四年六月（光緒二十年五月），實際主持中國軍政外交的直隸
> 總督兼北洋大臣李鴻章應朝鮮國王之請，派遣提督葉志超、總兵聶
> 士成統兵三營前往朝鮮牙山，代為平亂。日本立意尋釁，亦即出動
> 海陸大軍，進向仁川漢城。亂事既定，日本拒不撤兵，擬乘機控制
> 朝鮮。李鴻章畏葸貽誤，處處失機，日本則步步進迫。〔註195〕

論者以李鴻章錯失先機，而其指揮調度時或失靈；旗下將領有不戰而逃者：

> 旅順為北洋門戶，亦為海軍根據地，辦防最早，築有新式砲台船塢，
> 守軍一萬餘人，統領七員，由北洋前敵營務處龔照璵主持……旅順
> 陷落，龔照璵先日潛逃煙台。經營十六年，糜款數千萬的形勝要地
> 為之不守！日軍大肆殺掠，四日之間，婦孺不免，遇害者二千六百
> 餘人。〔註196〕

關係重大的中日甲午之戰，陸戰中的滿清官員節節敗退，而其敗退除了戰力
不敵，更多是臨陣脫逃、遇敵避走；其中尤以葉志超、衛汝貴最為人所詬議。
葉志超為李鴻章得力戰將，牙山失利後卻「謊報戰功，飾敗為勝，騙取朝廷
明令嘉獎」；實情卻是棄守平壤，「狂奔而逃」。衛汝貴統領「盛軍」，裝備之
現代化為淮軍之最，「是淮軍中最早引入洋槍洋操，被認為思想最開化戰鬥力
最強的部隊」結果非但不是手持國產「村田式」步槍，揣著飯團的日本陸軍
之對手，在敗逃時還「沿途騷擾，燒殺奸淫」。其餘部隊亦聞風喪膽，不堪一
擊：

> 劉盛休、衛汝成、張光前、趙懷業、龔照　，……一個個唯李鴻章
> 馬首是瞻的淮將皖官，聞風喪膽，不堪一擊，土崩瓦解。李鴻章在

〔註194〕李守孔，《中國近代史》，頁76。
〔註195〕郭廷以，《近代中國的變局》，頁169。
〔註196〕郭廷以，《近代中國的變局》，頁175～176

　　　電報中呵斥他們「無用無能」,「毫無天良」、「材庸性貪」、「不愛體

　　　面」、「太不作臉」,「壞我名聲,良心何在」。〔註197〕

將帥無能,聞風喪膽,不堪一擊,李鴻章雖屢發電報諄諄告誡〔註198〕,仍難

挽土崩瓦解之結局。

　　軍費所費不貲,然而所訓練的兵丁卻不堪一戰,《官場現形記》寫綠營兵

丁「列位要曉得中國綠營的兵丁,只要有了兩件本事,……第一件是會跑……

第二件是會喊,……到了校場上,敲著鼓,打著鑼,鏜鏜鏜,耍一套,換一

套,眞正比耍猴還要好看!〔註199〕」

　　迭次戰敗,折兵損將,割地賠款之外,民族自尊亦因而低落。官員代表

國家卻卻崇洋媚外,袒教抑民:

　　　痞匪教民依恃教會勢力到處爲非作歹,仗勢欺人。官府爲了迎合教

　　　士的心理,對內實行「袒教抑民」政策:民控教拘傳不到,即使被

　　　管押,外國傳教士也能硬請釋放;教控民則照狀辦理,平民根本無

　　　申訴之機。〔註200〕

　　　「我們幸虧在教,你今天才有這個樣子。若是平民百姓,只好壓著

　　　頭受你的氣!」〔註201〕

滿清官員,戰場上怯懦無勇,官場上亦懼外媚洋。小說中之制臺當下屬來報告

洋人犯罪事實時,一心只想保住官位,不但爲洋人開脫得一乾二淨,還荒謬地

怪責下屬與老百姓,「洋人開公司,等他來開;洋人來討帳,隨他來討〔註202〕」,

〔註197〕錢鋼,《海葬──甲午戰爭100年》,頁229。

〔註198〕如李鴻章給威海丁汝昌、戴宗騫、劉超佩、張文宣諸守將發出的電報:〈寄威
　　　　海丁提督戴道劉鎭張鎭(光緒二十年十一月初一酉刻)〉:「旅失威益吃緊,灣、
　　　　旅敵船必來窺撲,諸將領等各有守台之責。若人逃台失,無論逃至何處,定即
　　　　奏拿正法。若保台卻敵,定請破格獎賞。聞日酋向西船主言,甚畏「定」、「鎭」
　　　　兩艦及威台大炮利害。有警時,丁提督應率船出,傍台炮線內合擊,不得出大
　　　　洋浪戰,致有損失。戴道欲率行隊往岸遠處迎剿,若不能截其半渡,勢必敗逃,
　　　　將效灣、旅覆轍耶?汝等但各固守大小炮台,效死勿去。且新炮能擊四面,敵
　　　　雖滿山谷,敵不敢近,多儲糧藥,多埋地雷,多搗地溝爲要。半載以來,淮將
　　　　守台守營者,毫無布置,遇敵即敗,敗即逃走,實天下後世大恥辱事。汝等稍
　　　　有天良,須爭一口氣,捨一條命,於死中求生,榮莫大焉。鴻」

〔註199〕李伯元,《官場現形記》,頁72。

〔註200〕于作敏,〈重新認識晚清基督教民──兼評義和團運動中「打殺」教民現象〉
　　　　煙台大學學報哲學社會科學版第18卷第3期2005年07月,頁353。

〔註201〕李伯元,《官場現形記》,頁791

〔註202〕李伯元,《官場現形記》,頁840。

就怕開罪洋人。「我們中國的官，見了外國人，比老子還怕些〔註203〕」。四大小說不乏寫官員懼洋媚外之筆墨而懼外媚外常連結著欺下壓下，有識之士不能不為深深感慨。

七、天潢貴冑、貴滿用漢──王朝之統治政策

　　晚清自官僚體系形成之暗伏危機，至官僚運作之荒腔走板，在在與中央朝廷之統治政策有莫大干係；捐納之不廢反勸、功過之謬罰濫賞，中央朝廷之最高樞紐，或是挪軍費以私用，或是索賄禮以賣官，不但使晚清吏治澄清難有希望，上行下效的影響，更使情況惡化至不可收拾的地步。貪腐情狀面對外患之際，不但未能警惕改善，反倒處處暴露缺點，醜態百出、窘狀畢現。有識之士固然憂憤痛心、深以為恥；然而官場諸公卻也有為數不少「置國家興亡於度外」，汲汲營營於個人富貴者，面對國家將被瓜分亡國的危機，小說中的當朝官員卻仍能一派輕鬆，只管盤算自己改投「洋朝」的利祿前程。對於晚清的君主封建、官僚體系，此種離心離德之象，近來史家從宏觀的角度，提出「滿漢」政策之影響的論點：

> 自滿州人入關，建立少數統治多數漢族的清帝國後，即諱言種族異同言論，所以儘管十九世紀末葉，現代民族主義思想風行一時，在中國這卻是一項禁忌，遑論用來做為振興國士氣、反抗帝國主義侵略的利器。這種彼長我消的實力對比，遂造成十九世紀二十年中，中國幾乎慘遭列強瓜分的惡運。〔註204〕

所謂「諱言種族異同」即是清王朝之「貴滿」政策。滿清自入關以來對漢人之統治一貫採取高壓懷柔政策，高壓以文字獄防漢民之反清；懷柔則以科舉、修史等仕進之途籠絡知識份子。其中科舉雖有仕進機會，但漢人官員在滿清朝廷很難及於行政核心，即使是連中三甲的極致，也僅是點翰林、修國史，清廷統治政策之主軸，其實正在「貴滿防漢」的征服王朝心態。

> 清代的中國，可謂是由一小撮滿州人來統治三億以上中國人（漢人）的征服王朝時代。〔註205〕

征服王朝的特點除了武力征服與言論查禁外，在制度上雖沿用前朝再因所需

〔註203〕吳趼人，《二十年目睹怪現狀》，第五十回，頁269。
〔註204〕段昌國、林滿紅、吳振漢、蔡相輝編著，《現代化與近代中國的變遷》，頁41。
〔註205〕坂野正高，《近代中國政治外交史》，頁15～16。

而增減〔註206〕，然對於種族一項，學者則指出清廷曾嚴滿漢之防：

> 採取滿人不同化政策。以征服王朝君臨中國的內陸亞洲諸民族，據云經長久時間多被漢民族的文化同化吸收。清朝在最後也幾乎被同化，但至少在政策上採取非同化政策，也就是對滿州人自漢人社會，採取在社會上、文化上隔離的政策。例如在雍正時代，「封禁」滿州人根據地的滿州，禁止漢人的移住。雖然沒有嚴格執行封禁，但在某一時期，確實明確地採取封禁政策。此外，也禁止滿州人和中國人之間的通婚。另外對滿州人撥給稱為「旗地」的農地，禁止從事農業以外的生產。〔註207〕

滿清以少數統治多數的政治型態，必然是籠絡與防忌兼而有之；禁止漢人移往滿州根據地，意在對其原始根基實施保護封禁，為不測之將來預留後路。只是對滿人撥給旗地的特殊照顧，並未如其所願收得成效，反而發展成其最不樂見的結果：

> 八旗入關之後不事生產，坐享厚餉，其後生齒日繁，習於奢侈，生計漸蹙，政府雖屢次賞銀救濟，終無裨於事，其所佔近京田園，亦大半典與漢人。乾隆初年，因有在東北舉辦「旗屯」之議，命京師旗人，返回故地，從事耕植。先後發遣京營八期散丁數千人前往拉林、阿勒楚喀，按戶給費。，但到達之後，又均逃歸。嘉慶道光之時，再行舉辦，……道光初年，……原擬移京旗三千戶，但實際不足五百戶，所領土地依舊租與漢人佃種。結旗屯本身毫無成績，反予漢人以拓墾便利。〔註208〕

所謂給予漢人拓墾便利包括上述將旗地「典與漢人」、「租與漢人」，最後甚至是「根本讓售」，成為漢人產業：

> 旗人需要漢佃戶……初由漢人以食需之物、及器用玩好換得土地的承租，日久王公生活愈奢，揮霍無度，最後不得不根本讓售，作為漢人永業。〔註209〕

關於滿漢問題，學者對《二十年目睹之怪現狀》中「文化同化」之議題有所

〔註206〕如增設軍機處。
〔註207〕坂野正高，《近代中國政治外交史》，頁15～16。
〔註208〕郭廷以，《近代中國的變局》，頁417～418。
〔註209〕郭廷以，《近代中國的變局》，頁418。

討論：

> 吳趼人《二十年目睹之怪現狀》就「滿漢一體」的問題，有如下的
> 看法：入關三百年來，一律都歸了中國教化了，甚至於此刻的旗人，
> 有許多並不懂得滿州話的了，所以大家都相忘了。（22 回）吳氏從
> 語言文化的角度，闡明滿人同化的事實。證諸中國歷代史實，屢見
> 不鮮。可是這種「政治上支配我，文化上爲我同化」的形式，革命
> 派無法接受。章氏（章炳麟）就指出滿人在堂子祭妖神，辮髮而掛
> 珠玉頸飾，使用滿文滿語的實例，認爲這算不上是歸化。即使尊重儒
> 術，也是爲了政策上的意圖，「以便其南面之術、愚民之計」。〔註210〕

所謂方便之術、「愚民之計」乃是做爲以少數領導多數的征服王朝所不得不採
取的政治手段：

> 滿洲入關的最初二十餘年，主導政權走向的力量，歷經了多爾袞攝
> 政（1644～50），順治皇帝親政，以及索尼、蘇克薩哈、遏必隆、鰲
> 拜四大臣輔政（1661～66）等三階段的演變。……在統治意識方面，
> 多爾袞攝政期間，確立了「首崇滿洲」的統治原則，然爲了遷就少
> 數治理多數的現實，又提出引進大批漢籍官僚以爲己用的「以漢治
> 漢」策略；並利用崇祀孔子、恢復科舉等屬於漢文化的措施，以凸
> 顯其「滿漢一家，共享昇平」的政治號召。〔註211〕

前述小說中的一段對話原是討論西洋勢力入侵中國，其宗教、武力對中國文
化、政治之威脅，說者以滿人入關景況相較，以言亡國瓜分之凶險〔註212〕。
從客觀言，旗人有許多不懂得滿州話是一事實，文化同化確實在進行；就政
策主軸言，官員仍須考核滿文滿語，服飾髮辮有所分辨，在主觀期望上，滿
清皇室確乎有貴滿之統治意識。章氏所謂尊重儒術在「便其南面之術」，固是

〔註210〕賴芳伶，《清末小說與社會政治變遷（1895～1911）》，頁461。
〔註211〕葉高樹，《清朝前期的文化政策》，台北：稻香出版社，2002 年 07 月一版，
　　　　頁36～37。
〔註212〕吳趼人，《二十年目睹怪現狀》，頁 106：伯述嘆道：現在的世界，不能死守
　　　　著中國的古籍做榜樣的了！你不過看了二十四史上，五胡大鬧時，他們到了
　　　　中國，都變成中國樣子，歸了中教化；就是清朝，也不是中國人；然而入關
　　　　三百年來，一律都歸了中國教化了；甚至於此刻的旗人，有許多並不懂得滿
　　　　州話的了，所以大家都相忘了。此刻外國人滅人的國，還是這樣嗎？此時還
　　　　沒有瓜分，他已經遍地的設立教堂，傳起教來，他倒想先把他的教傳遍了中
　　　　國呢；那麼瓜分以後的情形，你就可想了。

的論，其實不止於有清一代，實則歷朝皆然；尤以征服王朝，借力使力，更
爲便當。然而，一面高喊滿漢一家，一面又不免貴滿，用漢而防漢，此一矛
盾，昇平時期猶可無事，患難之際卻不免暴露弱點。史家所謂種族議題之禁
忌，不但成爲阻礙團結、抵抗外侮之絆腳石；而施行「封禁」、「旗屯」等貴
滿防漢之政策，更使百姓普遍感受深刻。吳趼人之《二十年目睹之怪現狀》
所言語言文字上的同化並不代表作者天眞以爲帝制統治下，眞可滿漢一家彼
此無隔閡。事實上，小說中對於滿人、滿官、滿清朝廷的諸多著墨，更多是
「貴滿防漢」政策的觀感反映。

　　內政上如此，在外交國防上學者亦指出滿清征服王朝在對外危機處理
上，與漢人思維有所不同：

> 清朝是征服王朝，這在外交史上也是一個問題點。例如對清末的對
> 外政策的決定過程加以仔細的觀察，在處理危機時的政策決定者的
> 行動模式中，可以發現是以維持自己的權力地位爲首要，爲滿州王
> 朝的利害打算，和生根於中國社會的漢人當事者的利害打算之間，
> 時常有微妙的差異。〔註213〕

換言之，爲了鞏固滿人的統治地位，滿足皇族的需求，有時是可以犧牲萬民
的利益、甚至罔顧國運之興衰。以此之故，洋務運動、自強運動時見挪用公
款、收受回扣而無法撤查嚴懲，維新運動、立憲運動更是迭遭阻礙、屢遭拖
延。

> 清廷於其命運最後的掙扎點之上，其所推出之改革新政與預備立憲
> 措施，觀前所述，平心而論不可不謂不善，然其令人惋惜者，滿清
> 皇族未能眞心與民爲善，反欲藉之以行中央集權，皇族集權，徒然
> 造成漢族臣民之離心，使其改革成效大爲折扣，至民間立憲風潮興
> 起，更多地方士紳，主動要求政治參與權，清廷對策之良否，便成
> 爲其帝國命運存續之關鍵所在。〔註214〕

光緒三十一年清廷開始籌設立憲，清廷原可藉立憲之舉提昇社會觀感、朝廷
威望；然而或是定召集國會之期拖延至九年之後，或是藉推行立憲，將中央
之財政權、任免權、司法權與外交、軍事等權大肆擴張，雖則經各省諮議局、
聯合國等組織之倡導，各省推派代表前往北京連續三次發動請願，清廷乃被

〔註213〕坂野正高，《近代中國政治外交史》，頁 15～16。
〔註214〕古鴻廷，《中國近代史》，頁 201。

迫將國會之期縮短爲六年；然其後對各省民眾熱心爭取之立憲活動則採取嚴厲之壓制，造成君民之嚴重對立。尤其，本於防漢貴滿之心態，對於漢人官員特別疑忌防範，重要漢臣因而被內調甚至罷免：

> 加之清廷實行一極短視政策，藉推行立憲之名，而屬行中央集權政策，不只將軍權、財權、各省大吏用人權、司法權與外交權等均集中於中央；復對各省有實力之漢人疆吏，採防範疑忌手段，或予內調（如張之洞、袁世凱），或予罷免（如岑春煊、袁世凱），而將滿人中之新進者擢爲方面要員之督撫，藉以縮小各省督撫權力，防制民權。〔註215〕

滿清朝廷「中央集權」、「皇族集權」與君主立憲之立意自然大相違背，歸根究柢就在其貴滿防漢的統治思維，相對於重要漢人官員的或貶或黜，新進滿官卻破格拔擢，貴賤之落差極大，因此，「漢族臣民之離心」自是必然之事。而統治政策一日不變，滿漢之防一日未改，則全民戮力、上下一心之榮景不可期，國家之興盛不能至，滿清之未來命運亦不可知了。

小說中針對滿漢之問題，作一討論者當推曾樸之《孽海花》。以孫汶爲首的革命派在小說中以自身由立憲到革命的歷程，分析問題關鍵所在：

> 現在我們國家在異族人的掌握中，奴役了我們二百多年，在他們心目中，賤視我們當做劣種，卑視我們當做財產，何嘗和他們的人一樣看待？憲法的精神，全在人民獲得自由平等，他們肯和我們平等嗎？他們肯許我們自由嗎？……」〔註216〕

文化的逐漸同化，尚未帶來政治的認同，「奴役」、「賤視」正點出作爲征服王朝的滿清政府，從領導思維到統治政策的貴滿癥結。看清了滿清朝廷絕不可變的核心政策，就明白國會之九年拖延，壓制民權、中央集權等等之無足爲怪，而擢用滿人，抑止漢臣之必然了。在君滿民漢的體制下，漢人必須保持在被統治階層，滿親皇室才得無一朝政權旁落之虞，爲確保滿族千秋萬世之統治，尊滿而貴之，故由內政官場之種種貪瀆，任用獎懲之不公，滿官之昏庸而越發有恃無恐，漢人官員之有才有功而難獲信任與重用，滿清朝廷之私己而忘大公，則官員自貪自肥，罔顧黎民，兵員胥吏更是壓榨搜括，無時不有。立憲、參政等，正爲鍼砭藥石，而清廷抗拒拖延而不見其效。學者將中

〔註215〕古鴻廷，《中國近代史》，頁204。
〔註216〕曾樸，《孽海花》，第三十四回，頁429～430。

國十九世紀末葉，中國幾乎慘遭列強瓜分的惡運歸咎於清廷統治政策下，民族主義之非但不能行，反成禁忌，致使造成國勢衰弱，宜是持之有故的有識之見。

　　小說除《孽海花》之外，劉鶚之《老殘遊記》亦提及滿漢問題，對所謂「滿漢之疑忌〔註217〕」亦有一番論說。而對滿清皇朝統治政策之不滿更表現在對京城滿清皇族的諷刺上。從中央到地方，滿清官僚政治腐爛敗壞，欲振無力。一旦面對外來強敵，不但怯懦畏葸，甚且回頭幫洋人欺壓百姓、凡此種種，都是作者眼見身歷耳聞而所不忍者。此晚清小說所以蓬勃，著述所以興盛之因。

　　本節由晚清官僚政治論述四大小說產生之時代背景。下節則由社會文化一環進行論述。

第三節　風潮帶雨晚來急：晚清社會文化

　　中外文化之交流，自古有之。清代因閉關之禁而稍歇，然民間之交易，無時或已。時至晚清，貿易愈益興盛，利之所趨，外商之來，日見頻繁，而因貿易所產生的諸種問題，積累愈深，一觸即發。1840 年爆發的鴉片戰爭，轟破百年閉關，作為導火線之一的晉見禮儀，正是包含著文化因素的貿易衝突：

　　　1840 年的鴉片戰爭，使中西文化正面相撞，刺激強化了西學東漸的
　　　趨勢。〔註218〕

　　從經濟面看，鴉片戰敗開始了西方對中國更大的經濟掠奪；從文化言，西學狂潮順鴉片戰爭之勢湧入中國。在砲聲隆隆中，中國跨出了它現代化的步履。本節以下從船堅礮利、日用民生、學術教育及宗教文化四方面分別言之。

一、船堅砲利

　　在風雨飄搖的內亂外患中，滿清政府受教最深刻清楚的是，接受西方軍事訓練的中國軍隊，一樣具備高度戰鬥力：

〔註217〕劉鶚，《老殘遊記》，第十一回，頁 112。
〔註218〕桑兵，《晚清學堂學生與社會變遷》，台灣：稻禾出版社，80 年 11 月一版，頁 23。

中央當局從外患中獲得教益，地方當局更在內戰中獲得認識。英法
進軍津沽京師之年，金陵太平軍席捲江南，惟上海未能攻下，且受
到重大打擊，以李秀成之善戰，數萬之眾，竟敗於千餘英法軍之手。
同時美人華爾（F. Ward），在滬訓練洋槍隊，即後來的常勝軍，亦所
向多捷。常勝軍的將領為外國人，士兵則為中國人，證明中國人接
受西洋訓練，使用西洋武器，一樣能戰。〔註219〕

咸豐十年（1860），上海因太平軍之攻勢，成立自衛隊。李秀成率太平軍攻陷
常州、蘇州，勢如破竹。在上海遭遇英人戈登所指揮之自衛隊，數萬之眾戰
千餘之兵，竟致落敗，確實讓中國朝野瞠目，而位於戰爭第一線的曾國藩等
人感受尤深。

小說在上海的景物記述上，有一處生動而簡要的著墨：

但見黃浦內波平如鏡，帆檣林立。猛然抬頭，見著戈登銅像，矗立
江表；再行過去，迎面一個石塔，曉得是紀念碑。〔註220〕

曾樸輕輕數語帶過，若不經意；然銅像、紀念碑，壓縮的是晚清豐富的歷史
記憶，有著不言而喻卻一言難盡的寓意。

聘請洋將訓練的成果驚人，戈登所指揮之自衛隊屢敗太平軍，因號常勝
軍。循此模式，除了寧波亦練兵成立自衛隊，在肅清內亂上有良好的表現外，
更有法人訓練的常捷軍，在戰場上發揮重要功效：

太平軍曾佔寧波，為清廷奪回寧波的是英法人，他們亦仿照常勝軍
的辦法，在寧波練兵，肅清浙東，克復紹興，而法人所練的常捷軍
（花勇）復予左以直接幫助。富陽杭州湖州之戰，常捷軍之功實大。
〔註221〕

中國在軍事上取法西方之努力，在光緒皇帝在位時，達於顛峰。不但向外國
訂購多艘大艦，光緒十四年（1888），更成立北洋艦隊，聘英海軍軍官琅威理
為總教習嚴督訓練。只可惜，聲勢浩大的國防改革，竟成虎頭蛇尾之勢，「一
八九〇年英人琅威理去職，原本嚴格之操練更就此鬆弛」〔註222〕；其後海軍
衙門總理大臣醇親王奕譞與會辦李鴻章、奕劻等，為討好慈禧太后，更挪用

<hr>

〔註219〕郭廷以，《近代中國的變局》，頁34。
〔註220〕曾樸，《孽海花·第二回》，頁13。
〔註221〕郭廷以，《近代中國的變局》，頁35。
〔註222〕參見本書第參章第二節。

海軍經費修繕頤和園。中日海戰，中國竟至全軍覆沒，舉國譁然。

　　實則，晚清改革國防外交的強兵政策，掌握決策的中央朝廷即有明顯的局限性，這局限性來自「清議派」的守舊大臣：

> 恭親王的這些外交改革仍有相當的侷限性。總理衙門的設立，本即有集中所有洋務於此機構，以免洋人與其他政府部門發生關係的作用。其次，當時守舊派大臣的「清議」力量仍非常可觀，恭親王的一些措施，常被他們視為「以夷變夏」、「動搖國本」，終而在「清議」牽制下無法澈底施行。〔註223〕

由於對外態度上較為強硬保守之清文宗，在英法聯軍一役避居於熱河時病逝，朝廷繼而起用思想開明且「涉外經驗較豐富」之恭親王奕訢，出領軍機處，桂良、文祥等任軍機大臣。在做法上，調整對外關係，中央設立「總理各國事務衙門」，主管各項洋務，又分別在上海、天津設置南、北洋通商大臣，然而在中央仍因守舊派而無法徹底實行改革，挪用軍費、洋教習去職、訓練由嚴轉弛，虎頭蛇尾之改革終以一敗塗地收場。除此之外，船堅砲利之軍事工業之振興在借用外力上亦有其難處：

> 綜觀1860年代的自強運動大約有下列幾點特徵：其一，當時新發展出來的現代化事業，幾乎全是軍事工業，且全係官辦……其二，……大多由地方當局興辦……均帶有地方色彩，……造成日後整合的困難。其三，……各項實業……清廷……與不同列強合作……導致統籌合作的困難。其四，工業技術日新月異，國防科技更是不會輕易授人，中國工業起步晚，所聘外人專家又未必悉心任事，因而造出的裝備往往成本高卻效能低……〔註224〕

對於朝廷上下大張旗鼓的改革運動卻成效不彰，小說則由升斗小民之視角指出其叢生之弊病：

> 吳沃堯初到上海時，就在江南製造局做小職員，這個職位他足足做了十一、二年之久。〔註225〕

吳趼人以他長期的觀察作深入的描寫，為晚清船堅礮利之改革，作了一個發人深省的注解。《二十年目睹怪現狀》從61回至66回即寫出製造局之種種弊

〔註223〕段昌國、林滿紅、吳振漢、蔡相煇編著，《現代化與近代中國的變遷》，頁38。
〔註224〕段昌國、林滿紅、吳振漢、蔡相煇編著，《現代化與近代中國的變遷》，頁80。
〔註225〕高伯雨，〈江南製造局怪現象〉，香港《大成雜誌》27期，頁56。

病。其種種弊病包括濫用洋人、用公家材料製造私貨販賣、盜運貴重材料等等。其中對中法之戰，福建海軍遭法軍襲擊而潰敗覆沒，對南洋海軍小說甚至有「自沉兵輪」的譏嘲：

> 標題是「兵輪自沉」四個字，其文曰：「駛遠兵輪，自某處開回上海。於某日道出石浦，遙見海平線上，一縷濃煙，疑為法兵艦。管帶大懼，開足機器擬速逃竄。覺來船甚速，管帶益懼，遂自開放水門，將船沉下。……南洋兵船，雖然不少，叵奈管帶的，一味知道營私舞弊，那裡還有公事在他心上。你看他們帶上幾年兵船，就都一個個的席豐履厚起來，那裡還肯去打仗？〔註226〕

一味營私舞弊，不務正職，直置國家興亡於度外，國之不亡者幾希！此小說所以申勸懲之意哉。

二、日用民生

晚清的現代化，在日用民生方面的表現尤其顯著。早在 1866 年，海關總稅務司赫德率領中國訪問團到英法各國考察時，即注意到西方各國在建築、電氣、機械等方面之進步：

> 1866 年，時任中國海關總稅務司的英人赫德（Robert Hart）適逢休假，總門遂派他帶領一個非正式使節團訪問歐洲……僅走馬看花般的遊覽了英、法、德、俄等國。他們考察報告中雖提到西方先進的建築、電氣、機械等技術，卻無法深入探究這些科技之後的學術、制度性基礎。〔註227〕

走馬看花式的參觀，認識不夠深入，自然無法及於其根本。1870 年後自強運動第二、三階段發展與民生攸關的輕工業，也連帶對一般大眾之日常生活產生影響。

> 1870 年代，自強運動進入第二階段。……軍事工業的周邊實業，兼備國防、民生兩方面用途，所以不宜全由官辦。……於是便有了「官督商辦」模式。
>
> 約從 1885 年時，自強運動進入第三階段。……已擴及民生攸關的輕工業……官商合辦，……盈虧分擔。

〔註226〕吳趼人，《二十年目睹怪現狀》，第 14 回，頁 65。
〔註227〕段昌國、林滿紅、吳振漢、蔡相煇編著，《現代化與近代中國的變遷》，頁 39。

1895～1928 中國經濟現代化之第二階段……1903 造船工業 1904 華
商電燈公司北京成立 1905 天津造胰公司造肥皂 1906 大隆鐵工廠上
海成立啓新洋灰天津成立（水泥） 1907 煙草公司機器捲菸 1911 食
品加工現代麵粉廠 23 家，榨油廠 45 家，……火柴廠 24 家，肥皂廠
18 家、玻璃廠 14 家。〔註228〕

若以地域論，則現代化最爲顯著者，首推洋人眾多的上海租界：

外國人在中國建設公用事業，首先是爲其僑民服務的，所以多建在
租界。如上海，1862 年出現第一條越界馬路——靜安寺路。〔註229〕

馬路之外，電報、報紙都是現代化的象徵：

〈中文報紙在上海的發行量穩步上升〉1876 年 6 月 12 日：倫敦〈泰
晤士報〉駐上海記者稱：我曾不止一次地提起過由外國人贊助在上
海出版的中文報紙的情況。令人滿意的是，他們的發行量和影響力
都在穩步增長，清國人對它發布的消息和抨擊官僚的議論已顯示出
了濃厚的興趣。報紙的發行量現已上升到每天 6000 份，價格是 10
個銅板，相當於半個便士。〔註230〕

報紙既是文化西潮本身，又成爲西學傳播之媒介，影響所及，閱報讀雜誌成
爲生活之一部份：

只見我姊姊拿著一本書看。我走近看時，卻畫的是畫，翻過書面一
看，始知是點石齋畫報。便問那裡來的。姊姊道：「剛才一個小孩子
拿來賣的，還有兩張報紙呢。」說罷，遞了報紙給我。〔註231〕

畫報、報紙之外，在小說的記述中，洋錢、牙粉、墨鏡一一登場：

此刻一塊洋錢，兌一千零二十文銅錢。〔註232〕

又叫他買點好牙粉，把牙齒刷白了。〔註233〕

才見那撫院坐著八人抬的一頂綠呢大轎子，緩緩而來。撫院架著一
副墨晶眼鏡；一手絡著鬍子，一手扇著一把潮州扇；前呼後擁，好

〔註228〕三段引文見段昌國、林滿紅、吳振漢、蔡相煇編著，《現代化與近代中國的變
　　　　遷》，頁 81～84。
〔註229〕嚴昌洪，《中國近代社會風俗史》，台北，南天書局 1998 年 01 月一版，頁 87。
〔註230〕《帝國的回憶》——紐約時報晚清觀察記，鄭曦原編，頁 102。
〔註231〕吳趼人，《二十年目睹怪現狀》，頁 105。
〔註232〕吳趼人，《二十年目睹怪現狀》，頁 570。
〔註233〕吳趼人，《二十年目睹怪現狀》，頁 572。

不成武！〔註234〕

架著墨晶眼鏡，手撚著鬍子，搖著一把潮州扇，在不中不西中呈現中西結合的趣味。食衣住行中，小說對「吃」一項，亦多所著墨：

> 前日得信，雯青兄請假省親，已回上海，寓名利棧，約兄弟去游玩
> 幾天。從前兄弟進京會試，雖經過幾次，聞得近來一發繁華，即如
> 蘇州開去大章大雅之崑曲戲園，生意不惡；而丹桂茶園、金桂軒之
> 京戲亦好；京菜有同興、同新，徽菜也有新新樓、復新園；若英法
> 大餐，則杏花樓、同香樓、一品香、一家春，尚不曾請教過。〔註235〕

上海餐館中，中式與西式餐點並陳，西餐固已打入市場，但士大夫階級仍有尚未親身嘗試者，「尚不曾請教過」，普及之未盡，更遑論頻繁熟悉了。文化風潮中的西餐文化雖已東漸，但仍有陌生隔閡。

　　大體而言，物質文明的改變接受較為容易快速〔註236〕，但涉及精神文明領域則需時較久。此外，作為洋人活動頻繁的上海租界十里洋場，在地域上可謂接受西潮衝擊的前鋒，斯時斯地上至士大夫，下至庶民、販夫走卒在日用民生種種變化常是小說取材所資。

三、學術教育

　　較諸物質文化變化快速，思想文化略顯緩慢亦較艱難不易；然而就影響而言，學術思想之影響較根本而深遠。根據學者所言，自強運動第一二階段環繞著求強求富的目標進行改革，遲至一八九○年後維新運動時，關於思想文化的改革才成為重心，不過，學術思想的衝擊最早可以推至一八七二年中國派遣幼童赴美留學之際。

> 同治十一年，（1872年）至光緒元年（1875年），按照計劃先後派遣
> 4批幼童赴美留學。其中最幼者10歲，最長16歲，平均年齡12歲。

〔註234〕李伯元，《官場現形記》，頁74。

〔註235〕《孽海花·第二回》，頁8。

〔註236〕1895～1928為中國經濟現代化之第二階段……1903造船工業……1904華商
電燈公司北京成立 1905 天津造膠公司造肥皂……1906 大隆鐵工廠上海成
立……啟新洋灰天津成立（水泥）……1907煙草公司機器捲菸，1911食品加
工現代麵粉廠23家，榨油廠45家，……火柴廠24家，肥皂廠18家、玻璃
廠14家。參見段昌國、林滿紅、吳振漢、蔡相輝編著，《現代化與近代中國
的變遷》，頁84。

在 120 名幼童中,絕大多數是從廣東、江浙等地選拔出來的。〔註237〕
到西方留學的留學生除了學得鐵路修築、船艦操作等等智識技能,也有機會
見識到外國種種進步的學術思想,郭嵩燾、嚴復、曾紀澤三者可爲代表:

> 郭嵩燾於 1876～1878(光緒 2～4 年):(對西洋)「從未敢懷輕視之
> 心,以吾心見其不可輕視,考覽其學校風俗,益腆然內自懷愧」(郭
> 嵩燾詩文集・覆姚彥嘉)

> 嚴復(光緒3～5 年)──在英國留學,曾到英國法廷旁聽英人審理
> 案件「歸邸數日如有所失,嘗語湘陰郭(嵩燾)先生謂英國與諸歐
> 之所以富強,公理日伸,其端在此一事,先生深以爲然,見謂卓識」
> (譯孟德斯鳩法意按語上冊 224 頁)

> 曾紀澤遺集倫敦覆丁雨生中丞:(光緒四～十一年任駐英公使)「目
> 睹遠人政教之有緒,富強之有本,豔羨之極,憤懣隨之」〔註238〕

三者之中,曾紀澤有較全面之觀察:

> 郭所見未全面不知英人在海外與其國內不同曾則較爲全面:「惟西人
> 之赴革者較少安份守禮之徒。工商教士之嗜利者無足論已。即洋官
> 亦昌言於眾曰:『處東方之人不厭譎僞,去詐用誠,難以成事』」(曾
> 紀澤遺集巴黎覆陳俊臣中丞)〔註239〕

東方去至西方,隨其俗而聞名,猶有可言;洋人東來則以用誠難以成事而行
譎僞,思之足爲感慨。相對於留學生的親身體驗,感受深刻,中國官員的態
度顯然較爲消極。學者認爲即使是敦促北洋艦隊成軍的改革派代表人物李鴻
章,在改革心態上,仍然有不夠開明開放的可議之處:

> 一八六四年總理衙門翻譯了一部國際公法…自一八六〇年後,……
> 清政府…無積極開創、調適新的對外態勢之意圖。譬如當日本明治
> 維新後,積極改善內政,向西方列強爭回喪失的利權時,…主導中
> 國外交決策重要人物之一的李鴻章,卻認爲日本修訂本國法律,遷
> 就西方標準,是貪管轄洋人虛權的不智之舉,不如中國予洋人治外
> 法權任其自生自滅來的明智。此例足可說明當時執政者消極逃避,

〔註237〕陳豈之、陳振江、江沛編,《晚清民國史》,頁 74。
〔註238〕以上見季平子,《從鴉片戰爭到甲午戰爭》,頁 605。
〔註239〕季平子,《從鴉片戰爭到甲午戰爭》,頁 605。

不能也不願開創新局的實況。〔註240〕

李鴻章尚且如此,更遑論其他守舊派官員了。在保守派官員清議的壓制下,許多改革並不徹底,即使具備新觀念新學識的留學生學成返國,亦難獲重用:

> 儘管 1870 年代後期,因遣使駐外而造就了一批如郭嵩燾、曾紀澤等,深悉西洋國情和國際社會規則的開明人士。然這些駐外人員長期脫離國內政治,返國服務後,毫無實力基礎,又常受到所謂「清流」的誤會和苛責,難有發展長才的機會。〔註241〕

儘管不積極不夠開明,不徹底,學術教育的改革仍在內憂外患的需求下大張旗鼓地持續進行:

> 1861 年京師同文館和次年上海廣方言館的設立,標誌著近代教育的發端。……特別是在 1905 年正式廢止科舉制度後,新式學堂一枝獨秀,取得長足發展,學生人數從 1902 年的 6912 人猛增到 1909 年的 1638884 人,1912 年更達到 2933387 人。加上未計算在內的教會學堂、軍事學堂、日、德所辦非教會學堂以及未經申報的公私立學堂學生,總數超過 300 萬人,成為一股重要的社會力量。〔註242〕

一八六一年同文館設立,一八六二年廣方言館設置可視為新式教育的開始:

> 同文館是洋務派創建的第一所新式學堂,以培養外語翻譯和外交人才為宗旨,附設於總理衙門。…後陸續設立法文館、俄文館、德文館、東文館及培養自科技人才的天文算學館…招收 20 歲以上滿漢舉人、貢生入館學習,一律經過考試錄取。〔註243〕

對晚清的新式學堂教育,後世學者肯定其意義:

> 同文館培養了大批外語人才,翻譯了大批西方科技法律文史方面書籍,在社會上流傳頗廣,促進了中國士人對西方科學文化與技術知識的了解。〔註244〕

新式學堂之興起,不但奠定西學傳播之基礎,亦為中國培養為數眾多之各類人才,包括科技、軍事、外交等:

〔註240〕段昌國、林滿紅、吳振漢、蔡相煇編著,《現代化與近代中國的變遷》,頁39～40。
〔註241〕同上註,頁41。
〔註242〕桑兵,《晚清學堂學生與社會變遷》,頁2。
〔註243〕陳崑之、陳振江、江沛編,《晚清民國史》,頁71。
〔註244〕陳崑之、陳振江、江沛編,《晚清民國史》,頁71～72。

> 爲中國近代的基礎教育、實業教育、技術培訓和高等教育提供了模式。這些新型的學校不論其教學内容還是教育形式，都充分展示了它的先進性、科學性及其符合社會發展需要的實用價值，而使中國的學塾和書院之類的舊教育模式望塵莫及。因此，這種嶄新的教育模式的建立是對中國傳統教育體制的衝擊和挑戰。〔註245〕

對於西方文明的刺激，由欣慕而學習，其範圍是廣泛，其程度是持續而深入的，而其改變幅度亦不斷擴大增加。曾樸的《孽海花》中的士大夫代表人物金雯青，對於西學也意識到其重要性：

> 我雖中個狀元，自以爲名滿天下……，從今看來，那科名鼎甲是靠不住的，總要學些西法，識些洋務，派入總理衙門當一個差，纔能夠有出息哩…〔註246〕

金雯青雖有此意識，卻能知而不能徹底實行。小說第十回對俄國虛無黨亦有所記述與闡釋：

> 曾樸的《孽海花》則闡釋虛無黨是法門聖西門（Saint Simon，1760～1825）主義的極端……這就是對虛無主義的行動宗旨最簡單扼要的宣傳。〔註247〕

此外，晚清的學堂改革亦擴及女子教育：「一九○七年，清政府頒布女子小學堂章程〔註248〕」。《二十年目睹怪現狀》第二十一回亦對女子讀書之教材、教程表示了看法。〔註249〕

變革對中國確有其正面影響，然而，回顧此一變革歷程，仍有種種因變革過於快速，導致的脫序現象：

> 十九世紀中葉以來，清廷最初對教育現代化持排拒態度，後雖勉強接受一些語言、技藝教育的現代化，惟仍不願全盤改革，在如此抗拒拖延的僵持下，近半個世紀的寶貴時機被耽擱了。至二十世紀最初十年間，清政府爲挽救危亡，做了大幅教育改革，可是整個社會和文化都無法在短期内做如此大的調適，因而有些改革令形同具文，無法付諸實行；有些新民學堂雖已建立，師資和學生水平卻達

〔註245〕陳崿之、陳振江、江沛編，《晚清民國史》，頁73。
〔註246〕曾樸，《孽海花》，第三回，頁17。
〔註247〕賴芳伶，《清末小說與社會政治變遷》，頁146。
〔註248〕段昌國、林滿紅、吳振漢、蔡相煇編著，《現代化與近代中國的變遷》，頁133。
〔註249〕參見吳趼人，《二十年目睹怪現狀》，頁100。

　　不到標準；留學生人數雖激增，然卻良莠不齊，其學識和文憑也不
　　易鑑別，是皆現代化過速所導致的脫序現象。〔註250〕

小說由小市民的眼光，檢視這一衝擊與改變之歷程，其中尤多初期的混亂與
成效不彰之記敍。「此刻外國人都是講究實學的，我們中國卻單講究讀書。讀
書原是好事，卻被那一班人讀了，便都讀成了名士〔註251〕」。此外也包括編譯
書籍之粗濫，或者未能重用有眞才實學之新式人才等，這也都是當代社會文
化的足跡。

四、宗教信仰

　　晚清在宗教上歷經兩次較大的衝擊，一是太平天國的拜上帝教，一是西
方教會。前者隨著太平天國的失敗而落幕，後者卻持續其影響，活躍於近現
代之歷史文化中。

　　因太平天國反儒家思想、經濟資源公有、破壞現有社會秩序，嚴重
　　衝擊到社會原有階層的利益，所以立即遭到仕紳們的全力反擊……
　　曾國藩特別強調湘軍作戰的宗旨是「扶持名教，敦敍人倫」。〔註252〕

　　清廷的處置辦法，不外是賠款（教會、教士）、查辦（良民），以至
　　於民教相仇日益嚴重。〔註253〕

所謂「未入教，尚如鼠，既入教，便如虎。」〔註254〕在戰爭中的慘敗延伸到
內政上的崇洋媚外，民教相仇，於是有庚子之變。不過，除了扞格之外，西
洋教會亦有其正面功能：

　　其一，使一部份出身貧寒的人經過教會學校的教育成爲有用之才，
　　日後逐漸成了有社會影響的人物。容閎等是他們中的代表。

　　其二，它使中國偏遠鄉村地區逐漸形成了一個獨立於廣大民眾之外
　　的「教民」群體，這些人中除了一批以吃教爲生的地痞、流氓外，
　　多數還是接受了外國宗教的下層誠實善良的老百姓。但是，他們由
　　於接受了外來宗教，特別是從此不供奉祖宗牌位，不禮拜各種偶像，

〔註250〕段昌國、林滿紅、吳振漢、蔡相煇編著，《現代化與近代中國的變遷》，頁134。
〔註251〕吳趼人，《二十年目睹怪現狀》，頁105。
〔註252〕段昌國、林滿紅、吳振漢、蔡相煇編著，《現代化與近代中國的變遷》，頁105。
〔註253〕賴芳伶，《清末小説與社會政治變遷》，頁388。
〔註254〕《同治朝籌辦夷務始末》卷七十六，頁33。

不做民間諸如祈雨、請神一類的迷信活動。……

其三，使一部分信教的中國買辦的生活區別於中國傳統的商人群體，他們明顯地西化了。通曉外語、瞭解西方文化風俗、與外國人接觸密切是他們這些人的特點。……他們生活處世的方式也很接近西方。

其四，從中國就知識群體中逐漸分離出新知識份子群……他們往往透過進入教會學校、結交傳教士而接近西學，甚至直接參與了西方人辦的文化事業，從而對西學的瞭解遠遠超過了同時代的中國人。〔註255〕

以上影響來自教會、教會學校以及教會出版業務。這影響不止於宗教，對於整個社會文化的影響更是難以估量〔註256〕。而社會政經結構亦隨之而有了調整，除了買辦與教會學校學生，尚包括新式軍官、新式工人以及由買辦而自立門戶的商人：

一些新式軍官也粗通政治外交，夤緣際會，仕途青雲直上，遂成為二十世紀初葉的新貴。

買辦在一八五四年時，約僅二百五十人；一八七〇年，增至七百人；到一九〇〇年，則高達兩萬人。最初只是洋行的仲介商，其後已能另創自己事業：

待其累積相當的經驗和資本時，亦有不少另創自己事業，而且所投資或經營的事業，往往都是現代化工業和服務業。無論官方或民間洋務的仲介人物，都對西方世界有相當的興趣和了解，他們在生活方式、行為觀念等方面，也多少均有些洋化的傾向，這些特質再加上新獲致的財富和地位，使得他們明顯成為社會中的一個新階級。

現代化工業也造成一批新式工人，他們與傳統手工業工匠有相當大的區隔。……較多的錢與閒，使他們更有能力追求新知……據估計，一八九四年，新式工人約有十萬人，其後更是快速激增，漸漸成為

〔註255〕孫燕京，《晚清社會風尚研究》，台灣：知書房出版社，2004 年 01 月一版，頁 302。

〔註256〕參見楊清芝，晚清時期基督教在中國的出版事業，《建慶師範大學學報（哲學社會科學版）》2006 年第 2 期，頁 72：基督教出版機構出版的書籍範圍廣泛，並不完全局限於宗教讀物，還包括自然科學和社會科學讀物，如數學理化、天文地理、軍事、醫學、植物學、歷史、政治、法律等。……其中純宗教性的 138 種，僅佔總數的 30%，餘下的均為非宗教或含部分宗教內容的書籍。

社會中一個不容忽視的新群體。〔註257〕

就整個中國社會結構而言，由平民而富貴的管道增多了，社會階層流動加速了，「造成十九世紀中國社會變化的兩股力量，西力入侵和群眾興起」，影響施及二十世紀，「日益鬆動的傳統社會，到了二十世紀，更面臨幾乎全盤解體的命運〔註258〕」。

小說也記述了此期的社會變動，並且道出市井小民的觀感：

> 那班洋行買辦，他們向來是羨慕外國人的，無論甚麼都說是外國人好，甚至於外國人放個屁也是香的。說起中國來，是沒有一樣好的，甚至連孔夫子也是個迂儒。〔註259〕

對於新興階層的西化，市井小民與其說是不滿，毋寧說是更多的不解；實則，其不滿正來自其不解。而中西文化的接觸，其影響亦是相互的，《孽海花》第二回中就有一段有趣的記述：

> 肇廷道：「此刻雯青從京裡下來，走的旱道呢，還是坐火輪船呢？」葦如道：「是坐的美國旗昌洋行輪船。」勝芝道：「說起輪船，前天見張新聞紙，載著各處輪船進出口，那輪船的名字，多借用中國地名、人名，如：漢陽、重慶、南京、上海、基隆、台灣等名目；乃後頭竟有更詫異的，走長江的船叫做孔夫子。」大家聽了愕然，既而大笑。〔註260〕

隨洋槍大礮順勢湧入的西洋文化，在晚清之際如強風狂潮直撲中國。中國固有之傳統文化受到極大的衝擊，而中西文化之間，不論衝突或學習，模仿或影響，其中諸種，或扞格或趣味，都成為小說不可不述的最佳題材。

本章由晚清之外患、政治以及文化三方面，究析四大小說產生之時代背景。從鴉片戰爭轟破滿清百年之閉關開始，一連串的內憂外患即接踵而至，外患的威脅更迫使滿清在慌張失措中且戰且革。外患牽動著政治、經濟、國防、宗教、社會文化，影響民眾日常生活，漸深且廣。從戰爭到政治到文化，由外而內，由淺而深，並不斷擴大其範圍，延伸其時間線。學者認為，「從現代化的角度觀察，我們應該特別著重外來力量對中國內部的影響」，而中國「企

〔註257〕以上引文見段昌國、林滿紅、吳振漢、蔡相煇編著，《現代化與近代中國的變遷》，頁107～109。

〔註258〕段昌國、林滿紅、吳振漢、蔡相煇編著，《現代化與近代中國的變遷》，頁109。

〔註259〕吳趼人，《二十年目睹怪現狀》，頁117。

〔註260〕曾樸，《孽海花》，頁9。

圖在既存的政治結構中改頭換面，實行民權自主，最後終結於戊戌政變中〔註261〕」。從鴉片戰爭的爆發到戊戌政變的失敗，其間所經歷的風雨飄搖、危機起伏，真是近代史駭浪驚濤、石破天驚的一頁。而此一經歷，一方面刺激著作者沿上古而下的著述意識，使之激越澎湃；另方面則提供豐富而精彩的著述資材，有助寓勸懲、述真實之著作的完成。學者探討晚清小說之所以蓬勃，認為印刷、文化、外患與政治是其主因：

> 阿英在《晚清小說史》對近代小說作了允當的述評，他認為有三大因素致使小說能在晚清蓬勃發展：第一，當然是由於印刷事業的發達，沒有前此那樣刻書的困難；由於新聞事業的發達，再應用上需要多量產生。第二，是當時智識階級受了西方文化影響，從社會意義上，認識了小說得重要性。第三，就是清室屢挫於外敵，政治又極敗，大家知道不足與有為，遂寫作小說，以事抨擊，並提倡維新與革命。〔註262〕

印刷、文化、外患與政治等時代因素促使小說蓬勃發展，其間代表作則包括「《官場現形記》、《活地獄》、《老殘遊記》、《孽海花》、《文明小史》」〔註263〕等書，在四大小說中亦時時可以看到時代背景之外患、政治、文化種種，在字裡行間穿梭流動。

　　時代背景促成小說之著述，而小說著述亦可能影響時代之變化：「《孽海花》……「再版十五次，行銷不下五萬部」的銷售成績，對於清末革命運動的助力，應該可以想見」。在晚清，小說著述與時代之關係緊密遠勝前此各代，而這亦正是晚清四大小說之特色。

〔註261〕段昌國、林滿紅、吳振漢、蔡相煇編著，《現代化與近代中國的變遷》，頁12。
〔註262〕林俊宏，《晚清革命思潮與民間文學傳播之研究》，台北：台灣學生書局，2006年12月一版，頁236。
〔註263〕林俊宏，《晚清革命思潮與民間文學傳播之研究》，頁284。

第肆章 舊瓶新釀──晚清四大小說之結構敘事（一）

　　晚清激越澎湃之著述意識與時代背景雨驟風狂之合奏，促成晚清小說著述之盛行。小說作品除了內容上緊扣時代背景之特徵；在形式上亦可覺察到時代轉變之痕跡。

　　對於晚清小說之形式藝術，魯迅首先有極具代表性之評論。所謂「摭拾話柄，連綴短篇」遂成為晚清小說之第一印象；魯迅以下，胡適雖略就晚清小說之社會功能、思想價值一面加以稱許，但對於四大小說中藝術評價極高之《孽海花》則於1917年5月10日致陳獨秀之信函中指出其結構「布局太牽強，材料太多」之缺點，直言《孽海花》「可居第二流」，不同意錢玄同將《孽海花》與《水滸》、《紅樓》並列〔註1〕。自此以後，晚清小說結構蕪雜鬆散之標籤已然貼明，而晚清四大亦不能免。從另一方面言，即令是藝術評價極高之《孽海花》亦不免此弊，其他更不待言。其後，米列娜（Milena Dolezeelova-Velingerova）等中外學者就實際之結構分析提出不同之見解，陳平原尤其以敘事結構之轉變，指出晚清及五四小說於小說史上之重要地位。然而，「結構鬆散」之評仍不絕於耳。王德威指出晚清小說在敘事上「改換、演練與諧仿」之特點，並認為「情節重複、角色膚淺、結構鬆散」：

> 在敘事學層面，頹廢之風還可見於晚清作家對傳統小說形式匪夷所
> 思的改換、演練與諧仿。看到晚清小說如此蓄意毀壞前此的敘事法

〔註1〕 參見胡從經，《中國小說史學史長編》，上海藝文出版社，1998年04月一版，頁362。

　　則，很少有讀者能不為之色變的。情節重複、角色膚淺、結構鬆散只是問題的初步〔註2〕。

評價之外，學者對於其短篇連綴形式結構之所由來有早先之「學《儒林外史》」〔註3〕，以及後來阿英「新聞文學」影響之說，認為首先是新聞，其次為繁複的題材，第三才是《儒林外史》寫作方法的繼續發展所造成〔註4〕。陳平原則認為阿英之分析「漠視小說的形式感和美感特徵」〔註5〕，由其書（《晚清小說史》）之章節設計就可看出對晚清小說之形式美感完全忽略。

　　實則文字之章法技巧在明清以降之點評中，已有包括佈局、組織、形式、架構等等之豐富意見，並有特定之名目如「開門見山法」、「欲擒故縱法」、「倒敘插敘法」、「畫龍點睛法」、「草蛇灰線法」、「橫雲斷山法」等，大略估算，「林林總總可以多達七十餘種」〔註6〕。由此以見，章法技巧實是小說重要之一環，實不可等閒輕忽。

　　西方「新批評」亦注重形式結構，就小說言，形構批評針對形式結構之徹底分析與小說之內容深究正如小說之表裡兩面，理該裡應外合，如此「才能視文學作品為一完整的有機體，對作品內的任何一種成分都不孤立考慮」〔註7〕，而內容研究與形式研究之相輔相成，當更能提供更完整深入之認識。基於此，本章對於學界不同觀察之討論，重新作一審視，就晚清四大小說之敘事結構略分舊瓶、新釀及整體結構，對其傳統章回形式、情節結構之新變等作一論述。

第一節　醴酒舊瓶：章回形式結構

　　立足於古典小說時代的尾端，晚清小說以「新小說」自命，雖然汲迎西

〔註2〕 王德威，《被壓抑的現代性——晚清小說新論》，北京：北京大學出版社，2005年05月一版，頁34。
〔註3〕 胡適，〈五十年來之中國文學〉，作於1922年3月3日，五十年指1872～1922。
〔註4〕 阿英，《晚清小說史》，香港太平書局，1966年01月一版，頁5～6。
〔註5〕 陳平原，《小說史：理論與實踐》，臺北市：淑馨出版社，1998年一版，頁106～107：強調唐傳奇和晚清小說共同特點是「全面地反映了當時政治、經濟以及社會生活情況」的阿英，在其三十年代出版的開拓性著作《晚清小說史》中，同樣體現了漠視小說的形式感和美感特徵的傾向。這從其章節設計上也不難體會出來……。
〔註6〕 康來新，《晚清小說理論研究》，臺北：大安出版社，1986年06月初版，頁13。
〔註7〕 同上註。

方小說的種種新變，然而在形式結構上，仍保留中國古典之形式特徵，此特徵一言以蔽之，即是傳統之章回形式結構。以下略就晚清四大小說所包含之書名、回目、串接、回評等項分述之。

一、書名標題

　　中國古典小說，以記述爲多，反映於書名標題，即是以「記」爲名。《搜神記》、《西廂記》、《西遊記》等是。晚清四大之中，以「記」爲名者四居其二，《官場現形記》、《老殘遊記》之外，《二十年目睹之怪現狀》寫二十年之所見所聞，仍然是記。記述作爲古典小說的常態，與史傳之意識有關：

> 以時爲序，以事繫人的事件中心體，後來被史家發展成爲通鑑體（司馬光）和紀事本末體（袁樞），又爲小說家吸收，成爲古代小說的基本結構方式之一。而單線完整敘事則成爲小說又一重要結構特徵。〔註8〕

除了史傳文學敘事結構的影響，古典章回小說最典型的說書特徵，以情節爲中心的說故事形態之敘事本質，也在此顯現：

> 這表明作家書面文言小說與白話通俗小說受不同藝術傳統的影響，在敘事時間模式的運用上的不同選擇。通俗小說的作家受說書藝術的影響，擬想著是對聽眾講故事，因此，難以突破「連貫地講述一個以情節爲結構中心的故事」這一傳統小說的敘事模式。〔註9〕

來自於說書所形成之章回結構，從結構形式連動影響到內容表現形態，或者說從以情節爲中心之敘事形成了章回結構，章回——說書——記事之一體性、連動性，在書名標題上，仍舊是晚清小說古典、傳統之標記。

　　史傳說書之外，「遊記體」亦是晚清小說在傳統文學溯源時的源流之一：

> 另外一部分遊記，出現在小說裡。晚清的長篇小說中，有些片段，稍微裁剪，就是很好的遊記。譬如《老殘遊記》，就有這種意味，不少章節可以當作遊記讀。一九〇三年，劉鶚給自己的《老殘遊記》寫評語，說「第二卷前半，可當〈大明湖記〉讀」。又說後面描寫濟南名泉的，「可當〈濟南名泉記〉讀」。……遊記作爲一種描述山水的文體，

〔註8〕劉尚生，《中國古老小說藝術史》，長沙：湖南大學出版社，1993年，頁458。
〔註9〕黃永林，《中西通俗小說比較研究》，臺北：文津出版社，1995年10月一版，頁35。

　　它不同於方志，要求所有山水的展現，要追隨人物的足跡。這一點，

　　在中國古代，並不少見，譬如大家熟悉的〈桃花源記〉。〔註10〕

〈桃花源記〉在內容上爲陶淵明虛構之想像，與柳宗元、酈道元等人之遊記稍有不同，但在敘寫形式上，隨所見者的「足跡與眼光移動」，則略無二致。

　　小說以記爲名，一則可以見得其敘事之傳統特徵，另則亦是古典文學在晚清小說的痕跡顯現。

二、章回回目

　　無可諱言的，小說古典與現代之分，若就內容風格等等以言，其實需要諸多的論述分析，才能作一區別。然而在形式上，回目的存在，卻可以視爲古典形式的鮮明標誌，古典與現代在此有一個較清楚的形式上之分野，而「章回回目」正是晚清四大小說共同具備的形式特點。

　　不但如此，做爲中國古典長篇小說鮮明標誌的章回回目具備一定的形式特徵。

　　其一，必是對聯式的上下兩聯相對。

　　因是對聯式，因此，對偶之形式修辭成爲必要條件，名詞相對、動詞（或述語）相對、數字相對、近義詞或反義詞相對之外，甚至更精細到人名相對、地名相對。若是尋常作對聯，早有定式，信手拈來，自不成問題。但小說必須配合情節內容，相對難度較高。

　　《官場現形記》第二回之「錢典史同行說官趣　趙孝廉下第受奴欺」錢典史對趙孝廉，《二十年目睹之怪現狀》第七十一回 「周太史出都逃婦難　焦侍郎入粵走官場」周太史對焦侍郎，《老殘遊記》第四回「宮保愛才求賢若渴　太尊治盜疾惡如仇」宮保對太尊，皆是官名相對；而「一客吟詩負手面壁　三人品茗促膝談心」（《老殘遊記》第九回），「一紙書送卻八百里　三寸舌壓倒第一人」　（《孽海花》第二十回）則嵌入數字；阻進身兄遭弟譖　破奸謀婦棄夫逃（《二十年目睹之怪現狀》第三十六回）是親屬關係；「逞強項再登幕府　走風塵初入京師」（同前第七十二回）則動詞、副詞屬對工巧。此外，四字成語亦多見，《官場現形記》第八回「談官派信口開河　虧公項走投無路」，第十四回「剿土匪魚龍曼衍　開保案雞犬飛昇」等是。

〔註10〕《晚清文學教室》陳平原主講、梅家玲編訂，臺北：麥田出版社，2005 年 05
　　　月一版，頁 88。

　　其二，濃縮情節，精簡字數

　　四大小說之回目字數，上聯、下聯各以七字、八字爲多，如《官場現形記》第二十五回「買古董借徑謁權門　獻巨金癡心放實缺」，《二十年目睹之怪現狀》第五回「珠寶店巨金騙去　州縣官實價開來」，約過八成；超過八字者極少，以《孽海花》第十、十九、三十五回十二字爲最多〔註11〕，《二十年目睹之怪現狀》第二十四回　「臧獲私逃釀出三條性命　翰林伸手裝成八面威風」十字次之。最少則《老殘遊記》第五回「烈婦有心殉節　鄉人無意逢殃」僅六字。

　　回目以精簡之字數，濃縮該回情節，七至八字是最恰當之長度，適宜讀者閱讀理解，過長則成累贅。

　　其三，情節主題之提示

　　濃縮情節之外，回目的主要功能在提示讀者、暗示情節，除了精簡字數，適於讀者了解，在修辭形式上，亦必須具備一定程度之吸引力。《孽海花》第八回　「避物議男狀元偷娶女狀元　借誥封小老母權充大老母」見其趣味，《官場現形記》第三十六回「騙中騙又逢鬼魅　強中強巧遇機緣」，《老殘遊記》第二十回「浪子金銀伐性斧　道人冰雪返魂香」，「騙中騙」、「返魂香」則既具懸疑性亦刺激讀者想像，使產生精彩好戲之預期心理。此外，若綜觀全書回目組合，當可大略了解小說主題及情節走向。《官場現形記》第四回「白簡留情補祝壽　黃金有價快升官」，《二十年目睹之怪現狀》第六十九回「責孝道家庭變態　權寄宿野店行沽」，《孽海花》第十一回「潘尚書提倡公羊學　黎學士狂臚老輦文」，或寫官場貪賄，或述家庭變態，或言官宦名士情態，讀者瀏覽回目，可以知其主旨所在。四大小說之共同場域在官宦，回目之中，潘尚書、黎學士、周太史、焦侍郎、宮保、太尊等頻繁出現的人物官名，可見一斑。《二十年目睹之怪現狀》甚至言官場鬼蜮充斥，宛如人間煉獄，第六十七回「論鬼蜮挑燈談宦海　冒風濤航海走天津」觀其回目，可知一二，章回回目提示情節主題，爲其功用之一。

　　其四，運用典故展現才學

　　由於回目是古典小說之所固有，回目之中古典文學之要素成語用典自難

──────────────────────

〔註11〕曾樸，《孽海花》第十回　險語驚人新欽差膽破虛無黨　清茶話舊侯夫人名噪賽工場，第十九回　淋漓數行墨五陵未死健兒心　的礫三明珠一笑來贏名士壽，第三十五回　燕市揮金豪公子無心結死士　遼天躍馬老英雄仗義送孤臣。

──139──

盡免。尤其就作品言，回目既要求提示情節，又必須精簡字數，則使用成語典故自然較易建功。就作者言，其人皆有深厚之舊學根柢，成語用典並非難事，因此細察回目，可以發現此類古典形跡。如《二十年目睹之怪現狀》第九十回「差池臭味郎舅成仇　巴結功深葭莩復合」，《孽海花》第二十七回「秋狩記遺聞白妖轉劫春颿開協議黑眚臨頭」。「黑眚」爲災難；「葭莩」原是蘆葦薄膜，附著於莖幹，故人自謙低親則言忝在葭莩之末，此處回目指關係較疏遠之親戚。「差池臭味」則出於《左傳》：

> 左傳襄公二十二年：……我四年三月，先大夫子蟜又從寡君以觀釁
> 於楚，晉於是乎有蕭魚之役，謂我敝邑，邇在晉國，譬諸草木，吾
> 臭味也，而何敢差池？〔註12〕

對於回目，作者自是用心經營，巧施妙設，懸疑趣味，既見其文字功力，亦可窺其作品風格。劉鶚《老殘遊記》以寫景聞名，第十四回「大縣若蛙半浮水面　小船如蟻分送饅頭」，即現其生動情狀。而曾樸重擬回目，從新舊回目比較之間，可以見其費思斟酌：

> 一語驚人新欽差膽破虛無黨　十年懷舊侯夫人名噪賽工場〔註13〕
> 險語驚人新欽差膽破虛無黨　清茶話舊侯夫人名噪賽工場〔註14〕

> 紅絲現出新人錯認舊人　綠轎馱來小婦權充大婦〔註15〕
> 避物議男狀元偷娶女狀元　借誥封小老母權充大老母〔註16〕

雖一二字亦必精思細審，踵事增華之餘，「偷娶」較諸「錯認」果眞較具張力。

三、首回楔子與末回尾聲

　　章回小說中，其首尾常肩負特殊之任務，具備特別之意義。首回常稱爲楔子。亦有直書第一回而不名，其作用相當於戲曲中之「定場詩」；末回煞尾處亦常有詩詞點明作品主旨，如《二十年目睹之怪現狀》末回結語——「正是：悲歡離合廿年事，隆替興亡一夢中」。

　　小說中的篇首詩詞，有作者自撰的，有引用時人或古人的。演說時

〔註12〕《春秋左傳正義》李學勤主編，第三十五卷，北京：北京大學出版社，1999
　　　年12月一版，頁980。
〔註13〕原金松岑，《孽海花》，第十回回目。
〔註14〕曾樸，《孽海花》，第十回回目。
〔註15〕原金松岑，《孽海花》，第八回回目。
〔註16〕曾樸，《孽海花》，第八回回目。

一般是念白而不是唱詞。這些詩詞的作用有的是爲了點明主題，或概括全篇大意；有的是爲了造成一種意境，烘托氣氛，渲染情緒；有的是抒發感嘆，從正面或反面來反襯故事內容。〔註17〕

詩詞之外，小說首尾更多是以「議論」的形式點明小說題旨者：

> 敍述人對人物和事件的評價還時常藉助直接的抒情和議論來表達。許多時候，抒議的主體就是作者本身。中國古代白話小說中的這類抒議文字多數安排在開端前的「入話」或小說的煞尾處，其作用主要是啓發聽眾或讀者理解正文的題旨；也有放在正文中間的，多是即景生情，就事論理。〔註18〕

> 古代小說素有議論的傳統，及明清，小說開卷議論說明創作意圖，幾乎成了一種格套。〔註19〕

議論不但出現於篇首篇尾，並且以其頻繁，幾成套式。學者指出議論格式來自史家論贊傳統，不論長篇小說或短篇小說，都常見其首尾議論：

> 而史家論贊的傳統也影響到小說的寫作，唐人小說的作者每每在尾聲發揮其「史才」而以議論作結，這樣的風氣到了清代的《聊齋誌異》，依然清晰可見。〔註20〕

> 中國古代文言小說在開頭結尾有作者直接進行抒議的文字。《聊齋志異》篇末的「異史氏曰」是典型的議論，已成爲一個套子，是從紀傳體史書《史記》學來的。唐代傳奇小說的首尾也有進行簡短議論的，有時是作者在談說創作的目的和方法，如沈既濟《任氏傳》的篇末議論即是。〔註21〕

四大小說之中，劉鶚之《老殘遊記》首編、二編起首都有一篇〈自敍〉，其中具體寫明著述因由。

> 序文後段具體說明了引發作者「哭泣」的原因，「有身世之感情，有家國之感情，有社會之感情，有種教之感情」種種，表明作者身丁故國風雨飄搖，虎狼環伺的險惡情勢，不堪身世之感，深昧家國之

〔註17〕葉桂桐，《中國古代小說概論》，臺北：文津出版社，1998 年 10 月一版，頁 75。
〔註18〕劉世劍，《小說概說》，高雄：麗文出版社，1994 年一版，頁 223。
〔註19〕方正耀，《晚清小說研究》，華東師範大學出版社，頁 236。
〔註20〕康來新，《晚清小說理論研究》，頁 15。
〔註21〕劉世劍，《小說概說》，高雄：麗文出版社，1994 年一版，頁 224。

痛,目睹社會之慘,滿懷民族之恨,發而爲作,感時傷世,悲天憫人,這樣的作品才能引起讀者的廣泛共鳴。

表面上劉鶚作《老殘遊記》是爲以稿費資助被清廷搜捕之好友連夢青,實際上則是前述種種感情之醞釀、沸騰、迸發,資助好友僅是導火線:

> 一旦因連夢青事找到了一個突破口,迸發噴湧出來,凝成傳世佳作。劉氏與李伯元、吳趼人、曾樸等人不同,他不是專業的小說家,除《老殘遊記》外,也未創作其他的小說作品。然而,僅此一部小說,已足以使他與別的譴責小說家比肩並立而毫無愧色。〔註22〕

〈自敘〉中點明憂國憂民,仁愛悲憫,劉鶚之哭,哭自身,哭百姓,哭社會,更哭家國。二編〈自敘〉更指出爲五十年可歌可泣之事作一記述,以誌不忘:

> 雖然前此五十年間之日月,固無法使之暫留,而其五十年間,可驚、可喜、可歌、可泣之事業,固歷劫而不可以忘者也。夫此如夢五十年間可驚、可喜、可歌、可泣之事,亦同此而不忘也,同此而不忘,世間於是乎有《老殘遊記續集》。〔註23〕

劉鶚二編之〈自敘〉,學者認爲「其意旨精神與初集《自序》一脈相承」〔註24〕,其可歌、可泣之事當指中國其時所經歷之種種內憂外患,而這樣的家國憂患,正激蕩其種種情感,於是有續編之作,〈自敘〉正說明其著述因由。

> 《老殘遊記續集》創作於1907年,自序當亦寫於此時,因此,文中所說「可驚、可喜、可歌、可泣之事業」指的是中國經過鴉片戰爭,進入近代階段後,社會上發生的種種變化,它們激蕩作者「身世之感情,家國之感情,社會之感情,種教之感情」、「歷劫而不可以忘」,繼而創作出其續集。〔註25〕

至於《老殘遊記》首編首回,主人翁老殘以一行醫江湖之郎中出現,爲大戶「黃瑞和」醫治身上潰爛窟窿,其中寓意,昭然可知:

> 晚清以來的啓蒙主義者,好把中國比喻成一個沉疴在身的病體;「積弱」,就是「久病」。這種比喻不但充斥在維新派的政論文中,也成爲啓蒙文學的通行隱喻──劉鶚的小說將主人公設定爲搖串鈴走江

〔註22〕劉良明等,《近代小說理論批評流派研究》,武漢大學出版社,2003 年 11 月一版,頁 158。
〔註23〕劉鶚,《老殘遊記》,台北:三民,2007 年 06 月二版,頁 216。
〔註24〕同上注。
〔註25〕劉良明等,《近代小說理論批評流派研究》,頁 159。

湖、有些神奇本領的遊醫；魯迅在拋棄眞正的醫學以後，卻把文學

創作稱爲「醫治」、「療救」；胡適將赴美留學稱爲「西乞醫國術」，

希從西方討到治療中國疾患的靈丹妙藥。〔註26〕

此外，第一回中老殘見一大輪在洪波巨浪中岌岌可危，損破將沉，亦是以船喻國，暗寓救沉淪、濟百姓之著述主旨。

《自敍》說：「不以哭泣爲哭泣者，其力甚勁，其行乃彌遠。」劉鶚

滿懷救國之志寫作《老殘遊記》，卻有意不讓自己的悲憤的感情流於

筆端。從開篇的爲帆船送向盤到結尾的進山「走兩步，回頭看看」

的訣竅，都只是爲了寫出自己對於改革的深層思考，堪稱爲其力甚

勁、其行彌遠的「不以哭泣爲哭泣」的眞正的哭泣。〔註27〕

所謂「進山」在小說第二十回，乃首編最末一回，其中代表智識之見的老者指點老殘行走山路的一段話，亦饒富寓意：

這山裡的路，天生成九曲珠似的，一步一曲。若一直向前，必走入

荊棘叢了；卻又不許有意走曲路，有意曲便陷入深阱，永不出來了。

我告訴你個訣竅罷：你這位先生頗虛心，我對你講，眼前路都是從

過去的路生出來的，你走兩步，回頭看看，一定不會錯了。〔註28〕

學者認爲「這正隱喻了改革之路不可能是平坦、筆直的」〔註29〕；而改革之路亦必須借鏡於經驗，其省思正是哭泣中最有力之一種：「不以哭泣爲哭泣」。

不論是末回行走山路的指點，或因生民之痛、家國之患的療救之寓意，都道出小說篇旨所在。《老殘遊記》之外，學者亦有以《孽海花》在篇首之象徵寓意，與《老殘遊記》並論：

此外，三部小說（按：其中兩部爲《老殘遊記》與《孽海花》）都透

過兩種特殊的文學設計——開場白和收尾辭（epilogue），清楚強調

出暗含的意念和旨趣。〔註30〕

學者並據此指出二者之共同性：

〔註26〕楊聯芬，《晚清至五四：中國文學現代性的發生》，北京大學出版社，2003 年11 月一版，頁178。

〔註27〕歐陽健，《晚清小說史》，浙江古籍出版社，1997 年06 月一版，頁180。

〔註28〕劉鶚，《老殘遊記》，第二十回，頁209。

〔註29〕歐陽健，《晚清小說史》，頁180。

〔註30〕米列娜（Milena Dolezeelova-Velingerova），〈晚清小說中的敍事模式〉，收錄於林明德編，《晚清小說研究》，臺北：聯經出版公司，1988 年 03 月一版，頁547。

因為開場白對整部小説的詮釋作用，遠比收尾辭來得重要。在《老殘遊記》與《孽海花》裡，這種整體的風格深具象徵意味。兩部小説都有一共同傾向，就是喜愛運用充滿象徵含意的詩詞以及堆砌典故。故而兩部小説的開場白之以類似的方式寫成，根本不足為奇。
〔註31〕

《孽海花》第一回「一霎狂潮陸沉奴樂島　卅年影事托寫自由花」，起首以詞一首略寫全書篇旨大要：

江山吟罷精靈泣。，中原自由魂斷。金殿才人，平康佳麗，間氣鍾情吳苑。轉軒西展，遽瞞著靈根，暗通瑤怨。孽海飄流，前生冤果此生判。群龍九馗宵戰，值鈞天爛醉，夢魂驚顫。虎神營荒，鸞儀殿闢，輸爾外交纖腕。大千公案，又天眼愁胡，人心思漢。自由花神，付東風拘管。

「金殿才人，平康佳麗」指狀元金雯青與名妓傅彩雲，小説以此二人為軸心，聯結三十年史事，其中包括「群龍九馗宵戰」的中外戰爭，與「愁胡、思漢」的革命活動。

緊接詩詞之後，作者以孽海中之「奴樂島」，島民性格「崇拜強權獻媚異族」為喻，寫其沉淪孽海，時在一九○四年。於是有「愛自由者」到小説林社，向「東亞病夫」請託撰述小説事，此即小説著述之根由。

「現在我的朋友東亞病夫，囂然自號著小説王，專門編譯這種新鮮小説，我祇要細細告訴了他，不怕他不一回一回的慢慢地編出來，豈不省了我無數筆墨嗎？」當時就攜了寫出的稿子，一逕出門，望著小説林發行所來，找著他的朋友東亞病夫，告訴他，叫他發布那一段新奇歷史。愛自由者一面説，東亞病夫就一面寫，正是三十年舊事，寫來都是血痕；四百兆同胞，願爾早登覺岸！〔註32〕

其中東亞病夫正是曾樸，而愛自由者則為金松岑。原本《孽海花》作者署名即是東亞病夫：

《孽海花》初署東亞病夫著，無人知東亞病夫為誰氏。〔註33〕

〔註31〕米列娜（Milena Dolezeelova-Velingerova），〈晚清小説中的敘事模式〉收錄於林明德編，《晚清小説研究》，548。
〔註32〕以上兩段引文見曾樸，《孽海花》，第一回，頁1。
〔註33〕魏紹昌編，《孽海花資料》，中華1962，頁142。

曾樸寫孽海奴樂島，自是寓有深意，用心亦極清楚。居於篇首者，不論是詩詞、寓言或議論，均見提點題旨之功，可視爲全書總綱，而此種寓意常沿回目情節延伸至全書：

> 在《老殘遊記》中，其意識型態主要由其寓意透露消息，此種寓意不只如大家所認爲的、存在於開場白（prologue）之中，亦且延伸到整部小說的字裡行間。《孽海花》的意旨，則由其戲劇性的結構所表達。〔註34〕

《孽海花》、《老殘遊記》之外，《官場現形記》第一回「望成名學究訓頑兒　講制藝鄉紳晜後進」，學究對幼童的訓示，點出科舉官場的心態，而這正是小說著力繪寫之重心：

> 中舉之後，一路上去，中進士，點翰林，……點了翰林，就有官做，做了官，就有錢賺；還要坐堂打人，出起門來，開鑼喝道，呵唷唷，這些好處，不唸書，不中舉，那裡來呢？〔註35〕

「千里爲官只爲財」，始於爲官之始科考之初，對官員士子的嘲謔，貫穿全書者，正在此意。至於篇末第六十回「苦辣甜酸遍嘗滋味　喜笑怒罵皆爲文章」，則以一夢徵其寓意。

> 我剛才似乎做夢，夢見走到一座深山裡面。這山上豺狼虎豹，樣樣都有，看見了人，恨不得一口就吞下去的樣子。……原來這山上並不光是豺狼虎豹；連著貓、狗、老鼠、猴子、黃鼠狼，統通都有；至於豬、羊、牛，更不計其數了。老鼠會鑽──狗是見了人就咬……我在樹林裡看了半天，我心上想：「我如今同這一班畜生在一塊，終究不是個事，又想跳出樹林子去。無奈遍山遍地，都是這班畜生的世界，又實在跳不出去。」〔註36〕

作夢者是甄閣學之胞兄。其人一輩子極羨慕做官，卻蹭蹬一世，榜上無名。衰病危惙之際，恍惚中做了此夢，發現自己置身「畜生的世界」，正感不得脫困，之際，忽然地動天搖，又置身一群校書人中，「我們在這裡校對一部書」〔註37〕。其書是爲教導官員正確爲官之道，詎料正談說間，大火突起：

〔註34〕米列娜（Milena Dolezeelova-Velingerova），〈晚清小說中的敘事模式〉林明德編，《晚清小說研究》，頁546。

〔註35〕李伯元，《官場現形記》，台北：三民，2004年07月二版，第一回，頁4。

〔註36〕李伯元，《官場現形記》，頁962～963。

〔註37〕李伯元，《官場現形記》，頁963。

但聽得一片人聲說：「火！火！火！」隨後又看見許多人，抱了些燒殘不全的書出來。……圍在一張公案上面，查點燒殘的書籍。查了半天，道是他們校對的那部書，只賸上半部。原來這部教科書前半部是專門指摘他們做官的壞處，好叫他們讀了知過必改。後半部方是教導他們做官的法子。如今把這後半部燒了，只賸得前半部。光有這前半部，不像本教科書，倒像個《封神榜》《西遊記》；妖魔鬼怪，一齊都有……。依我說：還是把這半部印出來，雖不能引之為善，卻可以戒其為非。……只得依了他的說話。彼此一鬨而散。……
〔註38〕

人散夢醒，醒來之後，大病「亦賽如沒有了！」小說至此戛然而止，結語云：「是為《官場現形記》，前半部終」。則夢中所校之書，以正官箴者，正是《官場現形記》。回目言：「苦辣甜酸遍嘗滋味，嬉笑怒罵皆為文章」，明白點出著述用心所在。

《二十年目睹之怪現狀》之首回為楔子，記述自名「死裡逃生」者遇一人甕城賣書，受其贈書，此書乃其人之友「九死一生」之手稿，於是代為託印於橫濱新小說社事。第二回則承第一回，開頭見「九死一生」自述筆名之由：

只因我出來應事的二十年中，回頭想來，所遇見的只有三種東西：

第一種是蛇鼠蟲蟻；第二種是豺狼虎豹；第三種是魑魅魍魎。……

居然都被我避了過去：還不算是九死一生麼？〔註39〕

《二十年目睹之怪現狀》寫家庭變態、官場百狀，社會種種不堪，第一回中，作者借「死裡逃生」之口，迭嘆：「竟是天地雖寬，幾無容足之地了」、「不知此茫茫大地，何處方可容身」〔註40〕。「死裡逃生」、「九死一生」暗喻社會黑暗險惡，「九死一生」命名之由即直言社會充斥吃人害人、可憎可怖之毒蛇猛獸。第二回「守常經不使疏踰戚　睹怪狀幾疑賊是官」一寫宗族家庭，一寫朝廷官場，點出其亂象，這正是全書所著墨用心者。

至於書末第一百零八回「負屈含冤賢令尹結果　風流雲散怪現狀收場」寫正直之士、官場清流「賢令尹」蒙陰縣令蔡侶笙之被迫離職，正呼應篇首

〔註38〕李伯元，《官場現形記》，頁964。
〔註39〕吳趼人，《二十年目睹之怪現狀》，文化圖書公司，第二回，頁3。
〔註40〕同上註，第一回，頁2、頁3。

魑魅魍魎、豺狼虎豹充斥之說，以及良民幾無容足之地，何處方可容身之嘆：

> 晚清譴責小說中，王冕這樣的隱士再也無處可尋，而這類隱士對世
> 俗的逃避，曾是《儒林外史》的敘事與思想的價值立意所在。識者
> 盡可援引《二十年目睹之怪現狀》最後一回的蒙陰縣令蔡侶笙這一
> 人物，作爲與王冕差堪媲美者，可是這蔡青天卻被誣陷捏報災情、
> 擅動公款，最終勒令離職。當《二十年目睹之怪現狀》的「九死一
> 生」規避濁世之際，他所踐行的既非精神的超越，亦非本眞地位的
> 保存。他所得到的反而是一種雙重的眼力，這眼力令他及其筆下的理
> 想讀者能看出晚清社會既是無辜者的牢獄，也是魍魎的樂園。〔註41〕

社會不再有王冕自在過日之一隅，早已蛇鼠一窩，成爲魍魎的樂園，小說通
書寓意在此，寓寄作者之深深喟嘆。全書一百零八回，從家庭宗族到邦國社
會，觸目所見，不同情節、不同人物、諸多事端，都在反覆此一申訴：

> 楔子與尾聲是中國敘事體文學的獨特形式，諷刺作家透過擺在作品
> 開端與最後的楔子與尾聲，蓄意表達諷刺意圖…運用傳統形式來反
> 覆強調的修辭策略，可以叫做形式的反覆。

> 諷刺作品中也出現不同一類型的諷刺對象……這種同一類型的反覆
> 塑造，可以叫做人物的反覆。〔註42〕

末回回末詩：「悲歡離合廿年事，隆替興亡一夢中」，呼應篇首楔子九死一生
筆記之書面籤條「二十年目睹之怪現狀」作爲總結，小說篇首篇尾呼應，點
出全書題旨，並由此貫串全書，晚清四大小說清晰呈現此一結構脈絡，這正
是中國敘事體文學的慣有形式。

四、各回及段落之串接

　　首尾之外，小說各回之間的串接，亦能顯現其古典敘事之特點。

　　雖則已成案頭文章，按理僅需視覺賞讀之章回小說，卻常有說書形態「說
——聽」之說話架構，在各回或段串接之間，尤其明顯。

　　《官場現形記》中，多處使用「話」、「說」等詞，如第十一回「話說」、

〔註41〕王德威，《被壓抑的現代性——晚清小說新論》，頁 227。
〔註42〕吳淳邦，《晚清諷刺小說的諷刺藝術》，上海：復旦大學出版社，1994 年 07
　　　　月一版，頁 148。

「話分兩頭」、「且說」〔註43〕。《老殘遊記》更爲明顯,「話說」之外,並要讀者「聽」,「且聽下回分解」,幾乎通篇皆見。至於《孽海花》「說」、「聽」不但承續順暢並且銜接細密。如第七回「卻說」、第十回「欲知後事,且聽下回細說」第十一回「上回正說」、第二十回「話說上回回末,正敘…」、第二十五回「且待下回細說」、第三十回「上回書裡,正說……」、第三十四回「下回再說」等等;有時甚且形象生動、情態逼眞,如第五回「到底倒下來的書,壓著何人,欲明這個啞謎,待我喘過氣來,再和諸位講」〔註44〕。

　　《孽海花》較爲細密處,除上回末尾「欲知後事,且聽下回細說」,下回承之以「上回正說」之外,在回末更常添附詩詞,極見文采。如第二回「正是:爲振文風結文社,卻教名士殉名姬」、第六回「這一來,有分教:一朝解綬,心迷南國之花;千里歸裝,淚灑北堂之草。」屬對工整;第十回「正是:初送隱娘金盒去,卻看馮嫽錦車來。」漢宣帝烏孫右大將妻馮夫人〔註45〕奉帝詔錦車持節,行封賞於西域。曾樸以之喻第十二回德皇后遣使專車迎彩雲入宮合影事,而以聶隱娘喻刺殺俄皇之夏雅麗。以俄女子夏雅麗刺殺俄皇事比聶隱娘,而以隨夫出使的傅彩雲比漢宣帝奉詔持節之「馮夫人」;第二十回「北海酒樽逢客舉,茂陵病骨望秋驚。」北海酒樽乃用孔融失勢居家,然賓客日滿其門,樽酒不空之典;茂陵病骨則用相如病免,家居茂陵事以喻金雯青。對仗用典之外,回末詩詞亦有預示下文、總結前情之功。如第十六回「棘枳何堪留鳳采,寶刀直欲濺鴛紅。不知夏雅麗性命如何,且看下回。」預示下回克蘭斯持刀欲殺夏雅麗事;第十二回「羨煞紫雲傍霄漢,全憑紅線界華戎。」以「全憑紅線界華戎」作爲前述重金購買「中俄交界圖」事之結語。

　　此外,表情抒感,議論分析,解釋說明,察其功用,不可謂不多。如第

〔註43〕　分見李伯元,《官場現形記》,頁 135、136、139。

〔註44〕　曾樸,《孽海花》,台北:三民,1998 年 01 月一版,頁 54。

〔註45〕　漢武帝時,公主遠嫁烏孫,馮嫽奉命隨行,後嫁烏孫右大將。漢昭帝時,烏孫內亂馮說叛軍首領烏就屠降漢。見漢書西域傳第六十六:「初,楚主侍者馮嫽能史書,習事,嘗持漢節爲公主使,行賞賜於城郭諸國,敬信之,號曰馮夫人。爲烏孫右大將妻,右大將與烏就屠相愛,都護鄭吉使馮夫人說烏就屠,以漢兵方出,必見滅,不如降。烏就屠恐,曰:願得小號。宣帝徵馮夫人,自問狀。遣謁者竺次、期門甘廷壽爲副,送馮夫人。馮夫人錦車持節,詔烏就屠詣長羅侯赤谷城,立元貴靡爲大昆彌,烏就屠爲小昆彌,皆賜印綬。破羌將軍不出塞還。後烏就屠不盡歸諸翕侯民眾,漢復遣長羅侯惠將三校屯赤谷,因爲分別其人民地界,大昆彌戶六萬餘,小昆彌戶四萬餘,然眾心皆附小昆彌。」

八回「名花入手消魂極，豔福如君幾世修。」是感嘆，第二十八回「輸他海國風雲壯，還我軒皇土地來。」氣頗激昂；第二十六回「風花未脫沾泥相，婚媾終成誤國因。」則是議論天家帝后婚姻與國事關連。

與回目相較，二者雖與之同具用典對仗之形式，亦有情節預示總結之功能，若就抒感表情而論，則回末詩詞，變化之間，喜怒哀樂，更見靈活。

> 《紅樓夢》中的這些詩、詞，甚至一些使砌似的笑話，從情節的角度來看，無疑使情節的進展變得緩慢，從結構而言則顯得繁冗蕪雜，但從表現人物性格、揭示人物內心世界而言，則是非常必要的了。〔註46〕

詩詞適於抒情，表情達意更形自然，這應是傳統小說常見詩詞身影之一因。將之置於回末，預示下文，配合「欲知阿福因何發喊，且聽下回分解」、「不知夫人走出何事，且聽下回分解。」等種種「懸念」，更倍增讀者續讀興趣：

> 要打破靜止、呆板，使作品顯得生動，就得有變化。而「時間就是變化的第一種形式。」……因此，早期小說幾乎無有例外地都以時間為主導對種種事件作縱向的串聯，結構重心就不得不都落在事件上。讀者的心思，也被牢牢地拴在「欲知後事如何，且聽下回分解」的一連串懸念之中。〔註47〕

傳統敘事小說之懸念，借助章回之形式，一回緊接一回，直讓讀者欲罷不能。

五、回評

回評亦是傳統章回小說之主要特徵，若論其來源，亦有與說書相關者：

> 說話人直接面對他的衣食父母──閱聽群眾，說話策略宜靈活運用，或評議或感慨或其他，即令並非故事本身的敘說，卻可以縮短台上台下距離。從想像的世界到真實生活的現場，說話人發言表態，立場好惡，不難得知，在聽的一造可產生「一體」的共鳴之感，多少滿足了受教的需求。小說讀物的評點毋寧是說話行為的模擬，主控了閱讀行為，發揮了最重要的導讀作用。明清盛世的小說評點學，當可說明其市場取向的商品性格。〔註48〕

〔註46〕葉桂桐，《中國古代小說概論》，頁179。
〔註47〕金健人，《小說結構美學》，臺北：木鐸出版社，1988年09月一版，頁15。
〔註48〕康來新，《發跡變泰──宋人小說學論稿》，大安出版社，1996年12月一版，頁183。

說書人隨情境所需，插進種種評議感嘆，以獲得聽眾共鳴，讓講述更為生動精彩。當故事進入書面型態，評點之作用恰可以發揮相同效用。評點形式亦多端，包括眉批、夾注、回批和總批等；其中回批篇幅較長，可以作較多之發揮。

　　晚清四大小說中，《老殘遊記》、《二十年目睹怪現狀》俱有回評。其作用除「主控閱讀」，可以作為導讀之外，尚有抒感嘆想、釋讚論議等等。在指點讀者上，有讀法之指導，以及文法理論之講述：

　　　　第二卷前半，可當「大明湖記」讀。此卷前半，可當「濟南明泉記」
　　　　讀。〔註49〕

《老殘遊記》雖是小說然寫景之筆，歷歷如繪，小說起頭之二、三回，已呈顯此一特色。至於文法理論，向為點評重點，有學者分析，其因為八股取士必須講求章法之故：

　　　　明清小說特重形構章法，乃因當時科舉八股取士所致。而唐末試場
　　　　的考評之風，則相當程度影響了筆抹點勘、評文衡詩的時代風習。
　　　　〔註50〕

而小說文法結構常見冷熱相濟之說：

　　　　在敘事方法中，有「寒冰破熱，涼風掃塵」，這是結構上的冷熱相濟，
　　　　屬於氣氛的問題。同時也是起伏跌宕、強烈對照的結構安排。〔註51〕

然而劉鶚於此卻有不同之安排：

　　　　疏密相間，大小雜出，此定法也。歷來文章家每序一大事，必夾序
　　　　數小事，點綴其間，以歇目力，而紓文氣。此卷序賈、魏事一大案，
　　　　熱鬧極矣，中間應插序一段冷淡事，方合成法。乃忽然火起，熱上
　　　　加熱，鬧中添鬧，文筆真有不可思議功德。〔註52〕

在冷熱相濟之基礎理論上，《老殘遊記》有不同之發展；此處回評指出不合小說作法，然而卻有「不可思議功德」之妙筆，所謂「鬧中添鬧」者，特別指點讀者注意。

〔註49〕劉鶚，《老殘遊記》，第三回，頁34。
〔註50〕康來新，《發跡變泰──宋人小說學論稿》，頁184。
〔註51〕張健、謝綉華，《中西小說理論要義》，臺北：文史哲出版社，2004年06月一版，頁24。
〔註52〕劉鶚，《老殘遊記》，第十五回，頁159。

> 詩在郭璞、曹唐之間，文合留仙、西河而一。〔註53〕

郭璞、曹唐俱為遊仙詩人，一在西晉末，一在晚唐；留仙則指蒲松齡，西河
應是子夏。此處評比小說詩文，頗見讚賞之意。對小說之讚賞，亦為評點著
重處，點出文筆精彩高妙之處，一則見評者之別具慧眼，一則增添閱讀之興
味。

> 「山重水複疑無路，柳暗花明又一村」此卷慣用此等筆墨，反面逼
> 得愈緊，正面轉得愈活。金聖嘆批西廂考紅一闋，都說快事。若見
> 此卷書，必又說出許多快事。〔註54〕

不但就小說文筆結構作評，甚至漫天臆想，喚出評點大家金聖嘆，藉此就「逼
緊」一法，將作品與西廂考紅之文筆等量齊觀。《老殘遊記》之回評，對作品
甚至作者之讚賞不少。有趣的是，此書回評為劉鶚所自作，因此所言讚賞，
其實皆為自讚，有些甚至是盛讚：

> 黃山谷詩云：「濟南瀟灑似江南。」據此看來，濟南風景猶在江南之
> 上。作者云：明湖景致似一幅趙千里畫。作者倒寫得出，吾恐趙千
> 里還畫不出。……泰山……不知作者幾時從西面上去，經得如許險
> 境，為登泰山者聞所未聞，卻又無一字虛假，出人意表。

> 王小玉說書，為聲色絕調。百鍊生著書，為文章絕調。〔註55〕

評為聲色絕調之王小玉說書，是書中嘆為觀止的聽覺享受，以此評比百鍊生
文筆，可謂頂級之讚。而由其「作者倒寫得出，吾恐趙千里還畫不出」、「百
鍊生著書，為文章絕調。」之字裡行間，可知劉鶚乃以他人身份作評，未曾
表明其作者身份。

　　實則，化身他人點評自家作品，劉鶚並非第一位，晚明馮夢龍即曾化名
為其三言各寫一篇序言，又為《古今小說》作過評點，只是其評點較為簡短，
而劉鶚則較細緻：

> 而近代小說家評點序說自己的作品時，則有較為細致的，如劉鶚為
> 所作《老殘遊記》寫過《自序》，其文繼承發憤著書的傳統時，將「發
> 憤」具體化為「哭泣」，感時傷世，悲天憫人，真實地道出了劉鶚創
> 作《老殘遊記》的動機。故此歷來都引起研究者的重視，胡適與阿

〔註53〕劉鶚，《老殘遊記》，第九回，頁99。
〔註54〕劉鶚，《老殘遊記》，第十七回，頁181。
〔註55〕劉鶚，《老殘遊記》，第二回，頁22。

英曾據以闡明作者的思想見解，夏志清更以此將作者擬於杜甫，可
見其價值之重要。劉鶚也爲《老殘遊記》作過評點。〔註56〕

評點序跋佔幅雖小，然而或補小説之不足，或爲錦添花，自有其重要之價值。
學者更進一步指出，留心世事與抒寫之才，是《老殘遊記》之所以爲絕調者：

由於作者時時留意，深入觀察世間可驚、可喜、可歌、可泣之事，
而又具抒寫之才，因此《老殘遊記》取得了很高的藝術成就。作者
在原書第二回評點中曾不無自負地指出：「王小玉説書，爲聲色絕
調；百煉生著書，爲文章絕調。」〔註57〕

劉鶚自知其能，在自讚自得之際，所論所評精彩有趣：

唐子畏畫虎，不及施耐庵説虎；唐子畏畫的是死虎，施耐庵説的是
活虎。施耐庵説虎，不及百煉生説虎，施耐庵説的是凡虎，百煉生
説説的是神虎。〔註58〕

此處用層遞法讚其「説虎」之筆，至將耐庵《水滸》比下。文筆之外，月旦
人物尤爲傳統評點之所重：

玉賢殘酷，吳氏節烈，都寫得奕奕如生，有助於世道人心不少。〔註59〕

惜乎老殘既不能見用於世，申東造亦僅一小小縣令，無從展其驥足，
世道之所以日壞也夫。〔註60〕

月旦人物之際，常發慨嘆，既嘆人物兼自嘆也。

《老殘遊記》之外，吳趼人《二十年目睹怪現狀》回評尤多。「此無筆墨
處之筆墨，不可囫圇讀過者也。」〔註61〕、「其一生之遭逢實亦伏於此矣。讀
者其留意之。」〔註62〕正在指點讀者閱讀之法，連帶指出小説精微處。至於
精彩生動處之讚賞，自有更深入之説解：

上半回是演説官場之失意者，下半回是演説官場之得意者，繪影繪
聲，神情畢現，無殊抉此輩之心肝而表爆之。指陳弊實處，竟是一

〔註56〕劉良明等，《近代小説理論批評流派研究》，武漢大學出版社，2003 年 11 月一
版，頁 7。
〔註57〕劉良明等，《近代小説理論批評流派研究》，頁 159。
〔註58〕劉鶚，《老殘遊記》，第八回，頁 89。
〔註59〕劉鶚，《老殘遊記》，第五回，頁 54。
〔註60〕劉鶚，《老殘遊記》，第七回，頁 78。
〔註61〕吳趼人，《二十年目睹怪現狀》，江西人民出版社，第六十三回，頁 530。
〔註62〕吳趼人，《二十年目睹怪現狀》，江西人民出版社，第三十九回，頁 317。

面顯微鏡。〔註63〕

寫督辦之涎臉漁色，歷歷如繪。⋯寫小家兒女情狀，亦是歷歷如繪。

吾不知作者是何等人，何以於各種社會中之情形，均能體會出來也。

〔註64〕

描繪人物，不論失意、得意，眞能曲盡微妙，使讀者如見其肺肝，無所遁形；寫大官員、小兒女，則形容生動，躍然紙上。眞實生動外，詼諧嘲謔亦是小說著意經營的特殊效果：

此一回絕類《儒林外史》，而詼諧過之。〔註65〕

寫苟才如畫，有頰上添毫之妙，令讀者如見其人。

一席六個人，已有了一個「苟才」，還有一個「利是圖」，一個「不

顧羞」，寫來可笑。〔註66〕

一如劉鶚《老殘遊記》之回評，在評比之間常將以往爲大家所熟悉之小說名著，作一比較。《二十年目睹怪現狀》第三十七回回評，直指「詼諧」一項，爲《儒林》所不及。就中主角人物正是可笑可鄙之一類，回評並指出作者以諧音手法營造嘲謔之趣味。所謂「利是圖」、「不顧羞」乃是小說中之旁襯人物酈士圖與濮固修二人，回評在此特別點出小說命名巧思，以明作者用心。

吳趼人則告訴讀者，書中那些議論諧謔是他的手筆，目的是「助閱

者之興味，勿譏爲蛇足也」。〔註67〕

上引作者之自言〔註68〕，正可以見得諧謔能加強小說之吸引力，增添讀者興趣，以達成作者期待之閱讀效果。議論則見於月旦人物之際：

以不干己之事，爲之僕僕奔走，委曲探聽，不過欲拯救此女子耳，

自非具有俠骨者不能爲。〔註69〕

⋯惟熱極人，則自視此等事爲閒閒耳。故知天下興亡，匹夫有責者，

〔註63〕吳趼人，《二十年目睹怪現狀》，江西人民出版社，第十四回，頁101。

〔註64〕吳趼人，《二十年目睹怪現狀》，江西人民出版社，第五十一回，頁424。

〔註65〕吳趼人，《二十年目睹怪現狀》，江西人民出版社，第三十七回，頁298。

〔註66〕吳趼人，《二十年目睹怪現狀》，江西人民出版社，第十二回，頁87。

〔註67〕陳平原，《中國小說敘事模式的轉變》，臺北：久大文化有限公司，1990年05月一版，頁67。

〔註68〕引言見諸《電術奇談，我佛山人附記》。

〔註69〕吳趼人，《二十年目睹怪現狀》，江西人民出版社，第三十三回，頁262。

其視捨身救國亦爲閒閒。一切熱血家行事，莫不如是。〔註70〕

回評之中，相關於文法理論者，爲數亦多：

> 第一回是官是賊之人，到此方才點明，令人回想尚有餘味。〔註71〕

> 上回要買小火輪一語，看來似閒文耳，實乃可以無有。不料乃於此
> 回中，引出局員做私貨一段來，方悟爲金針引線之法。〔註72〕

金針引線之法在傳統小說之結構佈局上，十分常見，可以收其先後呼應、上
下相引之效：

> 但是儘管世事多變，充滿了偶然性，終究是有因果聯繫可尋的。所
> 以敘事方法要注意上下相引、前後呼應（「隔年下種，先時伏著」、「添
> 絲補錦，移針勻繡」、「奇峰對插，錦屏對峙」），文前要有先聲（「將
> 雪見霰，將雨聞雷」），文後要有餘勢（「浪後波紋，雨後霡霂」）等
> 等。這種方法使讀者特別注意情節發生過程中的因果、脈絡、線索，
> 逐步探尋事件的終結，既有奇特效應，又能獲得眞實感受。〔註73〕

有此前後之對應，情節於是有雖斷而續的一體之感，若不經意，然貼切自然，
不顯突兀，自然才能眞實。小說中此類照應之筆不少，有時伏線綿延，可以
長達數回：

> 兼祧一節，已於十六回中逗了消息，卻直到此處才寫出來而又不全
> 是實寫。〔註74〕

> 題畫詩一段，已見第九回。然第九回是暗寫，此回是明寫，絕不相
> 犯。第九回只算是此回伏線。〔註75〕

> 撤任事伏線已在第七回。〔註76〕

兼祧一事從第十六回伏至第二十三回始現，而仍未全現；題畫詩則由第九回
至第三十八回，撤任事則由第七回伏至第五十九回，相距五十回以上。伏筆
金針之外，尚有「映襯」之法：

> 只見黃銀寶一人，是從自己眼中看出。此回寫沈月卿，是眾妓隊中

〔註70〕吳趼人，《二十年目睹怪現狀》，江西人民出版社，第四十一回，頁335。
〔註71〕吳趼人，《二十年目睹怪現狀》，江西人民出版社，第四回，頁30。
〔註72〕吳趼人，《二十年目睹怪現狀》，江西人民出版社，第二十九回，頁226。
〔註73〕張健、謝綉華，《中西小說理論要義》，頁23。
〔註74〕吳趼人，《二十年目睹怪現狀》，江西人民出版社，第二十三回，頁174。
〔註75〕吳趼人，《二十年目睹怪現狀》，江西人民出版社，第三十八回，頁307。
〔註76〕吳趼人，《二十年目睹怪現狀》，江西人民出版社，第五十九回，頁494。

> 陪襯而出是……。初次只見一人，便格外留神，則無他故。眾妓中
> 趁出寒儉，是格外醒目，必有原委。卻直至終篇，未露一字，令人
> 急欲看下文矣！〔註77〕

映襯之法乃是極重要之文法修辭，點評名家毛宗崗甚至有至漸層浮現襯托與
「隱而愈現」襯托之論，然最常見者，仍是「反襯」、「正襯」：

> 毛宗崗提出人物塑造的方法。首先，「用襯」的方法，就是在性格對
> 比中刻劃典型性格。這是金聖嘆提出過的「背面敷粉法」。毛宗崗又
> 把用襯方法分為「反襯」與「正襯」兩種。「反襯」是用對立的性格
> 特點來互相襯托；「正襯」是用相同的性格特點來互相襯托。毛氏認
> 為「正襯」比「反襯」更能突出人物的特質。第二，毛宗崗認為小
> 說塑造人物形象，矛盾衝突越尖銳、激烈，就越能鮮明地顯示人物
> 性格。第三，「化靜為動，層層渲染」的方法，這是指透過對人物外
> 部特徵一層一層的描繪，使人物輪廓逐漸清晰、浮現出來的方法。
> 這種寫法在開始時留下餘地，能打動讀者的好奇心，使讀者對這個
> 角色更加關注，人物形象也逐漸完成了。第四，「隱而愈現」的寫法。
> 這是將主要人物隱藏在文後，通過其他角色或四周環境來烘托主要
> 角色的寫法。〔註78〕

前述沈月卿乃由首飾華燦，身披五光十色精緻狐皮的光鮮妓群，反襯其幽寒
清秀，這是人物之外在；至於其內在，亦有義不義之別：

> 寫蔡嫂處，正是寫黎景翼處也。〔註79〕

蔡嫂乃蔡侶笙之妻，對同一秋菊，蔡嫂「嫁婢如女」有情重義，正反襯黎景
翼「騙鬻弟婦」之寡廉鮮恥。映襯之外，又有「雙管齊下法」：

> 寫侶笙之摯誠，即借以敘其從前之歷史，絕不見冗贅。此是雙管齊
> 下法。記者曰：「我只閒閒一件事。」惟此一邊愈閒閒，則愈顯彼一
> 邊之肫摯。〔註80〕

以從容閒筆，寫人物不凡行事，是視不凡如平常，愈見真實感動。此筆之閒閒，
故出入今昔，可以因一見二，以昔證今，自然委婉，曲盡其情，是為雙管。

〔註77〕吳趼人，《二十年目睹怪現狀》，江西人民出版社，第四十八回，頁397
〔註78〕張健、謝綉華，《中西小說理論要義》，頁22～23。
〔註79〕吳趼人，《二十年目睹怪現狀》，江西人民出版社，第三十四回，頁271。
〔註80〕吳趼人，《二十年目睹怪現狀》，江西人民出版社，第四十一回，頁335。

搶白⋯⋯自是快文快事。又嫌其失於刻薄也，特轉出其姊姊一番正
論以匡救之。⋯⋯又恐世人徒狃於一時之快，而泊沒其德性，故特
急轉此一筆作者關心社會，故特此眼明手快之筆，眞是佛菩薩心腸。
此回搶白一頓，即借以收束以前一切，此後自當別有一番鋪敘。作
冗長之小説者，往往用此法。〔註81〕

上則亦是結構上的調劑之法，在情節發展上暫且打斷，轉插他話做爲緩衝，
在形式上可以得其變化，在內容上可以作一補正。小説此回「冷嘲熱謔世伯
受窘」中，雖見世伯受窘，著實大快人心，但言語刻薄，非君子所尚，所謂
「禦人以口給，屢憎於人」。因此下文插入一段論評，以收補正之效。尤其長
篇小説，須避免單調冗長之病，穿插變化乃必然選擇：

毛宗崗在金聖嘆的「橫雲斷山法」的基礎上，進一步分析：「橫雲斷
嶺，橫橋鎖溪」。他說：「文之短者不連敘則不貫串，文之長者連敘
則懼其累，故必敘別事以間之，而後文勢乃錯綜盡變。」比較單純
的事件要用連敘，否則無法一氣呵成；比較複雜的事件則需要與它
事間隔，以免單調、冗長、無變化。〔註82〕

激昂繼之以平正，一張一弛，一緊一緩，快慢間出，冷熱相濟，強弱起伏，
喜怒變化，「上半回夾寫得妙。有一段極冷淡處，便接一段極親熱處；有一段
極狠惡處，便接一段極榮樂處」〔註83〕。就讀者閱讀之興味言，冷熱張弛之
變化，勾動讀者之情感起伏，是一種豐富飽和的節奏：

這轉換才不但能使人的欣賞心理除了像同質轉換一樣也可以在反應
強度的兩極端間來回擺動，產生一張一弛、一起一伏的節奏力度變
化，還可以增之以心理反應的色調變化，隨著刺激類別的不同，欣
賞者一會兒心情振奮，一會兒心境平和，一會兒慷慨激昂，一會兒
悠閒恬靜，一會兒鼓舞衝動，一會兒輕鬆歡愉⋯⋯應該說，這是一
種更爲飽和更爲豐富的節奏。〔註84〕

在互相連接與融合之中，完成統一的藝術整體形象。〔註85〕

〔註81〕 吳趼人，《二十年目睹怪現狀》，江西人民出版社，第二十回，頁148。
〔註82〕 張健、謝綉華，《中西小説理論要義》，頁24。
〔註83〕 吳趼人，《二十年目睹怪現狀》，江西人民出版社，第二十三回，頁174。
〔註84〕 金健人，《小説結構美學》，頁287。
〔註85〕 張健、謝綉華，《中西小説理論要義》，頁24。

小說回評，導讀指點，或談文法，或論人物。讀者購一書，可得兩種閱讀樂趣。回評豐富小說內容，使讀者能一魚兩吃，得到雙重享受。而作者自賞自評，幽默調侃，既以娛人亦兼自得，綿刺柔勁，饒富餘韻，此亦傳統小說回評盛行之一因。

第二節　舊醅新釀：傳統結構之展變

晚清四大小說，雖仍有傳統古典之餘韻，然亦可見其於晚清一代之不同呈現。以評點言，由於傳播媒介的改變，連帶影響到小說結構之改變，最明顯者乃是眉批、側批、夾批等隨報刊之排版而廢用：

> 19 世紀 70 年代以後，報紙版面由書冊改為單頁式，但還保留著書冊式的痕跡，經過折疊剪裁，仍可裝訂成書籍。因此，這個時期的小說戲曲理論批評形式仍是傳統的。其後，報刊逐步擺脫書冊形式，成雙面印刷的對開形式，開數減小，篇幅加大，字數增多，每版欄目也增多，所留空白無幾。在報刊和專門的小說雜誌中，由於鉛印的緣故，文字緊密，眉批、側批、夾批也就很難派上用場。即使在小說雜誌中有評點，也大多採用回批的形式，如《新小說》雜誌上的《新中國未來記》，便是每一回的末尾才有回評。〔註86〕

由於傳媒形制的限制，眉批、側批、夾批等無可用之空間，因此率先被捨棄，仍可見者為回評。形式之外，評點內容亦呈現晚清特有之新思維：

> 古老的評點在評點古老小說時，也可以採用全新的觀點，所謂的舊瓶新酒，舊衣新穿。像燕南尚生，即以民主立憲與進化論的種種新觀點來評點古老的水滸。〔註87〕

而因所論內容改變，從而又連帶改變評點之篇幅等形式：

> 像王國維的《紅樓夢評論》；又像黃摩西的《小說小話》，該文討論了傳統古典小說中相當冷僻的作品；而王黃二人都曾受過西方美學的洗禮，他們以新的形式、新的觀點而對古老作品再度探討，這對古老的作品而言毋寧產生了還魂與復甦的作用。〔註88〕

〔註86〕程華平，《中國小說戲曲理論的近代轉型》，上海：華東大學出版社，2001 年 10 月一版，頁 269。
〔註87〕康來新，《晚清小說理論研究》，頁 10。
〔註88〕康來新，《晚清小說理論研究》，頁 10。

細察晚清作者作品，可以見得於晚清其時，小說在傳統結構上所呈顯出的時代特色而略異於傳統結構之展變痕跡。以下分四端論述之。

一、即時記事，長篇短制

晚清四大小說俱為長篇，然而常予人有諸事紛陳，極類短制之感。小說喜羅列瑣聞，記述社會種種，恐是其中一因。學者指出其中所謂「甩脫君史統系羈縻，直面現實社會人生」的特色：

> （《新世界小說社報》）〈發刊辭〉還提出一個觀點：「中國數千年來，有君史，無民史。其關係於此種之小說，可作民史讀也。夫有興亡之事，則有一切擾亂戰爭之事。然其時之罹於鋒鏑，與其後之重見天日，必有一番舜、桀之渲染，雖其說半不足據，而當時朝廷之對待民間，為仁為暴，猶可為萬一之揣測。〔註89〕

中國專制時代，以帝王為重心，為爭君位而有種種擾亂更迭，而歷代興亡都成為小說戲曲之材料。小說所記，包括官吏、紳衿、士庶人等，各階層人等構成之社會，以及其間所呈現之諸般人情。小說之記述不同於君國歷史，然於君王之仁暴，由此卻可窺知一二。

> 其他若官吏，若紳衿，若士庶人，合而成一大社會，分之則各有一小社會，皆依附此重心以為轉移。官吏、紳衿、士庶既隨此重心為轉移，則官吏、紳衿、士庶所為之事，形容其事者為世態，而態有炎涼之分；左右其事者為世情，而情有冷暖之異：皆所以點綴此世界者也。」在這種新觀念支配下，徹底甩脫「君史統系」的羈縻，直面現實的社會人生，便成了晚清「新小說」的最大亮點；以「怪現狀」、「現形記」題名的作品之多，就是最充分的證明。〔註90〕

晚清小說家大多志在記述時事，以呈現世態種種，其與君史之重心不同，「怪現狀」、「現形記」之書名，正說明此一意義。李伯元、吳趼人之外，劉鶚《老殘遊記》亦取材現實，而曾樸《孽海花》雖曾於小說林社之宣傳廣告上標以「歷史小說」之名，然而就其內容，並非傳統歷史小說慣見之君史小說類型，

〔註89〕 《新世界小說社報》）第一期〈發刊辭〉，未載作者，收於《晚清文學叢鈔》，頁 161～164。

〔註90〕 以上二段引文見歐陽健，《歷史小說史》，杭州：浙江古籍出版社，2003 年，頁 393。

是為民史小說：

> 晚清六大小說家中，李伯元沒有寫歷史題材的小說，他的《文明小
> 史》寫的並不是傳統的「興廢爭戰之事」；劉鶚只有一部未完的寫現
> 實題材的《老殘遊記》；曾樸的《孽海花》，小說林的廣告雖標以「歷
> 史小說」，曾樸自己也說要將「歷史的轉變」收攝在自己的筆頭下，
> 但充其量也只能算是「民史」。〔註91〕

歐陽健從傳統歷史小說之定義，將《孽海花》歸為民史之列，楊聯芬則由審
美形式言其突破：

> 事實上，最早突破傳統歷史小說「復活」「歷史」模式，用「生活史」
> 和「精神史」形式表現歷史進程的，是20世紀初曾樸的《孽海花》。
> 《孽海花》在歷史敘事的意識，歷史評論的尺度及審美觀念上，都
> 突破了傳統歷史小說的模式。

《孽海花》記述晚清1870年代至20世紀初三十年間之史事，但在「敘述方
式」、「追求目的」、「體現特徵」上與中國傳統歷史小說有所區別：

> 既不同於林紓的古文敘述與史傳作風，也與吳趼人的通俗演義有很
> 大差別。《孽海花》在根本的「歷史小說」意識上突破了中國傳統歷
> 史小說或史傳文學的窠臼，體現出明顯的現代色彩。〔註92〕

不論是「生活史」、民史，或是「直面現實社會」，學者均指出晚清小說與傳
統小說多憑想像、說古道往模式不同之特點。其取材於時人時事，目見耳聞，
包羅萬象。

> 小說的主要人物，這個旅行者，往往不是作家所要著力表現的歷史
> 事件的當事人，而是旁觀者。因為作家想要表現盡可能廣闊的歷史
> 場景，當事人的見聞反而有限，不及作為旅人的旁觀者。……晚清
> 小說家很自信，認為自己的創作，超越傳統小說。像林紓說他的《劍
> 腥錄》，或者曾樸談及《孽海花》，都自認為技巧上較《桃花扇》更
> 勝一籌。〔註93〕

晚清小說家自負超越於前人者，亦正在於此一擴寫時事百態之敘寫規模。如

〔註91〕以上二段引文見歐陽健，《歷史小說史》，杭州：浙江古籍出版社，2003年，
　　　　頁393。
〔註92〕楊聯芬，《晚清至五四：中國文學現代性的發生》，頁261。
〔註93〕《晚清文學教室》，陳平原主講、梅家玲編訂，頁90

孔尚任之《桃花扇》，以李香君爲主角，較多敘寫男女情事；《孽海花》以傅
彩雲爲大事變的旁觀者，以之縮結史事，因此小說之歷史事件可以得到更多
關注。不過歷來評者對於晚清因直面現實社會，以故雖爲長篇極類短制的小
說形式亦頗有微言：

> 然而魯迅、胡適對晚清小說「摭拾話柄」的批評，卻是觸及到了晚
> 清社會寫實小說敘事方式上的致命弱點，而這，又是它們的新聞化
> 追求導致的。〔註94〕

「摭拾話柄」的批評，隱含結構鬆散雜亂之意。學者分析晚清蒐記時事傳聞
之傾向乃「新聞化追求」所導致；王德威則提出「社會與政治危機」之急迫
性一因：

> 另一方面，雖然賦予事物史傳意義的觀念仍盤踞在晚清作家心中，
> 但是被敘述的主題與敘事本身之間的時間距離卻迅速消失。面對日
> 漸緊迫的社會與政治危機，晚清作家傾向於記錄剛剛才發生或正發
> 生的事情。他們對當下每一刻飛逝的時光緊張的凝視，以及他們迫
> 切想要銘刻眼下經驗的衝動，都可由其作品的題目看出來。〔註95〕

不同於前此史傳文學之作，晚清小說與被敘述對象之時間距離迅速消失，因
其摭拾傳聞，片段零散，故不同於單線敘事完整之傳統結構特徵。〔註96〕不
過，對於即時記事的鮮明特徵，學者亦有不同之褒貶，有以之爲其「敘事方
式上的致命弱點」，亦有以其爲「優點」，甚至是「衝破故事體」的新嘗試：

> 晚清譴責小說的優點在於它以新聞報導式的即時性，再現了變動的
> 社會現象。〔註97〕

> 晚清小說家順著吳敬梓和曹雪芹開創的路走，進一步淡化或改變了
> 小說的故事體特點。晚清不少小說不求情節的連貫，無論串連式結
> 構還是接力式結構，抑或部分傘形花序式結構的作品，都無縮繫全

〔註94〕 楊聯芬，《晚清至五四：中國文學現代性的發生》，頁81。
〔註95〕 王德威，《被壓抑的現代性——晚清小說新論》，北京：北京大學出版社，2005
　　　　年05月一版，頁49。
〔註96〕「以時爲序，以事繫人的事件中心體，後來被史家發展成爲通鑑體（司馬光）
　　　　和紀事本末體（袁樞），又爲小說家吸收，成爲古代小說的基本結構方式之一。
　　　　而單線完整敘事則成爲小說又一重要結構特徵。」劉上生，《中國古老小說藝
　　　　術史》，長沙：湖南師範大學出版社，1993年06月一版，頁458。
〔註97〕 王德威，《被壓抑的現代性——晚清小說新論》，頁231。

書的中心事件。片斷的故事集錦，是小說家衝破故事體的一種嘗試。
〔註98〕
不論是「摭拾話柄」或片斷集錦，從時代危機的著述意識，與因新聞傳播所致之記事即時性所形成的這一結構，成為小說在晚清的特徵之一。

而即時記事除其琳瑯種種之規模外，最重要者是強調其真實性。然而，頗富興味的是，晚清小說之真實性正在呈現時代之詐騙虛假：

> 節儉成性的副欽差照壁舊了也不彩畫，轅門倒了也不收拾，暖閣破了也不裱糊。生活在朽爛的廢物、枯死的植物與破敗的家具間，他倒並未忘記開設特殊官賬，延續要錢的風氣，以便買官鬻爵者仍能實現其官場之夢。然而當一名女人帶著一個孩子陡然出現時，副欽差的私德旋即遭受了挑戰。〔註99〕

檯面上以廉潔清高自命之官員，帶著「浮誇自得的偽裝，注定自欺欺人」〔註100〕，私下之道德極為不堪。現實社會中處處充斥著這類造作虛偽的情況，小說直面書寫，扯破外衣暴露內中種種醜陋：

> 巴赫金醜怪的寫實主義涵納著一個有機的時間圖式，它在衰朽與重生中循環往復。然而晚清醜怪的寫實主義卻拒絕承認如是一種裂解與重生、傾覆與革命的流暢模式。晚清譴責小說家們摹繪著鬼影幢幢的現實：嘉年華狂歡的終結處，身體並不能凌駕意識思想。……但不論如何，晚清作家充滿懷疑及虛無的寫實觀照，畢竟要比緊隨其後、恢復（傳統的）批判精神以及革命論的那些「現代」論者，更為警醒一些。〔註101〕

醜怪的寫實敘寫，鬼影幢幢的現實之描繪，最後身體不能凌駕意識思想的終結，使得小說出現了「反轉」之結構。

二、虛化反轉，由美奇到醜怪

晚清因直面現實社會的敘寫，暴露種種醜惡，由取材到敘寫，形成了情節直線虛化之結構，小說情節不求其曲折、跌宕：

〔註98〕方正耀，《晚清小說研究》，華東師範大學出版社，頁342。
〔註99〕王德威，《被壓抑的現代性——晚清小說新論》，頁241。
〔註100〕同上注。
〔註101〕王德威，《被壓抑的現代性——晚清小說新論》，頁276。

> 晚清不少小說已經不求故事情節的曲折生動，不以情節取勝，而以
> 事件性質的奇、怪、新、異見長：或腐敗得出奇，或乖戾得至怪，
> 或破舊見新，或反常立異。展現芸芸眾生，寫人物的所思所想和所
> 爲，卻不故意抑揚情節以顯跌宕之勢。〔註102〕

換言之，主題的凸顯凌駕於情節完整之上，所有瑣聞記錄有其共同之指向，
情節事件之間的聯繫則弱化虛化，而其脈絡，則爲反轉呈現。

以情節爲主、特重情節向爲中國傳統小說不同於西方小說之特色，其發
展形成歷時久遠，並與「說話」藝術所產生之敘事模式關係密切：

> 到了明代，先有羅貫中、施耐庵那樣的大手筆在「說話」藝術和民
> 間傳說的基礎上從事宏篇巨制的創作，後有馮夢龍那樣富於文學修
> 養和藝術才能的作家對話本進行整理、加工和再創造，又有凌濛初
> 等文人作家熱心寫作擬話本，致使長篇、短制齊足比肩地向前發展，
> 造成擬實故事小說空前絕後的大繁榮，一大批名篇佳作把這種形態
> 的小說藝術推向高峰。〔註103〕

而由說話模式所形成的情節性小說，其佳作名著，於明清長篇如《三國》、《水
滸》，短篇如《三言》、《二拍》，亦以其「奇奇正正」、「欽異拔新」，甚至「動
心駭目」達其審美極致。而回頭審視晚清，若論其怪怪奇奇，其高峰則可上
溯至六朝志怪、唐人傳奇；而相關於神怪妖魔之「現形」，則可以《封神榜》
與《西遊記》爲範例：

> 《怪現狀》與《現形記》這兩部小說的標題值得重新審視。《怪現狀》
> 之「怪」可以連鎖到傳統的「誌怪」故事。……另一方面，「現形記」
> 的「現形」則可根據魯迅所謂的「神魔小說」傳統加以定義。該傳
> 統最可矚目的範例包括《封神榜》與《西遊記》，而這兩部作品李伯
> 元在《官場現形記》的結尾部分皆有所援引。〔註104〕

傳統章回小說，從情節之奇到人物之奇，是成就不朽鉅著藝術光輝之主因：

> 造成這種情節奇觀的因素自然很多，傳奇性就是其中之一。那裡所
> 寫的不是尋常的人物行動、生活事體，而是特出的英雄業跡，令人

〔註102〕方正耀，《晚清小說研究》，頁342。
〔註103〕馬振方，《小說藝術論稿》，北京：北京大學出版社，1911年02月一版，頁
225。
〔註104〕王德威，《被壓抑的現代性——晚清小說新論》，頁231。

驚奇，不同凡響。……清代人認爲：「三國者，乃古今爭天下之一大
奇局」，羅貫中「以文章之奇而傳其事之奇」。〔註105〕

以《三國演義》而言，雖爲歷史小說，然情節起伏，人物鮮明；不論是關羽
五關斬將、張飛喝退曹兵、趙雲單騎救主或是孔明草船借箭、曹操割鬚棄袍
等，都「帶有濃重的傳奇色彩」。而由情節之奇所促成之人物之奇，不論是擬
實的歷史人物或幻化的妖魔精怪，其傳奇情節之生動性所閃耀的藝術光輝，
其實是來自作者敘寫之際的理想浪漫傾向：

> 不是平實的反映和表現，而是經過顯著的藝術誇張，把生活理想化
> 了。這樣，既有深厚的現實主義基礎，又閃著強烈的浪漫主義光輝，
> 突出了生活的某種本質、人物的思想性格，不但傳奇，而且傳神，
> 奇中有常，親切動人。如武松殺嫂，十分出奇，但又有濃郁的生活
> 氣息。〔註106〕

以眞實世界之情理爲基礎，又「經過顯著的藝術誇張，把生活理想化」，傳統
小說之奇，不論歷史人物或神魔精怪，所呈顯者是文學藝術之奇美。然而，
時至晚清，雖則名「現形」、言「怪現狀」，卻有了不同之展衍。

> 「現形」一詞亦有佛教來源，指的是我佛顯靈之一瞬，爲的是凸顯
> 其原形的「空無」，或是相反地，展現其多變的身影。但在「神魔」
> 敘事傳統中，「現形」或「現出原形」，乃是編排好的情節設置的一
> 部分；通常在情節的高潮，一個僞裝人形的魔怪、妖精或者超自然
> 的生物終於暴露原形。〔註107〕

傳統小說神魔精怪之現形，常是在面臨強大敵對力量的壓迫下，不得不然之
舉。而原形暴露，通常亦預示其敗亡降服。但晚清小說之現形，卻是原義的
「戲仿」：

> 「現形記」的「現形」一詞的複雜含義，值得在此重中。「現形」指
> 的是對被敘述的物件其本來面目的揭示，在原本的佛教語境中，指
> 的是一種天啓，（佛之）原形的多重變貌或者空無之相借此得以呈
> 現。如果說晚清譴責小說的寫實基礎，乃是關於「現形」的辯證，
> 那麼我們必須思考這些譴責小說如何戲仿「現形」一詞之佛學內涵

〔註105〕馬振方，《小說藝術論稿》，頁125。
〔註106〕馬振方，《小說藝術論稿》，頁126。
〔註107〕王德威，《被壓抑的現代性──晚清小說新論》，頁231。

> 的方式：先是指出那些人面獸心的角色根本毫無人味，同時又渲染
> 他們變化多端，魔力無邊，也因此，他們到底是人還是非人已成不
> 堪聞問的問題。〔註108〕

在晚清小説現形的諸多醜怪面目，仍舊持續其無邊魔力，小丑跳樑，魑魅獰
笑，並且勾結串連，妖氛瀰漫，無時或已……

> 晚清小説「四大家」皆以「影射小説」的方式從事寫作。……在吳
> 趼人或李伯元極力描摹「怪現狀」之餘，反倒讓我們想起了世俗「見
> 怪不怪」一説；一個已然看到許多「怪現狀」的人，開始視怪異爲
> 平常。〔註109〕

晚清以現實社會爲基礎，影射點名以逼近眞實，如《孽海花》以名妓傳彩雲
影射現實社會中聲名狼藉的賽金花；《老殘遊記》中的酷吏玉賢與剛弼遙則是
直指朝廷命官毓賢和剛毅，其呈現於小説者，多是醜穢畢露，怪邪常現，其
多其常，至於「見怪不怪」。而造成此一亂象之主因則是：惡居善上，邪常勝
正。米列娜指出《二十年目睹之怪現狀》中充斥著道高一尺，魔高一丈的虛
無感；並將之歸納成「邪必勝正」、「大邪勝小惡」兩種現象。而王德威則由
此做進一步之推論：

> 這種認知與其説是來自主角抗爭殘酷現實的挫敗，不如説來自她承
> 認世界的浮誇混亂從來如此，不足爲怪。對讀者來説，主角對這個
> 世界的認知「啓蒙」，不啻是個「反面教材」。我們學到的是，「社會
> 罪惡」其實並非躲在暗處伺機而動，而是根本一直與我們長相左右。
>
> 〔註110〕

集中暴露醜怪主題的結構，無形中弱化、虛化了縱向的情節直線，而其集錦
式的片段，卻多數是善不敵惡、正難勝邪的反轉敘述，因此直面社會的醜怪
瑣聞，至此成爲「反面教材」。小説從反轉的教材到反轉的表述，最後形成反
轉的結局。這是由取材開始，而後沿反諷手法呈現反轉場面而下的黑暗終點：

> 情節結構類型幫助揭開了一種可説是主要晚清小説的典型故事。其
> 語意模式可以簡化成「邪惡總是擊敗善良」以及「小巫鬥不過大巫」，
> 其中「邪惡」或以人物、或以歷史爲代表。這種語意模式與儒家的

〔註108〕王德威，《被壓抑的現代性──晚清小説新論》，頁275～276。
〔註109〕王德威，《被壓抑的現代性──晚清小説新論》，頁219。
〔註110〕王德威，《被壓抑的現代性──晚清小説新論》，頁52。

> 倫理道德自然產生極尖銳的衝突，與黑夜過後黎明必將來臨的信念
> 亦有極大的矛盾。不可避免，在上面分析的這些主要小說中，必然
> 會產生消極性，甚或悲劇性，尤以主要角色的理念與結尾的收場最
> 能表達這種性質。〔註111〕

人物或事件的瑣聞記述，小說忠於傳聞的堅持與強調，形成晚清以怪為常之反轉，以及不同於儒家思維「否極泰來」、「撥亂反正」之顛倒，米列娜特別指出這種翻轉顛倒的矛盾衝突尤其在結尾的收場可以得到明證。回到本文所聚焦之晚清四大小說，從「流言蜚語」之傳聞被「呈現為親眼目睹的明證」，到「怪現狀成為司空見慣的事件時」，整體表述系統產生「滑移」，這是價值觀、道德標準在敘事結構的反轉：

> 《二十年目睹之怪現狀》作者吳趼人強調了「目睹」這一新的寫作
> 與閱讀觀念——眼見為憑，因此有別傳統說話人道聽途說的姿
> 態。……「目睹」與「怪現狀」兩個詞並置一處，提示了吳趼人假
> 定的雙重姿態；他試圖以新聞式的直觀性，報導過去二十年來的日
> 常體驗，但他同樣著迷於那些悖離日常生活與常規知識的怪異、不
> 俗的事物。……當流言蜚語被呈現為親眼目睹的明證，當「怪現狀」
> 成為司空見慣的事件時，該表述系統已然發生一種滑移。但這一滑
> 移卻為晚清對醜怪的「寫實」想像留下了空間。〔註112〕

吳趼人借慧眼之助，透視日常熟悉事物之表面，而顯露其怪、醜、偽之本來面目。學者認為目睹之真實親見與非正常、不自然之怪現狀二者並置，致使小說在笑料、流言、軼事等素材大量使用下，價值標準產生改變。

　　而如米列娜（Milena Dolezeelova-Velingerova）所觀察及斷言，結尾之收場尤其是此反轉之鮮明表徵。傳統小說慣有之結尾收場是眾所熟悉之圓滿的結局：

> 舊有小說結構，必然遵循開端、發展、結局的縱向路徑，按故事的
> 時空進展安排故事情節，並竭力在小說發展之中突出曲折性、傳奇
> 性。中國古代小說家，在此之外，還特別講究故事的圓滿性。為使
> 故事有一個圓滿的結局，常常人為地將小說安排為一個閉合式結構

〔註111〕米列娜，（Milena Dolezeelova-Velingerova），收於〈晚清小說中的敘事模式〉
　　　　林明德編，《晚清小說研究》，頁 535～536。
〔註112〕王德威，《被壓抑的現代性——晚清小說新論》，頁 218～219。

或跳躍式結構：不引起傷痛與反思的「皆大歡喜」。〔註113〕

雖無法完全符合大團圓之期望；然大抵而言，其結局仍能爲讀者帶來啓悟與安慰，把持住儒家或道家或二者兼有之價值系統。然而，價值系統已產生滑移之晚清，其竭力描繪醜怪且安之若素的荒謬可笑，開創小說結構之「新模式」：

> 敬梓尚能把持住儒家的價值系統，不管這一系統是多麼問題重重，那麼，晚清作者們所面對的世界，則是各種價值系統紛亂雜陳，眾聲喧嘩。吳敬梓至少尚能保持一安穩的距離，由之出發，去嘲弄那些可憐可笑的士子。……但是，晚清小說的醜怪色彩卻超出前人的反諷特色。

> 在晚清作者眼中，荒謬成爲理所當然，正常的反倒成爲不正常。晚清譴責小說作者在人與非人以及高蹈與低鄙的價值系統之間，建立了一種「詭異」的類比，從而開創了又一種小說新模式。〔註114〕

學者認爲吳趼人和李伯元對價值觀念提出公然挑釁，其方法是從原本不被允許的方式和素材中，「捕捉與描摹現實」，並以此質疑時人所憑藉的理性和美學禮儀。相較於《儒林外史》旁敲側擊之反諷模式，醜怪則是將「本不相容的角色、行爲和主題糅合成一種奇詭的和諧」以展現其嘲諷力量。而從吳敬梓由保持安穩距離所發出之嘲諷，到晚清直面社會、直錄見聞之醜怪暴露，恰可見得傳統價值體系在小說敘事之不同呈現。《儒林外史》尚能把持，而晚清卻已崩潰：

> 晚清譴責小說的笑聲脫胎自一種更爲深層的喜劇策略，在那裡，反轉與顛倒並不（像巴赫金所謂）導致既定體制的循環再生，而是使該體制完全崩潰。〔註115〕

不同於傳統小說之憧憬黎明、心懷理想，晚清小說結構之末端，是不知希望所在的黑暗深淵。

三、章回之鬆動

晚清四大小說俱爲章回小說，其保留章回之回目形式，已見前述，然其

〔註113〕饒芃子等，《中西小說比較》，合肥：安徽教育出版社，1994年06月一版，頁146。
〔註114〕二段引文見王德威，《被壓抑的現代性——晚清小說新論》，頁228～230。
〔註115〕王德威，《被壓抑的現代性——晚清小說新論》，頁221。

中已成定型之傳統形式已漸鬆動。就回目文字言，雖則對仗用典如故，但亦有極白話者。如《官場現形記》第十八回回目之「挖腰包」、「賣關節」，第三十回之「當場露馬腳」等。又如《二十年目睹之怪現狀》第八十三回之「鬧意見」、第八十六回之「撒大謊」以及第二十四回之「釀出三條性命」、第六十二回之「也算商人團體」等。

而在回目內容概括上，晚清亦有呈現出與傳統章回不同之痕跡：

> 中國古代小說的章回回目，大都似一副對聯，上聯概括一段情節，下聯特表另一情節，全章由相關相聯的二段故事組成。〔註116〕

> 西方小說的章節題目，通常是概括本章主要的情節事件，或地點，或性質，或結果。晚清小說不少作品的回目便與後者相類。〔註117〕

以《老殘遊記》第五回「烈婦有心殉節　鄉人無意逢殃」爲例，二聯所指俱是于蒙冤站籠而死一事。而其第十四回「大縣若蛙半浮水面　小船如蟻分送饅頭」亦同指廢民惄成水災一事。

至於各回串接之間，雖有《老殘遊記》通書之「且聽下回分解」，然亦見《二十年目睹怪現狀》通篇之「且待下回再記」。而《官場現形記》則兼而有之。既言「話說」又有「要知端的，且看下回分解」〔註118〕。第二十八回開頭接續處「做書的人，一枝筆不能寫兩樁事，一張嘴不能說兩處話，總得有個先後次序。」〔註119〕說、寫並陳，可以見得由說書形式至其漸次隱沒之過渡痕跡。《二十年目睹之怪現狀》尤其在小說第一回之楔子已表明全書爲九死一生其人所作之筆記，故而通篇以「且待下回再記」呼應楔子之說，於此擺脫說書之餘痕。

而從人物事件之醜怪即時暴露的敍寫，使得傳統小說原木清楚的敍事縱線弱化、虛化，直線式之結構由集錦式、串連式所取代，甚至影響到原先慣見之封閉式結構：

> 其標誌之一，是縱式結構或稱封閉式結構零散化，由串連式結構或跳躍式結構取而代之。〔註120〕

由取材之始即有之直面社會、廣泛記述各類現象之企圖，延伸至全書之末，

〔註116〕方正耀，《晚清小說研究》，頁339。
〔註117〕方正耀，《晚清小說研究》，頁340。
〔註118〕見李伯元，《官場現形記》，第十二回回末，頁164。
〔註119〕李伯元，《官場現形記》，第二十八回，頁405。
〔註120〕饒芃子等，《中西小說比較》，頁146。

形成了「開放式結構」：

> 晚清小說大都屬於開放式結構，其共同的特點，是延續性和伸縮性，
> 適應於較為廣泛地直接描寫現實生活。這一特點的形成，首先是由
> 作品所要表達的思想內容決定的。晚清小說家視野開闊，對社會、
> 政治、思想、風氣，密切關注，竭力想使自己的作品盡可能地攝入
> 更多的社會現象，在他們看來，封閉式或無彈性的結構是難以實現
> 創作目的的。因而絕大多數作品採取了開放式結構。〔註121〕

李伯元之《官場現形記》結尾聲稱被火燒掉下半部，《老殘遊記》則繼首編之
後續作二編，至於《二十年目睹之怪現狀》，書末主人翁之逃離濁世，卻在類
似續作之另一書《近十年目睹之怪現狀》進行重返。

> 當《二十年目睹之怪現狀》的「九死一生」規避濁世之際，他所踐
> 行的既非精神的超越，亦非本眞地位的保存。他所得到的反而是一
> 種雙重的眼力，這眼力令他及其筆下的理想讀者能看出晚清社會既
> 是無辜者的牢獄，也是魍魎的樂園。此外，盡管「九死一生」斷然
> 決定退隱，吳趼人卻在《二十年目睹之怪現狀》的續作《近十年目
> 睹之怪現狀》中，讓昔日的主人公重回上海的花花世界。〔註122〕

在續作《近十年目睹之怪現狀》中，吳趼人讓昔日的主人公「九死一生」，在
兩個天眞無邪的表親陪伴下重回上海，並由其耳聞目睹暴露更多的怪現狀。
對此，學者以《儒林外史》之王冕重返官場為假設做一類比，認為此一重返
直可視為小說對「整個道德結構與敘事框架的全面背叛」。

　　而開放式的結構，則具備了相當的自由性，此自由性乃來自於時代的氛
圍。如《孽海花》全書原定六十回，但只完成三十五回。發行之後，仍熱烈
銷售五萬本，傳統小說對於結尾的要求，晚清讀者似未在意：

> 晚清小說結構的多樣及其特點，與時代精神風尚是分不開的。晚清
> 處於新舊觀念交替、中西文化合流、開放與保守思想力敵、進步與
> 落後勢力並存的特殊時期，封建思想統治的專制、劃一已趨崩潰，
> 人們無意於百家爭鳴，也無意於規範一體。這為小說家提供了自由
> 創作的思想氛圍和環境條件。傳統的繼承和外來的接受，或兩者的

〔註121〕方正耀，《晚清小說研究》，頁 292。學者此處所言開放式乃指小說結局存在
　　　　相當大的接續發展空間，而非未寫出結局，存在各種可能，留與讀者決定。
〔註122〕王德威，《被壓抑的現代性——晚清小說新論》，頁 227～228。

滲透和並融，促使小說結構方式和形態朝多樣化方向發展。〔註123〕
晚清小說大多數為開放式結構類型，正與「開放趨於主導的時代精神」相合。
至於回評，雖則一如傳統回評多言文法理論或品評內容，然亦有諸多評點融
入了新觀點、新形式，呈現晚清之時代新味。

　　晚清四大小說保留回評者為《二十年目睹之怪現狀》及《老殘遊記》。綜
觀二書回評，其表現晚清時代特色之共通特點，包括作者之著述用心、時人
時事、怪奇、真實之強調等項，以下依序述之。

　　小說回評最能呈顯晚清之特色者莫如評時人論時事：

　　　　劉鶚也為《老殘遊記》作過評點。如第十六回自評揭發清官的罪惡，

　　　　劉鶚自負其前所未有，常為研究者所引用。〔註124〕

中國歷代政綱，貪官污吏不乏其人，小說針砭世情，自不免此輩之形容描繪；
至於清官則為清廉自持、仁民愛物之君子，而晚清卻有殘賊百姓更甚於貪官
之清官：

　　　　清官尤可恨，人多不知。贓官可恨，人人知之；清官尤可恨，人多不

　　　　知。蓋贓官自知有病，不敢公然為非；清官則自以為我不要錢，何所

　　　　不可，剛愎自用，小則殺人，大則誤國。吾人親目所睹，不知凡幾

　　　　矣。……作者苦心，願天下清官勿以不要錢便可任性妄為也。歷來小

　　　　說皆揭贓官之惡，有揭清官之惡者，自《老殘遊記》始。〔註125〕

小說所言清官，乃書中「玉賢」、「剛弼」者。名為清官實為酷吏，所指即是
時人毓賢及剛毅。所謂「苛政猛於虎」，小說中百姓對於動輒「站籠」置民死
地之此類清官，雖怨懼極深而未敢直言；回評則直批「罪不容誅」：

　　　　玉賢對稿案所發議論，罪不容誅。〔註126〕

此二人之外，對時人之臧否，尚包括莊勤果亦即莊宮保〔註127〕其人：

　　　　莊勤果公撫東時，內文案一百三十餘人，隨工差遣者三百餘人，有

　　　　戰國四公子之風。然而雞鳴狗盜間出其間，國士羞之。玉賢撫山西，

　　　　其虐待教士，並令兵丁強姦女教士，種種惡狀，人多知之。至其守

〔註123〕方正耀，《晚清小說研究》，頁292。
〔註124〕劉良明等，《近代小說理論批評流派研究》，頁7。
〔註125〕劉鶚，《老殘遊記》，第十六回回評，頁170。
〔註126〕劉鶚，《老殘遊記》，第五回回評，頁54。
〔註127〕宮保蓋其官職，為東宮太子少保。

曹州，大得賢聲，當時所爲，人多不知。〔註128〕

莊勤果所指爲當時巡撫張曜，小說第三回回評「莊勤果公延攬海內名士，有見善若不及之勢〔註129〕」，其爲官有求賢若渴之譽〔註130〕，除門下「雞鳴狗盜」之輩，「清官」玉賢亦出其保舉。因此，雖是竭力爲朝廷舉才，卻見識人不清，用人不當之病。其中爲禍甚大者除玉賢之酷虐，尚有山東廢民埝一事。

> 廢濟陽以下民埝，是光緒己丑年事。其時作者正奉檄測量東省黃河，目睹屍骸逐流而下，自朝至暮，不知凡幾。山東村居屋皆平頂，水來民皆升屋而處。一日，作者船泊小街子，見屋頂上人約八九十口，購饅頭五十斤散之。值夜大風雨，耳中時聞坍屋聲，天微明，風息雨未止，急開船窗視之，僅十餘人矣！不禁痛哭。作者告予云：生平有三大傷心事，山東廢民埝，是其傷心之一也。〔註131〕

回評呼應小說中莊公保因聽信史觀察之言，因廢山東黃河兩岸民埝。民埝可不廢〔註132〕，不須廢；即廢，原已籌款協助居民搬遷，卻不知爲何未照計劃實施，造成水漫村莊，無數百姓枉死。回評記述歷歷，「屍骸逐流而下，自朝至暮，不知凡幾」，是耳聞親見之時事。

至於《二十年目睹之怪現狀》回評涉及戰爭、科場、官場、實業、世風等等時事，較諸《老殘遊記》，所論尤多。

> 甲申馬江之役，輿論多咎某欽使。繼之一席話，可謂評論之評論。
> 〔註133〕

> 科場校士，防範之嚴……未幾即仍其舊。至今年，彼裝瘋者，已封疆矣。……今年光緒三十一年也，彼之封疆且已在數年前。〔註134〕

小說中爲人通關節之官員佯狂裝瘋以避人追究，最後不了了之。對於後續發展，回評在此作一補述，方之其人因善於官場操作之術，已然一路高升，早

〔註128〕劉鶚，《老殘遊記》，第四回，頁45。
〔註129〕劉鶚，《老殘遊記》，第三回回評，頁34。
〔註130〕參見小說第四回回目「宮保愛才求賢若渴　太尊治盜疾惡如仇」。
〔註131〕劉鶚，《老殘遊記》，第十四回，頁149。
〔註132〕小說中老殘主張束水刷沙法，築提控制水勢，使水不漫溢兩岸，再以水攻沙，直刷河底。此爲清淤加深河道之法，而民埝亦可不廢。
〔註133〕吳趼人，《二十年目睹之怪現狀》，江西人民出版社第十六回，頁117。
〔註134〕吳趼人，《二十年目睹之怪現狀》，江西人民出版社第四十二回，頁344。

爲封疆大吏。

　　聞諸老人言，奔競之風，京師素盛。夤緣大老之門，謂爲拜們；凡有
　　賄賂，謂爲贄敬然光緒初葉以前，一贄敬之費，僅二百金耳，其尤者
　　終不逾千金。觀此一筆一墨，已達萬金之外，其他可想已。〔註135〕

贄敬之數，僅光緒一朝即由數百進至萬金之外。回評詳述數據，使晚清奔競
夤緣之況更爲具體地呈現。除此之外，小說所記種種官場醜態，回評亦述時
事以應之：

　　昔年晤余晉珊中丞，言任瀘道時某甲附車事，猶吃吃笑不休。〔註136〕

小說中小官急於攀附，卻陰錯陽差，霸上大員車駕。結果，進退狼狽，騰笑
一時。回評則明示其人其事爲晚清官員余晉珊〔註137〕任瀘道時事。

　　天下未有內訌不已而外援可恃者也。雖然，今之士大夫，猶有倡言
　　借外債以興實業，聘客卿以修內政者。〔註138〕

此則評議晚清「借外債以興實業」、「聘客卿以修內政」之論，對於時代風尚，
小說回評尤其指出新聞媒體不可思議之影響力：

　　後半回形容上海名士，閱者必當疑爲過於刻薄，不知皆當日實情也。
　　蓋報館實有轉移風氣之力。當日報館提倡詞章，故上海遍地名士；
　　年來報館提倡民氣，故上海又遍地志士。昔日狙獪皆名士，今日屠
　　沽皆志士。報館實有轉移風氣之力，而所轉移者，乃如此，乃如此。
　　〔註139〕

　　上回作兩篇論去登報，便藏著一個賭徒。此回作兩句詩去登報，便
　　養成一班狂士。回想甲申、乙酉年之上海社會，如在目前。〔註140〕

新聞業之興盛始自晚清。回評議論所及，感慨隨之。以上時人時事之記述，
呈顯小說回評之晚清特色，而所謂時人時事，其中特多亂象怪事，可謂前所
未有，以下就其回評之怪奇特色略述之。

　　十餘家之村落，且無行沽處，而煙館乃有兩家。眞是一舉目一投足，
　　無非怪現狀。……租界之繁盛，又以大馬路、四馬路爲首屈一指……

〔註135〕吳趼人，《二十年目睹之怪現狀》，江西人民出版社第七十五回，頁641。
〔註136〕吳趼人，《二十年目睹之怪現狀》，江西人民出版社第一百回，頁863。
〔註137〕參見〈致余晉珊觀察〉，《救濟文牘》卷四，頁二十七。
〔註138〕吳趼人，《二十年目睹之怪現狀》，江西人民出版社，第一百二回，頁881。
〔註139〕吳趼人，《二十年目睹之怪現狀》，江西人民出版社，第三十五回，頁280。
〔註140〕吳趼人，《二十年目睹之怪現狀》，江西人民出版社，第二十二回，頁165。

　　其間鴉片煙館，大小不知其數，幾爲各種行業之冠。獨於此兩馬路之

　　中，欲求一米肆而不可得。……嗚呼，怪現狀可勝僂指計哉！〔註141〕

晚清怪現狀之一爲鴉片館之多，「幾爲各種行業之冠」，從荒村僻野到繁華租

界，煙館不僅無處不在，並且以懸殊之比例，居各行各業之冠。

　　至此，忽插入騷人墨客，怨女癡男，可見無處無怪現狀之可紀也。

　　〔註142〕

　　千奇百怪之現狀，苟爲之特立一傳，吾恐南山之竹爲之罄也。〔註143〕

從「一舉目一投足無非怪現狀」、「無處無怪現狀」到「現狀可勝僂指計哉」

之嘆，晚清奇事怪狀，果眞是罄竹難書。《二十年目睹之怪現狀》所述從朝廷

官場至升斗小民，內政外交，怪惡醜弊，亂象紛陳。

　　如《二十年目睹之怪現狀》第二回評語道：「扮官作賊，眞是不可思

　　議。記者乃謂其玷辱官場，吾則謂官場皆強盜……」「官場皆強盜」，

　　何等大膽的指斥！書中除了以大量篇幅暴露官場醜態外，第九回評

　　語又指出：「一路寫來，多是官場醜態。至此忽插入騷人墨客，怨女

　　痴男，可見無處無怪現狀之可記也。」由此不難看出譴責小說暴露

　　現實社會的弊端是極其廣泛的。〔註144〕

晚清社會之病不但既多且廣，並且深及家庭骨肉，親情倫理：

　　此乃進骨肉之讒言於外人，眞是變態百出，令人不可思議。〔註145〕

　　不圖于此更見以陰險詐騙之術，施之於于家庭骨肉間者，眞是咄咄

　　怪事！〔註146〕

宗族倫理向爲中國精神之根基，命脈之所繫，尊尊親親之義至晚清而親疏反

轉，怪離顚倒。

　　忽然欲其姪之兼祧，而哀求之，恭維之，不自憶其揮諸門外時，已

　　是醜怪萬狀，誰料後文更有於此作反對。〔註147〕

〔註141〕吳趼人，《二十年目睹之怪現狀》，江西人民出版社，第六十九回，頁586。
〔註142〕吳趼人，《二十年目睹之怪現狀》，江西人民出版社，第九回，頁65。
〔註143〕吳趼人，《二十年目睹之怪現狀》，江西人民出版社，第十回，頁72。
〔註144〕劉良明等，《近代小說理論批評流派研究》，武漢大學出版社，2003 年 11 月
　　　　一版，頁170～172。
〔註145〕吳趼人，《二十年目睹之怪現狀》，江西人民出版社，第三十六回，頁289。
〔註146〕吳趼人，《二十年目睹之怪現狀》，江西人民出版社，第二回，頁14。
〔註147〕吳趼人，《二十年目睹之怪現狀》，江西人民出版社，第十六回，頁117。

小說中之伯欺姪，是作者自家親歷。伯父至親，又是當朝官員，然兄死欺孤，猶滿口仁義：

> 鳴呼，何家庭怪狀之多也。家庭之怪狀，吾蓋睹之熟，幾於司空見慣矣！所最怪者，滅倫背親之事，乃出於日講孝悌忠信仁義道德之人。〔註148〕

> 所最奇者，愈是大人先生，愈多此種醜態，此則令人不解者矣！〔註149〕

回評點出千奇萬怪之最高峰，則大人先生在位。所謂上行下效，朝政所以日非，世風所以日下。而由大人君子所言孝悌忠信，所行背親滅倫之虛偽，至於小人庶民則成騙術圈套之種種。

> 一部《怪現狀》，記騙術之事為多，而觀於各種行騙之術，無非動之以利，而使之足蒙其害。〔註150〕

位高權重、滿腹經綸然滅倫背親、寡廉鮮恥者為財利故。競逐財利，蔚然成風，君子小人、上官下民，行偽施騙，層出不窮：

> 京師經手賄賂之人，最是精明強幹，而尚有車文琴其人者，從而傀儡之。可見狡詐欺騙之術，真是層出不窮。〔註151〕

> 官場挾妓飲酒，納妓作妾，已等於司空見慣矣，豈猶以為怪而記之耶！雖然，舒淡湖之作用，真可謂鬼神不測之機，能使墮其術中者，渾不自覺。吁！可畏也。〔註152〕

由圖貪利而行詐騙，騙術層出不窮，車文琴、舒淡湖者可謂其中佼佼，所謂神鬼不測，不特官場京師，民間江湖亦所在多有。

> 以東家而騙伙友，現狀之怪，當無有過於此者。〔註153〕

> 騙珠寶店一節，圈套完密，能令人不知不覺，自然墮其術中。〔註154〕

騙術亦講求佈局巧妙，才能使人墮其圈套而渾然不覺。而小說狀其光怪陸離，從而在內容形式上亦現其怪詐之跡：

〔註148〕吳趼人，《二十年目睹之怪現狀》，江西人民出版社，第七十三回，頁622。
〔註149〕吳趼人，《二十年目睹之怪現狀》，江西人民出版社，第五十五回，頁459。
〔註150〕吳趼人，《二十年目睹之怪現狀》，江西人民出版社，第六十三回，頁529。
〔註151〕吳趼人，《二十年目睹之怪現狀》，江西人民出版社，第七十六回，頁650。
〔註152〕吳趼人，《二十年目睹之怪現狀》，江西人民出版社，第六十六回，頁558。
〔註153〕吳趼人，《二十年目睹之怪現狀》，江西人民出版社，第六回，頁45。
〔註154〕吳趼人，《二十年目睹之怪現狀》，江西人民出版社，第五回，頁37。

此一回全是機詐文章……非具有機械者，不足以存立於社會中也。
〔註155〕

現狀怪，筆墨亦不得謂之非怪。〔註156〕

所謂筆墨之怪，包括回目、內文以及結構。

射獵武事，此乃於文闈中，標目亦奇。〔註157〕

由於取材之怪奇，小說筆墨亦以怪奇應之。第四十二回回目「露關節同考裝瘋　入文闈童生射獵」，文闈中而須射獵，逗引讀者無限好奇。

宗室之舉動，猶有不堪於此者」「上半回『臬台大人』四字之下，緊
接『飛簷走壁』，下半回『小的』二字之下，緊接『今天是鎮國公』，
都是出人意表之詞。〔註158〕

第二十七回上半回中原文作「臬台大人飛簷走壁的工夫很利害」〔註159〕，下半回「小的今天是鎮國公了！」〔註160〕車夫一夕之間便成王公，臬台居然爲盜，並且功夫了得，呈之於文字語言，耳聞目見，著實突兀，可愕可怪。

翰林在上海打把勢一節，已極寫現狀之怪。不期福州打把式一節，
其怪更出人意表。〔註161〕

寫官員打把勢在結構上亦怪怪奇奇，層層追高。小說從取材之怪奇到文字、結構之怪奇，在在出人意表。就回評本身言，亦見其怪奇：

扮官作賊，真是不可思議。記者乃謂其玷辱官場。吾則謂官場皆強盜，
此賊舍強盜而不爲，甘爲扒竊，不算玷辱官場，只算辱沒強盜。〔註162〕

爲官而扒竊，回評竟謂「不算玷辱官場，只算辱沒強盜」，直是教讀者錯愕失笑之評。諧謔之間，頗見其「反轉」：

隨缺定價，開列價目表，可謂公平交易。〔註163〕

〔註155〕吳趼人，《二十年目睹之怪現狀》，江西人民出版社，第十九回，頁140。
〔註156〕吳趼人，《二十年目睹之怪現狀》，江西人民出版社，第五回，頁37。
〔註157〕吳趼人，《二十年目睹之怪現狀》，江西人民出版社，第四十二回，頁344。
〔註158〕吳趼人，《二十年目睹之怪現狀》，江西人民出版社，第二十七回，頁209。
〔註159〕吳趼人，《二十年目睹之怪現狀》，第二十七回，頁133。
〔註160〕吳趼人，《二十年目睹之怪現狀》，頁136。
〔註161〕吳趼人，《二十年目睹之怪現狀》，江西人民出版社，1988年10月一版，第二十四回，頁183。
〔註162〕吳趼人，《二十年目睹之怪現狀》，江西人民出版社，1988年10月一版，第二回，頁14。
〔註163〕吳趼人，《二十年目睹之怪現狀》，江西人民出版社，1988年10月一版，第五回，頁37。

官場販賣職缺，荒腔走版，而謂之「公平交易」，實是嘲謔反轉，怪奇驚愕！
而回評之怪奇反轉，其實不單由取材一線而下，其中猶有著述之用心。

> 為了更加充分地表達「旌善懲惡」尤其是「懲惡」之意，吳氏還往
> 往為自己的小說作品加上評點。〔註164〕

社會特多豬狗不如之輩，做出禽獸不如之行，有識者故為憂慮深慟：

> 若此人者，亦不必叩其名，即視之與苟才等，均諡之狗才可也。雖
> 然，吾為世道憂，吾為倫常慟矣。〔註165〕

社會每多「苟才」輩者，此輩敗壞倫常、目無綱紀，社會乃混亂脫序。為世
道憂、為倫常慟，語出評者，實亦作者之憂慟，因此有《二十年目睹之怪現
狀》之作。《二十年目睹之怪現狀》著述之用心在「懲惡」，《老殘遊記》則為
「治病」：

> 舉世皆病，又舉世皆睡。真正無下手處搖串鈴先醒其睡。無論何等
> 病症，非先醒無法治。具菩薩婆心，得異人口訣，鈴而日串，則盼
> 望同志相助，心苦情切。〔註166〕

> 幸賴此書傳出，將來可資正史採用，小說云乎者。〔註167〕

舉世皆病、舉世皆睡，由二書評語所透露出之訊息，可知晚清社會之弊病叢
生、罪惡橫溢。著述所以達懲戒之意，其方在反映現狀，述其真實。因此，
真實之強調亦屢見於回評。

> 須知前一卷所寫是山東黃河結冰……野史者，補正史之缺也。名可
> 托諸子虛，事須徵諸實在。此回所寫北妓，一斑毫釐無爽推而至於
> 別項，亦可知矣。〔註168〕

由著述意識「補正史之缺」所興之「徵諸實在」的著述要求，與時代風俗變
異所提供之資材，回評亦以各種形式，徵其實在。

> 後半回形容上海名士，閱者必當疑為過於刻薄，不知皆當日實情也。
> 〔註169〕

> 壬寅癸卯間。游武昌，曾親見一典史作劇盜者。觀於此梟司，直是

〔註164〕劉良明等，《近代小說理論批評流派研究》，頁170～172。
〔註165〕吳趼人，《二十年目睹之怪現狀》，江西人民出版社，頁753。
〔註166〕劉鶚，《老殘遊記》，第一回，頁12。
〔註167〕劉鶚，《老殘遊記》，第四回，頁45。
〔註168〕劉鶚，《老殘遊記‧十三回自評》，頁140。
〔註169〕吳趼人，《二十年目睹之怪現狀》，江西人民出版社，第三十五回，頁280。

每下愈況，可發一噱。此事聞諸蔣無等云。確是當年實事，非虛構
者。〔註170〕

除力言屬實外，目見耳聞正爲徵驗之方。「吾聞諸人言，是皆實事，非憑空構
造者」〔註171〕，「回想甲申、乙酉年之上海社會，如在目前」〔註172〕皆是。
物證則雖少亦有：

未敢據以爲信，乃專購《四裔編年表》核對之，果如所言也。〔註173〕

驗以物證、目見耳聞之外，尤以親身所歷最爲深刻：

上回之覓弟，爲著者生平第一快意事，曾請畫師爲作《赤屯得弟
圖》。…此回之治喪，爲爲著者生平第一懊惱事，當時返棹，道出荊
門，曾紀以一律云：「此身原似未歸魂，匝月羈留滋淚痕，猶子窮途
禮多缺，旁人誹語舌難捫。而今眞抱無涯戚，往事翻成不白冤，回
首彝陵何處是，一天風雨出荊門。」爲錄於此，以見此雖小語，顧
不盡空中樓閣也。〔註174〕

其餘「宣統己酉十月有所感記此」〔註175〕、「光緒己丑年事」〔註176〕、「今年
光緒三十一年也」〔註177〕等，明標其年，亦因眞實而有之回評形式。而懲戒
之用心尤其在評者與讀者互動之文字形式上，可以顯現晚清之殊味。「此無筆
墨處之筆墨，不可囫圇讀過者也」〔註178〕、「讀者試掩卷猜之」〔註179〕、「讀
者其寧心以俟之」〔註180〕及「吾願讀者以我之眼讀之」〔註181〕等，諄諄其言，
肫肫其心，甚者，與讀者問答往來，論辯釋疑：

然則世路雖險，究亦多自蹈者，正不必動輒尤人也。或曰：然則人
之信我投我者，即當欺之耶？則應之曰：如子言，則《怪現狀》可

〔註170〕吳趼人，《二十年目睹之怪現狀》，江西人民出版社，第二十六回，頁201。
〔註171〕吳趼人，《二十年目睹之怪現狀》，江西人民出版社，第三回，頁23。
〔註172〕吳趼人，《二十年目睹之怪現狀》，江西人民出版社，第二十二回，頁165。
〔註173〕吳趼人，《二十年目睹之怪現狀》，江西人民出版社，第三十一回，頁244。
〔註174〕吳趼人，《二十年目睹之怪現狀》，江西人民出版社，第一百八回，頁939。
〔註175〕吳趼人，《二十年目睹之怪現狀》，江西人民出版社，第八十九回，頁763。
〔註176〕劉鶚，《老殘遊記》，第十四回，頁149。
〔註177〕吳趼人，《二十年目睹之怪現狀》，江西人民出版社，第四十二回，頁344。
〔註178〕吳趼人，《二十年目睹之怪現狀》，江西人民出版社，第六十三回，頁530。
〔註179〕吳趼人，《二十年目睹之怪現狀》，江西人民出版社，第十七回，頁125。
〔註180〕吳趼人，《二十年目睹之怪現狀》，江西人民出版社，第十六回，頁117。
〔註181〕吳趼人，《二十年目睹之怪現狀》，江西人民出版社，第二十六回，頁201。

以不作矣。〔註182〕

　　此外，除與傳統回評同樣抬出經典鉅做一比較，晚清還與同時小說相互評比較勁：

　　　　諺有之云：「拚死無大害。」於此縣丞見之。而筆墨又能爲之傳神，
　　　　寫來如頰上添毫。近人撰《官場現形記》，恐不及此神彩也。〔註183〕

　　　　上半回可抵得一部《官場現形記》。〔註184〕

回評與讀者之互動，與即時記事、眞實怪奇及著述用心等相呼應。以上就小說章回之形式，觀其鬆動之跡。以下則另就詩詞、議論再作審視。

　　　　「小說爲文學之最上乘」這一時代思潮，把小說從文學結構的邊緣
　　　　推向中，無疑給小說的高雅化（而不是粗俗化）提供了條件。從小
　　　　處看，似乎是白話小說與文言小說的對話；從大處看，卻是小說在
　　　　向文學結構中心移動過程中與整個文學傳統的對話。初步完成了敘
　　　　事模式轉變後的中國小說，不是比以前更民間化，而是更文人化。
　　　　〔註185〕

學者指出晚清以小說爲文學之最上乘之思潮，將小說推向文學之中心，其過程及初步結果，有一文人化之微變軌跡。

　　　　由於外國文學的衝擊，中國文學布局進行了內部調整，把小說推到
　　　　中心位置，使其有可能借鑒其它文學形式的表現方法；又由於小説
　　　　家原有知識結構的限制，可能更傾向於借鑒詩文辭賦的技巧寫小
　　　　說；再加上小說概念的模糊造成批評家和讀者的「寬容」，給作家的
　　　　探索創造了必要的條件。這三者決定了「新小說」家和五四作家有
　　　　可能更多接受整個中國古典文學而不只是古典小說的遺產。〔註186〕

所接受的中國古典文學中，包括吟詩塡詞，以及史傳議論。

　　　　劉鶚的《老殘遊記》代表了小說的一項突破，因爲他結合了白話小
　　　　說的「公」文類及詩詞的「私」文類，由此凸顯出歷史的關鍵時刻
　　　　社會與個人間，或「史詩」與「抒情」間（借用普實克本人的詞彙）

〔註182〕吳趼人，《二十年目睹之怪現狀》，江西人民出版社，第五十五回，頁459。
〔註183〕吳趼人，《二十年目睹之怪現狀》，江西人民出版社，第四十六回，頁379。
〔註184〕吳趼人，《二十年目睹之怪現狀》，江西人民出版社，第六十回，頁503。
〔註185〕陳平原，《中國小説敘事模式的轉變》，頁154。
〔註186〕陳平原，《中國小説敘事模式的轉變》，頁162。

的對話。〔註187〕

在章回小説中，開場或每回回末常見詩詞，已如前述，此蓋傳統定式。所不同者，傳統章回之詩詞，在提示情節或總結上情提起下文，旨在幫助承轉，增強小説之故事情節性。然四大小説，在借鑑詩文辭賦的過程中，亦見部份詩詞乃以抒情為務，非特情節而已。《老殘遊記》中之老殘，眼見民生凋敝、苛政殘民，或時事變遷，人老局殘，往往有詩。感慨之際，出於肺腑，又連帶影響小説之敘事。

詩詞之外，承於章回之史家論贊傳統而亦有變化者為議論。

> 「新小説」家借以衝擊中國小説以情節為中心的敘事結構的，既不是風土人情、自然風光的著意描寫，也不是人物心理的精細刻劃，而是大段大段的政治議論和生活哲理，作家也講故事，可不願只講述一個有趣的故事，而寧願以眾多的故事來說明一個或許是眾所周知的道理。「新小説」家之所以把長篇小説寫成近乎摭拾話柄的「類書」，不在於沒有講述一個完整的長篇故事的能力，而在於對發議論有更大的興趣。〔註188〕

小説之議論，乃承自史傳，文人小説之《聊齋志異》篇末之「異史氏曰」為其典型；唐傳奇則於首尾有短暫之議論。晚清四大小説亦有議論，尤其時勢之變，著述意識之鼓盪，尤常大發議論。大段大段的議論與道理，衝擊了傳統之情節結構。

在晚清的報刊雜誌中，常見雜說、雜評、雜論等文體。由於新聞、文學各體尚未有明確劃分之界線，因此大多登載於報刊之雜評常被視為新聞體裁之一種。

> 雜評十分自由，既可針對某一社會問題發表議論，亦可對某一文學現象加以評論。這一文體幾乎影響晚清一代文學，其中小説尤為明顯。

古代小説中本有議論之傳統，常置於篇首議論說明創作意圖，已成格套，然篇幅有限。至晚清則篇幅擴大，有類雜評：

> 到了晚清，在這種議論傳統和報刊「雜評」的影響下，小説家創作，每每喜歡在開卷楔子或第一回，對作品所要表達的思想，夾敘夾議

〔註187〕王德威，《被壓抑的現代性——晚清小説新論》，頁41。
〔註188〕陳平原，《中國小説敘事模式的轉變》，頁119。

作一番介紹評論，而這段文字，則類似一篇「雜評」或「雜文」、「雜論」。〔註189〕

這類夾敘夾議的評論，雖與小說內容相關，「講的是創作緣由或作品主旨」，卻能獨立存在，甚至將之刪除亦無害於小說之整體性，明顯具備雜評之特質。吳趼人之長篇小說，開卷十之八九都有此類於雜評之議論，可為一證。而晚清小說之議論大增，篇幅有限之議論傳統，得雜評雜論流行之助，乘風擴展，篇幅擴大，成為稍別於傳統之晚清小說結構特色。

普實克在論述二十世紀初中國小說敘述者作用的變化時，批評李伯元的小說摻和大量的議論，「這些都損害了傳統史詩的客觀性，都與這種確定的敘述形式相牴牾」。〔註190〕

摻和大量的議論確實衝擊小說注重故事性之傳統，與原先敘述形式有所牴牾。從另方面言，小說從傳統到現代，其形式結構亦由固定到鬆動，由制式到豐富多樣。

現代小說中作者的直接抒議，內容更加豐富深刻，形式也更加靈活多樣，多數是在敘述情節和刻劃人物過程中直然生發。也有暫時離開人物和情節的長篇抒議，但這類東西很少獲得讀者的認可和喜愛。〔註191〕

作為新舊轉變之先聲，議論之篇幅擴長是小說形式改變於晚清起始之初的一小步。

第三節　晚清四大小說之整體結構

對於晚清小說在結構上的變化，學者不但有所觀察，並且更進一步分析其原因乃受到時代新元素之影響，此時代新元素即西方翻譯小說以及報刊雜誌之連載形式：

再次，報刊雜誌連載小說的特定條件，驅使作家創作適合這一載體的結構形式，以實現創作的社會效果；大量西方小說的翻譯出版，使作家得以自覺借鑒和潛移默化地接受影響。這兩者都促使小說家

〔註189〕方正耀，《晚清小說研究》，頁236。
〔註190〕陳平原，《中國小說敘事模式的轉變》，頁77。
〔註191〕劉世劍，《小說概說》，頁224。

改變傳統的結構方式，探索、嘗試新的結構方式。晚清小説儘管並
未徹底擺脱傳統的模式，但畢竟嶄露了新的結構藝術的萌芽。〔註192〕
在西方小説新形式影響之下的新小説家做了諸多的嘗試，其嘗試之成果至今
仍是褒貶不一，既有前述「突破」之稱許，亦有「損害傳統」之指疵：

> 普實克在論述二十世紀初中國小説敘述者作用的變化時，批評李伯
> 元的小説摻和大量的議論，「這些都損害了傳統史詩的客觀性，都與
> 這種確定的敘述形式相牴牾」；並指出「曾樸把小説人物的個人故事
> 與歷史事件結合在一起，這一做法很能説明機械拼合不同性質的材
> 料最後會如何歸於失敗」。這些批評大體上是對的。〔註193〕

見仁見智之不同批評是目前圍繞在晚清小説之普遍現象。就四大小説之整體
結構言，歷來幾成定論者，首先是「承於《外史》」之説：

> 從《水滸傳》到《儒林外史》，不難看出，多傳體在轉變，由詳細寫
> 人物的主要經歷以顯其一生，演變為著重寫人物經歷的幾件事，以
> 突現人物的性格特徵，結構內部的起落間架轉趨細密。晚清小説中
> 接力式結構的作品，基本承襲了《儒林外史》的結構方式。〔註194〕

多傳體從《水滸傳》到《儒林外史》之轉變，在從詳寫貫穿到以數筆突顯之
不同。以此而言，晚清之接力式結構確乎近於《儒林外史》。而雖可以傳體稱
之，其實，《儒林外史》之諷刺主旨不在人物，而在於「世情」：

> 其特點是，形象群主要體現世情世相的某類（共同或相似）特徵，
> 具有較集中的諷刺暴露作用。……《外史》的機鋒所向，在士林中
> 人，其形象群缺乏特定社會關係和組織形態聯繫，而是通過作者的
> 藝術構思，按特徵相對集中，前後聯繫，在特定情節框架內活動，
> 如周進范進，二嚴、二王，諸名士等，由於這種形象群不以塑造個
> 性化形象為目的，而以暴露世情世相為重點，因而較適於《外史》
> 式「雖云長篇，頗同短製」的框架型特殊長篇結構。〔註195〕

相較於《水滸傳》同類人物之性格差異的精微辨描，《外史》式恰是不同類人
物的共同特徵之特寫。晚清四大小説承於《外史》，以揭露世情為重點，人物

〔註192〕方正耀，《晚清小説研究》，頁292。
〔註193〕陳平原，《中國小説敘事模式的轉變》，頁77。
〔註194〕方正耀，《晚清小説研究》，頁276。
〔註195〕劉尚生，《中國古老小説藝術史》，頁444～445。

刻劃反在其次。至於雖承《外史》而不同於外史者，則是另一幾成定論的「鬆散」之說。

> 除了魯迅贊爲「結構工巧」而爲胡適所疑的〔孽海花〕之外，大家
> 咸認組織鬆懈是晚清小說其他三部鉅著的顯著特色。〔註196〕

唯一爲魯迅所讚許之《孽海花》，不但不得胡適認可，且有前述「拼合失敗」之評。對於鬆散之所由，學者分析其揭露世情之「主題式」寫法應爲主因之一：

> 因爲它不像短篇散文那樣容易凝「神」，沒有貫穿全書的情節線索和
> 人物，很難體現長篇結構的間架骨骼。而作者一旦沒有吳敬梓那樣
> 刻畫人物的怪手，作品就易給人很糟的印象：人物雜遝，互蔽光色，
> 難以凸現主要人物的立體形象；事件枝蔓，結構臃腫，殘留無數斷
> 痕。姑且不說張春帆、蓬園等人的創作，即如李寶嘉、吳趼人那樣
> 的大家所作的這類結構的作品，都亦未能避免。〔註197〕

接力式結構有其靈活性，不定前後順序，排列可以顛倒、跳躍，事件多寡可隨機增減，因而可以「集中、透徹地表現主題」。然而，接力式結構，亦有其缺點，即長篇續接，貫串凝聚不易，不如短篇在方圓之內可以凝神奏功。四大小說中，以結構鬆散被點名批判者，以《官場現形記》、《二十年目睹之怪現狀》爲代表，成爲晚清小說之制式印象。

> 對主題，晚清作家不是頌揚就是唾棄，不是誇大就是瑣屑化，他們
> 無法克制逾越體制的衝動，畫蛇添足卻還樂此不疲。他們所建構的
> 論述就像一場狂歡，將好與壞、公與私，都熔爲一爐。閱讀這個時
> 期的作品，我們難以決定它們是世紀末能趨疲（entropy）的奇觀，
> 還是世紀初的警世寓言，預言現代性會迷失到什麼地步。〔註198〕

主題凌駕於人物情節之上，其揭露世情之手法學者認爲既瑣屑又誇大，褒貶兩極，逾越了正常的尺度。在結構鬆散的批評中，學者更從不同角度析究成因。除前述主題式凝神不易之說外，發表方式、作家能力都在疵議之列：

> 串連式結構和接力式結構，從整體上考察，都不免簡單和粗疏。《官

〔註196〕米列娜（Milena Dolezeelova-Velingerova），〈晚清小說中的情節結構類型〉林明德編，《晚清小說研究》，頁516。
〔註197〕方正耀，《晚清小說研究》，頁279。
〔註198〕王德威，《被壓抑的現代性——晚清小說新論》，47。

場現形記》、《文明小史》和《二十年目睹之怪現狀》、《老殘遊記》
這些晚清小說中的一流作品，整體結構都說不上嚴密、複雜。其中
很重要的原因，恐怕在於許多作品是邊創作邊發表，無暇對整體結
構作更精細的構思。就此而言，晚清小說無法與《紅樓夢》、《水滸
傳》之類宏偉而又嚴密的建築相匹。〔註199〕

連載於報刊的發表方式使作者未及就小說結構做整體考量，這是外在因素所
致。至於內在因素，除前述「沒有吳敬梓那樣刻畫人物的怪手」之能力問題
外，尚有逾越尺度之態度問題：

作品中過剩的成分正透露出作品之「空白恐怖」（horror vacui）：過
與不及正是一體之兩面。晚清作家太急於說故事，根本沒時間好好
地發展一個角色或一幕場景。在敘事正當中他們會轉向不相干的
事，他們會彼此剽竊或重複，甚至連作品完成與否都不放在心
上。……作家之所以不願完成──或完成不了──一部作品，或許
有其政治、經濟，甚至生活的原因，但是這也同樣點出他們的恣縱
及對規範的欠缺認知。〔註200〕

繼魯迅之後，王德威對於晚清小說結構之批評似更為嚴厲。他認為以西方亞
里士多德詩學之標準，則中國古典小說結構可以乏善可陳形容，而晚清小說
之結構可謂其中最下者，「即使以中國的標準視之，其形制也都大有問題」。
其問題包括情節蕪蔓無序、資料偽飾堆砌、主題無聊炫耀、角色光怪陸離等
等；整體而言，故事龐雜缺乏統一性，幾無結構可言。

　　他進一步分析致是之由，從作家心態提出解釋，或是操之過急，或是恣
縱缺乏規範，以晚清四大譴責小說為例，作者甚至連作品完成與否都不以為
意，《官場現形記》第二卷尚未寫出，曾樸接續友人金松岑所作《孽海花》原
也一直未能完成，四書之中僅《二十年目睹之怪現狀》「堪稱完成」。〔註201〕
不如吳敬梓之描寫功力，又兼有恣意妄為之恣縱心態，加之以匆促發表，無
暇細審，種種因素造成小說結構之鬆散，進而影響作品作者之整體評價。晚
清小說，遂得「志大才疏」、「草率」、「雜亂」之惡評。

　　可是，晚清不少作家卻違背這一規律，無視這一藝術傳統，他們靠

〔註199〕方正耀，《晚清小說研究》，頁290。
〔註200〕王德威，《被壓抑的現代性──晚清小說新論》，頁46～47。
〔註201〕參見王德威，《被壓抑的現代性──晚清小說新論》，頁46～47。

道聽途說收集小說材料，有的甚至登廣告徵求小說素材。……不少
作家志大才疏，缺乏藝術修養；草率成章，缺乏嚴肅的創作態度。
〔註202〕

學者認為小說長久發展得之不易之優良藝術傳統在情節記述及人物描寫。在
晚清，尤其宜沿《紅樓夢》之高峰，追求人情小說生活化之更精緻動人作品
之創作。然而，事與願違，從作品結構到作者才能最後到作品價值，四大小
說亦有被貼上「雜亂拼盤」標籤者：

而晚清小說家普遍缺乏這種開掘題材、提煉題材的才能。不是缺乏
提煉，致使作品蕪雜，就是開掘不深，以致作品單薄、膚淺。而且，
一代作家普遍缺乏建構巨制的能力，在構思處理眾多人物和紛繁事
件的關係上，顯得力不從心。因之，他們的作品反映的生活雖然比
較廣泛，但卻支離破碎，無法構成有機的藝術世界，如《官場現形
記》、《二十年目睹之怪現狀》等。讀者彷彿品嘗了一盤雜亂的拼盆，
似有味而難知其何味；掩卷閉目，腦中並未留下深刻印象的人物或
難以忘懷的事件。〔註203〕

從作品結構到作者才能最後到作品價值的析因評議，最終是小說價值甚低之
結論。對於慣常悅於人物情節之傳統美感的小說評家，晚清之結構，可能確
實構成疵議的有力論據。然而，不同於傳統批評的注視，可能看見不同的結
構：

比之法國拉伯雷的結構鬆散的《巨人傳》稍後，西班牙佚名氏的《柯
美思河的小拉撒路》（中譯本名《小癩子》）問世，啟開了流浪漢小
說的河閘。這類小說的結構特點是通過一個主人翁的漫遊，展現出
各種外界景象和社會現象；主人翁可以不是情節的推動者，但卻是
情節的組織者；自成段落的行狀軼事與人物的性格雖無必然聯繫，
但卻大大擴展了小說對事物的包容量。〔註204〕

不論是法國結構鬆散的《巨人傳》或是西班牙流浪漢小說，西方小說早期發
展的樣貌，或許使來自西方的眼光，較不被結構之定型標準所困擾：

最近有一些研究論文指出：中國小說的情節結構，其實比歷來咸信

〔註202〕方正耀，《晚清小說研究》，頁361～362。
〔註203〕方正耀，《晚清小說研究》，頁359。
〔註204〕金健人，《小說結構美學》，頁4。

的沒有規律要嚴謹得多；而且其情節有如西洋小說，皆受某些特定
的組織原則所支配，而呈現出小說的統一體貌。〔註205〕

米列娜（Milena Dolezeelova-Velingerova）的論點是幾成定論之外的異聲，她
甚至直指批評者未對批評對象作一通盤了解，而片段認識、以偏概全的結果，
其價值判斷可能過於主觀：

> 這種對晚清小說情節結構了解的貧乏，對於晚清小說意義的體會，
> 自然不免膚淺空洞，或是導致主觀的價值判斷。由於小說中尚未能
> 夠理出統一性的情節或主題，因此學者專家常就書中零星角色的說
> 辭，或是以單獨的事件爲基礎，取捨無據，以偏概全。無怪乎一些
> 晚清小說家（尤其是吳沃堯和李寶嘉），往往被人定型爲健於閒談，
> 其文字足供談笑之資，其成就僅止於社會批評而已。〔註206〕

對於晚清四大小說在結構鬆散一病上幾成箭靶之《官場現形記》、《二十年目
睹之怪現狀》，學者不但爲之鳴冤，並且將實地以語意、連接原則之分析歸納
展示其具體論據。〔註207〕

以下就晚清四大小說之整體結構，依《孽海花》、《二十年目睹之怪現狀》、
《官場現形記》及《老殘遊記》之序作一討論。

一、《孽海花》之傘形花序

曾樸的《孽海花》是普遍評價不高的晚清小說中，少數被評者稱讚的作
品。然而，胡適與錢玄同在《新青年》雜誌的論辯，對於這部小說有一流抑
或二流的不同見解，胡適所指疵者，結構正爲一病：

> 譬如穿珠，《儒林外史》等是直穿的，拿著一根線，穿一顆算一顆，
> 一直穿到底，是一根珠練；我是蟠曲回旋著穿的，時收時放，東西
> 交錯，不離中心，是一朵珠花。譬如植物學裡的花序，《儒林外史》

〔註205〕米列娜（Milena Dolezeelova-Velingerova），〈晚清小說中的情節結構類型〉林
明德編，《晚清小說研究》，頁 516。

〔註206〕米列娜（Milena Dolezeelova-Velingerova），〈晚清小說中的情節結構類型〉林
明德編，《晚清小說研究》，頁 517。

〔註207〕米列娜（Milena Dolezeelova-Velingerova），〈晚清小說中的情節結構類型〉林
明德編，《晚清小說研究》，頁 517：本論文將透過「聯綴」（stringing）的類
型原則以及語意分析（semantic analysis），來說明晚清小說中的三個情節結
構型式。

等是上升花序或下降花序，從頭開去，謝了一朵，再開一朵，升到
末一朵爲止；我是傘形花序，從中心幹部一層一層的推展出各種形
象來，互相連結，開成一朵球一般的大花。《儒林外史》等是談話式，
談乙事不管甲事，就渡到丙事，又把乙事丟了，可以隨便進止；我
是波瀾有起伏，前後有照應，有擒縱，有順逆，不過不是整個不可
分的組織，卻不能說它沒有複雜的結構。〔註208〕

針對胡適結構同於《儒林外史》的評議，曾樸則認爲二者雖然同是聯綴多數
短篇以成長篇，然而組織方法「截然不同」。他特別以蟠曲回旋穿珠花以及傘
形花序爲譬，指出自己在小說結構的用心之處。由此傘形花序成爲《孽海花》
之特徵，「波瀾有起伏，前後有照應」，曾樸之自辯亦得到學者之認可。

《孽海花》的結構不但完全不同於《儒林外史》及《官場現形記》，
同時，也不同於傳統章回小說那種單向順聯或花開兩朵、各表一枝
的平面式構造。正如曾樸自己作過的解釋，「譬如植物學裡說的花
序，《儒林外史》等是上升花序或下降花序，…；我是傘形花序，從
中心幹部一層一層的推展出各種形色來，互相連結，開成一朵球一
般的大花……波瀾有起伏，前後有照應，有擒縱，有順逆……」曾
樸這番話，原本是對十年前胡適評價的反駁與申辯，其中並無任何
誇飾，非常平實。〔註209〕

曾樸的傘形花序式結構，有其貫串終始的主要人物，不同於單純之接力式或
串連式。學者並將此一結構形式上溯至英雄傳奇小說：

傘形花序式結構亦非曾樸毫無借鑒的獨創，古代英雄傳奇派小說已
開創了這一結構方式。如《說岳全傳》，全書八十回。……晚清小說
中以《孽海花》爲代表的傘形花序式結構，是在英雄傳奇體結構的
基礎上形成的。

《孽海花》類同英雄傳奇體之結構，乃在於以金雯青和傅彩雲爲情節和人物
形象群之核心：

作者濃墨重彩刻畫金雯青和傅彩雲，從金雯青發跡起，不僅寫他們
之間的相識、相戀、結合、分歧和雯青的死、彩雲的飄零及慘局，

〔註208〕曾樸，〈修改後要說的幾句話〉，收錄於《孽海花・附錄》，頁 456～457。劉
　　　　良明等，《近代小說理論批評流派研究》，頁 167～168。
〔註209〕楊聯芬，《晚清至五四：中國文學現代性的發生》，頁 269。

而且描寫了他們在所參預的一系列政治活動政治事件的行爲表現。
〔註210〕

小說寫金雯青的「浪蕩、無知、愚蠢」和傅彩雲的「伶俐、狐媚、潑辣及殘忍」，藉由金雯青和傅彩雲之傳奇性，以二人爲核心之結構設計，「使作品有了情節的核心和人物形象群的核心」〔註211〕，人物與情節因之能夠順當綰合；在情節波瀾起伏中，人物得其擒縱照應、著墨刻劃，熠然紙上，耀眼生動。

> 金、傅經歷的傳奇性與複雜性，使小說的情節富有長篇敘事中最有魅力的故事張力。小說以金、傅爲中心，但小說的敘述空間，又遠遠超過金、傅私生活；它以金傅二人，勾連起晚清整個上層社會、官僚知識界及中國的內政外交，展現了那個時期的歷史風雲與社會風俗，結構廓大而飽滿。小說的敘述，圍繞金、傅而自由移動，生活場景的展示在「國內——國外」、「家庭——官場」、「主人公——名士同僚」間伸縮轉移，情節成爲一種以金、傅爲中心向外發散的立體結構。〔註212〕

以主要人物之相識、相戀、結合、分歧至死離，勾連起晚清上層社會內政外交、社會生活種種，成爲各片段史事之縱貫核心。在時代風貌的反映要求上，匠心獨運地從結構上，兼顧情節人物發展之小說傳統。因此，可說是接力式、串連式結構之之改良與發展。然而，核心人物雖言貫穿終始，在一些主角並未親身參的歷史事件中，則以間接轉述呈現，有評者對此仍覺人物刻劃不足，並影響了結構的緊密：

> 傘形花序式結構通過人物經歷串連眾多生活事件的結構方式，較之串連式、接力式更有優點。其整體結構不但貫穿了人物，有一條發展脈絡，且突現了主人公的造型；同時，又因宕開筆墨，勾連它事，而同樣體現了反映生活廣闊的特點。〔註213〕

不過由於小說未能全力集中刻畫主要人物，而分散筆墨於關係複雜的種種事件，因此學者亦同時指出其「頭緒繁多，難以寫深寫透」、「存在喧賓奪主或羅列瑣事〔註214〕」之弊病。

〔註210〕以上二段引文見方正耀，《晚清小說研究》，頁280～281。
〔註211〕同前註。
〔註212〕楊聯芬，《晚清至五四：中國文學現代性的發生》，頁267。
〔註213〕方正耀，《晚清小說研究》，頁283。
〔註214〕方正耀，《晚清小說研究》，頁283。

　　然而學者認爲的羅列瑣事，其實可能是作者超越人物刻劃之上的著述主旨；而所謂的主人公核心人物縮結史事之傘形花序之結構，乃是爲完成此一宗旨而採用之方法。換言之，所謂「喧賓奪主」，其主宜是賓而其賓本是主。如此，賓仍居賓位，而主亦仍爲主導，則無喧奪之病。相較於其他譴責小說，《孽海花》呈現時代之眞實風貌的企圖重些，針砭懲戒的氣味淡薄些。雖則傘形花序結構本爲實現宗旨之策略，但插柳成蔭，傘形花序之核心結構卻成爲小說藝術品評的美麗鑲鑽。

> 它在敘事方式和敘事觀念上有違傳統的陌生，又常常不爲時人理解。《孽海花》超越「譴責」的更深切的情緒，在糾彈之外的更複雜的意蘊，以及完全不同於《儒林外史》的敘事結構和透露著現代審美意識的新鮮氣息，這種種獨立於「譴責小說」整體概念之外的個性，卻幾乎完全被漠視或「忽略」了。〔註215〕

作爲核心之主要人物，由於縱貫全篇，自然得到更多的描寫刻劃，類於「羽狀式結構」〔註216〕，呈現身爲小說主人公之特有光澤。金雯青對外系聯官場名士，向內深掘其心理意識；傅彩雲尤其形象鮮明，以此爲核心主軸，交纏著諸多人情史事，從中心幹部層層推展，互相連結而成的大花球，是一繽紛複雜的立體交叉結構。

> 小說以金雯青聯繫國內的名士高官，展現主流文化風貌，在科場考試、聚會交遊、家庭逸聞、政治外交等一系列場景中，展現出清末上層社會的生活圖景，刻畫了一系列個性鮮明的名士官僚形象。

中國士大夫汲汲於辭章與考據、科名之外無所作爲，在晚清之際因中西時空交疊，無形中對比凸顯出其狹隘與局限。而除了士大夫階層之所思所爲，小說更記述中國1870至1890年間「政治、文化領域的特殊氛圍和主要事件」，其中包括國內如興中會陳千秋、孫汶（即孫文）之革命活動、梁超如（即梁啓超）等之維新，國外俄國虛無黨之民主風潮等，內容豐富，「展現了清朝政治和文化大變動到來之前的社會思想狀況」。

> 波譎雲詭的時代與形形色色的人物，構成小說氣度不凡的史詩結

〔註215〕楊聯芬，《晚清至五四：中國文學現代性的發生》，頁266。
〔註216〕「不難看出，羽狀式結構的作品都以一二個主人公爲結構中心，情節都是圍繞主人公展開的，因而這類作品的主人公特有光澤。」參見方正耀，《晚清小說研究》，頁286。

構。可貴的是，小說紛繁的事件、眾多的人物均處於環繞男女主人
公的「眾星拱月」的張力秩序中，主人公性格鮮明，而社會與時代
的大背景又充實、宏大；史詩的風雲與生活細節的生動幽默，都使
小說富於動人心魄的審美力度，並形成這部小說一種立體交叉的結
構形式。〔註217〕

總而言之，在整體結構一項，《孽海花》展示一個進步的新里程，面對多傳體
必然分散之弊，在長篇短制的結構上，伸展巧思，開出更富藝術性的傘形花
序。

傘形花序式結構遠較接力式、串連式結構更富藝術性，也更接近現
代小說的結構特點。因為把眾多事件人物串連一體，本已不易，而
在其中又能突出中心人物和中心事件，使作品既見整體結構渾然一
體，又見清晰的層次、骨節，這不能不說比上述二種結構更巧妙，
更能體現小說家的藝術匠心。〔註218〕

曾樸之花序結構，不但使小說整體綰合較為緊密，呈現交叉立體之豐富結構，
並且在晚清風物之敘寫中，枝葉掩映，搖曳生姿，成為晚清之小說佳作。

二、《二十年目睹之怪現狀》之一線串連、散而有脈

相較於《孽海花》井然有序之球花，《二十年目睹之怪現狀》在幾成定論
的散漫指疵之外，較先被察覺的，是其「一條鎖鏈」式的主角敘事結構：

歷來咸認〔二十年目睹之怪現狀〕的材料缺乏組織，絲毫未見藝術
性的精心巧思，直到最近才有 V. I. Semanov 其人向這種廣為流傳的
意見提出挑釁。Semanov 氏的說法是：〔二十年目睹之怪現狀〕的複
雜組織，實乃其藝術成就之一，而且把這種結構章法比喻成「一條
鎖鏈，鐵絲（即中心人物）交織纏錯，以增強其力量」。〔註219〕

九死一生這位主角正如一鍊貫穿全書，學者對小說此一結構特點，有不同之
觀察。魯迅認為《二十年目睹之怪現狀》類同於《官場現形記》之風格，胡
適則視之為《儒林外史》之後裔，二人認為「光是主角上場，對於情節的統

〔註217〕以上引文見楊聯芬，《晚清至五四：中國文學現代性的發生》，頁 268～269。
〔註218〕方正耀，《晚清小說研究》，頁 282。
〔註219〕米列娜（Milena Dolezeelova-Velingerova），〈晚清小說中的情節結構類型〉林
　　　　明德編，《晚清小說研究》，頁 516～517。

一性並無多大助益」〔註220〕，並不表肯定；Semanov 卻認爲交織纏錯，可以增強力量。小說同於《孽海花》者，在於以一人縱貫全書之結構安排，乃出自作者本身精心之策劃。

> 吳趼人則自覺運用這種敘事技巧來創作《二十年目睹之怪現狀》：「此書舉定一人爲主，如萬馬千軍，均歸一人操縱，處處有江漢朝宗之妙，遂成一團結之局。」〔註221〕

由小說總評看來，作者在結構上著力頗深，期望能成一「團結之局」。不過，歷來四大小說結構散漫之代表，《二十年目睹之怪現狀》常列名其一，評者對其用心，體察恐怕不多。至於米列娜（Milena Dolezeelova-Velingerova）則從西方結構理論，分聯綴式小說之結構爲四個層面，包括主要角色的故事——「串線」、次要角色（可有可無）的故事，與主要角色的故事平行發展、自成單元的軼聞事件、以純文學形式展現的靜態素材；而軼聞事件與靜態素材乃由「穿針引線人（串線）提挈在一起」。

接著她並根據捷克結構主義學家 Jan Mukarosvsky 之說，在 Slovskij 情節結構的「形式」（formal）概念上，配合「語意」組織之考慮，結合形式概念與語意組織二者，對《二十年目睹之怪現狀》再作考察：

> 情節結構「不再是構築之事（各部分的比例和銜接），而是作品在語意方面的組織之事」；是「一組方式，以描述文學作品爲一語意的整體」。換言之，必須從這些聯綴式情節的事件，來判斷它們在意義上是否具有共通性，而決定其結構。如果諸事件可以歸納出語意的普遍統一性，則小說的首尾一貫，不止有賴於聯綴的方式，亦且仰仗於事件中比較深奧的語意統一性。〔註222〕

米列娜（Milena Dolezeelova-Velingerova）在形式概念的考察上，歸納出《二十年目睹之怪現狀》結構上的四個層面，包括第一主角九死一生、第二主角苟才、社會軼聞以及正面人物之評論。〔註223〕而此四個層面並有其共通之語

〔註220〕米列娜（Milena Dolezeelova-Velingerova），〈晚清小說中的情節結構類型〉林明德編，《晚清小說研究》，頁 516。

〔註221〕陳平原，《中國小說敘事模式的轉變》，頁 72。所引爲小說之總評。

〔註222〕米列娜（Milena Dolezeelova-Velingerova），〈晚清小說中的情節結構類型〉林明德編，《晚清小說研究》，頁 519～520。

〔註223〕「我們可以證明，〔二十年目睹之怪現狀〕表面看來毫無章法，而情節結構也若斷若續，不過是一種表象而已。其情節結構實由四層面組成，如上所述，即第一主角——「九死一生」；第二主角，即旗人苟才；將中國社會形貌表露

意類型，其中又可以第一層面之主角自身情節，作爲小說整體形式和語意組織之原始類型：

> 主角自己的情節——與其伯父的衝突——可說是小說整體形式和語意組織的原始類型。〔註224〕

此語意類型爲一認知過程，是從錯誤認知到獲知眞相的歷程：

> 主角自身的故事具有一認知過程（a cognitive process）的特徵，即認知的故事（an epistemic story）……形式上，主角的故事乃是根據一眾所周知的公案故事原則組織而成，也就是「賣關子」（delayed information）的原則。……「賣關子」的原則，因分割主角故事成段落而實現；個別的段落爲一連串的軼聞（「他人」的故事）所隔開。〔註225〕

認知過程（a cognitive process）乃由「錯誤的信念」（a false belief）出發，在事件發展過程中，獲知「眞相」（a true knowledge）。而在事件發展過程中，逐漸知曉原先隱藏面貌的模式，使得小說類同於公案，「故事本身是個變相的公案小說（偵探小說）」。就主角言，其伯父之眞實面目，包括人品、地位、行爲等，隨情節發展逐步暴露出來；小說並以此逐步暴露之形式，使眞相揭露時之刺激與張力，「大大地增強」〔註226〕。在眞相揭露之前又安排了包括伯父拒見、離城、假裝生病等重重阻礙，必須由主角一一克服。

在層層迷霧之後，眞相若隱若現、呼之欲出，獲知眞相的歷程，其實就是揭露；而所謂的「賣關子」（delayed information），乃故意延遲訊息，目的在吸引讀者之閱讀興趣。

> 好的情節結構總是能使讀者長久地保持濃厚的興趣。爲什麼呢？因爲它有統一性，不斷引起你的期待和懸念，使你非要知道最後的目標在哪裡不可。……你會爲小說中的人物命運牽腸掛肚，會被作家精心安排的情節佈局引導著，產生越來越想知道高潮點和結局的欲

無遺的一些軼聞；以及幾個「正面」人物之間非行動的言論，他們批評現狀，且建議一些解決中國問題的辦法。」參見 Milena，〈晚清小說中的情節結構類型〉林明德編，《晚清小說研究》，頁521。

〔註224〕米列娜（Milena Dolezeelova-Velingerova），〈晚清小說中的情節結構類型〉林明德編，《晚清小說研究》，頁521。

〔註225〕米列娜（Milena Dolezeelova-Velingerova），〈晚清小說中的情節結構類型〉林明德編，《晚清小說研究》，頁522。

〔註226〕林明德編，《晚清小說研究》，頁522。

望，並且在閱讀過程中不知不覺地思考著，激動著，受到思想上的
啓迪和美的感染。這是因爲完美的情節結構總是給讀者懸著一個探
索、追求的目標，而過眼的生活現象卻似乎不存在這種目標，儘管
生活也有它的結構和章法。〔註227〕

「賣關子」其實亦正在營造懸疑性，但刺激不至太過，因爲眞相的揭露的謎
底，是社會不該有然卻可能氾濫成災的某些現象。「賣關子」的輕微懸疑性成
爲第一、二、三層面的相似模式：

　　「賣關子」此一原則，在苟才的故事中，比在主角的故事裡，運用
　　起來得心應手。〔註228〕

第一層面的主角對伯父認知的逐步修正，成爲小說其他層面語意結構之藍
本，〔註229〕以相同的語意結構對複雜的小說情節片段進行統整，在看似雜亂
的秩序中，得到了清楚的結構。

　　如果進一步將焦點放在第一、二層面之比對上，則第二層面之苟才可視
爲主角之映襯：

　　〔二十年目睹之怪現狀〕的次要情節以旗人苟才爲中心，其故事比
　　其他任何軼聞都長而詳盡。苟才之於主角，具有襯托的作用。有關
　　苟才故事的段落，集中於小說的前端、中段、與末尾，與主角故事
　　的段落分布情形相同。〔註230〕

主角的故事與苟才之情節雖由同一語意模式組成，但並非一成不變。二者做
一對照，最能看出所呈現之氣氛大不相同：

　　主角故事主要的氣氛是悲劇性的、平靜的，與遭受迫害的主角之默
　　從不抵抗和正直高潔十分協調；至於構成苟才故事的事件則時常帶

〔註227〕劉世劍，《小說概說》，頁160。
〔註228〕米列娜（Milena Dolezeelova-Velingerova），〈晚清小說中的情節結構類型〉林
　　　　明德編，《晚清小說研究》，頁524。
〔註229〕Milena，〈晚清小說中的情節結構類型〉林明德編，《晚清小說研究》，頁522
　　　　～523。主角本身的故事是此小說的軸心，其語意基礎（認知的轉化）是爲情
　　　　節之其他層面語意結構的藍本。如此，則〔二十年目睹之怪現狀〕的前後一
　　　　貫，不只由其事件的組織所賦予，且與其奠定諸此經驗的語意基礎之統一性，
　　　　有相當大的關係。認知過程把小說的所有事件聯貫起來：「過去二十年目睹之
　　　　怪現狀」的眞實性，逐漸地展露於主角的面前。
〔註230〕米列娜（Milena Dolezeelova-Velingerova），〈晚清小說中的情節結構類型〉林
　　　　明德編，《晚清小說研究》，頁523。

有喜劇性，滑稽詼諧，與苟才粗鄙的性格相得益彰。〔註231〕
對照、映襯與類比，之所以仍須兵分二層，乃因相似語意形成之相同架構得
以出現不同景致，人物情節不但無重覆之感，甚至相互映照之際，益得鮮明
之效。

至於第三層面之社會軼聞，來自社會各階層，紛雜的人物、事件，其亦
統整於認知揭露之語意類型，而其人物事件並具有一定程度之代表性：

> 小說的第三個層面由一串敘述日常生活芝麻小事的軼聞所組
> 成。……這些軼聞的作用並非是揭露其中個別人物的假面具。這些
> 軼聞中的人物其實是代表中國家庭成員或中國社會各階層的類型：
> 商賈、官僚、兵卒、半瓶醋的知識分子、以及娼妓等等。
>
> 這種主題的歧異性再度為認知的語意結構所統一。這些軼聞皆具同
> 一模式，首先是主角目睹一樁事件或是耳聞某些閒話，之後他發現
> 事件的背景，而知真相與當初所見所聞完全是背道而馳。〔註232〕

至於第四層面雖然亦是認知過程，然其結果恰與前三層面相反，乃由反面轉
為正面之認知。

> 主角經歷一認知過程，由無知轉為真知；然而這種認知過程所產生
> 的最後結果，則與前述三種層面有極顯著的差異。在所有的行動層
> 面（動態層面）中，認知過程引領主角去發現原似正面的某人（或
> 某事）之反面性質，在非行動層面（靜態層面）中，原先似是反面
> 的則轉有正面價值。〔註233〕

而此類正面人物之論述，亦正是晚清小說之主要特徵：

> 通過這種正面人物的對話議論，具體表達對國家社會的各種改良方
> 針，這就是晚清小說的主要特點之一。有人曾經將這些社會改良方
> 案歸納為五種：第一、整頓、澄清吏治…第二、興辦實業…第三、
> 廢除科舉，普及教育，開辦學校，興女學，禁纏足，提倡識字讀書，
> 推廣開化民智的各種工作。第四、提倡傳統文化道德，以此來挽救

〔註231〕米列娜（Milena Dolezeelova-Velingerova），〈晚清小說中的情節結構類型〉林
明德編，《晚清小說研究》，頁524～525。
〔註232〕米列娜（Milena Dolezeelova-Velingerova），〈晚清小說中的情節結構類型〉林
明德編，《晚清小說研究》，頁525
〔註233〕林明德編，《晚清小說研究》，臺北：聯經出版公司，頁527～528。

世道人心。第五，節省虛糜，認眞辦國防外交。〔註234〕
不參與行動的靜態評論，在由反面轉爲正面的評述結構中呈現出小說稍見樂觀之一面。〔註235〕而由語意組織統整而成四個層面的整體結構，讓讀者看見不同歸納所呈現之簡明結果。如此揭露眞相，呈現事實之故事框架，讓《二十年目睹之怪現狀》也有所謂「啓悟小說的味道」。〔註236〕而透過同一語意組織的四個結構層面，在不同階層的形形色色表露，小說遂有清楚而豐富之結構呈現。

> 從社會生活的各層面中，主角觀察到一些雞零狗碎的瑣事，因而視野大開、廣增見識，可是其認知過程的結果則與其自身的故事、或旁觀者的故事一般悲慘。這種重複相同語意類型的特色──三個層面中的故事皆以此爲基礎──更加強了〔二十年目睹之怪現狀〕的批判意味，但是語意模型的表現各呈其貌，則使得小說免於墮入單調乏味之境。〔註237〕

在此既清楚復多樣之四層面結構基礎上，回顧前述無暇對整體結構作更精細的構思〔註238〕或恣縱、對規範的欠缺認知〔註239〕之說再作一審視，則吳趼人出乎自覺所建構此一團結之局的一條索鍊式之結構，即便未必成江漢朝宗之勢，但作者對於小說之結構敘事、起伏布局〔註240〕亦不至於欠缺認知。至於「無暇」之臆測，若如吳趼人所言「惟《二十年目睹之怪現狀》一書……皆

〔註234〕吳淳邦，《晚清諷刺小說的諷刺藝術》，頁90。

〔註235〕「這些例證所顯示的由反面態度逆轉成正面態度，是靜態層面之所以較其他三動態層面爲「樂觀」的原因。這也可以看出，爲什麼這極少數幾個擔當討論之職的角色是小說中唯一的『正面』人物。爲了要超然保持其正面身分，這些愼思熟慮的人物就不參與實際的行動；他們的言論通常是他們在小說發展中的唯一參與，也是他們對小說本身意義的唯一貢獻。」林明德編，《晚清小說研究》，頁528～529。

〔註236〕陳平原，《中國小說敘事模式的轉變》，頁202：《二十年目睹之怪現狀》框架故事較強，還有點啓悟小說的味道。

〔註237〕米列娜（Milena Dolezeelova-Velingerova），〈晚清小說中的情節結構類型〉林明德編，《晚清小說研究》，頁526。

〔註238〕方正耀，《晚清小說研究》，頁290。

〔註239〕王德威，《被壓抑的現代性──晚清小說新論》，頁46～47。

〔註240〕如「上回要買小火輪一語，看來似閒耳，實乃可以無有。不料乃於此回中，引出局員做私貨一段來，方悟爲金針引線之法。」《二十年目睹之怪現狀》江西人民出版社，第二十九回回評，頁226。

二十年前所親見親聞者，慘淡經營，歷七年而猶未盡殺青」〔註241〕，不論小說結構評價如何，但絕非倉促所得則可知。

論者認為晚清一代「作家普遍缺乏建構巨制的能力，在構思處理眾多人物和紛繁事件的關係上，顯得力不從心」，尤其點名《官場現形記》、《二十年目睹之怪現狀》「支離破碎，無法構成有機的藝術世界」、「讀者彷彿品嘗了一盤雜亂的拼盆，似有味而難知其何味」〔註242〕。對於作者建構巨制的能力，阿英的《晚清小說史》對兩部小說之比較恰有一反證：

> （《九命奇冤》）而每一回控告，寫來各自不同，使讀者毫無重複之感。警富新書則不同，有時竟祇是一個概略而已。〔註243〕

> 這是安和先生（《梁天來警富新書》）所輕輕帶過了的，在吳趼人寫來，卻是有聲有色的文字。在這些地方，可以看到九命奇冤的描寫能力。而從全書中，更容易體驗到他對於晚清貪官污吏，具著怎樣憤慨的心情。〔註244〕

吳趼人《二十年目睹之怪現狀》之著述觀念略異於一般小說之概念，因之其藝術審美亦有不同。然而，作者對小說藝術具備一定程度之認識，在實作上亦有其成果為證。當其用心與力，費時既久，極思慮於結構布局，欲成江漢朝宗之勢，以呈於世。然百年而下，卻一直有一撕之不去的結構散漫、雜亂拼盆之標籤，封貼其上，思之憮然。

如果從小說語意組織的清楚結構呈現重新出發，在蛛網遍佈的繁絲之中，作者藉九死一生所吐出的思絲文紋，在此不同注視目光下，所呈顯的應是散而有脈的多樣風貌：

> 這種首尾一貫的形式尚有一更重要的語意思素：小說中所有的故事皆是基於同一語意型式。它們都是認知的故事，求取真知的故事。同時，這種共有的語意基礎，其表現的風貌則呈相當的變化，因為性格的歧異、不同的社會階層、以及聲口的差別，而有各種的表現，所以認知過程亦饒富趣味。〔註245〕

〔註241〕 參見本文第貳章第三節，及《晚清文學叢鈔‧近十年之怪現狀自敘》，頁185～187。

〔註242〕 以上引文參見方正耀，《晚清小説研究》，頁359。

〔註243〕 阿英，《晚清小説史》，頁157。

〔註244〕 同上注，頁159。

〔註245〕 米列娜（Milena Dolezeelova-Velingerova），〈晚清小說中的情節結構類型〉林

同一語意基礎下之不同階層人物、大小事件之穿插，乃小說長篇經營之所必需，正如橫雲斷嶺，橫橋鎖溪〔註246〕，間以他事，以免冗長之病。

　　小說種種人物事件之歧異、不同、差別，在語意組織之視點下，可能不是雜亂之拼盤，而是饒富趣味的多樣風貌。如果曾樸的《孽海花》是井然有序的美麗花球，吳趼人的《二十年目睹之怪現狀》則應是一株散而有脈，風貌變化的多刺九重葛。

三、《官場現形記》之迴旋綴接

　　晚清四大小說中，另一結構散漫之代表即是《官場現形記》。小說在結構序敘事上，呈現隨時間不斷前進的單一模式：

> 有的好像旅人坐火車看風景，「第覺眼前景物排山倒海向後推去耳」，景與景之間可以沒有統一的時間尺度，可每一景的敘事時間卻是連貫的，如李伯元的《官場現形記》。〔註247〕

相較於《二十年目睹之怪現狀》分作四層，延伸至官僚庶民家國社會，《官場現形記》選擇了單一軌道，在官場上隨著記述，不斷向前行駛。一景綴繼著一景，一站續接著一站，其類同短制之結構，雖招致「整體布局結構的漫不經心」之疵議，然由其中篇幅較長之事件，仍可看到大段串連之完整性。

> 然而這類小說居然能產生小說的藝術效果而迴異於散文，原因主要還在於結構內部各大故事本身，仍然體現了人物事件貫穿始終的特點。如《官場現形記》從十二回到十八回寫胡統領剿「匪」經過。……敘述有序，較為鮮明地刻畫了一個狠毒、貪婪、好色的封建官僚形象。這些故事有相對的獨立性，接力式結構的作品也正是依仗這一段一段故事本身的完整來吸引讀者，以掩飾其整體布局結構的漫不經心。〔註248〕

完整之敘述，呈現出藝術性較為豐滿的人物形象，從受命統帶六營防軍開撥起，經爭妓吃醋、設計應差、殘殺村民、請功舞弊、勒索錢財等事件，至回

明德編，《晚清小說研究》，頁 529。

〔註246〕「毛宗崗在金聖嘆的「橫雲斷山法」的基礎上，進一步分析：『橫雲斷嶺，橫橋鎖溪』。……比較複雜的事件則需要與它事間隔，以免單調、冗長、無變化。」張健、謝綉華，《中西小說理論要義》，頁 24。

〔註247〕陳平原，《中國小說敘事模式的轉變》，頁 46。

〔註248〕方正耀，《晚清小說研究》，頁 277～278。

省交差止，起訖完整，敘述有序。不過，學者仍覺瑕疵過甚，有漫不經心之
評。對於《官場現形記》之整體結構，胡適有大官、佐雜之辨，並提出其臆
測與建議：

> 《官場現形記》寫大官都不自然，寫佐雜小官卻都有聲有色。大概
> 作者當初曾想用全副力氣描寫幾個小官，後來抵抗不住別的「話柄」
> 的引誘，方才改變方針，變成一部摭拾官場話柄的類書。這是作者
> 的大不幸，也是文學史上的大不幸。倘使作者當日肯根據親身的觀
> 察，或親屬的經驗，決計用全力描寫佐雜下僚的社會。〔註249〕

依胡適所言，《官場現形記》筆下之佐雜小官確能繪寫生動、有聲有色。然而，
在大官的敘寫上，卻使小說鉅著淪為類書劄記，建議當初宜有棄大就小之取
捨。對於胡適之建議，歐陽健顯然有不同之看法。

> 胡適用一種似乎是「純文學」的眼光來責備作者，恰好表明他不了
> 解作者站在變革現實的歷史制高點上，以縱覽全局的氣勢，全面而
> 深入地諦察官場的宏觀視野。《官場現形記》的價值，首先在於它對
> 官僚體制的總體考察和剖析，從而把握了時代的脈搏。如果按胡適
> 設想的那樣，李伯元最終竟拋開「官場」的總體描寫，而用全力去
> 寫一部「風趣」的《佐雜現形記》，那才真是作者的大不幸，文學史
> 上的大不幸呢。〔註250〕

雖則兩人論點牽涉文學價值觀之判斷，立足點有所不同；但歐陽健同樣從小
說整體作一諦視，看見的是小說的宏觀視野，以及由此對官場所作之總體考
察與剖析。

　　除此而外，歐陽健對李伯元之《官場現形記》有更深入的「十四循環」
之具體分析。在此之前，先行介紹 Holoch 之「十循環」：

> 作者徹底深入地描繪出官場的形形色色，依此方式組織出一個個的
> 循環周期，以系統分明地表達出對於中國情勢的觀點。這些循環周
> 期及其處理方式既然代表主要的情節成分，這種型式的小說即可稱
> 為「循環式的小說」。依據 Holoch 氏的分析，〔官場現形記〕具有十
> 個循環周期。〔註251〕

〔註249〕胡適，《官場現形記·序》。
〔註250〕歐陽健，《晚清小說史》，頁 82。
〔註251〕米列娜（Milena Dolezeelova-Velingerova），〈晚清小說中的情節結構類型〉林

Holoch 分析出的十個週期，分別是內部人事、外交事務、官僚習性、系統內需、貪官與洋人之對比，最後則是整體看來，官僚營私對內行勒索敲詐，對外則無家國之念之總結。其中，官僚習性、系統內需各有三循環，全書總計十個循環。米列娜（Milena Dolezeelova-Velingerova）並指出由此十個循環可以看出，特別的行動與人物不過是「中國官僚制度中首尾一致的複雜故事之插曲」，其個別性並無重大意義，他們僅僅只是「例證」而已。〔註252〕小說既以主題爲主，情節人物不在凸顯個別之特性，反在呼應共同之主題；小說看似雜亂的大大小小不同事件，在類似主題的歸納下出現層次分明、起迄完整之循環結構，官場之形形色色成爲總體察考之呈現。

　　十循環之外，歐陽健的十四循環則從時空地理進行歸納分析，建構出富於立體感的「官場現形圖」。他認爲《官場現形記》以最爲合適的藝術結構形式來全面諦察官場，其藝術手法既承於《儒林外史》，又有長足的發展和創新。從表面看來「其記事遂率與一人俱起，亦即與其人俱訖，若斷若續」，小說似乎漫不經心地從此一人寫到彼一人，從此一事扯到彼一事；實則其弧圈式的軌跡，正使其形式成爲一有機之整體結構：

> 小說絕不是漫無準的地隨意聯綴許多「話柄」雜湊起來的，它是有一個堪稱有機的整體結構的。

> 這種弧圈式的軌跡的轉移，把大量散亂的原始素材（所謂的「話柄」，其實是最能暴露官僚體制弊病的豐富的生活場景和細節），化爲有序的藝術整體，自然融渾，不落痕跡，實在是匠心獨運，妙不可言。
> 〔註253〕

學者認爲《官場現形記》的結構，是由點推移形成線，再由線推移形成面；而在推移之間，呈現出既立體又富於流動感的官場現形圖。其時空推移，率皆以北京爲中心，在地方迴旋之後又回到北京。在此巡迴前進中，一幕幕景物「排山倒海向後推去」，橫軸遍及全國各個角落，而縱軸則遍及官僚體系各等級；整個官僚體制之形形色色，官員胥吏之行徑嘴臉，循著軌跡運行，一一揭露。在往來循環之中，其立體圖形之縱軸並包含多項尺標，大官到小官，

　　　　明德編，《晚清小說研究》，頁 531。

〔註252〕米列娜（Milena Dolezeelova-Velingerova），〈晚清小說中的情節結構類型〉林明德編，《晚清小說研究》，頁 531。

〔註253〕二段引文見歐陽健，《晚清小說史》，頁 81～83。

表層到深裡，公開到隱秘，合法到非法。學者進一步由時間的推移，指出其層遞性：

> 這十四個弧圈，並不是同一層面上的堆積和羅列，而是有其層遞的階段性的：一到九個弧圈中，北京只是科甲、捐納、保舉人員找門子買官的場所，重在揭露官場的貪污納賄；第十個弧圈以後，北京則是辦理外交、洋務、新政的政治中心，重在揭露官僚體制與開放改革形勢的不相適應，最後以維新同保守的尖銳衝突而收束，更是饒有深意。〔註254〕

學者指出，小說結構不但有其層遞之階段性，並且在層層深入的剖析中，幾乎每一人物、每一事件，皆全新而富有個性。除第十三弧圈寫甄學忠辦理河工，與第五弧圈寫賈潤孫在河工之事稍見雷同，其餘則有其獨特價值，他並反駁魯迅「官場伎倆，本大同小異，匯為長篇，即千篇一律」之評，認為此說「並不完全符合作品的實際」〔註255〕。

　　而不斷循環之軌跡，遍佈全國重要省份，牽涉株連之官員，上至軍機、欽差、中堂等大臣，下至胥員佐雜，從內政到外交，科考到升遷，無不包羅其內。正如學者所言，以俯看全局之勢，著成整體之書，官場積病，腐動根本，不只在胥員佐雜一階。如列車循環周行之陳述軌跡，不斷前進之中，是蔓延擴展與漸層之深入。相同循環之不同面貌，使得風景人物亦迭有變化，學者之比對，提供幾成定論之外值得參考的不同見解。

四、《老殘遊記》之寫景抒感、遊記內外

　　劉鶚之《老殘遊記》其結構略同於《二十年目睹之怪現狀》，俱以主角一人為主軸，縮繫所有人物情節。所不同者，劉鶚寫《老殘遊記》之主角老殘使用第三人稱，吳趼人寫《二十年目睹之怪現狀》為第一人稱。所相似者，二人同為正面人物。

> 《怪現狀》的九死一生也是與老殘同一類型的理想人物。在作者頌揚的筆下，他被塑造成生性淡薄、坦率耿直、情感豐沛、幽默風趣，又熱心公益、不苟同流俗的典型文人形象。〔註256〕

〔註254〕歐陽健，《晚清小說史》，頁88。
〔註255〕歐陽健，《晚清小說史》，頁88。
〔註256〕吳淳邦，《晚清諷刺小說的諷刺藝術》，頁87。

《老殘遊記》中的老殘淡泊、正直之外，還有沉穩之睿智，憂國憂民之胸襟。較諸九死一生，老殘之形象更深刻。關於老殘遊記之敘事結構，可謂兼取《怪現狀》與《官場》之特點而聚焦於山東一帶。

如果《官場現形記》是一列在軌道上持續前進，不斷循環迴旋的火車，那麼《老殘遊記》就是體驗深刻的自助旅行。《官場現形記》的風景一幕幕在窗邊快速掠過，《老殘遊記》則一步一腳印，場景的捕捉與呈現有更多的著墨和延伸。《官場現形記》軌跡幾遍全國，體現一總體結構；《老殘遊記》則以山東爲焦點，輻射整個家國山河。

老殘是小說敘事的主軸，山東則是此一主軸所建構之主要場域。山東之風土人文、自然美景，既成爲小說之場景，復舖陳爲小說的筋脈血肉。歷來對《老殘遊記》之寫景，研究尤多，肯定亦多。〔註257〕從結構而言，致力於景物之觀察鋪寫，是小說發展之新里程：

> 沈雁冰說的對：「從近代小說發達的過程看來，結構（指情節──引
> 者注）是最先發展完成的，人物的發展較慢，環境爲作家所注意亦
> 爲比較晚近的事。」〔註258〕

傳統小說之寫作，情節人物最先得到注意，也有較長足之發展。至於環境場景之描寫，則遲至《老殘遊記》才有如此深入之著墨。

小說之寫景固不同於散文。散文寫景以景爲主，或融情入景，或情景交融；小說寫景則在呼應小說，或烘托人物，或營造氣氛，甚至銜接點綴，開頭結尾，成爲情節的一部份。

> 《老殘遊記》的藝術成就和特點是突出的。人們首先容易注意到的
> 是它的描寫功夫，無論狀物、寫景、敘事，都能歷歷如繪，使人有
> 身臨其境之感，如千佛山、大明湖的景致，白妞說書，桃花山月下
> 夜行，璵姑、黃龍子們彈琴鼓瑟，都能把讀者帶進迷人的藝術境界，
> 有品味不盡之妙。〔註259〕

〔註257〕「出現在劉鶚筆下的山水風景，都是生動可愛，各具特色的，且看第十二回
李裡黃河結冰的一段描述…多麼樸素簡潔的文字，作者沒有用一句陳俗的套
語，完全是實地的描繪，黃河結冰的情形便已非常鮮活的呈現在讀者的眼前
了。」以上引文見《老殘遊記‧引言》，台北：三民書局，頁1～16。
〔註258〕陳平原，《中國小說敘事模式的轉變》，頁108。
〔註259〕黃清泉、蔣松源、譚邦和，《明清小說的藝術世界》，華中師範大學出版社，
1992年06月一版，頁334。

《老殘遊記》的描寫功夫、文字藝術，大致得到普遍之稱許。就小説言，主角遊蹤所至，推移著情節進展。目光游移構設成一幕幕場景，場景成為情節之一部份，深意盡在不言之中。大明湖中千佛山的倒影，澄淨光彩，蘆葦花白，斜陽映照，景致絕美，然而遊人絕少。荷池圓門，目光所及是「破匾」、「破舊對聯」，景雖無言，深意盡在。如果《官場現形記》是一段段情節構設成一幕幕之風景；《老殘遊記》就是一幅幅風景接續成之情節。

場景之外，《老殘遊記》另一突出之特點為心理描寫：

> 《老殘遊記》的心理分析也達到了較高藝術水平，作者能夠深入人物的深邃心靈，用貼切的語言傳達出規定情境中人物的內心曲折隱微。比如老殘題「血染頂珠紅」詩於壁之後。〔註260〕

在四大小説中，深入到人物心理的例子不多。《二十年目睹之怪現狀》雖亦以九死一生為縮結全篇之主軸，然較之老殘感慨之深，顯然不及。老殘感時憂民，由其感喟所形成之腦海景象，構現出血雨腥風、偏執冷酷之悲慘世界：

> 得失淪肌髓，因之急事功。冤埋城闕暗，血染頂珠紅。處處鵂鶹雨，山山虎豹風。殺民如殺賊，太守是元戎！〔註261〕

內心世界之構現，在小説二編七回尤其達其極致。老殘在睡夢中魂魄出竅，「此刻站著的是真我，那床上睡的就是我的尸首了。」〔註262〕由此遊入地府，除了各種報應懲罰之景，也有各店舖「懸著各色的招牌」，「與陽世毫無分別」〔註263〕的市景。

眼見心思構成了小説結構之橫切面，至於縱切之脈絡，則是小説另一特徵——偵探式結構。

> 比起二十年、老殘來，九尾龜的偵探故事顯然嫩多了。〔註264〕

較諸同期小説而言，《老殘遊記》、《二十年》曲折懸疑之偵探構線，見其火候，較勝一籌。《二十年》就前述認知結構之揭露性而言，其實已具淡淡「懸疑」之偵探意味。其中尤以龍光逆弒其父之一節，巧思設計，周密佈局，可為經典。

《老殘遊記》則在十五至二十回記述齊東鎮月餅毒殺賈家十三條人命一

〔註260〕黃清泉、蔣松源、譚邦和，《明清小説的藝術世界》，頁334。
〔註261〕劉鶚，《老殘遊記》，第六回，頁61。
〔註262〕劉鶚，《老殘遊記》，頁272。
〔註263〕劉鶚，《老殘遊記》，頁286。
〔註264〕陳平原，《小説史：理論與實踐》，頁267。

案，山窮水盡陡又柳暗花明，抽絲剝繭中且暗藏玄機，確乎將公案偵探之技巧，發揮得淋漓盡致。然則，對於《老殘遊記》之偵案寫法，亦有不表認同之指疵。不表認同，並非否定其偵案佈局之功力，而在其體例之不完整：

> 借灑脫自然的道家理想與冷豬肉味十足的道學面孔的對立來構建整部小說，並獲得一種整體感的，老殘已露端倪；只不過作者中途變卦，編起福爾摩斯式的探案故事來。〔註265〕

> 「以偵探故事終結全書，卻破壞了前此善爲經營游記體裁的完整性。」〔註266〕

偵案與游記之扞格與否，其實存在討論空間。在每一部小說之結合形式、安排之比例可能各有不同，而其套合之客觀必需與作者之吻合功力自然亦存在種種差異。以《老殘遊記》言，其遊歷之進行成爲小說之縱軸，目光所及之風土人文、自然景致是其橫切面。學者一致認可之寫景，屬於自然景致；至於人文所包，最重要者還在民瘼，即生民之病。眞實呈現時代的風貌，是四大小說共同之主要特徵，在晚清之特殊環境中，時代風貌中尤其著其怪怪奇奇，甚至奇醜遠多於奇美。老殘所構現的自然場景，絕美中隱含著破敗，並且遊人寥落。

　　至於風土人文之見聞，當以明湖湖邊美人絕調之王小玉說書爲極致。其中登泰山、煙火四射之譬喻描寫，不但提供聽覺視覺轉換之絕妙感官享受，更是了人文風土奇美場景之呈現。正如自然景致在絕美中隱含著破敗，人文奇美之外，老殘眞正觸目入心者，其實是痛不可言，哀莫能狀，直逼出英雄淚的生民之病、家國之弊。小說著述之立意在此，小說結構之構設分析也可清楚見此。生民之病，貪官污吏，怯兵懦將，貪贓枉法，喪權辱國，人人盡可唾棄怒罵、口誅筆伐。然而，清官酷吏，假清廉之名，誣陷草菅，凌遲殘殺，其痛亦甚，其苦難言。《老殘遊記》言人之所不能言，「歷來小說皆揭贓官之惡，有揭清官之惡者，自《老殘遊記》始〔註267〕」，乃所以宣生民之痛，救家國之弊。因此，老殘之遊，定調爲療救之遊，作爲小說結構主軸所在之老殘，其身份正是一位醫生。表面上，老殘在療治病患；事實上，他是在療

〔註265〕陳平原，《小說史：理論與實踐》，頁274～275。

〔註266〕袁進，《中國小說的近代變革》，北京：中國社會科學院，1992年06月一版，頁124。引夏志清，〈老殘遊記新論〉。

〔註267〕劉鶚，《老殘遊記‧十六回自評》，頁170。

救家國，其法就在指出清官實爲酷吏，而誤用酷吏庸臣，正成生民之病。

　　自然景致中，黄河一景尤爲弊病之代表。作者甚且還在人文中構現一個渾身潰爛的病患——大戶黄瑞和作爲對照，用心極爲明顯。老殘曾在夜間河堤，見雪月交輝之景，思國家百事俱廢，「不覺滴下淚來」〔註268〕。而前述山東黄河廢民埝事，導致水淹村莊，「目睹屍骸逐流而下，自朝至暮，不知凡幾」〔註269〕，人命螻蟻之景象，動魄怵目，尤爲痛心。若究其根由，不諳治水而權充專家的誤國庸官，誤信庸官之言的朝廷大員以及罔顧人命未及時疏散百姓之下吏，聯手造成此次災禍。天災實是人禍，自然之破敗潰決，亦來自人文。論者在指庇小説偵案結構之前，所提出的道家道學對立建構之小説結構可謂見解精闢。老殘耳聞目見所及成爲小説之横切面者，正以自然與虛矯呈現其對立。老殘爲道家無疑，書中諸多道家思想，如治黄河亦順其自然水性而濬深之。道學在此則是僵化的儒家之學，包括食古不化的治河之策，以及清高自許，廉名在外的剛愎清官。

　　廢埝害民，猶力言「小不忍則亂大謀」之理，稱是長久之計，可得「千載無恙」之功，結果死民無數。清官尤剛愎自用，自命清廉，卻無知於人性，自以爲行賄求免必爲兇手，不知小民見官就怕，只求脱罪苟免之心情。於是屈打成招，猶沾沾自喜，甚至知其無罪，猶迷惑：「只是卑職總不明白，這魏家既無短處，爲甚麼肯花錢呢？卑職一生就沒有送過人一個錢。〔註270〕」可見對於百姓憂樂、生民苦痛，甚有隔閡。

　　老殘之道家自是隨順物性，貼近自然人性。在編末賈家一案，兩立對決，抽絲剝繭之中，道學之愚黯剛愎亦逐步暴露，玉賢之站籠、剛弼之濫刑，二者異曲而同工。清官之害民，人之所不能言，小説不但長篇言之，更以懸疑出之，乃知自矜自是，不諳民情，無知於人性，則難於同理，何況同情？以結構言之，偵案之懸疑，尤其適於揭露清官實爲害民之官，此一難爲人信之眞相。就作者而言，案情之水落石出，或許遠不如揭露清官爲酷吏之所由，要來得重要。

　　學者認爲懸疑之佈局，宜是受到翻譯小説之影響：

　　　劉鶚不懂外語但喜閲翻譯小説，老殘中 15～20 回就借鑑了西方偵探

〔註268〕劉鶚，《老殘遊記》，第十二回，頁 124。
〔註269〕劉鶚，《老殘遊記》，第十四回回評，頁 149。
〔註270〕劉鶚，《老殘遊記》，第十八回，頁 189。

　　小說寫法。〔註271〕

實則，小說中行賄凌遲、升堂辦案，本有公案小說之模型。至於老殘風霜訪

大案，自然是西方偵探之手法。

　　　是了。未死的應該救，已死的不應該昭雪嗎？你想，這種奇案，豈

　　　是尋常差人能辦的事？不得已，纔請教你這個福爾摩斯呢！〔註272〕

小說之懸疑鋪排，正在公案之上，接入偵探，成為晚清特有之偵案寫法。

　　晚清四大小說在結構敘事上，其實都有所進展。繼長篇短制之後，或迴

旋綴接，或四層之下認知揭露，更有傘形花序之美麗花球，都出現了形式上

的變化：

　　　清末作家大多缺乏運用複線展開情節的恢宏的結構的魄力。但是，

　　　清末小說家又顯然比古代一般的小說家更為注重小說的結構。他們

　　　中的許多人把小說結構看成是「布局」、「筆法」，常常嘗試作出新的

　　　探索。不過他們在探索新結構時，是借用模仿多，而融匯創造少。

　　　他們常常要依托某一現成的中外小說結構，在此基礎上嘗試作一些

　　　改進變更。〔註273〕

依托現成的中外小說結構為基礎，所嘗試的改進變更，使得「無論是長篇小

說還是短篇小說都出現了形式上的變化」。其中李伯元《官場現形記》、借用

《儒林外史》之結構；吳趼人《二十年目睹之怪現狀》則在《儒林外史》之

結構上，進一步以「九死一生」為小說之貫穿線索；曾樸《孽海花》又續有

發展，乃以金雯青、傅彩雲為主軸，引出一個個歷史事件。〔註274〕晚清四大

家展現了長篇經營的能力，在吸收化用之間，呈現多樣之變化。本節以上分

析分由理論實證，呈現四大小說之清楚架構。而《老殘遊記》以遊記面目，

涵藏晚清各種小說熱門主線，可謂有其代表性。

　　　在清末「譴責小說」「千部一腔」，都以模擬《儒林外史》結構，羅

　　　列人物事件的情況下，《老殘遊記》敢於另闢蹊徑，以「遊記」的形

　　　式，幾乎兼具了晚清幾種主要小說類型的型式……譴責、政治、偵

　　　探、公案都是晚清影響最大的小說，以一部小說而綜括上述諸種小

〔註271〕陳平原，《小說史：理論與實踐》，頁287。

〔註272〕劉鶚，《老殘遊記》，第十八回，頁190。

〔註273〕袁進，《中國小說的近代變革》，北京：中國社會科學院，1992年06月一版，
　　　　頁120。

〔註274〕參見袁進，《中國小說的近代變革》，頁120。

說形式，在晚清汗牛充棟的小說中，《老殘遊記》是僅見的。〔註275〕
小說之諸種形式包括對「清官」酷吏的刻畫，而歸入「社會」、「譴責」一類；
申平子桃花山之游，在通過人物對話直接表達作者理想的小說形式上，與改
良派革命派的「理想小說」、「政治小說」如出一轍；老殘私訪破案，則出諸
對公案、偵探小說的模仿。全面而論，譴責、政治為四大小說之基本型，偵
探、懸疑則其間使用之手法，比例輕重各有不同。《老殘遊記》以寫景著稱，
其景不特在自然，且在人文；不特在目見，亦在其心思；不特在其美，尤在
其病。《官場》的循環火車，《孽海花》的傘形花序，《二十年》的多刺重葛，
《老殘遊記》宜是遊記內外之醫者行腳。

　　傳統長篇小說，由說書發展而來，其形式特徵，常包含說書套語及「歷
史論述」。

> 古典白話小說最突出的兩項特質——「說話」（說書人）與「歷史論
> 述」的框架——在晚清有劇烈的改變。說書傳統創造出如茶肆酒樓
> 等公開場合的「仿真語境」（simulated context）；借著虛擬這種場合，
> 故事召喚符合說書人／敘述者與其預期聽眾共同擁護的真理或真實
> 價值。歷史論述也是中國古典白話小說的特點。作者借歷史論述形
> 成一種仿真的情境，把所描寫的任何主題，不論是純幻想或是實際
> 經驗，遠在天邊或近在眼前，都連鎖到歷史的環節，由此確立其在
> 「歷史」洪流中的有意義的地位。〔註276〕

時至晚清，說書形成之小說形式漸次鬆動，《儒林外史》的長篇短製之後，四
大小說各有發展。就小說意義而言，「歷史論述」的架構，真相的揭露，在看
似雜亂拼盤的呈現中，有找到規律的發現，但也有所謂「過剩效應」之論述：

> 由晚清小說表現在語法、主題、角色等方面的「過剩效應」視之，
> 吾人大可論及敘事（反）類型與本能衝動（libidinal）間相對且常互
> 相逾越的關係。情節、角色、場景、情緒的過剩在晚清小說中造成
> 了一種踵事增華的效果，此一效果引導我們走入作品的迷宮，感官
> 與感性皆為之攪亂，而臨到盡頭又沒有解決之道。對作者與讀者來
> 說，他們寫作與閱讀的經驗都同樣是在奮力填補作品中心的空白，
> 欲求為那無以名狀又不斷規避的事物命名。換句話說，讀者與作者

〔註275〕袁進，《中國小說的近代變革》，頁124。
〔註276〕王德威，《被壓抑的現代性——晚清小說新論》，頁49～50。

都陷入一場折磨人的好戲，他們想給「意義」（Meaning）一個固定
的形式，但是他們只能成為該形式——或該形式之缺席——的記錄
者，而非控制者。〔註277〕

意義形式之缺席，代表晚清一期之價值混亂。但誠如米列娜（Milena
Dolezeelova-Velingerova）之分析，正面人物之議論仍努力提供一個正確的方
向，有其樂觀之希望。不過學者所言的記錄者、控制者之辨，倒也提供了認
識晚清起自取材的小說結構之入門所由。

　　小說與其說是創作之呈現，毋寧說是記述之呈現，街談巷議之取材是作
者立意所為，評者摭拾話柄之議，卻是作者用心執意之所在。作者並非欠缺
經營長篇之能力，或缺乏結構佈局之認知。取材於庶民，盡可能保留其原味，
是作者致力且自許者，這也是小說價值所在。儘管，太習於明清小說注重人
物情節之結構，或極力推崇小說虛構想像之後來評者論者並未看見或了解這
一價值。

　　　注意中心是凝聚生活積累的焦點。由這焦點，決定了組織材料的角
　　　度：而由組材角度，又決定了材料的取捨、行文的方向、運筆的虛
　　　實、布排的疏密。這是一條虛擬的將作品中直接出現的一切導向總
　　　目標的中軸線，是將題旨的明確性與內含的豐富性協調統一起來的
　　　保證。〔註278〕

小說之取材實不可小覷，取材之依據在小說之立意，乃是作者之目光焦點；
材料取捨，影響到後續的行文方向、運筆佈局。四大小說之取材，其實已透
露小說結構及其意義之訊息。以其取材，因之作者極類記錄者，然而記述形
式之反轉，並不代表價值意義之蕩然無存，價值意義蕩然無存之感喟，正是
價值意義之肯定，否則不需感喟。取材後之敘事，不重情節而重其主題，看
似散亂之片段，有共同之主題以凝聚其神理：

　　　作品所有的材料，不在於相互之間互為因果，合乎邏輯，而在於能
　　　否凝「神」——主題命意，借用評論散文的術語，即形散而神不散。
　　　所有故事情節，都將集中地表現作品的主要思想。……各種人物、
　　　事件雖無一線貫穿，但卻統率在晚清官僚階級腐敗，政治黑暗而必

〔註277〕王德威，《被壓抑的現代性——晚清小說新論》，頁46。
〔註278〕金健人，《小說結構美學》，頁190。

然崩潰的主題命意之下。〔註279〕

以《官場現形記》為例，其人物形形色色，包括皇帝、軍機大臣、中堂大人、六部官員及府道縣官、佐雜滑吏、姬妾娼妓、教士洋商等等；事件則五花八門，計有貪賄鬻爵、賣地獻媚、剿匪戮民、賑災發財等等，都統率於共同之主題之下。

　　傳統故事型長篇小說以情節獨勝於西方和世界各國〔註280〕，晚清之後的現代為迎合傳統之口味，加重情節之成份：

> 作者的主觀考慮與讀者的客觀要求，促使中國現代小說家在小說結
> 構的變更中，既借鑒著西方的現代小說構建方式，又盡量調整得符
> 合中國讀者的欣賞習慣。不少作家即使在採用串連式結構時，也還
> 要設法加重其中的故事成份。這樣，以人物性格為中心的小說結構，
> 既在中國文壇取得了主要地位，又充分展示出經過選擇與改造的特
> 性。〔註281〕

晚清在時代特殊環境中，內憂外患所激化之原存傳統著述意識，配合時代之傳播新途徑，於是出現了前所少見，後亦罕有之著述形式。不慣此一型態之評者論者，常有較過之指疵，或過低之評價。然中外小說固有其不同：

> 是源自將兩種互不相容的本質──中國傳統小說與十九、二十世紀
> 的西洋小說──作了謬誤的比較而產生。〔註282〕

本質不同之小說，所呈現之特色亦有其差異，若以此衡諸彼，或以彼求諸此，自然不得見其真章。

> 原因固然多種多樣，其中重要者之一，在於中國民眾傳統的欣賞習
> 慣和審美要求。……小說的創作和創新，在不斷提高藝術水平和探
> 索多種藝術途徑的同時，不得不考慮和照顧本民族讀者的欣賞水平
> 和欣賞習慣。〔註283〕

〔註279〕方正耀，《晚清小說研究》，頁277。

〔註280〕馬振方《小說藝術論稿》，頁225：「縱觀我國古今小說，生活型和心態型都
　　　　未形成西方那種強手雲集、巨著林立的隆盛氣象，惟獨故事型遠勝西方和世
　　　　界各國，有高踞珠穆朗瑪俯看天下五洲之勢。」

〔註281〕饒芃子等，《中西小說比較》，合肥：安徽教育出版社，1994年06月一版，
　　　　頁149。

〔註282〕米列娜（Milena Dolezeelova-Velingerova），〈晚清小說中的情節結構類型〉林
　　　　明德編，《晚清小說研究》，頁518。

〔註283〕饒芃子等，《中西小說比較》，頁149。

以中國讀者的欣賞習慣和審美要求而言，大多數讀者期待在小說中讀到一個首尾較完整的故事情節；因此在評論、欣賞作品時，常以情節曲折完整之傳統，做爲衡量之標準。串連式小說在結構上雖零散化、虛化，但仍保留了情節之基本脈絡，因此「在跳躍之中，仍有一條相對穩定的軸線」，這亦是由於將讀者閱讀習慣納入考慮之故。

　　而不論是來自傳統審美之要求，或中西謬誤之比較，並無小說原先著述概念刻度的衡量標尺，所測得之數值自然偏低。

　　本章論晚清四大小說之結構敘事，就其保留傳統形式結構以及晚清之結構展變特色進行論述。最後並對四大小說之整體結構作一諦視俯察，將今昔中外各家疵議褒讚之不同見解，並陳列述，深入究析，期能具體呈現四大小說之結構眞貌，對此一論域提供更清楚準確之了解。

第伍章　消失的說書人——晚清四大小說之結構敘事（二）

晚清四大小說在形式上，除了結構之微變所呈現之時代特徵，在敘事上亦見其展變。最明顯者，乃說書人消失之敘事模式。

小說之敘事，可大略分為人物語言系統和敘述語言系統兩類。一般而言，人物語言變化較大、層次性也較為分明；敘述性語言的變化比較緩慢，亦較不明顯。〔註1〕小說之敘事並有其重要決定性地位，「敘述語言居於作品的積極的領導地位」，作品明快或深沉，輕柔或粗獷，都在敘述語言的「第一句話中就為全篇定準基本的格調」。〔註2〕

晚清小說除了有結構蕪雜鬆散之評外；在敘事上亦有辭氣浮露，筆無藏鋒之論。晚清四大小說在形式上因種種因素，在結構上產生了些微之變化，敘事亦有所轉變。本章以下續由晚清四大小說敘事之變化，包括說書人之消失、第一人稱、限知之出現、敘事時空之推移等作一觀察，並由此對辭氣浮露之敘事評價再作審視。

第一節　消失的說書人

古典章回小說，尤其是通俗小說，說書人的敘事模式已成定式：

〔註1〕 參見金健人，《小說結構美學》，臺北：木鐸出版社，1988 年 09 月一版，頁 253。與葉桂桐，《中國古代小說概論》，臺北：文津出版社，1998 年 10 月一版，頁 190。

〔註2〕 金健人，《小說結構美學》，頁 255。

這表明作家書面文言小説與白話通俗小説受不同藝術傳統的影響，在敘事時間模式的運用上的不同選擇。通俗小説的作家受說書藝術的影響，擬想著是對聽眾講故事，因此，難以突破「連貫地講述一個以情節爲結構中心的故事」這一傳統小説的敘事模式。〔註3〕

值得注意的是，明清幾部著名的長篇小説比較注意敘述方式的一致。《三國》、《水滸》、《西遊記》、《金瓶梅》、《儒林外史》和《紅樓夢》，其中除了《金瓶梅》明顯保存了話本二種敘述方式並用的特點，餘者均以第三人稱客觀式敘述一貫到底。〔註4〕

其中之講史小説在敘事上並有「文白夾雜」之特殊語體：

講說者爲了造成歷史的時空感，往往有意吸收和運用文言詞語和句式，或引用、詮釋史書原文，其結果是形成一種半文半白或文白夾雜的特殊語體，它區別於純粹的白話語體，帶有某種雅俗文化交匯的特色。〔註5〕

說書人的小説敘事模式，除了詞彙用語，在形式上還有回評、定場詩、篇末論評等連帶影響。

敘述人對人物和事件的評價還時常藉助直接的抒情和議論來表達。許多時候，抒議的主體就是作者本身。中國古代白話小説中的這類抒議文字多數安排在開端前的「入話」或小説的煞尾處，其作用主要是啓發聽眾或讀者理解正文的題旨；也有放在正文中間的，多是即景生情，就事論理。〔註6〕

到了晚清，說書人消失了；而傳播方式的改變，是說書人消失的主因之一：

從原先統一的說書人腔調，到小説中千姿百態的敘述者聲音，這種變革是相當大的。〔註7〕

小説創作不再是藏之名山、傳之後世的事業，也很難再披閱十載，增刪五次了，而是「朝甫脱稿，夕即排印，十日之內，遍天下矣」

〔註3〕 黃永林，《中西通俗小説比較研究》，臺北：文津出版社，1995 年 10 月一版，頁 35。
〔註4〕 方正耀，《晚清小説研究》，華東師範大學出版社，頁 297。
〔註5〕 劉尚生，《中國古老小説藝術史》，長沙：湖南大學出版社，1993 年，頁 62。
〔註6〕 劉世劍，《小説概説》，高雄：麗文出版社，1994 年一版，頁 223。
〔註7〕 《晚清文學教室》，陳平原主講、梅家玲編訂，臺北：麥田出版社，2005 年 05 月一版，頁 82。

〔註8〕。……這是一個很大的刺激，作家不再擬想著自己是在說書
場中對著聽眾講故事。〔註9〕

與古代小說家比較，晚清小說作者「遲則十天半月、快則一天二天」就能見
到自己的作品與廣大讀者見面；而古代小說家有許多甚至無法在有生之年見
到自己作品問世。造成古今差異之主因，在於晚清小說所憑藉之傳播媒介是
古代小說無法望其項背的。因為晚清報刊書籍的繁榮，作者與讀者的關係重
新建立起來了：

晚清報刊書籍的繁榮，以及出版周期的縮短，使作家很難再維持對著
聽眾講故事的「擬想」。一旦明確意識到小說傳播方式已從「說──聽」
轉為「寫──讀」，那麼說書人腔調就不再是必不可少的了。〔註10〕

說書人漸漸消失，說書的形式特徵也隨之而逐漸消失：

在逐步取消「且聽下回分解」之類的說書套語和楔子、回目等傳統
章回小說的「規矩」的同時，許多原來屬於禁區的文學革新的嘗試
──包括敘事方式的多樣化，也就自然解凍了。讀小說當然不同於
聽說書（或者擬想中的「聽說書」），不再是靠聽覺來追蹤一瞬即逝
的聲音，而是獨自閱讀，甚至掩卷沉思。〔註11〕

除了傳播方式之更新，造成傳統章回小說說書形式之消失外，隨著歐美小說
之傳入，作者對其小說敘事之借鏡，亦是促成其改變之主因：

從小說體制說，長篇章回小說仍為主要形式，但受譯外小說影響（如
林譯小說已無回目標題），一些在報刊上連載和出版的小說也開始取
消回目對偶，如《豬仔記》。〔註12〕

隨著說書人及章回小說特徵消失之際，取而代之者，是新的敘事形式；章回
之規矩逐步取消，而敘事多樣化之嘗試於焉展開。第三人稱、第一人稱敘事
出現，學者更深入地指出，人稱敘事的引進之外，旅行主題、見證式之敘事，
亦使說書情境所創造出的社會空間改變：

說書的敘事手法在晚清已是強弩之末，這不只是因為更個人的敘事

〔註8〕《晚清文學教室》，陳平原主講、梅家玲編訂，頁82。
〔註9〕陳平原，《中國小說敘事模式的轉變》，臺北：久大文化有限公司，1990年05
　　　月一版，頁290。
〔註10〕陳平原，《中國小說敘事模式的轉變》，頁297。
〔註11〕陳平原，《中國小說敘事模式的轉變》，頁297。
〔註12〕劉尚生，《中國古老小說藝術史》，頁100。

角度如第一人稱(《二十年目睹之怪現狀》)或第三人稱(《老殘遊記》)
敘事的引進，更是由於說書人權威的全面消解——即使整部作品的
字裡行間都有他的存在。場景與插曲的不斷變換（《海上花列傳》）
以及旅行主題的風行(《老殘遊記》、《文明小史》、《鄰女語》〔1904〕)，
還有見證式小說(《二十年目睹之怪現狀》、《中國現在記》〔1906〕)
都動搖了傳統白話小說的空間成規。〔註13〕

中國傳統的說書情境所創造的社會空間，其「價值被圈定在已設定好的地理
及社群範圍中」，而其論述不論是時間（temporality）或非時間（atemporality）
的延續，亦是藉由說書人的敘事模式所形成；此二者「其中隱含的擬真的基
本法則」〔註14〕從未被擾亂。而隨著說書人敘事模式發生變化，傳統小說之
空間時間成規也隨之動搖。而人稱敘事與旅遊見聞之敘事形式可謂晚清小說
敘事發展之一體兩面，二者相輔相成：

《老殘遊記》中的風景描寫，也都只有放在書桌上才能品出味道，
放在說書場中則只會顯得迂腐古板。〔註15〕

在譯外小說影響下，回目、楔子和說書套語的逐漸削弱以至消失，
使作家得以從說書人全知敘事的傳統觀念中解放出來，開始了對敘
事角度的自覺選擇和限制。〔註16〕

《老殘遊記》之風景描寫，若以說書人之口語道來，則顯得格格不入。《二十
年目睹之怪現狀》則透過主要人物九死一生的見聞，採用第一人稱敘事，借
用旅行者我的遊歷作為敘事框架，「以容納無限多的人物和故事」〔註17〕。因
著敘事形式之改變，旅遊見聞之敘事型態提供了以書面文字，由小說人物之
耳目心思構現風景畫面之機會。而人稱限制敘事，也需要借助旅遊見聞之型
態，以容納更多人物、情節。說書人消失，以往為全知敘事所統轄之領域讓
出了限知敘事出現之空間，這是小說敘事發展之重要里程碑：

看晚清小說，可以明顯發現，傳統中國小說敘事的標誌性特徵正在
一步一步消退。你會發現，沒有了楔子，沒有了對偶的回目，沒有

〔註13〕王德威，《被壓抑的現代性——晚清小說新論》，北京：北京大學出版社，2005
年05月一版，頁49。
〔註14〕王德威，《被壓抑的現代性——晚清小說新論》，頁49。
〔註15〕陳平原，《中國小說敘事模式的轉變》，頁297～298。
〔註16〕劉尚生，《中國古老小說藝術史》，頁101。
〔註17〕劉尚生，《中國古老小說藝術史》，頁101。

了「有詩爲證」，而接下來，「欲知後事如何，且聽下回分解」也丟了，小說就這麼一步步變過來。原先那個全知全能的說書人，正逐漸消失；而說書腔調的消失，是中國小說跨越全知敘事的一個重要步驟。取消了這種全知敘事，轉而使用限制敘事，獲得的是眞實感。〔註18〕

實則敘事模式在晚清之突破與改變，除了域外小說與傳播媒體之外顯因素，根據學者之觀察，尙包括內在之隱藏因素，如直接抒議。中國古代文言小說在開頭結尾常有議論文字；《聊齋志異》篇末之「異史氏曰」即爲典型，此形制幾已成套式，並公認「是從紀傳體史書《史記》學來的」〔註19〕。唐代傳奇首尾亦見簡短議論，如沈既濟《任氏傳》之篇末議論，所論爲「創作的目的和方法」。而現代小說議論之形式內容則有不同之進展。〔註20〕

源自於史傳小說，發表於首尾之議論，是古典小說形式特徵之一。議論之使用常會中斷情節，讓讀者感覺敘事者橫亙於自己和故事之間：

> 就敘事者的是否介入所敘故事而言，可分爲主觀敘事與客觀敘事。主觀敘事指敘遊者在故事的開頭或結尾，在敘述故事過程中，中斷故事敘述，插入敘述者的解釋或評論。……客觀敘事是指敘事者決不在故事開頭結尾或講述過程中，中斷情節，加入解釋或評說，讓讀者感覺不到敘事者橫亙在自己和故事之間。〔註21〕

人物之直接抒議，等於是敘事者之自我表白，其敘事形式已隱含向第一人稱敘事前進之先兆；當然，距離成熟之人稱敘事尙有一段距離。

> 大部份中國古典小說中的議論形同贅疣。「新小說」好點，大談特談的是帶有啓蒙意味的新政見。不過作家的思索仍沒有落實在小說敘事技巧上，只是增添幾個口若懸河的小說家。〔註22〕

人物滔滔不絕之直接抒議，使小說暫時跳脫以情節敘述爲主之傳統。然而成熟之人稱限知敘事，仍待其後更多之轉變，才得竟其全功；議論如此，詩詞

〔註18〕《晚清文學教室》，陳平原主講、梅家玲編訂，頁80～81。
〔註19〕劉世劍，《小說概說》，頁223。
〔註20〕劉世劍，《小說概說》，頁223：現代小說中作者的直接抒議，內容更加豐富深刻，形式也更加靈活多樣，多數是在敘述情節和刻劃人物過程中直然生發。也有暫時離開人物和情節的長篇抒議，但這類東西很少獲得讀者的認可和喜愛。
〔註21〕葉桂桐，《中國古代小說概論》，頁220。
〔註22〕陳平原，《中國小說敘事模式的轉變》，頁96～97。

亦然。小說中之詩詞或是出現數量不多，如《二十年目睹之怪現狀》第三十八至四十回，出現的數首題畫詩，對敘事尚不能造成影響。又或是出現在小說中之詩詞能與內容緊密結合，巧妙融入情節之中，達到烘托主角之效果，如第十二回老殘之吟詩發感慨〔註 23〕。此外，更重要的原因是，作者本身對於小說中隨處出現詩詞並不認同：

> 作家有意識地反對中國古典小說中矯揉造作的隨處吟詩。劉鶚《老殘遊記》13 回借翠環之口譏笑文人做詩為「不過造些謠言罷了」；二編 7 回則乾脆把做詩比為放屁。〔註 24〕

劉鶚之外，吳趼人在《二十年目睹之怪現狀》第五十回中亦對小說《花月痕》之動輒吟詩亦大加嘲諷：

> 「天下那裡有這等人，這等事！就是掉文，也不過古人的成句，恰好湊到我這句說話上來，不覺衝口而出的，借來用用罷了；不拘在枕上，在席上，把些陳言老句，吟哦起來，偶一為之，倒也罷了，卻處處如此，那有這個道理！這部書作得甚好，只這一點是他的疵瑕。」〔註 25〕

學者認為晚清小說本身對詩詞的反對態度，讓詩詞對於敘事形式之衝擊影響力弱化，無法達到全面之轉變。然而，即使被弱化，出現於小說中之詩詞仍有其作用：

> 劉鶚的《老殘遊記》代表了小說的一項突破，因為他結合了白話小說的「公」文類及詩詞的「私」文類，由此凸顯出歷史的關鍵時刻社會與個人間，或「史詩」與「抒情」間（借用普實克本人的詞彙）的對話。〔註 26〕

章回小說篇首之詩詞，或引用，或自撰，旨在點明主題、言其大意，或抒感，或烘托，〔註 27〕原本是章回小說之形式特徵。然而晚清各回首尾或是一回之中所出現之詩詞，其抒發感慨之特性，亦隱隱然存在向限知敘事靠攏之條件。從現代敘事的立足點回頭望，《老殘遊記》與此仍有段距離；然而從章回小說長久的歷史注視晚清此一轉捩點，則可見得小說轉變之痕跡。

〔註 23〕參見陳平原，《中國小說敘事模式的轉變》，頁 239。
〔註 24〕陳平原，《中國小說敘事模式的轉變》，頁 239。
〔註 25〕吳趼人，《二十年目睹之怪現狀》，第五十回，頁 267。
〔註 26〕王德威，《被壓抑的現代性──晚清小說新論》，頁 41。
〔註 27〕參見葉桂桐，《中國古代小說概論》，頁 75。

　　事實上，章回小說本身就潛藏諸多現代化之可能因子。議論、詩詞之外，
軼聞、日記、書信等亦是。學者認為，這些乃由中國舊文類中汲取而來：

> 陳提醒我們只要細心，讀者自可以晚清作家對白話小說傳統中修辭
> 類型、時空主題呈現、閱讀情緒反應中得到啟發。晚清小說家從所
> 謂「高尚」的文類中如詩詞、政論、演說、散文等汲取養分，但他
> 們也從所謂小道文類中，如筆記、速寫、笑話、遊記、軼聞、日記
> 等獲得靈感，並且將這種種收編到自己新的話語中。〔註28〕

詩詞、政論、演說、散文、筆記、速寫、笑話、遊記、軼聞、日記，在說書
人統轄敘事的全盛時代，雖在敘事上造成轉變之功效不大，倒也提供之後敘
述轉變所需之養分；只是這樣的養分還不足以在晚清就產生全面轉換之效應：

> 正如批評家所論，這些都只不過是比照西方有樣學樣的浮泛模仿而
> 已。所謂「真正的」或「革命性的」改變，尚待其時。〔註29〕

> 直到吳趼人寫《二十年目睹之怪現狀》、王濬卿作《冷眼觀》，還是
> 寧願交代當事人得信，然後用說書口吻把信的內容演化成情節，而
> 不願直錄來信。〔註30〕

不論做了多少革新，晚清仍未能改變傳統敘事的結構，這是學界普遍之定論，
而革命性的改變，所待之時，指的是繼晚清之後的五四時期。晚清時期，詩
詞或是書信、日記等等雖在小說敘事發展上，提供了便利的展變條件；然而
全面的轉變仍待五四小說之完成。

> 中國古代日記、書信的著述化傾向，幫助「新小說」家初步接受了
> 外國日記體、書信體小說；可也正是這種著述化傾向，使「新小說」
> 家容易忽略了日記體、書信體小說的心理化與個性化特點，而只是
> 模仿其表面的文體特徵。而只有到了五四時代，伴隨著個性解放思
> 潮與外國文學的大量譯介與積極借鑒，日記體、書信體小說才真正成
> 為突破傳統小說敘事時間、敘事角度、敘事結構的有力武器。〔註31〕

陳平原更進一步清楚地指出二者在敘事模式轉變上，所擔負任務之區別：

> 如果說「新小說」家只是借日記、書信體小說實現中國小說敘事角

〔註28〕王德威，《被壓抑的現代性——晚清小說新論》，頁 40。
〔註29〕王德威，《被壓抑的現代性——晚清小說新論》，頁 36。
〔註30〕陳平原，《中國小說敘事模式的轉變》，頁 209。
〔註31〕陳平原，《中國小說敘事模式的轉變》，頁 212。

度的轉換，五四作家則是以之實現中國小說敘事時間、敘事角度、

敘事結構的全面轉變。〔註32〕

不過，說書人的消失，敘事角度有所轉換；人稱敘事之使用、全知限知之選擇，仍使晚清小說與傳統章回小說有所區隔。曾樸《孽海花》傘形花序式的敘述方法，劉鶚《老殘遊記》偵探小說技巧的運用，尤其是吳趼人《二十年目睹之怪現狀》的第一人稱敘事〔註33〕，都是晚清在小說敘事上，不同於以往的具體表現。下節將再就此針對人稱敘事，全知、限知等議題續做論述。

第二節　人稱限知敘事

說書人的消失，敘事角度有所轉換，第一人稱第三人稱敘事取而代之，二者之中第三人稱是古典小說較習見的敘事模事。以往由說書爲主要敘事形式發展而成之中國古典小說，爲講故事時敘述方便，多用第三人稱，第一人稱並不多見：

> 由於中國古典小說多「列傳式」，西方古典小說多「自傳式」；更由
> 於中國白話小說的源起就是「說話人」的底本，爲講故事時敘述方
> 便，多用第三人稱，所以，第一人稱角度在中國古典小說創作中並
> 不盛行，而用第一人稱寫成的優秀長篇，更不多見。〔註34〕

第三人稱全知敘事能掌控所有線索，知過去、明未來，對人物之過去、現在和將來，外貌、動作和心理，事件的起始、發展和終結全然知曉，有其敘述上之方便：

> 全聚焦模式，……對作品中已發生、正在發生和將要發生的一切全
> 知全曉，……用羅朗·巴爾特的話來說：「敘述者既在人物之內又在
> 人物之外，知道他們身上所發生的一切但又從不與其中的任何一個
> 人物認同。」〔註35〕

> 用第三人稱作敘述，可用全知角度，……可以根據需要隨時變換，
> 時而寫甲，時而寫己，時而又寫別的人。〔註36〕

〔註32〕陳平原，《中國小說敘事模式的轉變》，頁215。
〔註33〕王德威，《被壓抑的現代性——晚清小說新論》，頁36。
〔註34〕金健人，《小說結構美學》，頁209。
〔註35〕黃永林，《中西通俗小說比較研究》，頁45～46。
〔註36〕馬振方《小說藝術論稿》，北京：北京大學出版社，1911年02月一版，頁338。

然而第三人稱全知敘事亦有其缺點，其中之一即是妨礙早期作家使用第一人稱的表達模式：

> 從這個角度來看，吳沃堯的小說與歷來關心政治、社會的白話小說傳統，有很清楚的淵源關係。中國小說幾乎從來都不是一發抒作者內心情感和經驗的媒介（〔紅樓夢〕例外），也不是讓作者對個人存在的基本問題作哲學沉思的壇坫，而是小說家發表對社會狀況的個人觀感的管道。歷來使用第三人稱敘事的習慣，卻妨礙了早期作家以較個人的、較具說服力的第一人稱模式來表達他們的主觀思想。
>
> 〔註37〕

晚清四大小說中，《官場現形記》、《老殘遊記》、《孽海花》雖沿襲傳統之第三人稱敘事，卻時時以議論突破之：

> 晚清小說相當一部分作品沿襲了傳統的第三人稱客觀方式，如《官場現形記》、《老殘遊記》、《孽海花》、《九命奇冤》、《恨海》等等。不過，晚清小說並不像古代名著那樣，堅持第三人稱客觀式敘述的一貫性，讓敘事結構成分表示傾向，而是一方面通過象徵、比喻透露題旨，另一方面則抑制不住地讓敘事人出場議論，表示主觀看法。
>
> 〔註38〕

通過象徵、比喻透露題旨還能保持第三人稱客觀敘事，議論則轉用第三人稱修辭方式。晚清小說這類雜糅之敘事方式，一般運用於介紹事物、解釋情節以及議論〔註39〕等方面。介紹事物如《老殘遊記》第十六回由敘事者出面說明，妓女鋪蓋之搬放，必由其伙計，不可假手他人；解釋情節是恐因頭緒紛繁，難以交代清楚，故由敘事者出聲提醒讀者情節聯繫。而所謂第三人稱修辭方式，乃指敘述人稱有主觀之敘事，然無實際參與之行動，距離主觀敘事極近，但仍與之有別。這種「類第一人稱敘事」之使用，劉鶚《老殘遊記》主要以說明、解釋與議論為主。而真正可以稱得上是第一人稱敘事者，在四大小說中，當推吳趼人之《二十年目睹之怪現狀》：

> 譬如吳趼人的《二十年目睹之怪現狀》，在四大譴責小說中是唯一的

〔註37〕 米列娜（Milena Dolezeelova-Velingerova），〈晚清小說中的敘事模式〉林明德編，《晚清小說研究》，臺北：聯經出版公司，1988 年 03 月一版，頁 562。
〔註38〕 方正耀，《晚清小說研究》，華東師範大學出版社，頁 297～298。
〔註39〕 方正耀，《晚清小說研究》，華東師範大學出版社，頁 298～299。

一部不襲傳統敍述方式而試以第一人稱親歷方式敍述的作品。從整體觀之，作者的構思企圖通過「九死一生」二十年的經歷囊括約一百八十多件「怪事」，把這些故事組織在「九死一生」的耳目之內、足跡之中，由「九死一生」作爲敍事人陳述其經歷。如此繁富的內容、紛雜的事件、眾多的人物，以第一人稱敍述方式敍述和結構，應該說在中國小説史上算是首創，即使在西方小説中亦爲少見。〔註40〕

對於吳趼人選擇第一人稱敍事之創舉，陳平原分析其原因爲敍事之方便：

「新小説」家主要從便於敍事的角度、五四作家則主要從便於抒情的角度選擇第一人稱敍事。〔註41〕

以第一人稱之遊歷作爲框架，便於引出其他故事（或生活片段）的敍事方法，學者認爲這種敍事方法「表面上挺新，骨子裡卻很舊」，「不可能對傳統中國小説視角造成大的衝擊」〔註42〕。

第一人稱見聞式之小説，雖是創舉，然而未對小説視角造成大衝擊之原因，乃在於其見聞方式。《二十年目睹之怪現狀》之第一人稱敍事一則並非主角，二則其所遇、所聞和所見，主要仍以所聞爲主：

當然，在晚清第一人稱親歷式的作品中，最多的是以「我」作爲親歷的人物，在各種事件中，並不充當主角，主要是敍「我」的所遇、所聞和所見。〔註43〕

《二十年目睹之怪現狀》中大小一百八十九個故事，大部分是第一人稱敍事者聽來後講出的。〔註44〕

雖是親歷，然諸多事件中，第一人稱並非主角，時時要透過他人轉述，因此，雖爲第一人稱敍事，卻難遽以發展到全面而成熟之程度。

相對於這類評論，Milena 另從對讀者的影響以及主觀性和個別性之增強肯定其意義：

吳沃堯企圖打破僅由第三人稱敍事體構成的傳統所作的努力，不能逕斥爲「虛有其表、故作姿態」，或是「不具作用的變化」。從第三人稱轉換至第一人稱敍事模式，其意義遠在形式外表之上。誠如歐

〔註40〕方正耀，《晚清小説研究》，頁307～308。

〔註41〕陳平原，《中國小説敍事模式的轉變》，頁95～96。

〔註42〕陳平原，《中國小説敍事模式的轉變》，頁74～75。

〔註43〕方正耀，《晚清小説研究》，華東師範大學出版社，頁302。

〔註44〕陳平原，《中國小説敍事模式的轉變》，頁198。

洲批評家所指出的，這種嬗變對於小說的結構和讀者的反應，都產
生極大的反響。〔註45〕

《二十年目睹之怪現狀》選擇第一人稱敘事，由第一人稱擔任包括批評社會、
政治的敘述重任，是在小說發展過程中，「往前跨出了意義重大的一步」。更
由於第一人稱敘事所陳述之言辭，可以給讀者更真實可信的印象，因此對讀
者的影響也較大。而小說中作者與敘事者「意識型態」上的類似，更使作者
可透過敘事者表達自己：

> 作者與敘事者「意識型態」上的類似，使得吳沃堯可以透過他書中
> 的敘事者，來表達自己的世界觀。就此點而論，吳沃堯創新的敘事
> 技巧，可以說是主觀性和個別性逐漸在小說中增強的明證。依照
> Prusek 和 Kral 的說法，此代表了清代中國小說的一基本發展。〔註46〕

對讀者的影響強調的是真實性；主觀性和個別性之增強，乃從古典到現代，
對晚清與五四之接續脈絡所做之觀察。

　　不論如何，第一人稱敘事有其特色與優點：不但作者與敘述者較易統一，
並且兼有書面語與作家語言風格之優點：

> 作者與敘述者較易統一。……有人把此種寫法稱作「體驗派」，恐怕
> 多少也有點道理。〔註47〕

> 第一人稱的敘述人語言，並不等同於人物語言。它往往不像「我」
> 在講話，而像「我」在寫作，確切地說，是作者為人物代筆，抒寫
> 其見聞和感受，因此，既可適當用書面語，又有作家語言的風格。「我」
> 是作者的自不必說，「我」不是作者，語言也有這一特點。〔註48〕

此外，敘述者與人物合一，敘述更為生動真切，可以達成作者與人物、讀者
之間交流的最大值：

> 作者與人物、讀者之間的交流可達最大值。因敘述者與人物合一，
> 就使讀者如聽當事人侃侃而談，內容均為敘述者（也是人物）的親
> 見、親聞、親感，故鮮明生動、真切感人。並可自然地將外部世界

〔註45〕米列娜（Milena Dolezeelova-Velingerova），〈晚清小說中的敘事模式〉林明德
　　　　編，《晚清小說研究》，頁 562。
〔註46〕米列娜（Milena Dolezeelova-Velingerova），〈晚清小說中的敘事模式〉林明德
　　　　編，《晚清小說研究》，頁 562～563。
〔註47〕金健人，《小說結構美學》，頁 209。
〔註48〕馬振方，《小說藝術論稿》，頁 204。

與人物的內心世界合爲一體，將描寫、敘述、抒情、議論融於一爐。

讓「我」在文中穿針引線，易使散亂材料歸於統一。〔註49〕

學者對於第一人稱敘事之研究認識，包括敘事者在小說中之身份地位及其敘述方式等：

> 用第一人稱作敘述，敘述角度與敘述人是一致的。「我」起著代理作者的作用，有的就是作者自己，所以大多不是作品主人公，只有一小部分是主人公。與此相反，以第三人稱作敘述，敘述角度與敘述人是兩回事。充作敘述角度的人物完全不是敘述者，而只是敘述、描寫的對象，加之處在正面位置，便於得到充分表現，因而大多是主人公。〔註50〕

> 第一人稱敘述，根據敘述者在作品中所佔據的位置，又分由主要人物自敘、次要人物側敘、局外人物旁敘三種。〔註51〕

至於第一人稱之敘述方式，馬振方有其四分法之介紹：

> 關於第一人稱的敘述方式，我曾在一篇短文中歸納爲以下四種：講述式、臆想式、書寫式和無定式。〔註52〕

講述式是敘事者對人講話，大多是講別人的事；臆想式則是由敘事者之心理活動，主人公多爲敘述人自己；書寫式以敘事者數篇以上之日記、書信連輟而成。至於無定式，乃與前三種有定式相對，無一定方式〔註53〕，看不出「我」是在說，在想，還是在寫；較諸有定式運用更爲靈活。

除了有定、無定之分，學界更爲熟悉的是全知、限知之別。晚清小說在人稱敘事上之使用，雖已不同於傳統習見之模式，然仍見生澀；而較諸人稱上第一、第三之分別，全知觀點與限知之觀點對於小說敘事言，更爲重要。

限知敘事之敘事觀點有其特定角度，乃從敘事者的眼裡、心裡觀看外在事物：

> 所謂特定角度，也稱限制性第三人稱，就是選取一個特定人物作爲

〔註49〕金健人，《小說結構美學》，頁 210。
〔註50〕馬振方，《小說藝術論稿》，頁 339。
〔註51〕金健人，《小說結構美學》，頁 211。
〔註52〕馬振方，《小說藝術論稿》，頁 336。
〔註53〕無定式於七世紀的唐傳奇早期作品，王度的《古鏡記》和張鷟的《游仙窟》兩篇，以及我國古代其它幾篇第一人稱短篇小說都曾使用過。參見馬振方，《小說藝術論稿》，頁 337。

> 敘述的固定視角，始終不變，從他的眼裡、心裡看取、感受作品的
> 一切。…敘述雖取第三人稱，卻有第一人稱的許多長處和特點，不
> 但角度固定不變，感情色彩也異常鮮明，實是兩種敘述形式的巧妙
> 結合。〔註54〕

限知敘事在唐傳奇小說已出現過，「至唐傳奇開始，第一第三人稱限知敘事開始採用，而且開始採用第三人稱之全知視角與限知視角之轉換使用。〔註55〕」唐傳奇後之話本章回小說，習於說書人模式的套式，大多為第三人稱全知視角。

> 「我」或他在某一特定情景下聽某人講他自己或別人過去的故事。
> 若把這些小穿插隸屬於某一特定人物之口之耳，而不是由作家隨意
> 鋪敘，那實際上已在使用限制視角——《二十年目睹之怪現狀》正
> 是如此打破傳統的全知敘事的。〔註56〕

> 《老殘遊記》、《二十年目睹之怪現狀》、《冷眼觀》、《鄰女語》、《上
> 海遊驂錄》、《劍腥錄》等小說之所以令人耳目一新，還不在以上所
> 舉的布局技巧，而在於它們借用記遊的方法，不知不覺限制了敘事
> 者的視野。〔註57〕

晚清小說吸收譯外小說之敘事形式特點，加之以傳播方式之改變，說書人漸漸消失，取而代之者是限知人稱敘事。採用第三人稱限制敘事的是《老殘遊記》，不過，學者也指出，其限知敘事與西洋小說之限制敘事仍有不同：

> 「新小說」家並沒有直接模仿西洋小說第三人稱限制敘事，而是借
> 鑒其一人一事貫串到底的布局技巧，並摻和中國筆記小說錄見聞的
> 方法，力圖把整個故事納入貫串始終的主人公視野之內，由此形成
> 「新小說」家的獨特的第三人稱限制敘事意識。〔註58〕

晚清小說限知敘事之獨特處，也正是其生澀處。在未及熟練的限知運用下，限知敘事或有不夠流暢之病；而由於第一人稱限知敘事，較諸第三人稱限知敘事之限制角度和範圍更加明確之故，當時亦有第一人稱限知敘事較易貫徹

〔註54〕馬振方，《小說藝術論稿》，頁340。
〔註55〕葉桂桐，《中國古代小說概論》，臺北：文津出版社，1998年10月一版，頁190。
〔註56〕陳平原，《中國小說敘事模式的轉變》，頁187。
〔註57〕陳平原，《中國小說敘事模式的轉變》，頁197。
〔註58〕陳平原，《中國小說敘事模式的轉變》，頁76。

終始之心得：

> 第三人稱限制敘事，在沒有得到理論明確指引和支持的情況下，作
> 家容易回復到非限制的觀點或第一人稱的觀點。對此，當時已有較
> 清醒的自覺：「若以第三人稱來寫出，則時常有不自覺的誤成第一人
> 稱的地方」。反過來若以第一人稱敘事，只要稍加留意，一般都不會
> 造成因敘述者越位而「使文學的眞實性消失的感覺」。〔註59〕

比較第一人稱與第三人稱之限知敘事，若以一貫之堅持言，第一人稱限知敘
事顯然較容易達成。第三人稱限知敘事則容易轉爲全知或第一人稱敘事。如
此則不免降低限知原有之眞實性：

> 《老殘遊記》一編第5回老董講述完那移贓的強盜後來也後悔，嘆
> 息不該無意中連傷四條人命，老殘趕忙追問：「這強盜所說的話又是
> 誰聽見的呢？」補充了可靠的消息來源，作者也就堵住了可能出現
> 的漏洞，避免了全知敘事的嫌疑。可見「新小說」家把描寫局限於
> 旅人視野之內，也不無借此獲得小說的眞實感之意。〔註60〕

對於可能降低敘事眞實性之憂慮，小說防範之道是在人物一問一答中，先發
制人，預作補充。

　　《老殘遊記》在一編八至十一回，二編三至五回，老殘兩度避席，「申子
平聽璵姑、黃龍子講三教合一的宏論，德夫人、環翠聽逸雲講悟道過程，都
在老殘耳目之外」。對於小說限知敘事這類未能一貫到底之處，學者另有「耳
目延伸」之說：

> 可我們仍可把申子平、德夫人看作老殘耳目的延伸，作家用的仍是
> 記見聞的遊記體。除一編15至20回插入福爾摩斯式的破案故事外，
> 老殘在場時心理活動限於老殘（13回翠環一小段心理活動例外）；
> 老殘不在場時，也限於寫老殘延伸的耳目（申子平對音樂的感受、
> 德夫人對逸雲的思念），其他人則只錄其言記其行。〔註61〕

學者對於敘事觀點又有「視點」之說。其中視點人物，是作者寫作時，所找的
替身，這替身有時像是作者，有時是作品中的人物，有時又可面對讀者侃侃而

〔註59〕饒芃子等，《中西小說比較》，合肥：安徽教育出版社，1994年06月一版，頁
　　　　162。
〔註60〕陳平原，《中國小說敘事模式的轉變》，頁200。
〔註61〕陳平原，《中國小說敘事模式的轉變》，頁199。

談〔註62〕；其視點則有局外視點與局內視點、直接視點與間接視點之分別：

> 根據敘述者是否介入作者，是否充當一個人物去觀看或借用一個人物的眼睛去觀看，則可以有局外視點與局內視點之分；在敘述者介入作品？的情況下，根據所敘說的是他的視線直接所及還是轉述旁人的視線所及，則又有直接視點與間接視點之別。〔註63〕

由此看來，局內視點極近於限知觀點。現代小說重視視點之選取，對視點之運用亦有更多之認識：

> 這就因爲儘管是同一種人稱，如果充當敘述者的人物不同，所取的視點還是不會相同，而作品的藝術效果當然更不相同。因此視點的選擇較之人稱的選擇更具實質意義。〔註64〕

除了視點之重要性現代小說對於內外視點的運用調換已臻靈活自然，並有由外向內轉移之趨勢：

> 局外視點視域廣闊，組織材料極爲自由，多作爲長篇小說的基本視點，而且它和例二形式的局內間接視點之間，可以極靈活地調來換去，並且不留下轉換之痕。局內視點的優點更多，可以說，小說創作的視點，以前是這樣，現在更是這樣正愈來愈由局外向局內轉移。
> 〔註65〕

視點之選擇雖較人稱具決定性之意義，然而良好之敘事仍需二者之適當配合：

> 人稱與視點的配合，首先還是被需要表達的內容所決定的。沿著組材角度，注意中心的中軸線將作者導向總目標，這就使得不但不同的小說家會有各自的選擇，即使同一小說家，在創作不同內容時也會有不同的選擇。〔註66〕

人稱視角之配合、選用乃以符合內容所需爲依據，方能收最佳之效果。至於視點之靈活運用，尤其是視點間之轉換則須求其清晰自然，務使主要視點與輔助視點能相輔相成，多重視點在結尾處尤宜還原，以與開頭對應。〔註67〕

〔註62〕 金健人，《小說結構美學》，頁201。
〔註63〕 金健人，《小說結構美學》，頁201。
〔註64〕 金健人，《小說結構美學》，頁205～206。
〔註65〕 金健人，《小說結構美學》，頁203。
〔註66〕 金健人，《小說結構美學》，頁246。
〔註67〕 金健人，《小說結構美學》，頁232：「一、視點間的變換過渡要自然，以保證線索貫穿的清晰。可以通過一些銜接語加以承接，或用一些人名、代詞來加以標示。二、多重視點或多元視點之中，往往有主要視點與輔助視點之分，

限知觀點雖有助於小説之表達，增強其眞實性；然而晚清小説在運用上，仍見生澀。論者特別指其未能一以貫之：

> 到了《二十年目睹之怪現狀》、《冷眼觀》（王濬卿）、《老殘遊記》、《鄰女語》（連夢青）等可就大不一樣了。作家力圖把故事限制在「我」或老殘、金不磨的視野之内，靠主人公的見聞來展現故事。盡管前兩者顯得鬆散臃腫，後兩者又都半途而廢，這種藝術探索仍很有價值。〔註68〕

不論是《二十年目睹之怪現狀》或是《老殘遊記》，若以限知一以貫之與否之標準做一檢視，其實都未竟其功。學者分析其原因，認爲是作者矛盾心態所致：

> 在一系列中西小説敘事角度的「對話」中，限制敘事不斷演化，不斷擴大影響，也不斷腐蝕自己的稜角，以致我們不能不讚嘆限制敘事對「新小説」的改造，可又很難找到這種改造的成功範例。也許，這跟「新小説」家的矛盾心態有關。〔註69〕

其矛盾心態包括三方面，一是想學西方小説限制敘事的表面特徵，用一人一事貫串全書，卻又捨不得傳統小説全知視角自由轉換時空的特長；二是想用限制視角來獲得「感覺」的眞實，卻又想用引進史實來獲得「歷史」的眞實；三是追求藝術價值，靠限制視角來加強小説的整體感，卻又追求歷史價值（「補史」），借全知視角來容納盡可能大的社會畫面〔註70〕。

學者所指三方面之對立矛盾，包含了眞實感與大容量；但更多是以敘事的進步企圖與無法一以貫之來作審視。晚清四大小説之中，《老殘遊記》使用了第三人稱限知敘事，《二十年目睹之怪現狀》則使用第一人稱限知敘事。以《老殘遊記》之限知敘事言，許多研究都注意到其限知敘事之特點：

> 《老殘遊記》的敘述方式，歷來頗爲研究者所重視。早在二十年代，魯迅就指出：「其書即借鐵英號老殘者之遊行，而歷記其言論聞見。」

要使兩者互相配合，互相補充，充分發揮各自的長處以補對方之不足。三、視點變化後，尤其是多重視點，往往在結尾處要視點還原，以與開頭對應。這又往往統一在最外圍的視域最爲開闊的視點上。」

〔註68〕陳平原，《中國小説敘事模式的轉變》，臺北：久大文化有限公司，1990年05月一版，頁72。

〔註69〕陳平原，《中國小説敘事模式的轉變》，頁72。

〔註70〕陳平原，《中國小説敘事模式的轉變》，頁72～73。

六十年代夏志清進一步指出劉鶚「脫掉傳統的小說家那件說故事的外衣，又把沿習下來的說故事的所有元素，下隸於個人的識見之內，而爲其所用」。七十年代樽本照雄更斷言「作者的『視點』基本固定在老殘身上」。三位研究者所用術語不同，但都指向本文所論述的第三人稱限制敘事。〔註71〕

對於《老殘遊記》限知敘事之未能一以貫之，除了申子平、德夫人對音樂的感覺與對逸雲的思念歸爲耳目延伸以及第十三回翠環心理描寫一段之外；陳平原還詳細指出十五至二十回轉爲全知敘事之處，並且推論其原因爲作者太急於偵探故事之講述所致：

> 盡管偶爾跳出個別全知敘事的段落，仍可明顯看出作者是有意識把描寫局限在視角人物的視野之內。可惜這種創作意圖沒能貫徹到底，也許其時偵探小說的誘惑實在太大了，作者也想過過福爾摩斯癮。而一旦轉入故事的講述（15～20 回），傳統說書人腔調又重現了。一會兒翠環又喜又憂，一會兒白太守斷案神速，一會兒許亮取口供，一會兒人瑞得佳信，視角人物老殘則不時被擱在一邊，小說又回到全知敘事的傳統模式。〔註72〕

對於晚清敘事之轉變，學者觀察到晚清至五四不同於傳統章回敘事之轉變，確是洞見。然而將限知敘事之一以貫之作爲晚清小說敘事努力之終極目標，或推論晚清小說作者極力要堅持限知觀點之敘事，恐還需再做商榷。

> 其次是作家學習西方小說的敘述方式，光從藝術技巧角度考慮，而對於藝術構思、作品內容和布局結構與敘述方式的關係，認識並不透徹，往往在整體構思上，對故事內容和情節結構是否適應運用新的敘述方式，尚缺乏慎密細致的考慮，因而在創作時，不但表現出特定敘述方式運用與作品內容的不協調，而且還會不知不覺地改變原來的敘述方式，以致出現多種方式雜糅並存的現象。〔註73〕

小說敘事方式確有雜糅並存之現象，而對敘事結構之認識不夠透徹之推論亦稱合理。只是所謂老殘之遊記，乃在記老殘之遊歷，小說使用限知觀點敘事的用意，主要在增其眞實；至於敘事形式革新之完成，未必是作者掛意之所

〔註71〕陳平原，《中國小說敘事模式的轉變》，頁 77～78。
〔註72〕陳平原，《中國小說敘事模式的轉變》，頁 78。
〔註73〕方正耀，《晚清小說研究》，頁 307。

在。換言之，限知敘事是手段而非目的。尤其一以貫之的限知敘事是否就是遊記之最佳敘事？從敘事角度之運用言，配合內容、靈活運用才能達成良好之敘事效果，其中也包括視角轉換之自然。以此而言，一以貫之的限知敘事並非唯一選擇。

若以小說之內容論，限知敘事確能增加遊歷之真實性；至於老殘不能親見處，由耳聞得之，或限知不能及之處，跳出為全知敘事，都仍在老殘遊歷之時空，仍符於題文之限定，依然合於情理，亦未嘗不可。

類似之批評亦見諸《二十年目睹之怪現狀》：

> 然而作者對於所述的全部「怪事」及活動其間的人物，是否都能由「九死一生」挈領，是否都能貫穿於「我」之耳、目、足跡，卻缺乏仔細的辨別和慎重的挑選，結構上也並未真正把全部人物事件組織在「我」的經歷之中，由「我」來左右或聯繫。因此，作品第一人稱親歷方式也就很難貫徹到底。〔註74〕

吳趼人第一人稱無法一以貫之之處，如以客觀敘事寫葉伯芬；後幾十回又離開限知敘事，於是「不得不以第一人稱修辭的方式，出面作些解釋」，包括第九十六回對苟才事跡的敘述，以及第九十七回至一百零一回之第三人稱客觀敘事：

> 苟才和繼之談的，就是這麼一樁故事。我分兩概聽了，便拿我的日記簿子記了起來。〔註75〕

> 且慢！從九十七回的下半回起敘這個事，是我說給金子安他們聽的，直到此處一百一回的上半回，方才煞尾。且莫問有幾句說話，就是數數字數，也一萬五六千了。一個人那裡有那麼長的氣？又哪個有那麼長的功夫去聽呢？不知非也，我這兩段故事，是分了三四天和子安們說的，不過當中說說停住了，那些節目，我懶得敘上，好等這件事成個片段罷了。〔註76〕

上論並細數小說跳出限知敘事之脫軌處，如第八十六回末，第一人稱藉由與繼之談話，談及苟才，才接上前面的故事；第八十七回，轉用第三人稱敘述苟才媳婦被逼改嫁和苟才的惡行；第九十二回開頭，又改以第三人稱修辭方

〔註74〕二段引文見方正耀，《晚清小說研究》，頁308～309。
〔註75〕吳趼人，《二十年目睹之怪現狀》，第九十六回，頁550。
〔註76〕吳趼人，《二十年目睹之怪現狀》，第一百一回，頁580。

式，讓敘事人發議論。學者指疵之標準亦是未能一以貫之使用限知敘事，「顧不得敘述方式一以貫之」。至於小說中之補充說明，「我分兩概聽了，便拿我的日記簿子記了起來」，這應是來源爲耳聞之說的說明，意在強調眞實；「我這兩段故事，是分了三四天和子安們說的」，則扣住怪現狀之書題，乃一生目睹所記。作者之補充說明，同時亦點出小說敘事未盡周延之病，在敘事模式轉變之初期，作者或仍習於全知敘事，敘事觀點之運用仍未熟練順暢。

> 說是「近乎見聞錄」，當然意味著作家創作的並非眞的就是見聞錄。一方面不能不借用見聞錄形式以獲得視角的統一（從這四部小說的標題可見一斑）；另一方面又嫌其無法自由發表政見並表現廣闊的歷史畫面，不得不時時突破見聞錄形式。後人可能惋惜作家不曾把獨一的視角貫徹到底，時人則似乎對那些離開主人公視野的歷史事件的全知敘述更感興趣。徘徊於新技巧的誘惑與舊趣味的牽制之間，「新小說」家不得不採用折衷的辦法，虛擬一連串人物，或表其家國身世之感。或「相與討論社會之狀況」，或借以勾勒事變的全貌。
> 〔註77〕

著眼於一以貫之的論點，「惋惜作家不曾把獨一的視角貫徹到底」，設定小說作者著意在實現敘事新技巧，因此將小說中的議論、對談都視爲實現敘事轉變的折衷辦法、補救之道。

> 採取第一人稱敘述，也有變換角度的方法，那就是改變敘述人。〔註78〕

> 多觀點限制性敘述，即由幾個人分別承擔敘述任務，形成移動和交叉的敘述角度方式，也不斷出現。台靜農的《拜堂》即選取了三個不同視點。〔註79〕

第一人稱敘事可以有許多選擇，在運用上也可更自由靈活，未必拘於一人一點。如前所述，內視點、外視點之出入，全知、限知之運用，人稱視角之配合，一依於內容之所需。因此，晚清一以貫之的限知敘事要求是否有其必要性，值得再思考。

此外，小說在運用人稱限知敘事之際，「採用第一人稱自敘，提供了一種

〔註77〕陳平原，《中國小說敘事模式的轉變》，頁77。
〔註78〕馬振方，《小說藝術論稿》，頁338。
〔註79〕饒芃子等，《中西小說比較》，頁163。

借用旅行者「我」的游歷作為敘事框架」，來容納更多的人物和故事。〔註 80〕
小說使用旅遊見聞之形式，合於耳聞目見之原則；摭拾見聞以問謗於道，旅
行是很好的選擇。小說著意於見聞之真實，較諸特定空間之過濾性接收，旅
遊之隨機性更能證其真實。因此，視點方位〔註 81〕必須流動，不能固定，時
空推移遂成為小說重要議題。

第三節　敘事之時空推移

　　時空常並稱，二者關係密切。中國古代常把時間和空間連在一起，對於
時間空間自有其定義與邏輯：

> 《莊子・庚桑楚》：「有實而無乎處者，宇也；有長而無本剽者，宙
> 也。」《淮南子・齊俗》云：「往古來今謂之宙，四方上下謂之宇」。
> 　　《後漢書》二八下《馮衍傳・顯志賦・論》：「遊精宇宙，流目八紘」。
> 注：《尹文子》曰：「四方上下曰宇。」其次是時空可以轉換，距離
> 用時間表示，如兩地之距離謂之幾天的路程。〔註 82〕

這種獨特的時空觀念是「古今同在」、「天上地下無殊」、「陰間陽間相同」、「人鬼
無別，神人共處」。中國古代小說沿續此一時空觀念；至於六朝，出現變化，「其
變化一在向內之開拓，包括人的內心世界；二在天上人間時間之不同〔註 83〕」。
　　時間、空間是構成小說之重要因素：

> 故事是按時間順序講述的事件，而情節是精心結合起來的具有嚴密
> 因果關係的事件，是一個有開端、中間和結尾的完美的整體。
>
> 這小說結構，是以細節為最小單位，縱可以事件為結構重心，沿事件
> 的時間關係串聯細節，體現各種社會現象之間的因果聯繫；橫可以場
> 面為結構重心，按場面的穴間關係並聯細節，突出各種社會現象之間
> 的特徵對應；還可縱橫交錯，在時空並進、人物與情節的交相發展中，
> 上下幾千里，縱橫數萬里，自由地表現社會生活的各個方面。〔註 84〕

〔註 80〕劉尚生，《中國古老小說藝術史》，頁 101。
〔註 81〕金健人，《小說結構美學》，頁 199：視點方位的選擇可有三種類型：定點換景、
　　　　定景換點與點動景移。
〔註 82〕葉桂桐，《中國古代小說概論》，頁 214。
〔註 83〕葉桂桐，《中國古代小說概論》，頁 214。
〔註 84〕金健人，《小說結構美學》，頁 7。

根據時間與情節的關係，小說時間可又有內部時間與外部時間之分。內部時間是小說內部情節連結相續之時間；外部時間則在情節之外，雖與情節無直接關聯，卻仍有其不可取代之重要性，二者各有其功能：

> （外部時間）「像氣候或大氣層一樣包圍著」情節，是情節與使之得以產生、發展的廣闊無邊的現實生活之間的通道或橋梁。它不直接進入情節，卻是情節的土壤；它不直訴讀者，讀者卻要據其檢驗作品與經驗世界的向背。

> 內部時間就是作品中情節運動的順序性與連貫性，它以心理時間為基礎。而外部時間卻以物理時間為基礎。

就晚清小說與外部時間的繫聯而言，四大小說中《官場現形記》限定於晚清，《二十年目睹怪現狀》更限縮於二十年之內，《老殘遊記》寫庚子之變前，至於《孽海花》以主角金雯青繫聯三十年史事，中法之戰、甲午之戰、乙未抗日、國父革命等等，小說敘事所形成之內部時間與外部時間之對應繫聯十分清楚明確。

小說敘事同時推動小說之時間與空間；而限制敘事雖有助於真實性的獲得，卻也限縮了空間。此時藉由旅遊以利空間之推展是可行之方：

> 限制敘事有利於真實性的獲得，但是限制敘事可能失去廣闊的生活場景。在晚清人看來，藝術價值與歷史視野，很可能就像魚與熊掌那樣，很難兼而得之。……但是，在這個變革過程中，主要是靠旅行者的形象，來建立一個統一的敘事角度，以便能更好地描述廣闊的社會生活場景。〔註85〕

如《老殘遊記》與《斷鴻零雁記》都藉由旅行來擴展空間〔註86〕，差別在於後者逐漸走向內心，拓展的是心理空間；《老殘遊記》則以旅行所具有之流動性，走向社會，展示「廣闊的社會生活面」。以旅行為手段之敘事，不斷地推展小說空間；以《老殘遊記》而言，隨老殘之足跡，由高范到濟南，經董家口、馬村集、曹州府城至齊河縣，又回到省城，使用串連式結構在山東附近開展其社會空間：

> 以人物串連的結構承遊記體結構形式而來，具有遊記體結構的優

〔註85〕《晚清文學教室》，陳平原主講、梅家玲編訂，臺北：麥田出版社，2005 年 05 月一版，頁82。

〔註86〕同上註。

點，能夠異常廣闊地展現不同地域的生活風貌，根據作品題旨，在
有限的篇章中直接描寫具有社會性、普遍性意義的政治狀態和生活
現象，從而反映社會本質的某些特點。〔註87〕

其中地域之不同，清官與貪官之差異，兩相映照，正是對「封建官僚政治的
黑暗和統治階級的酷毒殘忍」，最有力之控訴。二種官僚同樣「殺人如麻，百
姓怨聲載道、掙扎在死亡線上」，官僚政治之黑暗殘忍並非局部單一之現象，
而是嚴重而普遍存在之社會問題，是「處於崩潰前夕的晚清黑暗社會政治腐
敗的本質特徵之一」。〔註88〕

　　劉鶚採用串連式結構正因串連式結構有其優點，一是內部結構富有彈
性，如《二十年目睹之怪現狀》寫了一百七八十件怪事，「結構層次多與少，
並不影響整體結構的特徵」；二是結構的適應性強。如《老殘遊記》僅展現山
東濟南附近幾個縣的風貌。

這類作品儘管由於描寫的具體內容不同而造成內部結構的千 275 差
萬別，但是，企圖通過不同地域人物風土的描寫，表現同一命題，
形成散而有脈的結構特點，則無二致。〔註89〕

　　隨著旅行展開之開闊空間，甚至有助於小說敘事歷史場景之表現，開拓
小說之視野，提高小說之客觀性及其價值：

作家想要表現盡可能廣闊的歷史場景，當事人的見聞反而有限，不
及作爲旅人的旁觀者。……晚清小說家很自信，認爲自己的創作，
超越傳統小說。……作爲旁觀者，如此可以超越個人命運，更多關
注歷史事件本身。〔註90〕

林紓《劍腥錄》之邴仲光，或曾樸《孽海花》之傅彩雲，在小說中是一旁觀
者；而孔尙任寫《桃花扇》，以李香君爲主角，自然多寫男女情事。晚清小說
家之所以認爲自己能超越傳統小說，正在於作爲旁觀者，可以多關注歷史事
件，而不局限於個人命運。

　　旅遊形式之外，敘事還常用倒敘、插敘等拓展情節空間。在古典文學中，
倒裝敘述之使用不乏其例：

〔註87〕方正耀，《晚清小説研究》，頁 273～274。
〔註88〕方正耀，《晚清小説研究》，頁 273～274。
〔註89〕參見方正耀，《晚清小説研究》，頁 274～275。
〔註90〕《晚清文學教室》，陳平原主講、梅家玲編訂，頁 90。

杜甫的《兵車行》、白居易的《琵琶行》、以至浩歌子的《遼東客》、和邦額的《梨花》則使用倒裝敘述。〔註91〕

晚清譯外小說常見之預敘、補述、插敘，可能是看慣傳統小說之讀者所陌生的：

> 以林紓對敘事時間的理解爲例。在《塊肉餘生述》、《迦茵小傳》和《哀吹錄·獵者斐里樸》等譯作的批注中，林紓不斷地提醒讀者注意那些不同於傳統小說連貫敘述的「預敘筆法」、「補述筆法」和「插敘筆法」。〔註92〕

晚清四大小說中，運用插敘表現敘事之立體交叉結構者爲《孽海花》：

> 然，作爲長篇小說，《孽海花》的結構遠非已經圓滿，章回體制畢竟限制了作品敘事結構的自由，作品中場景與時空的轉換總是發生在某一章回的内部，難免顯得侷促，有時甚至生硬。但無論如何，《孽海花》在敘事結構上嘗試了傳統中國小說從未有過的立體交叉結構，這在晚清小說中，是獨步一時的。〔註93〕

《孽海花》在回目之内進行交叉敘事與時空的轉移。如第十三回空間由歐洲移轉至北京，二地情節交叉展開：

> 譬如第十三回（小說林本），開頭是接續前回，寫傅彩雲與維亞太太（隨後才知道是德國皇后，也是英國女王之妹）會面合影回到公使館，見俄國人畢葉正在向雯青兜售「中俄交界圖」；隨後金雯青給國内同鄉官陸菶如去信，報告獲得地圖一事。由此敘述由歐洲轉移到了北京，由陸菶如引出「名流宗匠，文學斗山潘尚書」及在京其他名士，描繪這些沉迷於科名的讀書人結識名流、攀附朝官、以求通途的精神狀態與生活方式。〔註94〕

若是傳統章回體，遇此時空、人物之大轉換，通常是另起一回；曾樸之《孽海花》打破傳統章回小說之敘述模式，暫停原來歐洲之敘事，以主角之去信帶入北京情節，以插敘筆法成功進行時空之推移。而劉鶚之《老殘遊記》則是以其中之偵探敘事形式進行：

〔註91〕陳平原，《中國小說敘事模式的轉變》，頁46。
〔註92〕陳平原，《中國小說敘事模式的轉變》，頁264。
〔註93〕楊聯芬，《晚清至五四：中國文學現代性的發生》，北京大學出版社，2003年11月一版，頁271。
〔註94〕楊聯芬，《晚清至五四：中國文學現代性的發生》，頁268。

《老殘遊記》還顯露出不少受新文化及外來文化的影響而產生的小說新因素，英國人注意到作品中「包含了夏洛克‧福爾摩斯式的故事」（《大英百科全書》），提醒我們應注意這些新信息。〔註95〕

偵探敘事重視懸疑效果，常以插敘造成懸念，增加讀者興趣：

> 要使情節能適應讀者的欣賞心理，往往離不開設置懸念、巧用延宕、組織高潮這些手法，它們時分時會、相互配合、共同產生情緒的感染力。〔註96〕

> 在敘事時間之疏密與情節時間之疏密關係問題上，中國古代小說不僅採用「有話則長，無話則短」的敘事方式，而且有意中斷故事，穿插進別的內容，以造成懸念，吸引讀者。這方面比較爲人稱道的典型事例不少。〔註97〕

《老殘遊記》於第十五回說起齊東鎮賈家奇命案，說到一半，插入廂房失火救火一節；再說下去，到第十六回又插入收拾鋪蓋一段，敘者還道：「你越著急，我越不著急！〔註98〕」分明運用插敘，吊足讀者胃口。

至於《二十年目睹之怪現狀》打破順序結構，敘述方式則變化多樣：

> 如《二十年目睹之怪現狀》中的苟才，占了許多篇幅，但作者集中描寫的也就是他宦途中二上二下的幾段醜聞，並不著意顯示其相對完整的一生經歷。至於敘述方式的多樣，倒敘、插敘的變化，以致順序結構的打破，都說明了晚清小說故事體逐漸淡化，小說家正在多方面嘗試突破故事體。〔註99〕

對於苟才之敘述，特選其幾段醜聞，而不著意在其經歷之完整。對於推展敘事時間形成情節，伊利莎白‧鮑溫有「折攏的扇子」之喻：

> 伊利莎白‧鮑溫把這種時值處理形象地比作一把可以打開或者折攏的扇子：從某個角度上看，小說家在寫書時可以像一把扇子似地把時間打開或者折攏。既然每一篇故事根據自己的輕重緩急，都需要一種特殊的計算時間的方法，所以作者如何計算時間是非常重要

〔註95〕 黃清泉、蔣松源、譚邦和，《明清小說的藝術世界》，華中師範大學出版社，1992 年 06 月一版，頁 325。
〔註96〕 金健人，《小說結構美學》，頁 265。
〔註97〕 葉桂桐，《中國古代小說概論》，頁 218。
〔註98〕 劉鶚，《老殘遊記》，頁 160。
〔註99〕 方正耀，《晚清小說研究》，頁 343。

的。〔註100〕

時值的長短與「現在」、「過去」、「將來」三時式關係密切。拉長描寫的時間段，即使是幾百年前所發生之事，仍被「當作剛發生的現在來進行描寫」；而縮短的時間段，儘管是才發生，卻被「當作已遠逝的過去來敘述」。因此，爲加強時間之作用，小說家對於時間必須善於調整、分配。〔註101〕

　　時間推移開展亦一以小說內容輕重緩急之所需爲依據。在緊要處開展，不緊要處收攏。重要關鍵甚至可以進行微觀分析。

> 凡是人物命運的轉折關頭、關鍵時刻，讀者在心理上都會產生巨大的期待，他們想把這一「現在」、這一時刻、這一瞬息拴住、釘牢，甚至從宏觀世界中摘除出來進行微觀分析。〔註102〕

《二十年目睹之怪現狀》雖出現倒敘、插敘之敘事方式，仍未及熟練成功：

> 「新小說」家……卻很難找到熟練使用倒裝敘述甚至交錯敘述的成功之作。〔註103〕

> 可偵探小說先製造懸念，然後借助倒裝敘述逐步解開秘密的方法，……突出懸念，加強小說的結構感這些方面，五四作家只是把「新小說」家怯生生地嘗試的技巧熟練化。〔註104〕

晚清敘事之轉變雖未及熟練成功，但嘗試突破之活潑多樣，仍有其特色與重要性。

　　在敘事之時空推移上，限知以旅行作爲手段，拓展其空間。全知敘事則自由許多，以《官場現形記》而言，縱覽全局、全面諦察官場，具有宏觀之視野。

> 《官場現形記》的結構特點是：借助於時空的轉移，由一點推移開去，形成爲線；再由線推移開去，形成爲面；而在這點、線、面的推移中，隱隱然呈現出一幅幅富於立體感、流動感的「官場現形圖」。具體地說，小說中這種時空的推移，每每以地方爲起點，而以北京爲終點（同時又是新的起點）不斷地畫出弧圈，構成地方→北京→地方→北京→地方……的軌跡，從而將筆觸涉及從地方到中央、從

〔註100〕金健人，《小說結構美學》，頁33。
〔註101〕參見金健人，《小說結構美學》，頁33。
〔註102〕金健人，《小說結構美學》，頁35。
〔註103〕陳平原，《中國小說敘事模式的轉變》，頁47。
〔註104〕陳平原，《中國小說敘事模式的轉變》，頁49。

胥吏到大臣，亦即從橫的平面圖上遍及了全國的各個角落，從縱的
軸線上遍及了官僚體系的各個等級。〔註105〕

此一官場現形圖包括十四個弧圈：

第一個弧圈（第一至二回）：陝西→北京。第二個弧圈（第三至六回）：
北京→江西→北京。第三個弧圈（第六至十回）：北京→山東→上海。
第四個弧圈（第十一至二十二回）：上海→浙江（北京）。第五個弧
圈（第二十二至二十九回）：浙江（北京）→河南→北京。第六個弧
圈（第二十九至三十四回）：北京→天津→南京→上海。……第十一
個弧圈（第五十三至五十六回）：北京→南京→外國→北京。第十二
個弧圈（第五十六至五十八回）：湖南→北京。第十三個弧圈（第五
十八至六十回）：山東→北京→山東→北京。第十四個弧圈（第六十
回）：北京→保定。〔註106〕

十四個弧圈所及，已將中國重要的地點，都包括在內。而十四個弧圈的中心
交接點，則是北京和上海，一為政治中心，一為經濟中心。

北京為滿清政治樞紐，其重要性自不待言；至於上海，可謂「西方文明
的櫥窗」。由「蘇報案」可見清廷對新聞言論自由打壓之一斑；晚清作家激烈
抨擊官場，而竟能安然無事，對於滿清朝廷之容忍，學者除認為是朝廷失去
威信，令不行、禁不止所致之外，又提出兩點解釋：

第一，清廷確實已經是風雨飄搖；第二，上海有租界，朝廷管不著。
我曾經說過，租界對於中國人來說，既是恥辱的印記，也是展覽西
方文明的櫥窗。我們看近代史，很容易發現，革命家老在租界裡活
動。在那裡策畫革命，危險指數大大降低。〔註107〕

尤其將上海與北京做一對照時，更容易看出此一差別：

大家對照上海與北京的報紙雜誌，就會發現，上海比北京激進多了。
北京的日報、畫報、小說、書籍等，主要是提倡改良群治，天子腳下，
控制比較嚴，不敢隨便辱罵皇上。不是說上海人思想就一定比北京人
激進，或者說政治上更叛逆，而是朝廷的控制力相對薄弱。〔註108〕

〔註105〕歐陽健，《晚清小說史》，浙江古籍出版社，1997年06月一版，頁82～83。
〔註106〕參見歐陽健，《晚清小說史》，頁83～87。
〔註107〕《晚清文學教室》陳平原主講、梅家玲編訂，頁66。
〔註108〕《晚清文學教室》陳平原主講、梅家玲編訂，頁67。

除了朝廷控制力較薄弱，成爲西方文明展覽櫥窗的上海，正是最早接受西方文明、新舊文化雜糅並陳之地。這是它成爲小說時空推移之兩大中心之主因。

《官場現形記》之以其全知敘事，進行時空的轉移，不同地域之轉移接續較爲自由輕易，有助於完成官場之全面諦察。

至於敘事之時空推移亦能形成空間美學：

> 時間所給的感情，正如景物，夜間與白天不同，春天與秋天不同，雨天與晴天不同。〔註109〕

傳統小說對景物著墨不深，中國古代小說之寫景，常常「因人而宜，因事而宜」，景物描寫並不是作家構思時所考量之重點。晚清小說則視「景物描寫爲重要的藝術手段」；在構思之時，不但考量景物描寫，並且將之視爲作品重要成分〔註110〕。劉鶚之《老殘遊記》更出現突破性之成就：

> 隨時注意描寫人物活動環境的景色，是晚清小說景物描寫的又一特點。……如《老殘遊記》，作者就很注意隨處描寫老殘經歷之地的景色，諸如千佛山的奇觀，大明湖的倒影，桃花山的色彩，齊河縣的月夜，蒿里山的古廟，以及黃河冬景、泰山風光等等，幾乎老殘足跡所到的主要地方都有景物描寫，既突出了「遊記」的特點，也增添了作品的生活氣息，而這在以往的寫實小說中是不可能見到的。〔註111〕

除了空間美學的展現，《老殘遊記》之景語常是情語，投射出人物內心世界，如第二回寫老殘遊大明湖：

> 先從鵲華橋下船，遊過歷下亭，才至鐵公祠。到了鐵公祠前，先望見對面如數十里屏風的千佛山，又低頭觀賞澄淨如同鏡子的明湖，再平視南岸的街市，轉身才見「四面荷花三面柳，一城山色半城湖」的對聯。仍舊上船才見兩邊荷花將船夾住，水鳥被人驚起，終於吃著蓮蓬又回到鵲華橋畔。整段描寫沒有一個自然呈現的全景鏡頭，都是隨著老殘的腳步與眼睛，一步一景，既不提前也不落後，既不貪多也不減少，不單寫出了明湖景致，更寫出了老殘遊湖的情致。〔註112〕

〔註109〕金健人，《小說結構美學》，頁16。
〔註110〕參見方正耀，《晚清小說研究》，頁349。
〔註111〕方正耀，《晚清小說研究》，頁349。
〔註112〕陳平原，《中國小說敘事模式的轉變》，頁201。

透過老殘耳目所構現之景致，回過頭又能從中窺見人物之心理空間。而除了時空推移所展示之小說敘事美學外，下節將繼續進行敘事修辭藝術之討論。

第四節　敘事修辭之藝術

　　晚清四大小說家中，曾樸是最早系統地翻譯、介紹法國文學的人。在小說林時期（1905～1908 年），翻譯雨果、譯介大仲馬。後又於上海開書店、辦雜誌，繼續系統地翻譯雨果和法國文學，「法國文學成為曾樸創作小說的豐富資源，使他的小說在晚清小說中獨樹一幟」。孽海花》之文字藝術迭受注意與肯定：

> 《孽海花》的「歷史小說」意識顯然更多吸收了法國 19 世紀小說的
> 敘事觀念，即將焦點對準「當代」，以包羅萬象的世態風俗描繪展示
> 時代的風雲變幻與社會歷史進程，而在女主人公的刻畫和審美評價
> 及道德評價上，明顯與傳統小說觀念不同，體現著法國 19 世紀文學
> 的人文精神。〔註 113〕

胡適亦曾讚揚《老殘遊記》之描寫藝術：

> 並且刻劃了像莊勤果這樣禮賢下士的「循吏」，也不得不庇護「酷吏」
> 玉賢的事實。……胡適讚揚「《老殘遊記》最擅長的是描寫的技術；
> 無論寫人寫景，作者都不肯用套語濫調，總想鎔鑄新詞，作實地的
> 描寫。在這一點上，這部書可算是前無古人了。」（胡適，亞東版《老
> 殘遊記》序，三民本附錄，頁 365。）〔註 114〕

然而晚清小說敘事修辭之整體印象仍是「辭氣浮露，筆無藏鋒」。這是早年魯迅譴責小說之評，近來王德威則有醜怪美學之論。本節以下就此二者略做討論。

　　王德威以吳趼人小說在短短兩回中濃縮了諸多「滑稽成規」為例，此成規包括將錯就錯的身份、通姦、性向顛倒、投機主義、懼內的丈夫與潑婦式的妻子、秘密的交易以及雙重的偽裝等等。經吳趼人之特殊安排，各種成規層層累積，讀者對丑角在小說中所玩弄的多重詭計與交易亦難以招架〔註 115〕。其

〔註 113〕楊聯芬，《晚清至五四：中國文學現代性的發生》，頁 263。
〔註 114〕袁進，《中國小說的近代變革》，北京：中國社會科學院，1992 年 06 月一版，頁 123。
〔註 115〕參見王德威，《被壓抑的現代性──晚清小說新論》，北京：北京大學出版社，2005 年 05 月一版，頁 252。

醜怪美學之論，以醜怪的觀點對小說進行全面性的審視，得到的結論是，讀者於此見識到了一種最奇特、最醜怪的敘事美學：

> 這段故事中有太多的扭曲與變形，力道十足，頗值讀者玩味。我們與其說被引領到潛藏於該故事中的道德教訓中，不如說被帶至吳趼人對這些教訓的搬弄利用，而爲之著迷不已。與此同時，我們還被導向一個異性婚姻、孝悌忠信、政治網絡、家庭關係，種種價值相互消長合縱的世界，因此見識了一種最奇特、最醜怪的敘事美學。就此意義而言，吳趼人本身「要命的」（devilishly）想像力，正一如他故事中的人物一般。〔註116〕

在全面的審視之後，學者舉吳趼人《二十年目睹怪現狀》做爲醜怪美學之證的實例。這是一個淋漓盡致的例子。短短兩回中，讀者立即看到諸多醜怪的面目，荒謬的事端，恍若瞬間掉入罪惡的淵藪，聽見群妖的獰笑不斷在坑谷間迴盪。

王德威對小說的審視，包括核心價值、敘事結構、作者、寫作方式、敘事模式、人物、事件等等。他首先宣告小說的核心價值已泡沫化：

> 在晚清作家所描繪的世界中，任何事物都可以透過一個怪異的交換機制予以占有或取代，因此他們投射出一個對現實真正荒涼的看法。價值之形成與渙散有如泡沫，道德則不過是逢場作戲。現實的「深度」結果竟是表面文章的延伸罷了。

若與五四作家相較，魯迅等人之作品的力量來自「對失去的生命意義的無望追求」，以及對「新舊再現系統之矛盾所感受的道德痛苦」；然而晚清作家所聲言維護之傳統價值，最後卻發現「徹頭徹尾都是空洞的」。事物之核心價值早已消失不存，「只有更多徒有其表的表面事物」。

學者得自於晚清小說之概念是，道德核心價值已然不存在，到處是空洞虛假與黑暗。因此對於 Milena 所謂揭發罪惡之敘事形式說，他難以認同，另提出確認熟悉之說：

> 對讀者來說，主角對這個世界的認知「啓蒙」，不啻是個「反面教材」。我們學到的是，「社會罪惡」其實並非躲在暗處伺機而動，而是根本一直與我們長相左右。因此，除了少數的例子之外，吾人實不宜以19 世紀歐洲小說情節的標準——讀者由含混或無知的狀態到對真

〔註116〕王德威，《被壓抑的現代性——晚清小說新論》，頁 252。

理的認知的漸進主義──來了解晚清小說的情節。晚清小說中對並不是要告訴讀者什麼新鮮事，而是要讓讀者再次確認他們已經熟悉不過的事。

對米列娜（Milena Dolezeelova-Velingerova）而言，敘事在揭露真相，而王德威則認為敘事在確認罪惡，因此，由敘事所構成之情節組合為醜聞和鬧劇的長串組合，極為散漫：

> 就結構而言，譴責小說常為眾多諷刺、漫畫式速寫、醜聞和鬧劇的長串組合。但各片段間產生的效果與其說是起承轉合，循序漸進，不如說是零碎蕪蔓，僵滯停頓。〔註117〕

從譴責小說之英譯名稱檢視其內涵，則「tales that chastise or excoriate」與「novels of exposure」〔註118〕（暴露小說）正從不同的角度，涵蓋了譴責小說研究的傳統模式，其所強調的是小說影射與批判現實的能力：

> 這些傳統模式強調譴責小說影射與批判現實的能力，並進一步視該文類為「五四」批判現實主義的先河。事實上，所謂的晚清四大名著：《二十年目睹之怪現狀》、《官場現形記》、《老殘遊記》、《孽海花》，之所以被推許為譴責小說，主要著眼點都在於它們折射並批判了危機深重的社會現實。〔註119〕

以譴責之姿態，暴露、揭露之方式所進行之小說敘事，讓諸多人物現其虛偽面目，包括自吹自擂者、冒名頂替者、江湖郎中與跳樑小丑，小說空間於是成為充斥行騙者與受騙者之世界。其敘事模式則「通過戲弄、反轉、扭曲其主題來表述故事」；學者並大膽論斷「小說的敘事模式本身，就是這深重危機的一部分」。換言之，這是認同罪惡的敘事模式。不僅止於此，譴責小說家「只有在有利可圖的前提下，他們才更顯得興致勃勃」，並且「剽竊、誇大、偽造」，作者及其著作歷程亦難免罪惡。小說世界不但罪惡充斥，並且還善惡顛倒。縱欲而死，卻得到孝子美名，淫婦被諡為貞婦。相反的，「小說收煞處，九死一生被迫逃離」，最終結局好人仍是失敗收場。於是「我將晚清譴責小說視為中國牌的醜怪（grotesque）現（寫）實主義。」〔註120〕

〔註117〕以上引文見王德威，《被壓抑的現代性──晚清小說新論》，頁52～53。
〔註118〕楊憲益、戴乃迭，《中國小說史略》的英譯本所譯。
〔註119〕以上引文見王德威，《被壓抑的現代性──晚清小說新論》，頁213～214。
〔註120〕以上引文見王德威，《被壓抑的現代性──晚清小說新論》，頁213～223。

就挖掘眞相與確認罪惡言，二者並非就必然對立衝突。晚清小說龐大讀者群中，對於罪惡人物、罪惡情節、罪惡原委之認知，當有已知、未知之分。已知當中又當有知之甚詳、一知半解、只知其一不知其二……種種。對已知者，小說敘事自是一確認之歷程，但對未知、被蒙在鼓裡，或僅耳聞一二，知之不詳者，小說敘事則是發掘眞相之歷程。

實則小說敘事中譴責之姿態，暴露、揭露之方式，乃是手段而非最終目的。佔大多數之反面人物雖多虛假醜惡，然正面人物仍眞實誠懇，貼近百姓。表面上，反面人物盡得好處，似已反轉了社會價值；但小說藉敘事語氣之反轉，將反轉之世界再次反轉回來。社會核心價值正隱藏在此反諷之中，而非渙散如泡沫。醜怪敘事美學之效果，仍只是手段，而非小說實際目的。

至於魯迅「辭氣浮露，筆無藏鋒」之評，長久以來深中人心，加上胡適、阿英之論，奠定了晚清譴責小說半個世紀的批評基調：

> 按照魯迅的觀點，譴責小說受到吳敬梓（1701～1754）《儒林外史》之類的小說啟發，但無論在修辭還是在人物刻畫層面，這些晚清作品皆遠遜於《儒林》。魯迅的著名論斷是：「雖命意在於匡世，似與諷刺小說同倫，而辭氣浮露，筆無藏鋒，甚且過甚其辭，以合時人嗜好。」胡適亦回應魯迅「辭氣浮露，筆無藏鋒」的批評，譏評譴責小說作家可堪比做「一群餓狗嚷進嚷出而已」。阿英則從左翼視角出發，認為晚清譴責小說之所以仍值得注目，不外因為它詳細記錄了大清皇朝傾頹前的百態。這些學者的觀點，為以後半個世紀晚清譴責小說的批評研究，奠定了基調。〔註121〕

晚清小說辭氣浮露之評價，根源在於以《儒林》為標尺，用以丈量晚清。一般咸認為晚清敘事學習《儒林》而遠遜於《儒林》，尤以辭氣為最。不但如此，在與五四小說相比時，晚清亦見不如：

> 這跟「新小說」家忙於講故事發議論、忽略對小說藝術個性的追求形成鮮明對比。五四小說的題材並不廣，在展示廣闊的社會生活圖景方面甚至不如「新小說」，但作家靠藝術感覺而不靠故事情節取勝，反而不像「新小說」老給人以似曾相識的感覺。〔註122〕

〔註121〕王德威，《被壓抑的現代性——晚清小說新論》，頁214～215。

〔註122〕陳平原，《中國小說敘事模式的轉變》，臺北：久大文化有限公司，1990年05月一版，頁96。

對於小說好發議論，若以說明（telling）與呈現（showing）兩種敘事修辭來作察考，也許對於直露之譴責會有不同之認識：

> 布斯（Wayne. C. Booth）在《小說的修辭學》《The Rhetoric of Fiction》一書中，將小說的敘事方法分成說明（telling）與呈現（showing）兩種方式。說明方式就是作者通過敘事者或作者代言人的陳述，表達其主觀的評斷與觀察。呈現方式則爲敘事人並不直接向讀者說明評價，而是以情節的推動來揭示作者的寫作主題。〔註123〕

若進一步借用此二種標準，則可將諷刺小說之敘事模式分成客觀呈現敘事模式與主觀說明敘事模式兩類；就客觀呈現敘事模式與主觀說明敘事模式而論，晚清譴責小說當屬後者，這亦是晚清與《儒林外史》之別。學者引米列娜（Milena）在〈晚清小說的敘事模式〉中，敘事方式對諷刺風格的影響之說，指出部份晚清小說與清朝中葉諷刺小說大相徑庭，並不在於暴露、譴責的主題，而是在於其敘事。晚清之結構敘事，承於《儒林外史》而異於《儒林外史》者，正在此公然批判之敘事模式：

> 較早的《儒林外史》，畢竟也是暴露出官場的諂媚、阿諛、妄僞與傾軋，稍後的《官現形記中》中，我們對此皆是耳熟能詳，因而我們要區分這兩個時期的諷刺小說，應著眼於諷刺手法的運用方式，亦即全本的修辭形式以及敘事者公然批判的敘事模式。〔註124〕

晚清小說所用之公然批判敘事模式，雖辭氣直露，不同於《儒林外史》；然其可貴處，不在委婉；楊聯芬看出晚清作家「追求的非藝術化」：

> 「辭氣浮露，筆無藏鋒」、「連綴短篇」、「摭拾話柄」，是五四對晚清社會小說的基本特徵的批評；這些批評，是藝術批評，而潛在的標準，是《儒林外史》式的藝術境界。如果我們從晚清新小說家的存在方式和他們對小說的預設目標去考察，那麼，其「辭氣浮露」、「摭拾話柄」的缺陷，本身就意味著作家追求的非藝術化。〔註125〕

摭拾話柄一向是晚清小說著述的重要方法，這也是著述與創作區別之處。有學者認爲晚清小說家並未眞正認識敘述方式對於作品結構的重要性：

〔註123〕吳淳邦，《晚清諷刺小說的諷刺藝術》，上海：復旦大學出版社，1994 年 07 月，一版，頁 105。參見布斯（Wayne. C. Booth），《小說修辭學》第一章「講述」與「展示」，北京：北京大學出版社，1987 年 10 月一版，頁 3～24。

〔註124〕吳淳邦，《晚清諷刺小說的諷刺藝術》，頁 105。

〔註125〕楊聯芬，《晚清至五四：中國文學現代性的發生》，頁 78。

> 再次是晚清小説家並未眞正認識敍述方式作爲故事情節的媒介，在
> 作者與故事中間的恰當位置，以及對於作品結構的重要性，僅僅作
> 爲與作品内容、結構無甚關係的一種技巧。〔註126〕

晚清小説家對敍述方式之重要性的認識，如果從作家譴責類型以外的小説作品去探求答案，則可見到他們在言情敍事之間的委婉曲折以及心理描寫。不過，儘管他們具備敍事方式重要性之認識以及運用之才能，譴責小説仍出現許多的議論、辯證與説明，適與婉曲背道而馳。

如果作家並非不知，以故不能爲，而是雖知而有所不爲，那麼，學者認爲作家「追求的非藝術化」之非藝術化，應就是知而不爲的成果。換言之，作家盡可能不去改造所掇拾話柄之原貌，不做過多加工。

> 晚清小説家大多是報人，他們的敍述立場與話語，不自覺地選擇了
> 新聞記者的角色。《官場現形記》、《二十年目睹之怪現狀》、《老殘遊
> 記》，專撿廣泛的社會生活中那些具有新聞價值的事件寫，内中的原
> 因，乃是晚清的小説雜誌，代爲履行了新聞報刊的職責。這是中國
> 文化和文學在現代化轉型過程中最獨特的地方，這庶幾也是我們不
> 能單純用「文學」去衡量晚清文學的原因。〔註127〕

掇拾話柄其實是在實行問謗於道的古代小説家傳統，卻在晚清之際，與新興之新聞傳播恰能合拍。而不能單純用文學去衡量晚清文學的原因，正在小説之新聞特性：

> 新的事實，新的信息和普遍興趣是體現新聞報導的新聞價值的三大
> 要素。…
> 晚清小説的新聞特點，不僅表現在具有一定的「新聞價值」，而且還
> 表現在作品的構思、剪裁、結構設計和情節安排上，明顯講究「新
> 聞角度」和作家的「記者態度」。〔註128〕

雖不同於一般文學之文學性，然仍在構思、剪裁、結構設計和情節安排上有用心之處；晚清小説追求的非藝術化，可能只是不同於一般傳統之文學藝術。而除了構思、剪裁、結構設計和情節安排上的不同考量，晚清小説所要追求

〔註126〕方正耀，《晚清小説研究》，華東師範大學出版社，頁309～310。
〔註127〕楊聯芬，《晚清至五四：中國文學現代性的發生》，頁78。
〔註128〕方正耀，《晚清小説研究》，華東師範大學出版社，頁229。

者，是新聞特徵中之眞實性〔註129〕：

> 所謂「新聞角度」，包括了作者觀察事實、接觸事實、解剖事實、裁選事實、挖掘事實和表現事實的角度。「新聞角度」的最佳選擇，目的當然在於追求新聞的新聞價值。晚清小說家當然不同於新聞記者以追求新聞價值爲目的，但力圖使其創作和新聞一樣引起廣大讀者的注意和關心，則無二致。因之，小說家在創作過程中，也就比較注意觀察、接觸、解剖和裁選事件的角度。〔註130〕

關於眞實性，林紓於晚清的一番分辨可做爲參考：

> 想鉏麑之來，懷中必帶七首。觸槐之事，確也。因七首而知其爲刺客，因觸槐而知其爲不忍，故隨筆粧點出數句慷慨之言，令讀者不覺耳。〔註131〕

> 強調作家藝術虛構之合理性，這無疑是對的；但倘若使用第三人稱限制敘事，作家又實在無權拋開視角人物「隨筆粧點出數句慷慨之言」。用古文筆法來寫第三人稱限制敘事小說，林紓注意到了筋脈一致，努力把所有人事都納於視角人物的耳目之內，但忽略了可能破壞小說眞實感的若干細節。〔註132〕

《左傳‧宣公二年》記述刺客鉏麑自殺前之自言自語，而林紓評論此段描寫之眞實性時，以提問方式「是誰聞之」？提供其看法：

> 初未計此二語是誰聞之。宣子假寐，必不之聞；果爲舍人所聞，則鉏麑之臂，久已反翦，何由有閒暇工夫說話，且從容以首觸槐而死？
> 文字中諸如此類甚眾。〔註133〕

其他類此者如柳下惠之「坐懷不亂」，言出何人？「言出自己，則一錢不值」；「言出諸女，則萬無其事」。又如黃仲則之《焦節婦吟》，「夜靜人眠，節婦見鬼，與鬼作語」，是誰在旁作證？

以上分辨頗能用以分判文學之眞與新聞、問謗之眞。對鉏麑之自白，林

〔註129〕參見付建舟，〈論晚清直面現實針砭時弊的社會小說〉，《南陽師範學院學報（社會科學版）》2006 年第 5 期，頁 91～94。

〔註130〕方正耀，《晚清小說研究》，華東師範大學出版社，頁 229～230。

〔註131〕林琴南，《左傳擷華》卷上〈晉靈公不君〉，商務印書館 1957 年 02 月一版，頁 62。

〔註132〕陳平原，《中國小說敘事模式的轉變》，頁 81～82。

〔註133〕林琴南，《左傳擷華》卷上〈晉靈公不君〉，頁 62～63。

紓著眼於文勢，求其合於文理，而非由「真實感」之角度以言第三人稱限敘事，因此未及於敘事形式之深究。「隨筆粧點出數句慷慨之言」，目光略過了人物自道之限知敘事效果，其結果是，雖在小說「敘事角度上用力甚大」，卻「收效甚微」、「很難說有多少突破」。

若以文中之例來檢視上述之真實性，則「隨筆粧點出數句慷慨之言」是文學之真而非新聞、問謗之真。小說作者盡量不加工粧點，以追求真實性。

> 「新小說」家也很注重小說的真實性，但囿於以讀史的眼光來讀小說的傳統偏見，這種「真實性」更多落實為素材的真實。〔註134〕

> 他們不像古代成熟的小說家那麼注意刻畫人物，圍繞人物來鋪敘事件；情節的跌宕起伏主要由人與人糾葛的變化所致。而是首先考慮到裁選小說素材，是否屬於多層次廣大讀者所喜聞樂聽的事實；挖掘、表現的事實，能否吸引讀者。所以，晚清小說家雖然也以人物為描寫對象，但取材的角度，往往是讀者比較敏感而感興趣的事實。諸如官場的腐敗（《官場現形記》）。〔註135〕…

晚清小說作者著眼於真實性，其真實乃新聞之真，亦即素材之真。對於以素材之真追求小說之真實性，若以傳統文學之角度而論，或許很難贊同稱是。一般而言，傳統文學之真實乃在表現之真，而非素材之真：

> 曾樸、林紓的徵用史實，梁啟超、吳趼人的自加評語說明其言之有據，以及「新小說」家常用的穿插報紙新聞，渲染異人贈書等等，無非想說服讀者相信小說素材的真實可靠。可「說實話的是歷史家，說假話的才是小說家。歷史家用的是記憶力，小說家用的是想像力。」小說家需在多大程度上「忠實於主觀」可以討論，可沒必要也不可能絕對「忠實於客觀」。有「本事」的小說也許讀起來有趣，更適合有「索隱癖」的中國人的口味，但無法保證增加小說的真實性。……五四作家強調的是小說表現的真實而不是素材的真實。〔註136〕

陳平原「說實話的是歷史家，說假話的才是小說家。歷史家用的是記憶力，小說家用的是想像力」，正是創作小說之觀念；而看似「索隱癖」的真實有據，卻正是著述小說之一貫用心所致。

〔註134〕陳平原，《中國小說敘事模式的轉變》，頁94。
〔註135〕方正耀，《晚清小說研究》，華東師範大學出版社，頁229～230。
〔註136〕陳平原，《中國小說敘事模式的轉變》，頁94。

　　不同的小說觀念，呈現不同的作品特色。五四作家不過分「倚重記憶力，借影射歷史上的眞人或記錄現實中的眞事來獲得眞實感」，強調小說表現的眞實而非素材的眞實，因此在故事情節、人物語言的合乎情理，切近生活之外，又能「借助限制敘事和純客觀敘事來突出小說的眞實感，破除全知敘事造成的虛假的感覺」〔註137〕。

　　五四作家強調的小說表現之眞而非素材之眞，不但較合於文學藝術之要求，並且由此借助敘事之眞，完成了敘事之現代化。

　　不過，不同於文學創作概念的晚清眞實性，目的在能給人深刻印象之閱讀效果：

> 晚清小說明顯不同。在縱切人物生活面的作品中，作者取材的「新聞角度」表現在仍像橫切事件的作品，注重的是所需表現的事實，而省略與之相關聯的其它事實；完整地描寫人物在選定的事實中的活動情況，而不涉及其它活動。……
>
> 晚清小說取材的「新聞角度」，使作者集中筆墨著重描寫切剖的生活事實，卻也能給人深刻的印象。〔註138〕

從晚清暴露眞實之淋漓盡致，破解眞相之匪夷所思，直言不諱之大膽披露，眞可謂有眞實、深刻而震撼之美。至於由選材直至連綴成篇，整個小說組織的接續敘事原則，所依據的是「主題」，集中表現選定之主題而省略其他。此一汰選接續之法若究其根源，則爲《儒林外史》與晚清勃興的新聞事業：

> 晚清小說則不然，不少作家選定取材角度，則無意顧及其它，筆墨集中於某一題材，把這一題材的不同人物故事，盡可能收入一書，從不同角度，盡可能充分地展示這一題材的具體內容。作者裁選事實、表現事實的角度，不外乎記者所採取的橫剖面和縱切面。所謂橫切法，即如近代短篇小說取材法，截取人物生活一個橫斷面，集中有效地表現作品主題；而不少長篇小說則由同一題材、不同人物生活橫切面的事件連綴而成。這一方法承於《儒林外史》，而主要還受之於晚清勃興的新聞事業的影響。〔註139〕

雖則因合於同一主題，不同人物事件或有其相似性；實則一一細究，仍能見

〔註137〕陳平原，《中國小說敘事模式的轉變》，頁94。
〔註138〕方正耀，《晚清小說研究》，華東師範大學出版社，頁233～234。
〔註139〕方正耀，《晚清小說研究》，華東師範大學出版社，頁231。

其同中有異之千差萬別。

　　學者曾指出晚清風格在小說敘事發展中的特殊之處。五四小說家追求現代性，表現與前此「完全不同的話語，而且爲小說家開啓了新的視野」。然而借用西方，卻也阻礙向現代再跨進一步之發展，因爲堅持所成之範例、經典、樣板，正與現代不斷突破創新之精神背道而馳。相較之下，晚清卻有意想不到之發明：

> 晚清作家之「誤讀」外來作品，雖然粗糙荒謬，卻導致一連串意想不到的創造發明。只要看看晚清作家爲其作品集合的各種標籤──從冒險小說到偵探小說：從政治小說到哀情小說──我們已經可見這些作家投入文學活動的想像（或眞實的）活力。除開政治小說，晚清作家還滋養了許多可能性。這些可能若非被自命「現代化」的後來者橫加貶抑爲低等文學或索性連根拔起，本可以形成中國現代文學中迥然不同的作品。〔註140〕

晚清小說在古典與現代之間承襲、探索、吸收、嘗試、碰撞，並由中蓄積了能量，蘊藏了許多的可能性。較諸五四之現代敘事，古典章回之全知敘事，處於二者之間的晚清正如寒熱洋流之交會，迴旋激盪卻也生機無限。

　　就堅持敘事一以貫之而言，高行健在現代文學的敘事表現或能提供一些參考。在其中篇小說《有隻鴿子叫紅唇兒》中，理論之探索與實踐兼行，呈現多樣的敘事組合：

> 試驗性地將人物自敘、敘述者旁敘、人物與敘述者對敘、人物各自獨敘、人物共同合敘、人物與自我對敘等多種敘述角度組合在一起，穿插交錯、聚合起伏，形成了立體效應。
>
> 至於國外的現代派，在人稱與視點的變化上那更是千奇百怪、花樣翻新，內中有引鑒價值的，當然可以爲我所用。〔註141〕

而作家爲豐富小說之表現力，可以使用「多種多樣的敘述角度」，並研究其間之配合，以掌握「用文字來進行『拍攝』的『升、降、推、拉、俯、仰、搖、移』等技巧」。〔註142〕

〔註140〕王德威，《被壓抑的現代性──晚清小說新論》，頁41。

〔註141〕二段引文見金健人，《小說結構美學》，臺北：木鐸出版社，1988年09月一版，頁248。

〔註142〕同上注。

　　根據作品內容來靈活運用各種敘事，應是古今皆然的不變之道。而晚清小說之豐富養分，如譴責敘事或醜怪美學，或亦能提供後世創作以啓發之功：

> 不過如果我們細讀晚清譴責小說的若干佳例，如《文明小史》與《官場現形記》等，所見恐怕不止於此。晚清作家的譴責姿態也許呼應了當時新小說提倡者針砭世事的傾向，並因而預示了「五四」作家的道德抱負。……另一方面，譴責小說作家爲圖記錄風起雲湧的社會與政治事件，這種種嘗試，或許已然預示了日後將興起的「模擬式」現實主義形式。〔註143〕

學者認爲晚清小說同時容納至少三種敘事模式，明顯與傳統小說不同；由此顯示「傳統文體的種種限制，其崩潰已迫在眉睫〔註144〕」。晚清之前，小說敘事受到傳統美學的許多限制；此後將大不相同：

> 從這些束縛中解脫出來，現在個別的作家可以根據自己的目標來選擇可能的敘事模式。……中國現代小說中所表現的範圍寬廣的個人敘述風格，可說是繼續這些晚清小說業已萌生的趨勢。〔註145〕

　　至於敘事之評價，學者亦提出各有優劣利弊以及民族審美習慣之宏觀見解：

> 單從敘事角度出發來評價一國乃至一部小說之優劣，實難231得出公正科學的結論，因爲這裡至少牽扯到兩個問題，一是各種敘事角度各有優劣利弊，二是民族審美習慣或傳統。

第一人稱限知敘事容易營造眞實感，獲得讀者之認同；缺點是視點受到限制。而三人稱全知敘事，無所不知，方便於敘事，然不如第一人稱限知敘事之眞實，易於打動讀者。中國古典小說，則第三人稱全知限知靈活運用：

> 而如上所述，中國古代小說，則往往採用以第三人稱全知敘事爲主，但也可以靈活地轉變爲第三人稱限知敘事（如上舉《紅樓夢》中的例證），甚至第一人稱限知敘事。〔註146〕

〔註143〕王德威，《被壓抑的現代性——晚清小說新論》，頁213。
〔註144〕Milena，〈晚清小說中的敘事模式〉林明德編，《晚清小說研究》，臺北：聯經出版公司，1988年03月一版，頁563。
〔註145〕米列娜（Milena Dolezeelova-Velingerova），〈晚清小說中的敘事模式〉林明德編，《晚清小說研究》，臺北：聯經出版公司，1988年03月一版，頁563。
〔註146〕以上引文見葉桂桐，《中國古代小說概論》，臺北：文津出版社，1998年10月一版，頁230～231。

由於優劣各見，因此敘事運用之原則，宜因作品所需、作家所好，自由運用；而在品評之際，亦宜以開闊之眼光審視、理解、接納、欣賞之。如此，審評之際，才能不失公允，又盡得其妙。

> 中國古代小說受史傳文學影響很大，長篇小說則又源於以講故事講歷史的民間說唱，因此形成了自己的傳統。這正是中國古代小說的突出特點，引用西方小說觀念與審美標準加以褒貶，則失之公允。從世界文學的範圍來看，正是這各具特色的文學，才構成了百花鬥妍的奇觀。〔註147〕

各種敘事角度各有優勢與缺點，亦與作家之審美及習慣偏好相關。以中國古代小說審美習慣與傳統言，其由說書講唱而來的敘事習慣，正形成其獨有之特色，亦不必急於貶抑否定，更宏觀的敘事美學，可以見得百花爭妍之繁盛佳妙，所論亦更見客觀。

　　本章討論晚清四大小說之結構敘事，包括說書人消失，第三人稱與第一人稱敘事，由全知到限知，以及敘事之時空推移等；最後並就敘事修辭之評再作審視。期望能藉此得到對晚清小說敘事更客觀全面之理解與認識。

〔註147〕葉桂桐，《中國古代小說概論》，頁231～232。